VIZINHO
INFERNAL

MYRIAM M. LEJARDI

VIZINHO INFERNAL

Tradução
Karoline Melo

Copyright © 2023 by Myriam M. Lejardi
© 2023 by Penguin Random House Grupo Editorial, S. A. U. | Travessera de Gràcia, 47-49. 08021 Barcelona
Copyright da tradução © 2025 by Editora Globo S.A

Todos os direitos reservados. Nenhuma parte desta edição pode ser utilizada ou reproduzida — em qualquer meio ou forma, seja mecânico ou eletrônico, fotocópia, gravação etc. — nem apropriada ou estocada em sistema de banco de dados sem a expressa autorização da editora.

Nenhuma parte deste livro poderá ser usada ou reproduzida, de qualquer maneira, para o treinamento de tecnologias ou sistemas de inteligência artificial, seja de texto ou mineração de dados.

Título original: *Hellfriend*

Editora responsável **Paula Drummond**
Editora de produção **Agatha Machado**
Assistentes editoriais **Giselle Brito e Mariana Gonçalves**
Preparação **João Sette Câmara**
Revisão **Paula Prata**
Diagramação **Caíque Gomes**
Adaptação de capa **Guilherme Peres**
Projeto gráfico original **Laboratório Secreto**
Ilustração de capa © **Gema Vadillo**
Design de capa original **Penguin Random House Grupo Editorial / Meri Mateu**

Texto fixado conforme as regras do Acordo Ortográfico da Língua Portuguesa (Decreto Legislativo nº 54, de 1995)

**CIP-BRASIL. CATALOGAÇÃO NA PUBLICAÇÃO
SINDICATO NACIONAL DOS EDITORES DE LIVROS, RJ**

L557v

    Lejardi, Myriam M.
    Vizinho infernal / Myriam M. Lejardi ; tradução Karoline Melo.
- 1. ed. - Rio de Janeiro : Globo Alt, 2025.

    Tradução de: Hellfriend
    ISBN 978-65-5226-057-4

    1. Ficção espanhola. I. Melo, Karoline. II. Título.

                    CDD: 863
25-97562.0   CDU: 82-3(460)

Gabriela Faray Ferreira Lopes - Bibliotecária - CRB-7/6643

1ª edição, 2025

Direitos de edição em língua portuguesa para o Brasil
adquiridos por Editora Globo S.A.
R. Marquês de Pombal, 25
20.230-240 – Rio de Janeiro – RJ – Brasil
www.globolivros.com.br

Para Sam, Manny, Tinta e Bagheera;
sei que vocês também podem falar

E para aqueles que tentam se redimir
(mesmo que dê errado)

DEMANDA

Nossa raça pode cair em dois erros igualmente graves, mas diametralmente opostos, quanto aos demônios. O primeiro é não acreditar na existência deles. O outro é acreditar que eles existem e sentir um interesse excessivo e doentio por eles. Os demônios ficam igualmente satisfeitos com ambos os erros e saúdam um materialista ou um bruxo com o mesmo prazer.

C. S. Lewis,
Cartas de um diabo a seu aprendiz

ARTIGO 1

QUANDO SUA COLEGA
DE APARTAMENTO É *MONSTERFUCKER*

21 de julho, 13h53

— **Acho que nosso vizinho** é um demônio ou, no mínimo, está possuído por um.

Lina ergue os olhos da câmera fotográfica e me observa em silêncio por alguns segundos. Não repara no meu blazer nem na minha calça social, e olha que ela é uma ferrenha defensora de que usar terninho no verão é um claro sintoma de que a pessoa tem problemas não resolvidos ("E dos graves", já enfatizou mais de uma vez). Seus olhos castanhos se estreitam ao encontrarem os meus, procurando indícios de que o que acabei de falar é uma piada. Ela me conhece desde que começamos a dividir o apartamento, quando entramos na faculdade, há quase seis anos, e nunca brinquei com ela. Nem com ninguém, na verdade.

Enquanto espero uma resposta, fecho a porta da frente, penduro minha bolsa no cabide e avanço os sete passos necessários para chegar até o sofá em que ela continua sentada. Não me surpreende que ainda esteja de pijama; já me acostumei com o fato de Lina ter uns horários caóticos. O que me

VIZINHO INFERNAL 9

surpreende é ela soltar um suspiro, colocar a Nikon em cima da mesa à sua frente e, como se nem tivesse me ouvido, enfiar o dedo no nariz. "Intimidade é uma droga" é uma frase que se torna insuportavelmente verdadeira quando se vive com a Lina.

De qualquer forma, eu a amo. Por isso preciso que ela entenda a gravidade do assunto que acabei de levantar. Subo os óculos no nariz e bato o pé no chão com impaciência.

— Você não tem nada a dizer sobre isso? — insisto.

— Depende.

Lina não fica arrastando as palavras por ter acabado de acordar, ou pelo menos não só por esse motivo: ela faz isso porque sabe que me deixa ansiosa, e decidiu há muito tempo que sua meta de vida, além de viver da fotografia, seria se tornar a primeira pessoa a me fazer perder a paciência.

"Quando isso acontecer, vou colocar no meu currículo", disse ela, "e isso vai atestar melhor do que qualquer coisa que eu tenho determinação e não me intimido diante do impossível".

— Depende do quê?

— De várias coisas. — Ela afasta uma mecha azul do rosto e a prende de maneira desajeitada no coque que fez no topo da cabeça. — Primeiro, de que vizinho a gente está falando?

— Aquele do sexto andar.

Tiro os mocassins e coloco-os na sapateira, perfeitamente alinhados com os outros sapatos.

Nosso apartamento é pequeno. "Sessenta metros quadrados, muito iluminado. Perfeito para dividir", dizia o anúncio. O que não dizia era que vários desses metros quadrados pertenciam à nossa parte do patamar da escada e da entrada do prédio, nem que o sol só aparece das quatro às cinco da tarde porque o edifício à nossa frente o bloqueia pelo resto do dia. Nem que essa colega de apartamento hipotética não deveria ser como a Lina, que, segundo ela mesma, tem a bagunça como parte fundamental de sua personalidade.

Ao abrir a porta, você dá de cara com a sala, que também serve de escritório graças às duas mesas fajutas que encontramos na OLX. Estão uma do lado da outra, sob duas janelas que quase não servem para nada. A minha está limpa, com canetas dentro de um recipiente de metal e um exemplar da Constituição cheio de *post-its* posicionados bem no centro. A de Lina... ia falar que não está limpa, mas a verdade é que nem faço ideia, porque não dá para enxergar a superfície por baixo das montanhas de papéis, lentes de câmera, copos usados e roupas que se acumulam nela.

Aquele anúncio tão pouco confiável também indicava que a "cozinha americana" estava totalmente mobiliada. Quando vimos o apartamento, percebemos que a proprietária era uma mulher otimista. Chamar de "cozinha" um balcão jogado no meio da sala, com um *cooktop* minúsculo em que só cabe uma panela, um micro-ondas pendurado de qualquer jeito na parede e uma geladeira de, no mínimo, vinte anos atrás é escolher as palavras com muita generosidade. Decidimos que não precisávamos de um forno porque procurar outro lugar para morar em Madrid é uma atividade arriscada, e aqui, além de estarmos muito perto do Centro, só cobraram trezentos euros de cada uma de nós. Apesar disso, insistimos em ter uma máquina de lavar roupas. A proprietária, um pouco menos otimista e um pouco mais "As jovens de hoje são frescas demais", mandou instalar uma no banheiro.

Uso o controle remoto para tirar uma meia suja do sofá sem encostar nela e me sento ao lado de Lina.

— Você está falando do vizinho do apartamento 6A? — Um sorriso lento começa a surgir em seus lábios. — Tudo bem que o Manolo leva a economia de água muito a sério e prefere beber cerveja e não tomar banho, mas não é por isso ele é um demônio. Você ainda está brava porque ele vende abacate ilegalmente?

VIZINHO INFERNAL 11

Manuel Sánchez López, de 68 anos, está há meses flertando com o perigo. O fato de ele olhar diretamente para os meus seios toda vez que nos esbarramos me incomoda, e o que torna tudo ainda mais complicado é o fato de ele não ser registrado como autônomo e, ainda assim, vender frutas e verduras que com certeza rouba de algum comércio próximo daqui.

— Não, mas eu já disse pra gente denunciar ele. Na verdade, estou falando do cara do 6B.

— O DJ?

— Ele mesmo — respondo, me esforçando para não ranger os dentes.

— Ele se mudou para o prédio faz só umas duas ou três semanas. Ainda nem esbarrei com ele por aqui.

Em vez de explicar que isso não significa muita coisa, pois ela passa o dia todo fora, seja trabalhando no Burguer King ou fazendo sessões de fotos, digo:

— Mas eu esbarrei, e te garanto que ele é um demônio ou…

— Está possuído por um, entendi — interrompe ela. — Ele tem chifres?

— Você está falando sério?

— Claro que sim. Eu nunca brincaria com isso. Tem?

— Não.

— Asas?

— Também não.

— Escamas? Tentáculos?

— Carolina, para de ser ridícula. É óbvio que ele não tem nada disso.

— Então, Milena, eu não estou nem aí.

Dito isso, ela pega a câmera novamente, se recosta no sofá e volta a olhar as últimas fotos que tirou. Cruzo os braços, determinada a não me render.

— Como ele é? — murmura ela, mexendo em uma série de botões da Nikon. — Esse demônio hipotético.

— Muito alto. — Ela me olha de soslaio, subitamente interessada. — Meio que de um jeito pouco natural. Até abaixa a cabeça pra sair do elevador, pra você ter noção. E os olhos dele também são estranhos.

— Como se a pupila cobrisse o olho inteiro?

— Não, como se os olhos tivessem se esquecido de que deviam ter uma cor. São escuros demais. — Ela solta um suspiro, e sinto que perdi sua atenção novamente. Tento outra vez: — Além disso, parece que ele não penteia o cabelo há anos, e, ao mesmo tempo, é como se tivesse acabado de sair do cabeleireiro. Não é possível que aqueles cachos loiros...

— Espera — interrompe ela de repente. Ela se vira para mim, horrorizada, e por um segundo acho que finalmente consegui fazê-la entender que temos um problema. Até que ela diz: — Ele é loiro? Como é que um demônio vai ser loiro? Se você desse ouvidos para as minhas recomendações literárias, saberia perfeitamente que um demônio tem que ter cabelo preto. Mile, me escuta — implora Lina enquanto tiro os óculos para massagear a ponte do nariz —, eu sou *monsterfucker*, sei do que estou falando. Já li ficção erótica o bastante pra...

— Eu tenho provas — digo de uma vez. — Tudo começou há catorze dias, quando encontrei ele no elevador.

FASE PRELIMINAR:
COLETA DE EVIDÊNCIAS

Não há nada de bom ou mau sem
o pensamento que o faz assim.

WILLIAM SHAKESPEARE,
Hamlet

ARTIGO 2

QUANDO SUA ROUPA ÍNTIMA
PRECISA DE UM ENCHIMENTO EXTRA

7 de julho, 19h38

Na primeira vez em que o vi, minha calcinha estava cheia de papel higiênico de baixa qualidade.

Minha menstruação tinha adiantado, então, quando desceu, ainda no escritório, eu não estava com meu copinho menstrual. Minhas opções eram: pedir um absorvente para a única outra pessoa que ainda estava trabalhando naquele horário (o restante havia se valido da bendita jornada de trabalho reduzida que temos nos meses de verão), que, no caso, era o incompetente do meu chefe, ou comprar o que eu precisava na lojinha da esquina. Como o sr. Roig leva muito a sério a ideia de violar os direitos humanos (em particular) e de ser completamente desprezível (em geral), eu nem tentei. Inclusive, quando digo que meu chefe estava trabalhando, quero dizer, é claro, que ele estava no escritório assistindo a sabe-se lá o quê no celular (provavelmente uns *tiktoks* de mulheres muito mais novas do que ele). Por fim, fui ao banheiro e resolvi enrolar um monte de papel higiênico, colocar na calcinha como se fosse um absorvente e esperar que segurasse meu fluxo até eu chegar em casa.

VIZINHO INFERNAL 17

Além do incidente menstrual, meu dia tinha sido horrível. No escritório, ainda não tinham entendido que eu era advogada júnior, então me atribuíam tarefas que não tinham nada a ver com a minha formação. O que eu tive que fazer naquele dia? Desentupir uma privada com um esfregão, organizar a festa de aniversário da filha de alguém e arrumar a máquina de xérox.

Dado esse contexto, você vai entender por que entrei no meu prédio sem a menor paciência e com as pernas flexionadas a cada passo. Também vai entender por que parei de repente ao ver que o elevador já estava ocupado por uma pessoa. Sentia eu vergonha por estar menstruada? Isso não poderia estar mais longe da verdade. Por acaso eu estava a fim de compartilhar um espaço apertado com alguém que eu não conhecia enquanto mantinha as coxas o mais afastadas possível para que parassem de arder por conta do atrito? De jeito nenhum.

Vou esperar ele subir e aí chamo o elevador de novo, decidi.

Vou te deixar incrivelmente incomodada e vou adorar cada segundo, decidiu ele.

As portas de metal já estavam se fechando quando ele as segurou de repente, estendendo uma das pernas.

Não gostei nada disso. Nem da atitude nem de qualquer outra coisa que percebi naquele dia. Odiei o modo como ele estava encostado no espelho, com o corpo curvado e a cabeça baixa, e dava para ver seu sorriso repulsivo. O sorriso, meu Deus. Deixe-me falar sobre ele. Parecia esboçado por alguém que desconhecia o significado de "sorrir". Tinha algo de errado, como se o dono só o abrisse depois de atear fogo em uma floresta, atropelar uma idosa ou falar para uma criança que o Papai Noel não existe.

Quanto mais eu o observava, mais aumentava a minha aversão por ele. Era o tipo de cara sobre quem você alertaria seus amigos, com conselhos na linha de "Nem pense em chegar perto dele. Parece que vai acabar com a sua vida e dar gargalhadas depois". E olha que nem cheguei a falar das roupas; ele parecia ter saído de um filme ruim de adolescente de dez ou quinze anos atrás, com uma regata branca justa, calça larga com rasgos na altura dos joelhos e coturnos. Além disso, estava usando um daqueles cintos com uma fivela enorme no formato de três números seis (para quê, se claramente não estava servindo para nada?). Ainda completou o estilo de "continuo achando que fazer o *bad boy* é sexy, não patético" com várias pulseiras e correntes de metal, sem contar os vários piercings nas orelhas.

A última pergunta que me fiz antes de entrar no elevador com ele foi: *Você não sabe que usar óculos de sol em ambientes fechados é constrangedor?*

Apertei o botão do quinto andar e vi que o do sexto já estava aceso. Ele não parecia ser um cliente do sonegador de impostos (também conhecido como Manuel Sánchez López); então, deduzi que era ele quem tinha se mudado para o 6B, o apartamento logo acima do que Lina e eu dividimos. Fiquei surpresa, porque o apartamento em questão estava em reforma havia alguns meses, e os móveis que vi sendo carregados pareciam caros, enquanto aquele cara dava a impressão de não ter onde cair morto.

Soube, sem dúvidas, que seria um vizinho insuportável. Nem precisei que ele abrisse a boca para confirmar isso. Mas, mesmo assim, ele o fez.

Virou-se para mim, com aquele sorriso esquisitíssimo em que ele levantava mais um canto do lábio do que o outro, e colocou um dedo na armação preta dos óculos. Ele a puxou até a metade do nariz e me observou, da ponta do pé até a raiz do cabelo, e depois de novo. Um calafrio percorreu meu corpo, não de raiva, como já me aconteceu mais vezes do que eu gostaria, nem pela expectativa de ele estar me olhando com atração. Era como se aqueles olhos sem vida sussurrassem: "Sei quais são os seus sonhos e também seus pesadelos. Quais você quer que se tornem realidade?".

Antes de transcrever o que ele me disse, permita-me outra observação a respeito de sua aparência física que me desagradou. Senti que aquele cara, que devia ser poucos anos mais novo do que eu (por volta dos 23), era perfeito e, ao mesmo tempo, o total oposto disso. Parecia que alguém tinha dado vida a uma estátua de mármore exageradamente alta, esquecendo-se de preenchê-la com o que era importante. Maçãs do rosto? Nota dez. Lábios? Incríveis. Alma? Não sobrou material, deixa assim mesmo.

Pessoas bonitas me irritam, principalmente quando não têm nenhum defeito aparente. Acho elas irreais e incômodas. Até o cabelo dele, alguns tons mais escuro do que o meu, parecia ter sido desenhado por alguém que não entende como cabelos humanos funcionam. Porque estava bagunçado, com os cachos caindo na testa e se enrolando na altura da nuca, mas havia uma intenção clara naquela desordem.

Voltando ao assunto, foi isso o que ele me disse:

— Tá a fim de ir pra minha casa?

Não sei o que me incomodou mais: a insinuação ou o tom de voz. Não é como se a voz dele tivesse se arrastado, como a de Lina, mas rastejado. Era fria e suave e mais um montão de outros adjetivos que me fizeram pensar em uma serpente percorrendo minha pele.

Ele voltou a levantar os óculos e sorriu ainda mais. Dava para ver a presunção dele achando que eu aceitaria o convite. Conheci várias pessoas como ele, do tipo que acham que atributos físicos são o suficiente para que o resto do mundo caia aos seus pés, implorando por sua companhia. O tipo de gente que pensa: "Sei que você quer qualquer migalha que eu oferecer, então se lembre de me agradecer quando eu te der alguma".

— Não — respondi secamente, com o olhar fixo no painel que marcava os andares por onde passávamos.

— Por que não?

Me virei para ele sem fazer o menor esforço para esconder meu desgosto. Lina acha que fica muito na cara quando não gosto de algo; diz que meu lábio superior se ergue de leve, minhas narinas incham, e que eu deveria aprender a disfarçar. Eu discordo: fingir cordialidade com gente que, na minha opinião, não merece é uma perda de tempo e de energia.

— Porque você me dá repulsa.

Em vez de levar a mal, como eu esperava, ele deu uma risada baixa. Graças a isso, descobri que o formato dos dentes dele também me irritava (eram retos e brancos, como em um comercial de pasta de dente).

Ele parou de rir no terceiro andar e voltou a baixar os óculos logo em seguida. Então, olhou para mim de um jeito diferente. Com o sorriso mais sutil e a língua acariciando o canto esquerdo da boca.

— É sério? — respondeu, nem um pouco irritado. — Ainda não fiz nada pra merecer isso, mas me dá uma chance de tentar. Aliás, meu nome é Bel. — Ele estendeu a mão, que eu ignorei, e ele a usou alguns segundos depois para tirar algo do bolso. Um *vape*. Apertou o botão para ligar o aparelho e perguntou: — Qual é o seu nome?

— Não é da sua conta.

Finalmente, chegamos ao quinto andar.

— Acho que é, sim. — Ele se inclinou para sussurrar no meu ouvido: — Gosto de saber o nome das pessoas que eu vou comer.

Bufei com raiva e saí do elevador pisando com força.

Antes de as portas se fecharem novamente, eu o vi rindo e exalando uma nuvem de fumaça com cheiro de morango.

— Até a próxima, vizinha.

A DEFESA (1)

21 de julho, 14h20

A DEFESA: Mile, você acha que nosso vizinho é um demônio porque ele é gostoso demais?

A ACUSAÇÃO: Larga de ser ridícula, Lina. Presta atenção nos detalhes.

A DEFESA: Em quais? No fato de, pela descrição, ele parecer um jogador de basquete que sofreu por anos usando aparelho ortodôntico? Ou de você ter ficado de mau humor por causa do seu dia de merda e ter descontado no coitado do cara?

A ACUSAÇÃO: Foco. Reparou no visual?

A DEFESA: Sim, uma bela mistura de *bad boy* e cafajeste. De praxe, né. Já li uns duzentos livros com protagonistas assim. Está meio fora de moda, mas não chega a ser chocante. Essas coisas acabam voltando.

A ACUSAÇÃO: E o comportamento inadequado?

A DEFESA: Por ele dar em cima de você? Sei lá, Mile, também passei por isso e nasci em Algete, não no Inferno. Sim, ele devia ter perguntado seu nome antes, mas eu gosto de gente que fala as coisas na lata.

A ACUSAÇÃO: Isso não é falar na lata, é pegar a lata e jogar no meio da sua cara. E o nome dele? Bel? É óbvio que vem de "Belzebu".

A DEFESA: Ou de "Belarmino". Pode ser um daqueles nomes artísticos que você escolhe quando começa a trabalhar e não consegue tirar depois. Tipo Pitbull. O cara é DJ. Você acha mesmo que ele não é humano?

A ACUSAÇÃO: Acho. As pistas estavam na cara, agora eu consigo ver, mas não percebi na hora. Vou te contar o resto.

ARTIGO 3

QUANDO SACANEAR O PRÓXIMO SE TORNA SEU *MODUS OPERANDI*

10 de julho, 11h46

Eu já estava trabalhando na Roig e Filhos havia nove meses, e tinha orgulho de dizer que não tinha faltado nem um dia. Quebrei minha sequência por culpa da Lina e seu "Juro que não sabia que molho de soja tem glúten!". Geralmente, eu ficava encarregada de fazer o jantar, mas, por conta do aniversário dela, na noite de 9 de julho, ela fez questão de cozinhar.

Se você conhece uma pessoa celíaca, consegue imaginar por que não pude sair de casa (mais especificamente, do banheiro) até o dia seguinte.

Liguei para o escritório logo pela manhã e pedi para meu chefe para fazer *home office*. O Roig filho (o Roig pai se aposentou um ano antes de eu entrar para a equipe do escritório e mal passava lá) respondeu: "Como você vai tirar xérox e fazer café da sua casa, Milena? Fala sério. Amanhã quero você aqui com um atestado médico".

Até cruzar o caminho com Bel, esse homem tinha a honra duvidosa de ser a pessoa do meu convívio que eu mais odiava. Ele é folgado, incompetente, autoritário e desprezível. Lina, que o viu algumas vezes quando foi me buscar no trabalho, gosta de acrescentar que ele também é gato.

"Você devia ficar com esse cara, nem precisa gostar dele pra isso. Os romances de escritório são muito sexy. Já leu *Meu chefe, o sedutor*? Deixei pra você ler há meses, amiga, dá uma chance."

O problema é que passei a manhã toda vagando pelo apartamento como um animal enjaulado. Lina tinha saído de manhã cedo para fazer um ensaio fotográfico de gestante, e meu estômago tinha decidido finalmente me dar uma trégua.

Não que eu não tenha hobbies. Gosto de trabalhar (quer dizer, trabalhar de verdade, não isso que me obrigam a fazer na empresa), mas também sei aproveitar meu tempo livre. Acontece que eu já tinha lido o livro que era o assunto do momento (uma tentativa de *thriller* que me pareceu absurda) e já tinha arrumado a casa. Sim, inclusive as coisas de Lina. Naquela hora, sua mesa estava impecável, as roupas, no devido lugar, e os tênis All Star, organizados por cor.

Sentei no sofá e me analisei em busca de algo para fazer. Minhas unhas estavam perfeitas: longas, com esmaltação imaculada, sem uma cutícula fora do lugar. Não tinha pranchado o cabelo porque não ia sair; então, em vez de bater na cintura, se apresentava em cachos bagunçados dez centímetros mais curto. Embora não fizesse sentido arrumar o cabelo sendo que eu tomaria banho de novo na manhã seguinte, quase comecei a fazer isso para matar tempo.

Mas, aí, ele entrou em cena.

Pulei de susto quando a música começou a ecoar pelo teto. Juro que todas as paredes do prédio tremeram. Foi assustador, uma sucessão de batidas graves e repetitivas. O tipo de música que colocam em certas boates e que só dá para aproveitar se você já tomou mais de cinco drinques ou se tem problema auditivo.

O pior é que os mesmos padrões recomeçaram várias e várias vezes. Depois de vinte minutos, ficou claro que isso não ia parar tão cedo, então resolvi sair de casa e subir até o sexto andar. Assim como eu suspeitava, a música vinha do novo vizinho: Bel.

Toquei a campainha uma vez. Duas. Cinco. Perdi a paciência e, na décima, resolvi bater o punho na madeira até a tortura acústica cessar e aquele homem desprezível abrir a porta.

A casa que vi do outro lado era muito diferente da minha. Tinha sido completamente reformada, decorada com móveis pretos e faixas de LED vermelhas no teto. No chão de madeira cinza, havia uma pilha de cabos que conectavam uma mesa de DJ à tomada.

De repente, um gato saiu correndo pela porta, pulou em meus braços e olhou para mim com olhos âmbar enormes e uma asinha de frango meio comida na boca. Ele era grande, peludo e branco. Do tipo que tem focinho achatado e cara de mal-humorado.

Levei um momento para assimilar a presença de Bel ou, para ser sincera, compreender minha reação ao observá-lo de baixo a cima. Vou explicar: ele estava descalço e usando apenas uma calça de moletom preta e larga, muito, mas muito caída. Por que ele não a amarrou na altura certa ou não comprou no tamanho certo? Estava de cueca, pelo menos? Um ponto específico em sua anatomia me fez pensar que não. Meus olhos continuaram a subir e encontraram um monte de músculos que pareciam ter sido esculpidos à perfeição, até que reparei na tatuagem.

Eram dois círculos, um dentro do outro, e dentro do menor havia um pentagrama. Cada uma das pontas dava em um símbolo, todos desenhados no espaço de cerca de cinco centímetros que separava os círculos. A parte mais alta da tatuagem começava no meio do peito e a mais baixa terminava logo acima do umbigo.

Voltei, então, a sentir aquela repulsa. Não só porque ele parecia um modelo da Calvin Klein ou porque claramente tinha um desenho satânico gravado na pele, mas porque, quando se apoiou no batente e se inclinou na minha direção, não pude conter um arrepio. No momento em que ele mordeu o lábio inferior sem fechar aquele sorriso horroroso, tive vontade de sair correndo (com o gato nos braços) e me enfiar debaixo do chuveiro. Não tinha certeza do porquê, só sabia que ficar lá seria muito melhor.

— Eu sabia que você voltaria — comentou. — E aí? Tá a fim de entrar?

Eu sentia tanto nojo que meu coração foi parar na garganta. Se ele chegasse um pouco mais perto, acabaria vomitando na cara dele.

— Você não devia deixar ele fazer isso — avisou, apontando para o gato com um gesto de cabeça.

Olhei para baixo para entender ao que Bel estava se referindo. Não sei como explicar isso de um jeito mais elegante, então lá vai: ele estava massageando meus seios enquanto ronronava, com o frango ainda aparecendo entre os dentes. Bel soltou uma risadinha que percorreu meu corpo inteiro e continuou a dizer:

— Você é tão besta, Mam… Mamón.

— Quê?

— Estou falando com ele.

— Seu gato se chama *Mamón*?

Em vez de responder, ele agarrou o bichano pelo excesso de pele do pescoço, puxou-o para longe de mim e tirou a asinha de frango de sua boca. Ignorou os miados e as tentativas de arranhá-lo, mantendo-o a uma distância segura.

— Vê se você se comporta, ou vou te castrar, seu idiota. E para de roubar minha comida. — Ele volta a atenção para mim. — O que aconteceu com o seu cabelo?

— Solta o gato e abaixa o volume da música — exigi, ignorando a pergunta.

— Hein?

— Senão, vou te denunciar por maus-tratos aos animais e pelo barulho.

Ele voltou a fazer aquilo com a língua, passando por um dos cantos da boca.

— Só estou segurando ele. E é meio-dia, posso fazer o barulho que eu bem quiser.

— De acordo com a Lei de Propriedade Horizontal, você não pode ultrapassar 35 decibéis.

Eu sabia perfeitamente disso porque tinha consultado a lei antes de subir. Em vez de se preocupar com meu conhecimento jurídico, ele deu de ombros.

— Nesse horário, está todo mundo trabalhando. Por que você não vai também? No outro dia, parecia que você tinha acabado de arrumar uns livros na biblioteca — disse de maneira bastante específica, como se fosse um tipo de fantasia erótica, não um trabalho perfeitamente digno. — Hoje você está de bege. É um pijama? Nunca vi uma roupa tão sem gra…

— Não me importa a sua opinião — interrompi. — Abaixa a música; senão, vou chamar a polícia.

Acabei chamando naquele dia e nos dias seguintes. Não deu em nada, porque, de alguma forma, Bel sempre conseguia descobrir quando os policiais apareceriam e media o barulho; então, parava a música até eles saírem de novo.

Tentei explicar esse *modus operandi* para os policiais e sugeri que se escondessem no meu apartamento para comprovar que a minha denúncia tinha fundamento. Também contei que Bel cometia essas infrações de maneira premeditada e traiçoeira (ele começou a bater na minha porta para ter certeza de que eu já tinha voltado do trabalho antes de aumentar o som) e que isso deveria contar como um agravante em sua sentença futura. Até tentei colocar outro vizinho para testemunhar a meu favor, mas descobri que os do sétimo andar eram velhos demais para a capacidade auditiva deles reforçar a minha queixa e que Manuel Sánchez López, o traficante de abacates, devia estar em apuros, porque disse não ter ouvido nada de mais (percebi que ele estava querendo evitar complicações com a polícia, e por pouco não denunciei suas atividades ilegais por despeito).

No fim, os policiais pediram de maneira muito grosseira para eu parar de incomodá-los com "briguinhas ridículas", porque tinham "coisas muito mais importantes com que se preocupar".

A DEFESA (2)

21 de julho, 14h48

A DEFESA: Imagino que você vai dizer que ele é um demônio porque tem um pentagrama tatuado no peito.

A ACUSAÇÃO: Você está reconhecendo que ele é suspeito.

A DEFESA: Mile, para com isso.

A ACUSAÇÃO: Tipo a insistência dele em tornar a minha vida um inferno. Por que mais ele teria começado a se certificar de que eu estava em casa antes de voltar a fazer barulho?

A DEFESA: Porque você disse que sentia repulsa por ele? Porque está sendo infantil? Porque queria uma desculpa pra te ver de novo? Porque acha que entre o ódio e o amor há uma linha tênue? Há muitas possibilidades. O fato é que ele te deixou com tesão e você não sabe o que fazer.

A ACUSAÇÃO: Como é? Eu sei o que fazer quando fico a fim de alguém, e te garanto que esse não é o caso.

A DEFESA: Ah, não? Então por que descreveu o abdômen dele pra mim por cinco minutos e enfatizou que ele estava sem cueca e que dava pra ver o pa…?

A ACUSAÇÃO: Não coloque palavras na minha boca. O que eu disse é que é irritante o fato de ele ser tão…

A DEFESA: Gostoso?

A ACUSAÇÃO: Irreal.

A DEFESA: Dá até vontade de esbarrar com esse ser tão irreal…

A ACUSAÇÃO: Só pra lembrar, você não gosta de homens.

A DEFESA: E daí? Você gosta. Quero ver se ele é legal pra você.

A ACUSAÇÃO: Não é. Mas continuando. Foi o que aconteceu depois disso que me fez perceber que ele é um demônio.

ARTIGO 4.1

QUANDO VOCÊ QUESTIONA
A LEGALIDADE DAS ORGIAS

15 de julho, 23h07

Chamar a polícia não era mais uma opção. Não porque não tinha motivo: mesmo sendo sábado, era impossível que o volume daquela perturbação (também conhecida como "música eletrônica") estivesse dentro dos decibéis permitidos para alguém que vive em sociedade. O problema era que, se meu vizinho fizesse a mesma coisa de sempre e pausasse o som quando os policiais chegassem, acabariam *me* multando.

Eu poderia ter colocado fones de ouvido para o barulho não me incomodar enquanto eu reassistia às minhas partes favoritas de *Advogado do Diabo*. Contudo, estava morrendo de vontade de falar umas poucas e boas para ele. Por isso, calcei o chinelo e subi o lance de escada que nos separava.

Chegando na porta, bufei ao ler a placa que ele havia colocado nela ("Sodoma e Gomorra 2.0"). Apertei a campainha e, desta vez, bastaram algumas tentativas para ele me ouvir.

Achei que estava pronta para vê-lo novamente. Dá para se acostumar com tudo, por mais incômodo que seja. Se me enganei, foi porque ele me recebeu de uma maneira diferente. Sem a calça de moletom caída nem a regata justa.

Ele estava nu. Completamente nu.

A DEFESA (3)

21 de julho, 15h26

A DEFESA: É sério? Puta merda, que delícia. Como era?

A ACUSAÇÃO: Lina, isso não importa.

A DEFESA: Pra pessoas que gostam de sexo com penetração, às vezes importa. Era grande? Diz que sim.

A ACUSAÇÃO: O que eu estou tentando te explicar é que...

A DEFESA: Na minha imaginação, é enorme, não importa o que você me diga. Nosso vizinho, o demônio hipotético, tem uma piroca gigantesca.

A ACUSAÇÃO: Ele estava com o gato na frente.

A DEFESA: Ele estava cobrindo o negócio dele com o Mamón? Vou surtar. Juro que vou começar a gritar a muitos mais decibéis do que você e a sociedade permitem.

A ACUSAÇÃO: Continuando.

ARTIGO 4.2

QUANDO VOCÊ QUESTIONA A LEGALIDADE DAS ORGIAS

15 de julho, 23h15

Como eu estava dizendo, Bel estava completamente nu e, agora sim, acrescento que estava segurando o gato na altura do pênis, de modo que não consegui ver o tamanho. O que de fato não me importou, porque não estou nem um pouquinho interessada nele.

Na verdade, em alguns momentos eu até podia ter olhado. Como quando o bichano se mexeu, arranhou a coxa dele, e ele o soltou depois de dizer: "Seu desgraçado, você fez isso de propósito!". Levou alguns segundos intermináveis até Bel se cobrir com a mão, o mesmo tempo que precisou para desfranzir o cenho e esboçar seu sorriso de sempre.

— Bora? — convidou, balançando a cabeça para indicar o interior da casa.

As luzes vermelhas estavam acesas; então dava para ver muito bem o que estava acontecendo lá dentro. Havia uma multidão de pessoas e, no geral, não estavam com a quantidade de roupas necessária para qualquer uma delas sair na rua sem ser presa por atentado ao pudor.

— Você está me convidando para uma orgia? — perguntei com desprezo.

— Se compartilhar não é sua praia, podemos ir para o meu quarto. Embora eu sugira experimentar os dois. Nunca se sabe.

Orgias eram legalizadas? Nunca pensei em pesquisar sobre isso.

— Você veio pedir pra eu parar de fazer barulho? — insistiu ele, com um brilho zombeteiro nos olhos. — Porque já te adianto que também não transo em silêncio. Qual é, não faz essa cara. Vem, se você curtir, te deixo me amordaçar.

Um cara vestido com o que só pode ser descrito como uma tanga de couro e um monte de tiras do mesmo material no peito se aproximou para ver o que estava acontecendo. Olhou para nós dois e sorriu para mim antes de dar um tapa na bunda do meu vizinho e perguntar:

— Ela vem com a gente? Ela é gostosa.

— Estou tentando convencer — respondeu —, mas parece que ela não gosta de mim.

— E daí?

Bel riu baixinho e, sem deixar de me olhar, se abaixou para lhe dar um beijo que foi quase tão longo quanto incômodo. Depois de dizer algo em seu ouvido, o outro cara voltou para dentro e começou a… Desviei o olhar com pressa.

— Não gosta de sexo? — Havia mais curiosidade do que deboche em sua voz.

Pensei em só concordar. Mas, se falei algo, foi porque queria deixar bem claro que não queria dormir com ele não por falta de interesse pelo ato em si, mas sim por não sentir atração por ele especificamente.

— Claro que gosto. — Parei de olhar para seus lábios quando ele passou a língua de um canto a outro e me concentrei em suas sobrancelhas, vários tons mais escuros do que a franja que a cobria parcialmente. — Apesar disso, você ainda me dá repulsa. Faz um favor e volta a se cobrir; precisamos esclarecer uma coisa.

Em vez de me dar ouvidos, ele cruzou os braços e se apoiou contra o batente.

— Pode olhar, eu não ligo. E não adianta falar nada: por mais que você feche a cara ou repita que é ilegal, eu não vou parar a música. Porque estou dando uma festa, como você pode ver, mesmo que não queira dar uma conferida nos detalhes incríveis, e porque gosto de foder no sentido mais amplo da palavra. Então, agora...

Ele se inclinou na minha direção, e percebi que estava com cheiro de morango e fumaça. Baixou a voz e, mesmo com o barulho, suas palavras chegaram até os meus ouvidos sem problemas.

— Adoro acordos. Vamos fazer um? O que eu proponho é o seguinte: eu mando todo mundo embora, troco o *techno* industrial por alguma música que você prefira, ou ficamos em silêncio, tanto faz, e você toma um drinque comigo. Que tal?

Tentei imitar seus gestos, me aproximando de seu ouvido. Sem querer, minha bochecha roçou a dele, e, por mais fria que minha pele estivesse, isso não era motivo para meus pelos se arrepiarem, algo que acabei atribuindo ao ódio.

— Não quero fazer nada com você. Nem tomar um drinque, nem conversar, nem compartilhar o mesmo ar; então, se cobre e acaba com essa festa ou faz silêncio.

— E se eu não quiser?

— Vou fazer você se arrepender.

Quando me afastei, ele estava com uma sobrancelha erguida e o sorriso mais torto do que nunca.

— Qual é o seu nome? — perguntou de novo. — Se me disser, desligo a música. Não acredita? — Ele olhou para o teto com uma careta estranha antes de acrescentar: — Eu juro por Deus.

Não queria falar meu nome, mais por teimosia do que por qualquer outra coisa. Naquele momento, apesar de não confiar nele, ainda não o considerava alguém perigoso. De qualquer forma, não custava tentar.

— Milena.

A gargalhada me pegou de surpresa. Ele agarrou o batente, com a boca e os olhos bem abertos. Ao contrário das outras coisas relacionadas a ele, aquela risada não me pareceu desagradável. Era estrondosa? Talvez. Mas natural. Viva.

Ele demorou um bom tempo para parar, e aproveitei para me recompor e voltar a encará-lo com desdém.

— Sabe o que seu nome significa? — perguntou, por fim.

— Não.

— Devia pesquisar. Boa noite, Milena.

Ele bateu a porta na minha cara. Aquela festa, que ele tinha jurado que terminaria se eu dissesse meu nome, se arrastou até as 3h17 da manhã. Pelo menos a parte da música. Os ruídos produzidos pelas demais atividades duraram muito mais tempo.

Aprendi que não podia confiar em suas promessas e decidi que, mais cedo ou mais tarde, ele se arrependeria de não ter cumprido a que fizera para mim.

Antes de colocar os fones de ouvido e continuar vendo o filme, pesquisei o significado do meu nome na internet.

"MILENA. A mulher que é amada por Deus."

A DEFESA (4)

21 de julho, 15h57

A DEFESA: Você está me dizendo que não olhou? Nem um pouquinho, de relance?

A ACUSAÇÃO: Estou dizendo muitas coisas, Lina. Mas sim, isso também.

A DEFESA: É que não dá pra acreditar. Que desperdício. Da próxima vez que ele te encher o saco, eu é que vou lá reclamar, aí te conto como é.

A ACUSAÇÃO: Já disse que não ligo. Tirando isso, você não achou nada estranho?

A DEFESA: Vamos ver, o fato de você continuar negando interesse nele me parece no mínimo curioso, não vou mentir. Por que se aproximou pra falar no ouvido dele, sua safada?

A ACUSAÇÃO: Para ele não pensar que ele ter se aproximado de mim antes me afetou de qualquer forma.

A DEFESA: Aham, tá bom. Então, por que você subiu se sabia que não ia adiantar de nada? Foi pra ver de novo todos aqueles... Como era? Ah, sim! Músculos esculpidos à perfeição?

A ACUSAÇÃO: Queria falar que ele ia se arrepender se não parasse. E ele vai se arrepender. Mas voltando à questão que importa aqui...

A DEFESA: As provas, tá. O que te fez pensar dessa vez que ele era o primo de primeiro grau do capeta? O fato de a bunda dele ser bonita demais?

A ACUSAÇÃO: Duas coisas. "Sodoma e Gomorra" é uma referência bíblica.

A DEFESA: Eu conheço a história. Sobre as pessoas que festejavam o tempo todo sem dar bola pra Deus ou coisa assim.

A ACUSAÇÃO: Além disso, ele sabia o significado do meu nome. Quando pesquisei, descobri que é de origem hebraica.

A DEFESA: E daí? Talvez ele entre naquelas páginas pra procurar nome de bebê. Se ele faz orgias regularmente, não ficaria surpresa se precisasse de algumas ideias. Isso é tudo o que você tem pra contar?

A ACUSAÇÃO: Não, fica cada vez pior.

ARTIGO 5

QUANDO O BICHANO
TE CHAMA DE PERDULÁRIO

20 de julho, 20h11

Meu plano de pegá-lo fazendo algo ilegal não estava funcionando.

A primeira coisa que tentei descobrir foi o seu nome completo. Pensei que, se pesquisasse no Google, talvez encontrasse algumas pistas. Para o meu azar, quando verifiquei sua caixa de correio do prédio, a etiqueta só dizia "Bel e Mam, 6B". Era estranho que tivesse incluído o gato (quem enviaria alguma coisa para ele?), mas não estranho o bastante para chamar a polícia.

Isso me levou a falar com o síndico (que por acaso era o sonegador de impostos) para conseguir os dados do proprietário. Eu iria ligar para ele e diria que a pessoa para quem ele tinha alugado aquele apartamento não era confiável. Falaria que incomodava os vizinhos com o som alto e que fazia orgias. Embora esta última tenha se revelado uma prática legal, eu tinha certeza de que o proprietário não ficaria feliz com isso. Eu só não esperava que o proprietário fosse Bel. Pelo visto, ele havia comprado o apartamento no começo de maio. Como Manuel Sánchez López não quis me dizer em nome de quem (teve a coragem de insinuar que minha obsessão pelo homem era suspeita), aproveitei a conversa para perguntar se Bel era cliente dele..

"Não, mas o gato dele roubou uma berinjela de mim e ele me pagou. Um rapaz bacana, confiável, diferente de certas pessoas."

Nesta hora, já estava me perguntando onde ele tinha conseguido dinheiro para financiar um apartamento, e a primeira coisa que me veio à cabeça foi que ele devia ser traficante (e não de abacates). Parecia ser? Não sei, nunca tinha visto um, mas fazia sentido: segundo o Twitter, DJs não ganham muito, a não ser que sejam bem famosos (ele era? Eu duvidava do fundo do coração, porque ninguém que gosta de uma barulheira daquelas deve entender de música). Não pensei em outras opções de trabalho porque ele não tinha horário certo para sair de casa e, para ser sincera, fiquei animada com a possibilidade de ele ser preso por tráfico de drogas; então, me concentrei nessa hipótese.

Me lembrei daquele treco que ele usava para fumar, o *vape*. E se, além de vender substâncias ilegais, ele as consumisse? Um dos protagonistas de *Breaking Bad* era assim; então, concluí que havia cinquenta por cento de chance de o Bel também ser viciado. Setenta, se somarmos o fato de ele obviamente ser irresponsável.

Só por desencargo, fiz uma pesquisa na internet para saber se dava para ficar chapado com aquela coisa, mas não ficou muito claro para mim.

Eu não queria correr o risco de chamar a polícia de novo sem ter provas, e não podia perguntar diretamente para Bel se ele vendia coisas ilegais. Supondo que ele tivesse mais de dois neurônios, isso o deixaria em alerta e ele esconderia melhor o seu estoque de contrabando.

Estava sem saber o que fazer. Deveria desistir ou arriscar uma pesquisa de campo? Se eu encontrasse drogas na casa do meu vizinho, bastaria tirar algumas fotos com o celular e apresentá-las como prova. Assim, tenho certeza de que a polícia se veria obrigada a revistar a casa dele. Talvez até me pedissem desculpas por não terem acreditado em mim desde o princípio.

Tomei a decisão na noite do dia 19 de julho, depois que Bel tirou sarro de mim quando nos encontramos novamente na entrada do prédio. Ele estava com dois homens: um tão alto quanto ele, vestido com um terno e coberto de tatuagens, e o outro muito mais baixo, com lentes de contato vermelhas, rindo entre dentes.

"Te chamaria pra subir", disse ele ao passar por mim, "mas isso é muito pra você. Durma bem… se conseguir".

Caso você esteja se perguntando, não consegui. O lado bom é que aproveitei o tempo para planejar como acabaria com ele no dia seguinte. Em 20 de julho, bateria na porta dele com a desculpa de aceitar aquele drinque que ele tinha me oferecido uns dias antes, daria um jeito de despistar ele e tiraria as fotos. Se eu fizesse tudo direitinho, também poderia pegar o *vape* dele. Enfiaria em um saquinho de plástico, tocando o mínimo possível no objeto, e pediria para a polícia analisá-lo em busca de quaisquer substâncias suspeitas.

No fim, acabei deixando de lado o meu plano elaborado porque descobri algo muito mais perturbador do que uso e venda de drogas.

Mas vamos por partes.

Depois do trabalho, fui até a casa dele disposta a colocar o plano em ação. Parei quando faltavam cinco degraus para chegar ao sexto andar, porque o escutei falando com alguém. Encostei na parede, esperando encontrar alguma pista que pudesse me ajudar a desvendar seus esquemas, e me esforcei para não fazer barulho.

— Foram só 209.385 euros! E 95 centavos, uma mixaria. — Sua voz rastejava mesmo quando parecia frustrado.

— Você comprou a porra de um carro sem nem ter carteira! — repreendeu outra pessoa. Parecia ser um homem de meia-idade muito farto da vida.

— É automático! Além disso, um carro?! — indignou-se Bel. — Você chama um Aston Martin Vantage V8 de *carro*? É muito mais do que isso! Dirigir ele é a coisa mais próxima do Paraíso que essa gente tem! É como se Deus tivesse descido e te dado um beijo de língua! A melhor criação Dele, e estou incluindo nessa conta os ornitorrincos e Lúcifer, em quem obviamente caprichou mais do que...

— Você tem noção de que gastou todo o dinheiro que a gente tinha? Como eu vou justificar os gastos para aquele rato com asas? — A outra pessoa mudou o tom por um muito mais comedido: — Minhas desculpas, Gabriel, o garoto achou que um carro que ele não sabe dirigir era o que ele precisava para ser absolvido. — Voltou a falar como antes quando prosseguiu: — Você já me tirou do sério! Não vou mais te dar um centavo! Em relação à casa? Eu tinha autorização para a compra, mas dava para ter alugado durante os seis meses em que vamos ficar aqui. Agora, isso?! Vou ter que dar explicações. E não quero discutir com eles porque sempre conseguem fazer com que eu me sinta culpado! Já cansei disso! Cansei desse corpo! Cansei de...!

— Frangote.

— Frangote é você, e o assunto agora não é...!

— Não, é que a gente deixou a porta aberta e a galinha saiu. Vou pegar ela e a gente continua conversando lá dentro, você sabe que a Luci não gosta de esperar.

— Nem a pau vou me encontrar com ela.

— Anda, Mam! Você não pode fugir.

Mam? Falando com o gato? Mas o quê...?! Meu monólogo interior foi interrompido quando o animal virou a esquina e congelou ao me ver escondida. Alguns segundos depois, Bel apareceu correndo e também parou. Depois, veio um cacarejo de não muito longe, ele soltou um "Merda!" e deu meia-volta.

Ele está escondendo algo, essa é a minha chance!, pensei comigo mesma; então, fui atrás dele, desviando de Mamón, e o vi agarrando uma galinha que estava andando pelo corredor antes de voltar para dentro da casa. Apesar de ter ficado sem reação, consegui dar uma olhada na sala de estar antes de ele fechar a porta com tudo.

Não havia drogas ali... quem dera houvesse. Em vez disso, havia um pentagrama no piso de tacos, exatamente igual ao que estava tatuado em seu torso, desenhado com o que claramente pareciam ser sais de banho turquesa. Bem em frente ao símbolo, havia um espelho de corpo inteiro encostado em uma cadeira.

Em vez de refletir a sala, apareceu o reflexo de uma criatura horripilante. Podia ter se passado por um ser humano se não tivesse somente um olho logo acima do nariz, orelhas enormes e pontudas e três chifres saindo de uma cabeça careca. Logo atrás daquele ser, deu para ver algumas chamas azuis.

Sem parar para pensar, peguei o gato nos braços e voltei para a minha casa. Tranquei a porta (girei a chave três vezes só por precaução) e me sentei no sofá com o coração batendo a mil. Mamón ficou no meu colo, olhando para mim, como se estivesse dizendo "É isso o que eu tenho que aguentar todos os dias", e também "Muito obrigado por ter me salvado; depois da galinha, eu era o próximo".

Não me considero muito fã de animais. São fofos, acho, mas nunca quis dividir espaço com eles. No entanto, não podia permitir que um louco sacrificasse o próprio gato para fazer... o quê? Um ritual satânico dedicado àquele ser espantoso? Ele fingiu ter uma briga com Mamón sobre dinheiro para se sentir menos culpado antes de matá-lo? Eu não fazia ideia. Onde ele tinha conseguido aquela galinha, e como planejava se livrar dela? Isso era permitido por lei? Eu esperava que não. Não só porque assim eu teria a possibilidade de denunciá-lo, como também porque achei uma atitude terrivelmente cruel.

As coisas tinham mudado. O vizinho não era só irritante: era perigoso. Um lunático que fingia conversar com o gatinho para justificar a própria ostentação e, depois, as atrocidades que cometeria.

Tirei o celular da bolsa e liguei para o meu irmão. Ele atendeu no terceiro toque.

— E aí, Mile. Tudo bem?

— O que alguém tem que fazer pra ser internado em um hospital psiquiátrico?

— Você me vem com esse tipo de pergunta sem nem dar um "oi" antes? — Samuel me conhecia, sabia que suas piadinhas não funcionavam comigo. Mesmo assim, continuava tentando e se frustrando quando não dava certo. — Você já morreu por dentro, mana. E não é mais legal chamar de "hospital psiquiátrico", o nome certo é "clínica".

— Tanto faz. Quais os requisitos?

— Eu estou no terceiro ano de Psicologia — lembrou ele, sem necessidade —, então, não tenho muita certeza. Mas, a princípio, a pessoa tem que representar um perigo, ou para os outros ou pra si mesma. De qualquer forma, acho que é um trabalhão se não for uma entrada voluntária. Por quê?

— Porque meu vizinho faz rituais satânicos. Tudo bem que eu não sou nenhuma especialista, mas imagino que isso seja algum tipo de condição mental ou...

— Não se preocupa — interrompeu ele. Por seu tom, diria que estava se divertindo. — Tem gente que faz coisa estranha só para ver como é, porque está entediada. Tipo tabuleiro *ouija*, sabe?

— Ele desenhou um pentagrama no chão da casa dele com sais de banho e arranjou uma galinha para sacrificar.

Não mencionei a criatura. Eu sabia o que tinha visto, mas não queria que meu irmão pensasse que eu estava perdendo a noção das coisas.

— Nossa. Com sais de banho?

— Não mude de assunto. A galinha, Samuel.

— É estranho, não vou negar. Mas você também é, e até agora não foi internada em lugar nenhum. — Ele esperou alguns segundos para ver se conseguiria me fazer rir dessa vez. Não rolou. Depois de soltar um suspiro, disse: — Olha, acho que não há muito o que fazer. Se você gosta dele, tenta fazer com que passe no psicólogo. Se precisar, ele vai ser encaminhado pra um psiquiatra. Se não gosta e ele não está colocando ninguém em risco... só fica longe. Talvez ele tenha pegado a galinha como animal de estimação... isso não seria a coisa mais estranha do mundo. Se lembra do Joaquín, o vizinho de baixo da mãe e do pai? Ele tem uma porra de uma tarântula. De qualquer forma, se as coisas ficarem ruins, chama a polícia.

— Não posso, já chamei várias vezes pelo mesmo motivo. Quer dizer, não por isso. Mas por causa dele. Não importa o motivo; o que importa é que eu fico preocupada de a polícia parar de me levar a sério por falta de provas. Tenho certeza de que agora mesmo ele está varrendo o chão pra se livrar das provas. Além disso, acho que não é ilegal desenhar pentagramas com sais de banho. Enfim, vou analisar tudo com mais calma. O que eu quero saber é o que teria que acontecer para eu poder fazer uma denúncia e tirarem ele do prédio de uma vez.

Ouvi um suspiro longo e forte do outro lado da linha, e soube na mesma hora o que ele ia dizer.

— Puta merda, Mile. Você está obcecada de novo? — Ele ignorou o meu "Não é uma obsessão, só estou sendo cuidadosa". — É claro que sim. Qual é o nível dessa vez? Tipo quando você fez aquele mauricinho da Faculdade de Administração admitir que pintava o cabelo de loiro logo depois de vocês transarem? Ou quando dedurou a menina da sua sala por estar colando?

O caso do Bel era tão grave quanto (se não mais do que) o da Raquel Tena. Eu a conheci no quarto ano da faculdade e, depois de umas duas provas, comecei a suspeitar de que ela não estava sendo honesta.

— Acabou que, nas duas vezes, eu estava certa — me defendi.

— Tá, mas a primeira só fez com que aquele cara não quisesse mais te ver, o que tanto fazia, porque você não queria mais nada com ele, e na segunda você perdeu o seu único amigo.

— Eu fiz o que era justo. Nos dois casos.

— Mile, não importa. A questão é que você não sabe quando parar e não percebe o problema disso tudo. Valeu mesmo a pena reprovarem sua amiga? O que você ganhou além de a "justiça ter sido feita"?

— Não é uma questão de ganhar, mas de fazer a coisa certa.

Mesmo sem vê-lo, sabia que ele estava passando as mãos pelo rosto, frustrado. Tínhamos tido a mesma conversa centenas de vezes, e ele sempre fazia a mesma coisa.

— Nem tudo é preto ou branco.

— Nesses casos, é, sim. E, só pra ficar registrado, eu não fiquei sem amigos depois que o Enrique parou de falar comigo por causa do que aconteceu com a Raquel Tena. Eu continuo tendo a Lina e…

Fiz uma contagem mental das pessoas com quem eu conversava, e estava quase incluindo a zeladora da Roig e Filhos. Só não fiz isso porque nossa conversa mais longa foi quando, depois de me ver espirrar duas vezes seguidas, ela perguntou se eu tinha alergia e eu respondi "Não" com certa cordialidade.

— Você também é meu amigo.

— Mile, eu sou seu *irmão*. E a Lina é sua ex-namorada.

— Dá pra ter amizade com uma ex.

— Dá, mas…

Naquele momento, a campainha tocou. Mamón desceu do meu colo e caminhou devagar em direção à porta. Sentou-se bem à minha frente e me encarou com aquele rosto amassado.

— Tenho que desligar, acho que o vizinho quer o gato de volta.

— O ga…? Você roubou o bicho daquele satânico? Cacete, Mile, o que você está…?

Não consegui ouvir o resto porque desliguei o telefone. Com cuidado para não fazer barulho, me aproximei e espiei pelo olho mágico.

Era Bel, assim como eu imaginava. Ele arfava rapidamente, mas os olhos, fixos no ponto por onde eu o espiava, pareciam tranquilos.

Olhei para Mamón, Mamón olhou para mim, e tomei uma decisão lógica: fui até o balcão da cozinha para pegar a maior faca que a gente tinha. Quando terminei de me preparar, balancei a cabeça na direção do gato e pressionei o corpo contra a madeira para dizer:

— Estou armada.

— Que coincidência, eu também. De quantos centímetros a gente está falando?

Analisei a faca e fiz alguns cálculos.

— Trinta. Talvez trinta e cinco.

— Ganhou de mim por quinze. Mas sabe o que dizem, não é o tamanho que importa, e sim o que você sabe fazer com...

Tenho até vergonha de admitir que abri a porta sem pensar, movida pela raiva.

Bel se mostrou um ser irracional mais uma vez quando sorriu para a faca que eu estava segurando. Então, fez uma coisa que eu até hoje não entendi: estendeu o dedo indicador, passou pela lâmina até fazer um cortezinho, olhou para o dedo e, quando começou a sangrar, tocou meu nariz com ele.

— Que fofo — disse.

Acrescentei "Possivelmente sadomasoquista" à minha lista mental de características dele. Não era ilegal e, para ser sincera, também não me incomodava, mas senti que precisava me lembrar disso.

— Vim buscar o Mamón.

Se eu estava com medo? Não sei dizer. Não sou uma pessoa muito medrosa. Só me lembro de ter sentido medo quando sofri aquele acidente de carro quatro meses depois de começar a faculdade. O motorista da vez, que devia nos levar para casa, estava bêbado ("Não foi nada, foram só umas cervejas, tá de boa") e perdeu o controle do carro. Contando comigo, nenhuma das três pessoas que estavam com ele ficou gravemente ferida, mas achei que fosse morrer quando capotamos várias vezes. Tive muita dificuldade para voltar a andar de carro (na verdade, eu evito o máximo possível) e desisti da ideia de tirar carteira depois disso.

Voltando ao assunto: permaneci tensa para o caso de eu ter que agir. Tipo, esfaqueá-lo em legítima defesa, ou algo assim. E mesmo que meu coração estivesse batendo rápido, minha mão estava firme.

— Você não vai levar o gato — respondi, segurando o cabo da faca com mais força.

Bel inclinou a cabeça, e ali estava: o sorriso.

— Ah, é? E por que não?

— Porque não vou permitir que você sacrifique ele pra fazer rituais satânicos, igual deve ter feito com a galinha.

O homem, que até então estava parado no corredor, olhou à sua volta. Depois, entrou na minha casa com passos leves e fechou a porta atrás de si.

Foi aí que comecei a ficar com medo. A voz do meu irmão surgiu na minha cabeça, dizendo: "Milena, você vai ser morta em um altar para Satanás por causa de um gato que você nem conhece. Se concentra e devolve o gato para o cara poder ir embora".

Bel parou na minha frente, a ponta da faca apontada para o meio de seu peito, o sorriso mais incisivo do que antes.

— Eu não vou sacrificar ele, assim como não sacrifiquei a galinha. — Suas palavras saíram mais arrastadas do que nunca, e deixaram todos os meus nervos tensos. — Só quero falar com ele.

— Você é doido. — Fiquei orgulhosa do meu tom de voz firme. — Gatos não falam. Eu vi o que tinha no seu espelho. Aquela... criatura.

— Era um disco de vinil, gostou? Tive que colocar lá porque às vezes fico impressionado com a minha beleza.

— Que mentira. As chamas atrás estavam se mexendo.

Em vez de me responder ou de ficar alarmado por ter uma faca cravada em sua pele, ele se virou para encarar o animal.

— Temos um problema. O mosca-morta também fez um acordo, e a chefe falou pra ele onde a gente está. Acho que não vai demorar muito pra esse chatonildo resolver nos fazer uma visita.

Mamón miou e pulou no ombro de Bel com um só salto. Acomodou-se como o papagaio de um pirata e me lançou um olhar significativo.

"Sinto muito", parecia dizer, "o mosca-morta é mais importante do que a crueldade animal".

Quando conseguiu o que tinha ido buscar, meu vizinho se virou e colocou a mão na maçaneta, pronto para ir embora.

— Espera! Para que o pentagrama?

Ele levou um minuto inteiro para me responder. Antes, abaixou a cabeça e riu baixinho. Quando a levantou, lançou um olhar de soslaio para Mamón, deu de ombros e disse:

— Pra ligar pra casa, é claro.

O gato rosnou, Bel voltou a rir, e eu perguntei:

— Onde?

— Lá embaixo.

— No Sul? Na Andaluzia?

Juro que a temperatura da casa caiu vários graus quando ele respondeu:

— Muito mais embaixo.

A DEFESA (5)

21 de julho, 16h24

A ACUSAÇÃO: Agora deu pra entender?

A DEFESA: Meu Deus.

A ACUSAÇÃO: Estamos enfrentando o mal, eu acho que...

A DEFESA: Não, estou falando tipo: "Meu Deus, quando ele disse que estava armado com quinze centímetros a menos, ele estava falando menos de trinta ou de trinta e cinco?".

A ACUSAÇÃO: Lina.

A DEFESA: Tá bom, mas é uma pergunta válida. Olha, não vou negar que é estranho, mas achar que ele é um demônio... É loucura ele achar que está falando com o gato? É. É suspeito ele levar galinhas vivas pra casa? Também. Você está quase no mesmo nível que ele por ter tentado invadir o apartamento dele e ter aberto a porta do seu, com ou sem faca? Com certeza. Estou com o Samu nessa: você ficou obcecada.

A ACUSAÇÃO: Sabia que você ia falar desse lance da obsessão. E a criatura no espelho, hein?

A DEFESA: Devia ser um vinil. Mile, você disse que mal deu pra ver porque ele fechou a porta na mesma hora.

A ACUSAÇÃO: Eu sei o que vi. Coloca isso naquela lista: a tatuagem, a placa de Sodoma e Gomorra, o pentagrama. "Lá embaixo." "Embaixo" tipo "no inferno".

A DEFESA: Ou tipo "na Austrália". Isso fica muito mais ao sul do que Andaluzia. Tá, eu admito que entendo seus argumentos, mas tem uma grande diferença entre acreditar que ele é um demônio, o que eu imagino ser o caso, e ele ser um de verdade.

A ACUSAÇÃO: Também pensei nisso. Entretanto...

ARTIGO 6

QUANDO O MAL ATRAPALHA
SUA ROTINA DE SÁBADO

21 de julho, 13h02

Tenho uma rotina aos sábados. O despertador toca às 9h, e saio da cama às 9h05. Se a Lina passou a noite em casa, ainda está dormindo nesse horário; então, fecho a porta do quarto dela para não incomodar e começo a preparar um café. Levo quinze minutos para tomar e outros quinze para me preparar para enfrentar a ligação obrigatória.

Quando meu pai atende o telefone, a primeira coisa que faz é me cumprimentar em eslovaco, porque morre de medo de eu esquecer como se fala a língua de um país onde nunca morei. Tenho certeza de que ensinou o idioma para mim e para meu irmão não pelas aplicações práticas, como ele enfatiza com orgulho, mas para poder continuar falando. Embora minha mãe tenha tentado aprender várias vezes, não conseguiu; então, de vez em quando ela reclama por não entender a conversa. Ao mesmo tempo, também reclama que nem Samuel nem eu temos aquele sotaque cordovês do qual ela tanto se orgulha.

O caso é que aos sábados tenho uma rotina que vai até as sete da noite, quando improviso e, se Lina não estiver trabalhando, me deixo levar pelos planos que ela me sugere.

Naquele sábado, porém, tive que ir ao escritório de manhã para pegar uma papelada. O sr. Roig precisava que eu consultasse alguns casos de jurisprudência para segunda-feira e só decidiu me avisar por telefone um dia antes, quando eu tinha acabado de chegar em casa.

Por isso, tive que vestir o terninho e falar com meu pai (em eslovaco) enquanto estava no metrô. Aliás, quando eu digo que "tive que vestir o terninho", quero dizer que senti uma obrigação moral de fazê-lo, não que meu chefe tivesse me obrigado a fazer isso. Eu sabia que o escritório estaria vazio, e eu podia ter ido de moletom ou até de pijama, mas me sinto desconfortável se não uso minha roupa de sempre quando estou na empresa.

De qualquer forma, quando terminei de pegar o que precisava e voltei para o apartamento, já era mais de meio-dia. Estava pensando em como abdicar da minha rotina de sábado (e possivelmente também da de domingo) afetaria o resto da minha semana quando me deparei com uma caixa enorme ao lado da sapateira.

— É sua? — perguntei para Lina.

— Do vizinho — murmurou, com os olhos fixos na câmera que estava em suas mãos. — Chegou logo depois de você sair, aí, como ele não atendeu, deixaram com a gente. Estava pensando em levar lá pra cima pra conhecer ele.

— Deixa que eu levo — me apressei em dizer, com mais intensidade do que pretendia. Para disfarçar, porque Lina começou a me olhar com muito entusiasmo, acrescentei: — Preciso falar com ele, aí já aproveito a viagem.

— Como quiser.

Tenho duas coisas para confessar: primeiro, eu não tinha nada para falar com Bel, só queria ver se o gato e a galinha ainda estavam vivos; segundo, eu estava prestes a abrir o pacote para ver se lá dentro tinha alguma pista sobre quem ele era ou no que estava metido.

Não queria descartar outras opções logo de cara, mas a teoria de que ele era um demônio estava ganhando cada vez mais força. Ainda mais quando reparei em um detalhe que não tinha percebido até então: nosso prédio é o 66, e ele mora no sexto andar. Novamente, os três números seis, como naquele cinto horroroso dele.

Se por fim eu não abri o pacote (com o simples nome "Bel" no destinatário, aliás), foi porque é crime e eu queria evitar ao máximo infringir a lei. Deus que me livre acabar presa; era só o que me faltava.

Então, peguei a caixa, que era bem leve para o tamanho, e subi para o sexto andar. Estava prestes a tocar a campainha quando ouvi vozes lá dentro. Bisbilhotar encomendas de outras pessoas é ilegal, mas encostar a orelha na porta não é, e foi isso o que fiz.

Identifiquei três pessoas, que na verdade eram no máximo duas: Bel, a voz de adulto cansado da vida que ele fazia quando fingia que era o gato e... uma senhora. Seria outra das personalidades do meu vizinho? A voz que ele decidiu dar para a galinha? Eu até teria considerado isso uma possibilidade; acontece que, não importa o quanto ele fosse bom em fazer imitações, me parecia impossível que conseguisse fazer aquela voz rouca e lamuriosa de uma senhora muito (mas muito mesmo) mais velha.

Através da madeira, só consegui ouvir algumas frases, e foram o bastante para confirmar que eu estava diante de algo demoníaco.

— ... por aqui, Belzebu? — perguntou Mamón.

— Lúcifer mandou a gente fazer um *brainstorming*. Vem, anda! — disse a senhora.

Depois de alguns sons ininteligíveis, Bel falou (com sua própria voz, no caso):

— Vamos tentar o Apocalipse de novo?

— Impossível, não dá tempo de procurar todos os cavaleiros. A Guerra e a Fome disseram que a Morte sumiu. De novo — explicou a senhora.

— Será que ele ainda está deprimido porque deu tudo errado com aquela mulher? — indagou Bel.

— A garota está na porta. — avisou Mamón.

"A garota está na porta"? Me afastei da porta bem a tempo de não ser pega ajoelhada no capacho do meu vizinho. Acho que eu estava com cara de culpada, porque, quando ele abriu a porta e me viu, abriu um sorriso.

— Escutando as conversas dos outros de novo? — perguntou, cobrindo o interior da casa com o seu corpo.

— Conversando sozinho de novo? — retruquei antes de apontar com a cabeça na direção da caixa. — Deixaram isso na minha casa, vim entregar pra você.

Fiquei mais tranquila ao ouvir um miado seguido de uma cacarejada, o que significava que os dois animais continuavam vivos.

— Perfeito, já entregou. Mais alguma coisa?

Sei que você é um demônio.

Então "Bel" vem de "Belzebu", né?

O que tem na caixa? Sais de banho para futuros rituais satânicos?

Por que tenho a impressão de que você não está de cueca por baixo desse jeans?

Eu estava prestes a falar tudo isso. No entanto, precisava pensar e alertar Lina sobre o problema que estávamos enfrentando. Se eu continuasse escondendo, ela poderia correr perigo, de modo que coloquei minha bolsa no ombro, ajeitei os óculos no nariz e apenas lancei um olhar de desprezo para Bel antes de me virar e voltar para casa.

Quando abri a porta, falei aquilo para minha colega de apartamento:

— Acho que nosso vizinho é um demônio ou, no mínimo, está possuído por um.

CONTESTAÇÃO DA DEMANDA

A bit silly, but not absurd.
Criminal, that's what I heard.
Thinking thoughts that's most impure.
So, everything's splendid, sure.
Not just that sweet picture.
On the fence, the consequence…
What do they know about that?[*]

MINDLESS SELF INDULGENCE,
"What Do They Know?"

---

*N. da T.: "Meio bobo, mas não absurdo./Criminoso, foi o que eu ouvi./Pensando nas coisas mais impuras./Então, está tudo ótimo, claro./Não só aquela imagem agradável./Em cima do muro, a consequência…/O que eles sabem sobre isso?" (tradução livre).

ARTIGO 7

QUANDO SE DESCARTA O ANGELICAL POR EXCESSO DE BABAQUICE

21 de julho, 15h24

— **E aí, vai continuar negando** que o cara do sexto andar é um demônio?

Lina coloca as pernas em cima do sofá e, depois de abraçá--las, apoia o queixo nos joelhos. Me observa por uma eternidade até que, por fim, solta um suspiro. Derrotada por algo que é óbvio, imagino.

— Me fala de novo como é o cabelo dele? — pergunta.

— Loiro, mas não como o meu. Um pouco mais escuro. Parece areia da praia quando está molhada. E é ondulado, com cachinhos.

— Tá. E com esse cabelo você não considerou a possibilidade de ele ser um anjo? Para de franzir o nariz.

— Ele não é — respondo, convencida.

— Por que tem tanta certeza?

— Porque ele é babaca. Não dá pra ser um anjo.

Minha melhor amiga solta uma gargalhada.

— Deve ser um cara interessante se consegue fazer com que você dedique palavrões a ele.

— Não é — repito. — De qualquer forma, tanto faz. O que importa é…

— Mile, meu anjo, eu te amo muito e, em geral, respeito seu ponto de vista, mas ele não é um demônio — interrompe ela com um sorriso. — Não só porque ele não tem cabelo preto nem algum apêndice a mais que seja interessante, mas porque demônios não existem. O que é uma pena, na minha opinião. Lembra quando a gente estava no terceiro ano da faculdade e eu jurei que vi uma garotinha em um beco se transformando em um cachorro preto gigante? — Assinto com relutância. — O que você me disse?

— Que você estava bêbada.

— Pois é, porque eu estava. Acho que não é o seu caso porque você não bebe, mas seria uma reviravolta interessante na sua personalidade você começar a beber durante a semana, e isso com certeza te ajudaria a suportar aquele seu chefe que… ah, enfim. A questão é que você encontrou um cara que te tira do sério e que de fato é meio babaca, e precisa de uma explicação pra essa antipatia. Do mesmo jeito que você fez no caso da menina-cachorro, vou te mandar a real. — Ela fica em silêncio por alguns segundos e faz uma expressão solene. — Além de ele ser um péssimo vizinho e organizar orgias interessantíssimas, você ficou obcecada porque ele mexe com você; não tem nada satânico nisso.

— Está começando a ficar chato te responder com a mesma palavra o tempo todo, mas aqui vai: *Não*.

— Acho que o fato de ele mexer com você torna ainda mais difícil lidar com essa obsessão. Pensa só: com o Manolo e com o seu chefe, que merece que alguém fure os pneus do carro dele, você é muito mais paciente. Nunca passou pela sua cabeça que eles fossem demoníacos. Por quê? Porque não te dão aquele frio na barriga.

— Ou porque não tem nenhum pentagrama desenhado no peito deles e eles não dão festas chamadas "Sodoma e Gomorra" nem falam do fim do mundo e de Lúcifer quando estão com outras pessoas.

— Qual é, Mile. Tem gente que tem um dragão tatuado nas costas e nem por isso é membro da família Targaryen. E sobre essa história de Lúcifer... já pensou que ele podia estar jogando um RPG?

— Com uma senhora, uma galinha e o gato?

— Talvez ele não tenha muitos amigos e estivesse muito a fim de interpretar um elfo, sei lá. — Lina abaixa as pernas e coloca a mão no meu ombro antes de dizer, com a maior seriedade, a coisa mais idiota de todas: — Se joga. Esse é meu conselho. Se joga nesse clichê ambulante que parece ter saído de uma novela de 2012. Mas não namora ele. Quando quiser um relacionamento, encontra alguém de quem você goste um pouco mais.

Respiro fundo uma vez. E outra. E mais outra. Até conseguir falar sem ter vontade de bater na cabeça da minha melhor amiga com uma almofada.

— Você acha que isso vai me convencer de que ele não é um demônio?

— Não faço ideia, mas assim você pode me contar o tamanho da rola dele. Além disso, ele é gostoso, e acho que, se ele organiza orgias, deve ter mais experiência, diferente daquele cara com quem você ficou no outro dia. Qual era o nome dele? Aquele que achava sexy enfiar a língua no seu umbigo.

Não respondo à pergunta porque não quero desviar do assunto e porque, sendo sincera, também não lembro o nome dele. Em vez disso, me levanto para pegar o celular na bolsa e começo a procurar algumas coisas de que vou precisar no futuro.

— Você está mandando uma mensagem pra ele pra vocês marcarem um encontro? — pergunta Lina com interesse. — Não me importo de estar em casa quando rolar. Na verdade, prefiro estar. Não se acanhe.

VIZINHO INFERNAL 63

Ergo as sobrancelhas, espantada pela quantidade de material que consigo comprar por um preço baixo. Talvez eu devesse ter começado por aqui em vez de esperar tanto tempo assim para confirmar o que eu suspeitava havia dias.

— Mile? — Lina se levanta da cadeira e se aproxima, curiosa. — Está mandando mensagens picantes? — Ela olha por cima do meu ombro e reprime um gemido. — Pode me explicar pra que precisa de água benta?

Dou uma olhada no meu carrinho, que, além da já mencionada água benta, contém crucifixos, um rosário, uma Bíblia, uma coleção de santinhos e várias imagens de anjos.

Finalizo a compra quando a página me informa que o pedido chegará na minha casa na segunda-feira e, então, olho para minha melhor amiga.

— Você gastou cinquenta contos em coisas aleatórias para proteger a casa de um *bad boy* que joga RPG com vovozinhas, galinhas e gatinhos?

Uma risadinha escapa de sua boca, mas ela para na hora quando respondo:

— Não. Gastei 48 euros e 36 centavos em ferramentas para exorcizar o vizinho do sexto andar.

SENTENÇA

You broke my trust
And ruined us.
Lied right to my face,
That can't be erased.
You leave me no choice,
You can't avoid,
The consequences
Have left you defenseless. [*]

TOMMEE PROFITT *feat.* RUBY AMANFU,
"You Made Me Do It"

---

[*] N. da T.: "Você quebrou minha confiança/E acabou com nosso relacionamento./ Mentiu descaradamente,/Isso não dá para apagar./Você não me dá outra opção,/ Não dá para evitar,/As consequências/Te deixaram indefesa (tradução livre).

ARTIGO 8

QUANDO VOCÊ SE TORNA
UMA EXORCISTA AUTODIDATA

24 de julho, 18h57

Um dia depois de receber as armas celestiais, a sorte sorri para mim pela primeira vez em duas semanas, e esbarro com Bel sem ter que ir atrás dele, justamente o que eu estava planejando fazer hoje à noite.

Minha intenção era tomar um café antes, porque mal preguei os olhos. Fiquei acordada até as três da manhã lendo artigos na internet sobre demônios e possessões. Embora a maioria dos links levasse a páginas de veracidade duvidosa, havia algumas poucas interessantes e bem documentadas. O problema é que nunca tive formação religiosa, de modo que acho difícil entender a maioria dos textos. Meu pai, ateu, e minha mãe, cristã, deixaram que Samuel e eu decidíssemos no que acreditar quando chegasse a hora. Ele foi batizado e fez a primeira comunhão aos quinze, e eu... bem, digamos que não encontrei nenhuma utilidade prática para isso. Agora me arrependo, admito; teria sido ótimo ter conhecimentos básicos sobre exorcismo.

De qualquer forma, hoje de manhã, antes de ir para o trabalho, decidi colocar os santinhos na bolsa e pendurar duas cruzes no pescoço: uma de madeira e outra banhada em prata. Não sei se esse metal afeta criaturas infernais, mas como machuca monstros em histórias de fantasia, quis testar.

Encontro Bel quando já estou no elevador, e ele aparece na porta carregando uma dezena de discos de vinil em uma das mãos e o *vape* na outra. Ao me ver, ele solta uma baforada de fumaça estampando um sorriso. O gesto é substituído por uma sobrancelha bem arqueada quando estendo a mão para impedir que as portas de metal se fechem.

— Você vai subir? — pergunto.

— Pra sua casa? — Antes que eu possa responder, ele diminui a distância entre nós e entra no elevador. Quando começa a andar, mesmo sem eu olhar para ele, percebo que seus olhos me observam com curiosidade. — Qual é a razão pra essa mudança de atitude? Finalmente percebeu que eu sou irresis…?

— Quero te mostrar uma coisa — interrompo.

Como minha camisa está abotoada até o pescoço, começo a abrir os primeiros botões para poder sacar minhas armas. No caso, os crucifixos.

— Vai me mostrar seus peitos? — pergunta ele, surpreso, entre risadas. — Que maravilha. Podemos começar aqui e terminar no meu apê. Ou terminar aqui, mas vamos ter que subir e descer várias vezes, porque não sei se vou conseguir… Que merda é essa?

Viro-me para ele e tiro as duas cruzes do peito para colocá-las o mais perto possível dele. Eu o analiso atentamente, prestando atenção nas mínimas mudanças, e o vejo franzir a testa aos poucos. Será que dói? Será que está sentindo o peso inevitável dos céus?

— Gostou? — digo com certo sadismo.

— Não são acessórios feios, mas eu preferia que você tivesse me mostrado os peitos. Que cara é essa?

Solto um suspiro, frustrada, e começo a vasculhar a bolsa até encontrar os santinhos.

— E o que acha disso? — pergunto, colocando-os bem no nariz dele.

Ele guarda o *vape* no bolso e pega um dos santinhos para eu parar de balançá-los a centímetros de seus olhos. Então, dá uma boa olhada dos dois lados.

— São Pedro? Não sabia que você era tão devota assim. Fascinante. Muito bonito — comenta enquanto me devolve o santinho, segurando-o entre dois dedos.

Arranco-o de sua mão de forma grosseira. Cansada de ser sutil, porque nunca fui boa nisso, alfineto:

— Não te incomoda?

— O fato de você colecionar cartas raras? Não muito. Quer que eu comece a colecionar também, pra gente trocar as repetidas?

Um sentimento, que imagino ser vergonha, toma conta de mim aos poucos, me queimando por dentro. Não estou acostumada a sentir coisas desse tipo. Percebo que meu rosto está quente, a mandíbula, tensa, e meu coração bate forte nos ouvidos.

Relaxa, imploro a mim mesma, *não vale a pena perder a paciência; ainda há muito o que fazer.*

— Eu sei o que você é.

Digo a frase em tom de ameaça. Não é a abordagem mais inteligente, porque ele ficará esperto para se prevenir de meus futuros ataques, mas preciso que ele saiba que não sou idiota, que tem um motivo importante para eu estar agindo dessa forma.

O painel do elevador nos informa que estamos prestes a chegar no meu andar. Bel esboça um sorrisinho.

— Ah, é? — Em uma nova demonstração de quão pouco respeita o espaço pessoal dos outros, ele se abaixa até que o rosto esteja muito próximo do meu e acrescenta: — O quê?

— Belzebu.

Sua expressão sarcástica muda de repente, dá lugar a uma careta de desgosto. É surpreendente que um gesto tão feio assim faça com que ele pareça mais real e menos... feito de mármore. Quase humano. Com olhos semicerrados, o cenho franzido e o lábio superior curvado para cima.

— Eu sou quem...?!

As portas se abrem, e saio para o corredor do quinto andar, felizmente mais orgulhosa do que envergonhada.

— Belzebu — repito.

Em vez de aceitar que ganhei essa rodada, ele também sai do elevador e para ao meu lado enquanto procuro minha chave na bolsa.

— Por que você acha que eu sou o Belzebu, hein?! — Eu o ignoro; mesmo assim, ele não parece entender que quero dar um fim a essa conversa, pois prossegue: — Por que você me chamaria... disso?!

— Porque você é um demônio — respondo. Assim que abro a porta, olho para ele de soslaio e vejo que ainda está com a cara amarrada, resmungando para si mesmo. — Quer falar mais alguma coisa?

Ele balança a cabeça, como se quisesse se livrar da raiva. Então, se recosta na parede, segurando os discos com os dois braços.

— Quero. Você pretende ficar me insultando por mais quanto tempo? Porque não sei se vou conseguir lidar com isso; sou um cara muito sensível.

— Continua brincando, não estou nem aí. Mais cedo ou mais tarde, quem vai rir sou eu.

Ele me observa com a cabeça inclinada e, mesmo sabendo que não deveria, permito que faça um último comentário antes de eu entrar em casa. Afinal, logo, logo o mandarei de volta para o Inferno, e ele não poderá continuar falando besteira.

— Duvido que você esteja pronta pra rir. Em nível sentimental, é a isso que me refiro. Você tem uma boca — ele aponta para ela com um dedo no qual está usando um par de anéis —, cordas vocais e tal, mas te falta uma coisa chamada *senso de humor*. Quem dera você se esforçasse mais pra ter um em vez de ficar colecionando desenhos de São Pedro. Quer ir lá pra casa pra eu te explicar como se faz?

Bato a porta na cara dele. Infelizmente, a madeira não é densa o bastante para abafar a gargalhada do outro lado.

A vitória é agridoce porque, embora eu tenha conseguido desestabilizá-lo por um instante, ele não gritou em línguas estranhas como em alguns dos vídeos que vi ontem à noite nem admitiu suas origens infernais. No entanto, considerando o quão ofendido ele pareceu quando o chamei de Belzebu, sei que acertei em cheio.

Depois de trocar a roupa de trabalho, me sento no sofá com o notebook e faço mais algumas pesquisas sobre exorcismos e métodos de proteção. Agora que ele sabe que eu sei o que ele é, talvez tente me atacar de alguma forma para me impedir de destruí-lo.

Uma hora depois, compro vinte crucifixos de tamanhos diferentes e um rolo de velcro.

Que comece a guerra.

ARTIGO 9

QUANDO O CAPETA SE JUNTA
AO SONEGADOR DE IMPOSTOS

28 de julho, 13h34

A luta contra as forças do mal não está sendo tão produtiva quanto deveria. Quatro dias depois que meus colares e meus santinhos se mostraram ineficazes, me dediquei a fortificar minha casa antes de tornar a encontrá-lo. Não quero que Lina sofra as consequências das minhas ações (justas, é claro, mas também arriscadas).

Fico feliz por minha melhor amiga quase não ficar em casa. Ela está pegando uma garota que conheceu em uma exposição de fotografia, então, entre os encontros e seus muitos empregos, quase não a vejo. E fico feliz não só porque é mais seguro para ela, como também porque, quando nos vemos, ela parece adotar uma atitude parecida com a de Bel, pois leva as minhas investigações cada vez menos a sério. Insiste que faz isso por amor, mas também disse que "Graças a todas essas coisas que você comprou, nossa casa deixou de ser só decadente e se tornou o cenário de um filme de terror de baixo orçamento. Como você quer que eu chame a Daniela pra vir pra cá? Eu ia ter que explicar que você está lelé da cuca, e, cara, eu realmente gosto dela; seria uma pena se essa fosse a primeira impressão que ela tivesse de você. É melhor ela descobrir quem você é depois de já gostar de você".

Olho em volta da sala e, embora eu entenda que os novos objetos de decoração a deixem incomodada, eles são necessários para manter o capeta (Bel) afastado. Até agora deu certo, visto que ele não apareceu aqui para...

O que foi isso? Ouço o mesmo barulho novamente do outro lado da porta, como se alguém estivesse batendo... Ah!

Vou até minha escrivaninha, onde agora, além das canetas guardadas em um pote de metal e uma cópia da Constituição cheia de *post-its*, há um livro de salmos e outro chamado *Ritual de exorcismos e outras súplicas*. Há também várias miniaturas de anjos, a maior delas feita de metal. Pego um deles, segurando com firmeza, e vou até a porta espiar pelo olho mágico.

Ninguém.

Abro, a miniatura levantada acima da cabeça. Minha postura defensiva dura até eu perceber o que aconteceu: alguém virou todas as cruzes que eu tinha pendurado com velcro na porta. Esse alguém tem nome (sobrenome não, segundo as correspondências) e perdeu o direito à presunção de inocência desde que descobri que não era um ser deste mundo e, portanto, a Constituição não o inclui em nenhum dos artigos.

Respiro fundo e coloco os crucifixos de volta na posição certa, um por um.

Cinco horas depois, já tinha desvirado os crucifixos tantas vezes que comecei a considerar a ideia de pegar um deles e enfiar no olho do culpado.

Bel passa a tarde toda descendo, virando-os de cabeça para baixo e fugindo antes que eu possa pegá-lo em flagrante. Por fim, decido deixar a porta entreaberta e esperar bem ao lado dela, com a miniatura de anjo em mãos para ir atrás dele quando ele se aproximar.

Depois de quinze minutos, ouço passos na escada, escancaro a porta e saio segurando o Arcanjo Gabriel de metal. Acrescento um grito de guerra para causar mais impacto e deixar claro que não estou para brincadeiras.

Estou prestes a jogá-lo na cabeça de Manuel Sánchez López, então entendo que ele esteja assustado, mas acho que colocar a mão no peito como se estivesse tendo um infarto, soltar um grito e cair de bunda no chão foi um exagero.

— Tá querendo me matar?! — grita ele, movendo os olhos de sonegador de impostos da arma quase homicida para o meu rosto, do meu rosto para meu peito e, depois, tudo outra vez.

— Desculpa, te confundi com outra pessoa.

Bel não pode ser considerado uma *pessoa*, mas também não preciso dar muitos detalhes para Manuel Sánchez López, muito menos quando ele é tão intransigente e exagerado assim.

— Queria agredir outra pessoa?! Vou chamar a polícia!

Vai ser desse jeito, então?

— Ah, é? Me avisa quando chamar, assim aproveito a oportunidade para falar sobre a sua relutância em se registrar como autônomo.

A ameaça velada atinge o alvo e, pela primeira vez na vida, Manuel Sánchez López se concentra somente nos meus olhos.

Depois, se levanta e começa a limpar a roupa. Não há nenhum vestígio da menção às autoridades em seu longo (e interminável) discurso sobre violência, as jovens de hoje em dia, que sorriem muito pouco, os perigos de certos bairros de Madrid, antes respeitáveis, e, por algum motivo, os horários da equipe de limpeza do prédio.

Ele ainda está falando quando a criatura que eu estava tentando erradicar desce a escada, com as mãos nos bolsos da calça de moletom e usando uma de suas regatas ridiculamente justas.

— O que aconteceu, Manolo? Tudo bem?

Pisco várias vezes, sem acreditar. Ele está bajulando o traficante de verdura?

— Tudo, meu filho, não se preocupe — responde o traficante bajulado em questão, com um tom de voz agradável que, para mim, até agora era desconhecido. — Me assustei quando essa menina tentou me atacar com uma estátua de pomba.

Ao se referir a mim, seu tom de voz se torna o de sempre: uma mescla de rancor e desconfiança.

Quando Bel olha para mim, penso que a única coisa que tenho a acrescentar é:

— É o Arcanjo Gabriel, não uma pomba.

— É isso o que você faz nos sábados, Milena? Assusta as pessoas com os seus brinquedos? — A voz de Bel sobe mais do que o normal, talvez pelo esforço que está fazendo para não rir. — Ele estala a língua e balança a cabeça em negação, fingindo estar decepcionado. — E eu pensava que você era uma mulher equilibrada e profissional...

Neste momento, percebo duas coisas: a primeira é que consigo raciocinar bem o bastante para ver que ele está tentando me tirar do sério, e a segunda é que, para a minha surpresa, ele consegue. Não me faz acreditar que sou uma mulher desequilibrada e pouco profissional, mas perco a compostura.

Jogo a culpa do meu comportamento na falta de sono, na péssima ideia de usar velcro (em vez de fita dupla-face) e, por que não, na possibilidade de o demônio ter poderes ocultos.

O comportamento em questão, tão diferente do meu habitual, consiste em atirar o Arcanjo Gabriel de metal na cabeça dele. Infelizmente, ele se abaixa a tempo, e a miniatura bate na parede às suas costas, fazendo um buraco no cimento. Tanto o demônio quanto o traficante de vegetais o encaram de boca aberta. Aproveito este momento de estupor geral para dar meia-volta e me enfiar dentro de casa.

Assim que entro, tento ignorar a conversa que acontece lá fora e passo alguns minutos me arrependendo do meu comportamento. Não porque eu ache que a violência não se justifica nesse caso, mas porque suspeito de que seja pouco provável se livrar de um demônio abrindo o crânio dele. Meu acesso de raiva não foi só completamente ineficaz: também me fez parecer imatura e despreparada.

Me sobressalto quando a campainha toca e penso em não atender. Pondero a respeito disso e, ao perceber que é por vergonha, não por algo lógico (como medo), faço das tripas coração e decido mostrar ao demônio que sou uma mulher madura que teve um surto, nada além disso.

Giro a maçaneta e encontro Bel com uma das cruzes da porta em uma das mãos e meu anjo de metal em miniatura na outra. Ele abre um sorriso que é mais... Sendo sincera, não sei como descrever. Parece um dos gestos de sempre, de lado, e ao mesmo tempo tenho a impressão de que é mais sincero e menos ensaiado.

Odeio isso, é claro, assim como tudo o que ele faz.

— Vim devolver a sua... pomba. — O sorriso sincero desaparece, dando lugar ao tom brincalhão de sempre. — Também queria dizer, em nome do Manolo, que os custos pra consertar a parede ficam por sua conta.

— É justo. Mais alguma coisa?

— Sim. A sua explosão de violência foi surpreendentemente sexy. Essa é a minha opinião, não a do Manolo. Acho que ele não ficou muito feliz. Na verdade, você deve até ter roubado uns anos de vida dele. — Com toda a intenção de me fazer jogar outra coisa nele, Bel coloca a cruz de madeira de cabeça para baixo na porta. — O que você quer? Tá fazendo tudo isso pra que eu te dê atenção? Porque não precisa, eu já estou prestando atenção em você. Ainda mais quando você resolve desabotoar uns botões.

— O que eu quero — digo, me esforçando muito para controlar a minha voz — é que você volte para o lugar de onde veio.

— Minha casa? Porque eu estava pensando em te chamar pra...

— Para o Inferno.

Por mais que ele morda o lábio inferior, não consegue conter uma gargalhada. Quando finalmente explode, ele se agacha para segurar a barriga. Fico tão irritada com sua atitude que arranco o arcanjo de suas mãos e fecho a porta.

Para não ouvi-lo continuar rindo do outro lado, vou para o meu quarto. É aí que percebo que Lina tem razão, pelo menos em parte: o que sinto por Bel não se parece com o que sinto por Manuel Sánchez López ou pelo sr. Roig (filho). Nem mesmo com o que eu sentia por Raquel Tena e a injustiça acadêmica que sua trapaça representava.

Esse ódio não vem do cérebro, como os outros. Por mais que eu tente raciocinar, por mais justificativas que existam, é um sentimento mais volátil e abrasivo.

Com base no meu conhecimento recente de teologia (ainda escasso, admito), concluo que meu ódio por Bel vem da alma. Devido à natureza intangível do conceito, decidi guardá-lo no peito, um pouco para a esquerda.

ARTIGO 10

QUANDO VOCÊ EXORCIZA O FICANTE DO PRÓXIMO

29 de julho, 20h15

Quando Bel abre a porta de sua casa, evito olhar para ele para não me distrair, pego o caderno e começo a ler:

— Eu lhe ordeno, Satanás, saia de... — tropeço nos parênteses, que diz "mencionar nome de quem está possuído" e decido improvisar para não perder o ritmo: — deste condomínio de servos de Deus... — Espero que os moradores possam se considerar servos de Deus. — Eu ordeno, Satanás, príncipe deste mundo, que reconheça o poder de...

Surpresa pela falta de insinuações ou idiotices de qualquer tipo, tiro os olhos do texto e me deparo com Bel segurando o pescoço com uma expressão de terror absoluto. A oração deve estar funcionando, finalmente! Não posso parar agora.

— Onde eu...? Ah! Afaste-se desta criatura. Eu ordeno, Satanás, saia desta criatura...

Interrompo a leitura novamente quando meu vizinho cai de joelhos, com o rosto vermelho e os olhos arregalados.

— Vá embora, em nome do...

Perco o fio da meada quando Bel estende uma das mãos em minha direção, suplicando. Fecho os olhos por alguns segundos para não cometer o erro de sentir pena dele e, também, para não pensar muito no fato de que uma das minhas hipóteses sobre o demônio se revelou falsa: ele de fato usa cueca. Na verdade, é a única coisa que está vestindo agora.

— Em nome do Pai — continuo a dizer, e paro novamente.

Eu o observo deitado de lado no chão, lutando para respirar, e não consigo terminar a oração. Por que tem que sofrer tanto? Por que não pode evaporar de uma vez, sem muito drama? É um mecanismo de defesa demoníaco para provocar pena e te atacar quando você fraquejar?

Por mais que eu não esteja acostumada a sentir vergonha, não sou estranha à compaixão: fico triste sempre que alguém sofre uma injustiça. Então, para me dar forças, digo a mim mesma que não é injusto, muito pelo contrário. Mandar um ser que não é deste mundo para o lugar de onde veio é a coisa certa a se fazer.

Estou prestes a continuar quando vejo os olhos de Bel se fecharem e o peito parar de subir e descer. É isso? Consegui? Me agacho para me aproximar dele, engatinhando muito devagar. Tem algo entalado na minha garganta (imagino que orgulho pelo trabalho bem-feito). Engulo em seco e estendo a mão, com a intenção de verificar o pulso. De repente, Bel abre os olhos de novo e começa a fazer movimentos estranhos. Acho que pode ser uma convulsão, mas ele começa a se contorcer feito uma cobra. Acabo chegando à conclusão de que deve ser algum tipo de ritual satânico para se recuperar das feridas celestiais, e não posso permitir que isso aconteça. Me afasto dele, arrastando a bunda pelo chão, e pego o caderno, pronta para acabar com isso o mais rápido possível.

É a compaixão que me incentiva? A repulsa? Dá na mesma.

Com a voz mais trêmula do que gostaria, termino:

— Em nome do Pai, do Filho e do Espírito Santo.

Agora, Bel solta seu último suspiro e permanece completamente imóvel.

Consegui.

Centenas de perguntas me vêm à mente, e deixo a maioria de lado para responder quando meu coração não estiver tão acelerado assim (*Por que estou me sentindo mal?* ou *Dá para considerar que isso foi assassinato?*, por exemplo). Me concentro nas duas que considero mais urgentes: *Por que o corpo dele não desapareceu?* e *Se eu relatar esse incidente à Igreja, será que vão considerar isso um desvio de função e vou ter problemas?*

— Posso saber quem é você?

Dou um pulo quando ouço a voz e me vejo diante de uma garota que está vestindo uma blusa preta que não é de seu tamanho. Saiu do quarto principal e, a passos pesados, começou a caminhar em direção ao cadáver de seu ficante (Bel) e à assassina (eu).

Assim como o demônio falecido, ela é objetivamente linda. Contudo, não me causa a mesma repulsa que ele, acho que por ser humana.

— Sinto muito — digo, séria, quando ela percebe o corpo dele no chão. — Era meu dever.

— Ser empata-foda?

Fico horrorizada pela falta de emoção com que ela encara sua perda. Não que eu ache que Bel mereça lágrimas derramadas em sua homenagem, mas por ser a reação humana e sensata. Embora eu não chore com frequência, estou certa de que ficaria pelo menos visivelmente abatida se uma desconhecida tivesse exorcizado a pessoa com quem estou transando. Essa garota, porém, parece só impaciente.

Mesmo que isso me cause aversão (por esse último motivo, é claro), decido ser sincera com ela. É justo, porque assim ela pode tomar mais cuidado na hora de escolher seus próximos ficantes e porque seria legal se alguém me agradecesse pelo meu trabalho; assim, eu não me sentiria mais culpada.

— Pode acreditar, eu te fiz um favor. Sabe na cama de quem você se enfiou?

— Claro que sei — responde. — Do DJ da Inferno.

Sei qual é a boate de que ela está falando porque Lina está há meses tentando me convencer a ir com ela.

— Ele também é o Belzebu. Quer dizer, era.

Não sei se a garota ruiva abre a boca em surpresa ou para responder, porque ela a fecha novamente quando o cadáver volta à vida, se erguendo sobre os cotovelos, e diz:

— Eu não sou o Belzebu, porra!

— Você não morreu — constato.

O único lado bom da situação é que aquela culpa incômoda que estava me atormentando desaparece. O lado ruim é que sinto meu rosto queimar, e dessa vez não de vergonha, apesar do olhar que a desconhecida lança para mim e do sorriso de Bel. O zumbido em meus ouvidos e a maneira como cravo as unhas nas palmas das mãos quando cerro os punhos se devem à raiva.

Fracassei novamente, não só porque a oração não deu certo, mas porque acreditei nas palhaçadas de Bel. Pior: estava prestes a sentir pena dele. Fiquei indignada com essa desconhecida, que em nenhum momento achou que ele estivesse morto, porque não parecia afetada o suficiente pela perda.

— Podemos voltar ao que estávamos fazendo? — pergunta a mulher.

Ela parece entediada, como se fosse normal seus ficantes fingirem que os exorcismos que realizam neles dão certo.

Bel se levanta e se espreguiça feito um gato. Em seguida, agarra o batente da porta com as mãos (uma hora dessas, vai acabar arrancando) e deixa o corpo balançar em minha direção.

Sei o que ele vai dizer no momento em que separa os lábios, algo como: "Quer se juntar à festa?", e me apresso para negar a fim de manter um pingo de dignidade.

— Até a próxima, Milena.

— Não.

Pisco várias vezes, confusa. Como assim "Até a próxima, Milena"? Não contente por ter mudado sua fala de sempre sem aviso prévio, ele solta uma risada baixa e fecha a porta sem mais explicações ou desculpas por seu comportamento. Sem pensar, chuto a madeira, o que me faz sentir bem pela raiva liberada e mal pela dor. Acima de tudo, mal pela dor.

Volto para casa mancando. Lina, sentada no sofá, tira os olhos do livro que está lendo e me pergunta:

— Aonde você foi? E o que aconteceu com o seu pé?

— Fui exorcizar o vizinho.

Explico o que aconteceu enquanto procuro no congelador o saco de ervilha para emergências. Está vencido há alguns anos, mas Lina me convenceu a não jogar fora porque é ótimo para colocar nas costas quando ela exagera na academia.

— Você se machucou chutando uma porta?

Como eu a conheço e sei que tentar mudar o rumo da conversa não vai adiantar de nada, me limito a sentar ao seu lado e colocar o saco de ervilhas no peito do pé.

— Estou… confusa — insiste. — Quer dizer, acho muito engraçado você ter perdido a calma depois de seis anos de um estoicismo quase robótico, mas também fico brava por ter sido com um cara que você acabou de conhecer. Por que não comigo? — Ela se vira em minha direção, com as costas da mão na testa em uma pantomima dramática. — O que eu fiz de errado? O que ele tem que eu não tenho, além de um monte de gominhos esculpidos à…?

— Chega.

— Viu? Mesmo que você me mande calar a boca, faz isso com a mesma compostura daqueles guardas de Londres. Aqueles com o chapéu estranho; sabe do que eu estou falando?

Em vez de responder às bobagens de Lina, olho para o celular e vejo que recebi 32 mensagens da minha mãe. Não porque ela tem muito a dizer, mas porque fica apertando *Enviar* em vez da tecla de espaço. Além da notícia de que sua amiga Paqui foi demitida (algo que ela tinha que me contar) e de uma selfie que meu pai mandou no grupo da família e à qual, por algum motivo, ela está chamando de "seu meme", ninguém mais me mandou mensagem.

Mesmo sendo normal, bloqueio o celular sentindo um leve incômodo.

— Lina, você acha estranho eu conversar só com quatro pessoas além dos meus pais?

Minha melhor amiga começa a contar nos dedos, murmurando:

— O Samu, a zeladora do seu trabalho, eu... Quem é a quarta?

— O demônio.

Embora sorria, ela decide não fazer piadinhas com isso. Somente me abraça e descansa a cabeça em meu ombro.

— Você não acha horrível as pessoas que não conhecem a gente ficarem julgando nossas esquisitices? — pergunta ela.

— Quer dizer, não é estranho pra mim o fato de você não querer contato com muita gente. Não só porque estou acostumada com isso, mas porque dá pra ver que você é feliz assim. Só que, pra alguém que não te conhece, pode parecer algo estranho ou passível de crítica. Tipo a minha coleção de tênis All Star ou o fato de estar cumprindo o juramento que fiz há dez anos de não tomar banho aos domingos.

Concordo com a cabeça, entendendo o que ela quer dizer.

— Mas... — Lina hesita antes de prosseguir. — Se você está me perguntando isso, pode ser que esteja a fim de expandir seu círculo de amigos ou... — Outra pausa, agora mais longa. — Ou que esteja com saudade de alguém.

— Não estou com saudade do Enrique.

— Ele era seu melhor amigo na faculdade.

— Você era minha melhor amiga na faculdade — corrijo. — E continua sendo.

— Tá, então ele era seu segundo melhor amigo. Sei que já faz um tempo. Mesmo assim, tenho certeza de que você podia chamar ele pra tomar um café e...

VIZINHO INFERNAL 83

— Não.

Ela aperta o abraço quando suspira.

— Tá bom, então. Mas tenho certeza de que ele te perdoaria.

Enrique era namorado (e, de acordo com o Instagram, continua sendo) da Raquel Tena, a colega de classe que eu denunciei por colar nas provas. Depois de ela ter reprovado na matéria, o Enrique me disse que, para ele, eu tinha feito algo horrível e deveria estar envergonhada. E eu falei que ele que deveria estar envergonhado por namorar uma pessoa tão pouco ética. Também disse que, com essa atitude dele, acabaria levando um chifre da Raquel Tena.

A última vez que chorei foi quando paramos de nos falar.

ARTIGO 11

QUANDO VOCÊ NÃO TEM ROUPA
PARA COMBATER AS FORÇAS DO MAL

31 de julho, 20h42

Começo a falar antes mesmo de entrar em casa.

— Estou pensando em contratar um assassino de aluguel pra dar um jeito no meu chefe, falando sério.

Em vez de jogar minha bolsa na mesa, tirar os saltos com os próprios pés e deixá-los jogados de qualquer jeito no chão, faço um esforço e coloco minhas coisas no lugar certo. Estou mais cansada do que irritada, mas ainda não virei uma bárbara. Também não virei a Lina, que está me olhando do sofá, vestindo o uniforme do Burger King, com um pote de sorvete em mãos. Presumo que ela não tenha lavado a louça, e olha que era a vez dela, porque está tentando tomar sorvete com uma faca de manteiga.

— Dia ruim? — pergunta com interesse, espetando a sobremesa para... fazer alguma coisa, provavelmente não com o objetivo de sujar tudo em um raio de dois metros, mas é o que acontece.

— Ruim é pouco; foi terrível. Eles promoveram o estagiário e agora ele foi efetivado, mesmo tendo dois anos de empresa e milhões de neurônios a menos do que eu. Aí pedi uma reunião com o sr. Roig para perguntar quando iam me promover. Além de me fazer esperar 45 minutos sem motivo nenhum, porque sadismo não devia contar como motivo, ele disse que eu cumpro as funções do meu cargo de "maneira eficiente" e que, "por agora, não temos nenhuma outra vaga em que suas habilidades se encaixem".

— Como ele sabe quais são as suas habilidades se você só tira xérox?

— Também cuido dos vidros; pelo menos durante essa última semana. — Coloco os óculos na cabeça para apertar a ponte do nariz, tentando manter a calma. — A zeladora está de férias e as paredes de vidro do escritório do meu chefe têm que ser limpas todos os dias, então...

— Ai, meu bem, sinto muito mesmo. — Lina dá uns tapinhas no sofá para eu me sentar com ela. — Quer tomar sorvete enquanto a gente imagina formas de tortura indecentes e cruéis? Ou a gente pode sonhar com o fim do capitalismo, o que você estiver mais a fim.

— Por mais tentador que seja, acho que vou tomar um banho e dormir cedo.

— Você é que manda! Quer que eu faça o jantar? Comprei o macarrão sem glúten de que você gosta, aquele que só fica bom depois de colocar três litros e meio de molho de tomate.

— Obrigada, mas não precisa. Vou fazer uma salada.

Vou até o banheiro, que já era um cômodo minúsculo quando não tinha uma máquina de lavar ao lado do vaso sanitário. É um lugar que, por motivos óbvios, uso várias vezes ao longo do dia, e em todas elas fico estressada por estar abarrotado.

Não seria justo culpar Lina por isso, apesar de ela de fato ser muito bagunceira; acontece que mais da metade das maquiagens e praticamente todos os produtos de cabelo são meus. Tento mantê-los o mais arrumados possível, e seria muito mais fácil se tivéssemos um armário em vez de um bidê que nunca usamos.

Não consigo relaxar enquanto tomo banho, só consigo queimar a epiderme. A torneira está quebrada há semanas, e, mesmo tentando de tudo, a água só sai a quarenta graus. O lado positivo é que não gastamos muita, porque fazemos de tudo para sair do chuveiro o mais rápido possível.

Assim que saio, percebo que Lina usou a minha toalha para... Não sei para o quê, só sei que deixou no chão e prefiro não me secar com ela. Embora eu não seja particularmente exibicionista, eu e minha colega de apartamento já nos vimos nuas centenas de vezes, então tiro um pouco da umidade do corpo com a toalha de cabelo antes de enrolá-la na cabeça. Quando termino, vou para o meu quarto para me vestir.

Ou pelo menos era o que eu pretendia fazer. O que acontece na verdade é que atravesso o corredor com toda a pele exposta, chego à sala (tenho que atravessá-la para chegar ao meu quarto) e me deparo com a nuca de Lina, que continua esfaqueando o sorvete, e com a nuca de um demônio, que está dando conselhos amorosos para ela ("Se quiser que essa garota implore pra sair com você, chama ela por outro nome. Assim, ela vai ver que tem uma galera na fila te esperando").

Depois que eu processo o que ele disse (leva de dois a cinco segundos), outras coisas acontecem: Lina se vira ("Seu amigo veio te v...! Nossa, você está tão pelada"), a faca cai e tilinta no chão, Bel sorri tanto que estou convencida de que vários músculos de seu rosto se rasgam e eu grito.

Eu raramente grito. Mas não neste momento, porque agora estou exibindo toda a minha capacidade pulmonar. Grito muito pouco em geral, ao longo da vida. Exceto em casos raros. Acho que é uma resposta física sem lógica e que não resolve nada.

— Oi, vizinha. — Aquela criatura infernal tem a coragem de não desviar o olhar nem erguer a mão, como se nada estivesse acontecendo. — É sempre um prazer te ver, especialmente hoje, por motivos especiais.

Lina, que é minha melhor amiga por uma razão (mesmo que permita que as forças do mal entrem em casa), coloca a palma coberta de chocolate com macadâmia em frente aos olhos de Bel. Ele finge uma cara triste, e eu me escondo atrás do sofá.

Abraço as pernas e percebo que teria sido melhor correr para o quarto, que também não está longe, mas minha capacidade de raciocínio deve ter evaporado junto com a minha pele durante o banho.

Lina olha para mim por cima do ombro, ainda observando para ter certeza de que Bel não vai olhar de novo (ele voltou a sorrir, então aposto que conseguiu espiar), e me pergunta em voz baixa:

— Mile, por que você está tão... Por que você só...? Quer dizer, por que aconteceu tudo isso, em geral?

— Porque alguém decidiu deixar minha toalha no chão.

— Porra, é mesmo! — Ela bate na testa com a mão que estava tapando os olhos de Bel e, quando minha respiração falha, ela imediatamente volta a cobri-los. — Hoje de manhã, encontrei uma fila de formigas no banheiro e tentei fazer com que voltassem pra... pra onde quer que elas vivam, não me interessa, contanto que não seja na nossa casa.

— Sua técnica pra se livrar delas foi jogar a minha toalha?

— Mais ou menos. Antes, tinha jogado suco de limão aos montes. Da garrafa que a gente comprou pra as *paellas* que a gente nunca faz porque não conseguimos chegar a um acordo sobre os ingredientes. Segundo a internet, as formigas não gostam disso, mas não chega a matar elas. O limão, digo, não as *paellas*. Nem a toalha. O objetivo da toalha era não ver como elas se dispersavam pra fugir dos cítricos.

— Posso saber por que você não quer matar uma infestação de formigas? — intervém Bel.

— Não, você não pode saber de nada. — Estico o pescoço para ter certeza de que ele ainda não consegue me ver. — Lina, por que você não jogou inseticida?

— Elas são trabalhadoras.

É isso: esse é o argumento dela. Como a conheço, entendo. Como Bel não a conhece, abre a boca para continuar interrogando minha amiga a respeito de suas escolhas. Antes que ele possa fazer isso, acrescento:

— Vou para o meu quarto. Depois a gente fala sobre como se livrar das formigas, sejam elas trabalhadoras ou não. Fica olhando pra ter certeza de que ele não vai me ver.

Confio em Lina, mas não em Bel, então caminho de costas até o meu quarto, me cobrindo da melhor maneira que consigo.

A primeira coisa que faço é trancar a porta, só por precaução. Depois, quando me olho no espelho, percebo que a toalha da cabeça está torta e que meu rosto está com uma expressão assustada. Dou uns tapinhas na bochecha para sair desse estado e abro o guarda-roupa para escolher o que vestir, descartando, sem pensar duas vezes, o moletom que uso em casa e que está dobrado em cima da cama. Não que o demônio mereça que eu coloque uma roupa elegante, mas depois da coisa ridícula que acabou de acontecer, sinto que é necessário passar uma certa imagem. Acabo vestindo uma calça de linho branca e uma camiseta de algodão amarelo-mostarda. De última hora, decido colocar o sutiã. Na imagem que quero passar, é importante que meus mamilos não fiquem visíveis.

Volto para a sala, e os dois se viram no sofá para me ver. A expressão de Lina, depois de me olhar de cima a baixo, é de diversão, não sei por quê. A de Bel, que também me olha de cima a baixo, tende mais para decepção.

— O que você está fazendo aqui? — pergunto ao demônio.

Tento controlar minha voz, parecer calma e firme ao mesmo tempo, para tentar fazê-lo se esquecer o mais rápido possível do grito ineficaz que dei agora há pouco.

Ele coloca os braços no encosto, se inclinando para trás o máximo que suas pernas permitem, o que, considerando sua altura, é bastante. Pelos meus cálculos, deve estar ocupando setenta por cento do sofá e quarenta por cento da sala.

— Decidi que já era hora de conhecer sua colega de apê.

— Tenho que acrescentar assédio às minhas múltiplas denúncias contra você?

— Não fica aí se achando, Milena. Estou fazendo a mesma coisa com todos os vizinhos. Não tem nada a ver com você.

— Claro que não. Você também visitou a senhora do 7B?

— Aham, hoje de manhã — mente ele de maneira descarada. — Ela me ofereceu uns biscoitos... murchos. Deviam estar naquela lata desde 1879.

Lina, que até então estava acompanhando nossa troca de palavras balançando a cabeça de um lado para o outro, dá um gole (sim, um gole) no pote de sorvete e decide intervir:

— Fico feliz por você ter vindo me dar um oi, Bel. Aliás, esse é o seu nome artístico? — O citado nega com a cabeça, me olhando de soslaio com um sorriso no rosto. — Fascinante. Bem, eu queria muito te conhecer mesmo. Faz dias que a Mile não para de falar de você.

Não é porque a fala dela não me surpreende que eu não preferia que Lina tivesse se engasgado (não de forma grave) com uma macadâmia.

— Ah, é? — diz Bel, interessado, e entorta o sorriso até que se torne algo que ele deveria ter vergonha de mostrar em público. — E o que ela falou de mim?

— Que você é um demônio e que ela está determinada a te destruir.

Isso também não me surpreende, mas pega Bel de surpresa. Ele engasga com a própria risada e precisa de cerca de dois minutos para recuperar o fôlego.

— Mas e aí? — insiste minha melhor amiga. — Você é filho do Satanás ou algo do tipo? O que faz com as galinhas que leva para o seu apartamento? Seu nome vem de Belarmino ou de Belzebu?

Embora Lina esteja perguntando tudo isso sem acreditar que o cara ao lado dela seja mesmo um monstro do Inferno, estou interessada na resposta. Minha única preocupação é ele ficar enfurecido e lançar seus poderes malignos contra nós (não sei quais são além da capacidade que ele tem de me deixar louca, mas tenho certeza de que deve ter outros). Então, vou até a minha escrivaninha, na qual ficam as minhas miniaturas angelicais e um exemplar da Bíblia, que, na pior das hipóteses, posso jogar na cabeça dele.

Bel continua com uma postura despreocupada quando diz:

— Não sou filho do Satanás, a galinha continua na minha casa, tão viva quanto no dia em que ela chegou, e meu nome não vem de Belarmino nem de Belzebu.

— Pra que você quer uma galinha viva? — quero saber.

— Pra falar com ela. Acabei de me mudar e estou me sentindo muito sozinho, o que deixaria de ser um problema se você me desse uma chance logo.

Sei o que Lina está pensando, ela nem precisa dizer. Conheço esse olhar que ela me lança sempre que acha que alguém está dando em cima de mim. Carregado de um pouco de esperança e de um pouco de "Milena, por favor, tenta. Prometo que relacionamentos amorosos podem ser divertidos".

— Você se sente sozinho? Não organizou uma orgia há umas semanas e um *ménage à trois* logo depois? Não tinha uma mulher na sua casa no sábado esperando você parar de se fingir de morto pra "voltar ao que vocês estavam fazendo"?

Menciono isso não por me incomodar, mas para que minha melhor amiga saiba com que tipo de canalha ela adoraria que eu transasse.

— Preciso de muita atenção, deve ser um trauma do passado. A gente pode sentar uma noite e conversar sobre isso com mais profundidade.

VIZINHO INFERNAL 91

— Admiro sua determinação — diz Lina, depois de dar um tapinha no ombro dele. — Duvido que vá funcionar, mas admiro. Ei, demônios gostam de filmes? Você quer... — Sei que ela vê os gestos exagerados que faço para não terminar a pergunta, assim como sei que está determinada a ignorar cada um deles. — ... ficar e ver um com a gente?

Com os dentes cerrados, tento mudar o rumo da situação:

— O que ele quer é voltar pra casa e conversar com a galinha.

— Na verdade, não. Estou um pouco cansado de você me dar ordens. Podemos ver um filme de exorcismo... — ele levanta e abaixa a sobrancelha rapidamente — tenho certeza de que a Milena adoraria.

— Na verdade, ela prefere filmes sobre advogados. Essa é a profissão dela, sabia?

É o que Lina responde, e ao mesmo tempo eu digo:

— O que a Milena adoraria é que você desaparecesse. — Como ele não parece disposto, sou eu quem decide pôr um ponto final nessa história. — Vou fazer o jantar e dormir; é melhor vocês não fazerem barulho.

Um tempo depois, o demônio e a humana estão dividindo um balde de pipoca enquanto encaro suas nucas daqui do balcão. Acho estranho ver como outra pessoa reage às idiotices de Bel. É claro que Lina não pode ser considerada alguém exatamente normal, mas fico surpresa por ela dar risada das coisas que me deixam louca. Quase como se gostasse desse homem (que não é um homem de verdade). Também acho curioso o jeito como ele sorri quando fala com a minha amiga. O sorriso continua de lado, só que de um jeito mais infantil do que perigoso.

Como eu não quis prolongar nenhuma de nossas conversas, e porque a única coisa que ele parecia interessado em fazer era me chamar para ir para a casa dele, eu não tinha percebido até agora como Bel absorve informações. Sempre que Lina conta alguma coisa para ele, por mais simples que seja, ele arregala os olhos de surpresa e a bombardeia com perguntas.

Isso me incomoda, porque sei que faz parte de um plano maior (para me fazer perder a paciência), de modo que termino de jantar o mais rápido possível e me tranco no quarto.

Depois de entrar, me recuso a colocar o pijama. E a dormir. Tenho que ficar de olho no que está acontecendo no cômodo ao lado, só por garantia, caso eu tenha que sair correndo para defender minha melhor amiga traidora daquele capeta. Então, tentando não fazer barulho, aguço a audição e escuto trechos da conversa deles enquanto assistem ao filme (um sobre possessões, aliás).

— Alguém já tinha tentado te exorcizar? Quer dizer, antes da Mile — pergunta Lina.

— Nunca, e você?

— Também não. Mas teve um dia em que a minha ex disse aos berros que eu tinha a alma podre. Você acha mesmo que, se eu chamar a Daniela por outro nome, ela vai sair comigo?

— Você está muito a fim dela?

— Infinitamente.

— Então não faça isso.

— Você é um cara melhor do que parece.

— Nem ferrando. Sou bem pior. Me passa a pipoca?

Quarenta e sete minutos depois:

— Você está falando sério com a Mile? — É Lina quem fala outra vez.

— Sobre o quê?

— Chamar ela pra ir pra sua casa e tudo o mais. Você gosta dela?

Intuo que ele ignora a pergunta, porque não consigo ouvir palavra nenhuma, mesmo estando com a orelha grudada na porta.

Quando o filme está quase no fim e já estou meio que cochilando, escuto:

— Você vive de ser DJ?

— Mais ou menos. Me pagam por isso, se foi essa a pergunta. Inclusive, vocês deveriam ir me ver alguma noite. Posso te dar o ingresso. Leva sua futura namorada também.

— Onde você toca?

— Na Inferno em alguns sábados.

—Ah! Já faz um tempão que quero ir nessa boate!

— Vou tocar lá nesse fim de semana. Vão lá, vou colocar vocês na lista.

Pouco depois, o demônio vai embora e Lina entra no meu quarto.

— Pode abrir os olhos, eu sei que você está acordada. — Ela se senta na minha cama sem antes comprovar sua teoria e toca o tecido da calça que ainda estou vestindo. — Não sei por que você não vai com a cara do demônio hipotético, mas você estava certíssima sobre os músculos. Teve uma hora em que a camiseta dele levantou quando ele foi se espreguiçar e eles estavam lá, resplandecentes. Parecem ter saído diretamente de um daqueles comerciais cafonas de perfume de que eu tanto gosto.

— Porque ele não age com você do mesmo jeito que age comigo — respondo, com as pálpebras ainda fechadas.

Quase consigo ouvir o sorriso dela se abrindo quando volta a falar:

— Talvez porque ele não queira flertar comigo. E não é como se você tivesse dado margem pra ele se comportar de qualquer outra forma com todas as ameaças e o lance do exorcismo. Sabe o que nós vamos fazer?

— Dormir.

— Dez horas por dia, se possível. Mas estou falando de sábado. Vamos na Inferno ver ele tocar.

— Não vamos, não. De jeito nenhum.

— Eu vou. E vou chamar a Dani. Você não quer conhecer ela? — Persisto no silêncio, porque sim, eu quero, mas posso fazer isso em qualquer outra circunstância. — Mudança de tática. Você vai me deixar sair com o *bad boy* demoníaco sozinha?

— Então não saia com ele.

— Mas eu vou, sim. Vou ficar à mercê dele, junto com a mulher que possivelmente é o amor da minha vida, sem nenhuma amiga com experiência em exorcismos pra me defender. A gente devia fazer uma festa de despedida na sexta, só pra garantir, caso você nunca mais me veja ou eu venda minha alma sem querer. — Ela espera cinco minutos inteiros na vaga esperança de que eu mude de ideia. — Qual é, Mile, se anima. Você não comprou água benta? É a oportunidade perfeita pra jogar nele. Como em um concurso de camiseta molhada, mas com a desculpa da luta entre o bem e o mal. Com sorte, vai conseguir destruir ele; e, se não der certo, vai ensopar aqueles músculos esculpidos à perfeição.

ARTIGO 12

QUANDO O CAPETA
SE ATRASA PARA O ENCONTRO

4 de agosto, 23h27

Vim pela Lina. Para tentar mantê-la fora de perigo, para conhecer o amor de sua vida (para valer, espero) e porque faz três dias que ela está implorando para que eu venha. Concordei ontem à noite, depois que ela se ajoelhou na minha frente enquanto eu tentava esvaziar a bexiga. Depois, em vez de sair logo do banheiro, ela começou a dar pulinhos (de alegria) e a borrifar suco concentrado de limão (por causa das formigas).

— Vai ser sensacional, você vai ver. A Daniela veste mais ou menos o seu tamanho, vou perguntar se ela tem algum vestido pra te emprestar... Tá bom, tá bom, nada de vestidos. Mas lembra que a gente vai a uma boate. Tenta parecer... menos uma guardiã da justiça e mais uma guardiã da folia.

Mesmo sem gostar desse tipo de lugar, sei qual é o código de vestimenta e tento me adaptar a ele sem perder a minha essência. Minha saia bate no joelho (um comprimento aceitável, apesar das reclamações de Lina), mas decidi abrir mão do blazer combinando para colocar uma blusinha com alças de renda. Minha melhor amiga escolheu uma jaqueta corta-vento fluorescente por cima de um body (também fluorescente) porque achou que se adaptaria melhor ao ambiente se parecesse que tinha acabado de sair de uma aula de aeróbica dos anos 1980.

No fim das contas, nem fez diferença. Enquanto nos aproximávamos da equipe de segurança, vimos uma fila de pessoas vestidas de mil jeitos diferentes. Muitas delas estavam com roupas parecidas com as de Daniela (jeans bem curto, meia arrastão e camisetas muito complicadas), mas também tinha gente de couro, camisa polo, camisa social, bota, tênis...

Daniela se mostrou uma pessoa surpreendentemente normal para os padrões de Lina, nos quais me incluo. Ela tem um sorriso agradável e leve, é auxiliar administrativa em uma empresa de distribuição de ração para cachorros e, o mais importante, não riu quando minha melhor amiga contou sobre minha intenção de aniquilar nosso vizinho. Na verdade, ela educadamente me perguntou em que se baseava minha suposição de que ele era um demônio e me ouviu apresentar as evidências sem interromper uma só vez. Assim que terminei as explicações, chegamos ao nosso destino, então não deu tempo de ela desenvolver uma teoria peculiar sobre o motivo de eu supor que se trata de um demônio cristão, não de um demônio de qualquer outra religião.

Ouvimos algumas reclamações vindas da fila quando Lina vai em direção ao segurança do clube para dizer que estamos em algum tipo de lista.

— O DJ convidou a gente. Olha com atenção. Meu nome deve estar como Lina, Carolina ou colega de apartamento da menina que está tentando matar ele com muito afinco e que, em uma reviravolta surpreendente, ele quer pegar.

Entendo o quão pouco o segurança gostou da piada.

— Não tem nada disso aqui — grita ele depois de consultar algumas páginas. — Que DJ? Três vão tocar aqui hoje.

— Bel — responde minha amiga.

O homem balança a cabeça, como se não o reconhecesse, e chego à conclusão de que deve ser mais uma brincadeira daquele babaca. Me aproximo de Lina para pedir para irmos embora, mas ela se recusa a desistir.

— Olha, ele provavelmente é o DJ mais bonito. Tem cachos loiros e uma expressão que diz: "vê se não se apaixona, gata". Talvez o nome dele esteja como DJ cafajeste, ou DJ pentagramas, ou... Milena, me dá uma ajuda!

— Você é a Milena? — pergunta o porteiro. Concordo com a cabeça, confusa, e ele acrescenta: — Seu nome está na lista, com dois acompanhantes. Podem entrar.

Lina solta uma gargalhada e me dá uma cotovelada nas costelas, mas não sei o que significa. Antes de atravessar as portas que o homem abre para nós, digo:

— Só por curiosidade: qual o nome do DJ?

— DJ Hellfriend. Ele entra em alguns minutos. — Então, o segurança se inclina em minha direção e, com um ar muito mais amigável do que mal-humorado, sussurra: — Se for ao camarim dele, te aconselho a não usar o sofá. Já vi algumas coisas.

— Entendo. Eu também já vi.

Chegando lá dentro, somos recebidas por uma onda de calor, um emaranhado de corpos suados e a música mais horrível e estrondosa que já ouvi na vida. Fecho os olhos para me munir de paciência, me lembrando de por que estou aqui. Quando volto a abri-los, encontro Lina vivendo essa experiência angustiante como se fosse tudo de que precisa para ser feliz. Daniela, ao seu lado, a encara como se, para alcançar o mesmo nível de felicidade, só precisasse da minha melhor amiga. Aprovo o relacionamento delas na mesma hora e faço uma nota mental para contar isso para Lina mais tarde.

Depois de atravessarmos o primeiro salão, chegamos à pista de dança propriamente dita. É circular e não muito grande, embora o teto seja altíssimo. Há um segundo andar, bem menos movimentado, onde fica a área VIP.

— Quer tentar subir? — pergunto para Lina, apontando para o espaço acima.

Tenho que repetir a pergunta e aumentar o tom de voz várias vezes até ela conseguir me ouvir.

— Não! — grita ela de volta. — Aqui é bem mais legal!

Apesar de termos noções diferentes de o que é "mais legal", não discuto com ela. Por fim, minha amiga gesticula para deixar claro que ela e Daniela vão pedir algo para beber e se enfiar na multidão de gente que está na pista. Balanço a cabeça, recusando o convite, e explico que prefiro ficar no canto, o mais perto possível da cabine do DJ. Nos separamos depois de ela concordar em me encontrar quando terminassem de desfrutar dessa agonia.

Vejo as horas no celular e comprovo que já passaram cinco minutos das onze e meia da noite, que era o horário que Bel devia ter começado a tocar. Como a cabine ainda está vazia, acrescento "atrasado" à sua lista de defeitos.

Fico surpresa ao ver gente aglomerada no lugar que escolhi. Fica longe da pista e perto demais dos alto-falantes, então o barulho é ainda pior, porque fica distorcido. A princípio, quando percebo que a maioria das pessoas à minha volta são mulheres, presumo que escolheram este lugar para poderem dançar sem serem incomodadas, teoria esta que se desfaz no momento em que elas começam a gritar e se aproximam de uma porta que eu não tinha visto. É preta, assim como as paredes. Por causa das luzes vermelhas ou estroboscópicas, se torna quase imperceptível.

A porta se abre e Bel sai por ela. Está com uma pasta, fones de ouvido enormes pendurados no pescoço e um sorriso tão arrogante que me pergunto como consegue mantê-lo. Mesmo chegando atrasado ao trabalho, ele se diverte conversando com cada uma das garotas que o cercam. Eu deveria pedir uma ficha de reclamação para registrar a falta de profissionalismo dele: flertar em horário de trabalho deveria ser motivo para uma punição leve.

Retifico: grave. Ele acabou de colocar o sutiã que uma das fãs lhe deu no bolso de trás da calça jeans.

Não sei se é porque ele me ouve bufar (duvido, a não ser que seus poderes misteriosos incluam uma audição extremamente aguçada) ou porque sua missão na Terra é me irritar (uma teoria já comprovada), mas ele ergue a cabeça e olha diretamente para mim. Estamos a cinco metros de distância, então há muitos corpos nos separando, pouca luz e barulho demais. Apesar disso, sei que é para mim que ele está olhando, e também sei que uma risada baixa escapa por seu sorriso entreaberto. Imagino o som com muitos detalhes, embora, por motivos óbvios, não consiga escutar.

Aposto que ele vai vir até mim e dizer alguma bobagem. No entanto, dá um aceno de leve com a mão e sobe as escadas que levam à cabine. Fico indignada. Por que ele queria que eu viesse? Me colocou na lista para que eu testemunhasse sua crescente coleção de roupas íntimas de renda?

Estou prestes a me virar e desistir do plano quando alguém dá um tapinha nas minhas costas para chamar a minha atenção. Assim que dou meia-volta, vejo Daniela. Ela está olhando para todos os lados e, com um ar conspiratório, tira uma garrafinha do decote e me entrega.

— Esqueci de te devolver antes! Foi mal! — grita no meu ouvido.

Para a minha surpresa, tinha me esquecido de pedir para ela. Como estávamos com medo de sermos revistadas na entrada da boate (por mais que, no fim das contas, isso não tenha acontecido) e como ninguém acreditaria que o líquido que estávamos tentando contrabandear era uma arma para acabar com um demônio perigosíssimo, não cem mililitros de vodca, pedi que Lina escondesse a água benta. Por fim, foi Daniela quem a guardou ("Quase nunca revistam entre os peitos, pode confiar").

Com a garrafinha em mãos, digo a mim mesma que não importa o motivo de Bel ter me colocado na lista. Não importa que tenha uma coleção de roupas íntimas. Não importa que nem tenha se dado o trabalho de vir me agradecer por suportar essa tortura sensorial. A única coisa que importa é ele ser destruído.

Daniela sai andando de novo, mas não sem antes apontar o local exato onde ela vai ficar dançando e onde Lina está se contorcendo feito uma enguia com problemas psicomotores.

Guardo a água benta na bolsa e olho para cima quando as pessoas à minha volta começam a gritar. Bel, na cabine, sorri enquanto coloca uma série de coisas na mesa de mixagem (discos de vinil, cabos e algumas peças que não consigo identificar). Então levanta a cabeça, coloca os fones de ouvido de modo que apenas um cubra a sua orelha inteira e sorri. Não como sorri para mim ou para Lina. Não parece mais um sádico nem uma criança.

Parece alguém que está disposto a mostrar que é capaz de voar. Que exige que você não pisque para não perder um só segundo do feito que ele está prestes a realizar.

Então, fecha os olhos, clica em um botão e… começa.

Tudo explode. As pessoas dançam, pulam ou gritam coisas no ouvido umas das outras. O líquido dos copos se derrama entre os empurrões, e ninguém parece ligar muito. Os movimentos das luzes seguem o ritmo grave que sai dos alto-falantes. Enquanto isso, permaneço imóvel, sem deixar de encará-lo. Observo como segura os fones de ouvido com um dos ombros, como movimenta o corpo seguindo o ritmo que ele mesmo define. Como o tempo parece passar mais devagar quando a melodia muda. E aumenta, pouco a pouco, ao mesmo tempo em que ele levanta o braço.

Olhem para mim, ele parece dizer, *estamos quase lá*.

Olhamos, e então acontece. Algo se rompe: não sei se é a música, as cordas vocais das pessoas que estão gritando ou o chão da pista de dança. O próprio Bel está pulando na cabine, pedindo aos outros que o sigam.

Se eu não o conhecesse, se o estivesse vendo pela primeira vez hoje, não precisaria de tantas provas assim para perceber que não é humano. Acho inconcebível que as pessoas à minha volta pensem que ele é como elas. Não chega nem perto disso. Uma pessoa normal não consegue gerar tanta devoção ou apatia assim, não consegue entrar furtivamente em seu cérebro, estalar os dedos e eliminar qualquer pensamento que não tenha a ver com ela. Não consegue entrar na sua corrente sanguínea para te embriagar ou te envenenar a seu bel-prazer.

Pessoas não conseguem despertar esses tipos de sentimentos nos outros, muito menos tão subitamente assim, sem esforço. Há quanto tempo eu o conheço... menos de um mês? Nem dá para dizer que o conheço, porque nós mal conversamos ou passamos tempo juntos. Mesmo assim, nunca prestei tanta atenção em alguém.

Entendo que é por isso que Lina acha que estou a fim dele, se não sentimentalmente, pelo menos sexualmente. Como não me interesso por muita gente, apesar de transar com alguém de vez em quando, ela ficou surpresa pela minha disposição em me encontrar com Bel.

Tenho certeza de que ela está errada. Já disse, mas vou ressaltar, que ele é gato (demais). Seria ridículo negar isso. Entretanto, tudo o que eu mencionei antes reflete o desconforto que ele me causa. Não consigo lidar com a forma como meu estômago se contrai e o peito dói quando ele está por perto. Nem com os sonhos que tenho tido nos últimos tempos, nos quais ele aparece envolto em chamas.

Quero que ele vá embora para eu voltar à minha rotina de sempre. Ver filmes com Lina nos sábados e não me preocupar com ele batendo na porta. Chegar em casa depois de um dia ruim e não o tornar ainda pior ao encontrá-lo no elevador.

Quero esquecer aquele sorriso torto e ridículo de uma vez por todas.

ARTIGO 13

QUANDO A SUA ALMA
NÃO ENTRA NO PACTO

5 de agosto, 02h34

O set de Bel termina três horas mais tarde. Durante esse tempo, não consegui tirar os pés do chão (e os olhos da cabine) para ir até o bar tomar alguma coisa. Para mim, beirava a ilegalidade cobrar sete euros por um refrigerante, mas preferi não discutir.

Assim que o demônio arruma suas coisas e sai da cabine, volta a ser atacado (dá para falar "atacado" quando ele está desfrutando da atenção?) por um grupo ainda mais numeroso de gente. Algumas pessoas só o parabenizam, ou pelo menos é isso o que imagino pelos gestos amigáveis que ele recebe. Outras têm intenções completamente diferentes. Me pergunto se ele vai chamar alguém para ir ao seu camarim, para aquele sofá sobre o qual o segurança me avisou. É uma ideia que me desagrada, porque vai de encontro à minha ideia de jogar água benta nele. Sei quanto tempo ele demora para transar, já o ouvi mais vezes do que gostaria (cheguei até a considerar a possibilidade de que, depois de vinte minutos, ele fingisse os gemidos só para me irritar).

VIZINHO INFERNAL 103

Estalo a língua quando o vejo tirar a camiseta e entregar para um garoto. Acho que terei que esperar. Ou talvez eu devesse ir atrás de Lina e Daniela para voltarmos ao apartamento, e eu tento outro dia. Deixo o copo vazio sobre a mesa e estou prestes a dar meia-volta quando Bel me surpreende ao se aproximar de mim. As pessoas que o estavam assediando se dispersam, mas algumas me observam com curiosidade enquanto se afastam. Outras me lançam olhares, claramente julgando minha escolha de vestimenta. O que não poderia me incomodar menos. O que de fato me incomoda é o demônio parar a meio metro de mim e também me olhar de cima a baixo, abrindo um sorriso. Fico ainda mais incomodada quando ele diz:

— Você veio.

— Na verdade, não. Eu estou em casa, dormindo. Isso tudo é fruto da sua imaginação.

— Se fosse mesmo, você estaria com aquela blusa cheia de botões. — Ele ri quando aperto os lábios em um gesto de desgosto; então, levanta a pasta e acrescenta: — Tenho que levar isso pro camarim, você vem?

Ele começa a andar, não sei se por achar que vou segui-lo ou justamente pelo contrário. Estou mais inclinada para a segunda opção, porque ele olha por cima do ombro e arregala um pouco mais os olhos ao me ver ao seu lado. Tenho certeza de que ele acha que vai acontecer alguma coisa entre nós, ou pelo menos que eu quero que aconteça. Em breve, ele se dará conta do erro.

Passamos pela porta preta camuflada na parede. Ao adentrarmos o corredor atrás dela, ela se fecha novamente, e grande parte do barulho da pista desaparece. Tiro os óculos e massageio as têmporas, aliviada. Não percebo que Bel parou no lugar e está me encarando até colocá-los outra vez.

Sei o que ele vai me dizer, porque já ouvi variações das mesmas frases ao longo de vinte anos, desde que comecei a usar óculos.

Por que você não muda para lentes de contato?

Nossa! Não tinha percebido que seus olhos são azuis.

Você fica melhor sem eles.

Assim que abre a boca, ele comenta:

— Pessoas de óculos me deixam excitado.

Pisco bem devagar, perplexa.

— Espera... o quê?

— Não sei por quê, mas é verdade. Queria que todo mundo usasse óculos e fizesse aquilo de colocar eles na ponta do nariz e empurrar com um dedo só pra deixar no lugar certo. — Ele balança a cabeça afirmativamente, acredito que visualizando a cena. — Seria incrível. Aliás, meu camarim é ali.

Ele volta a andar e, embora não faça diferença, lembro:

— Você é repulsivo.

— Valeu.

Quando ele tira o chaveiro do bolso de trás da calça, a chave se prende no sutiã de renda que ele ganhou algumas horas atrás. Ele segura a peça diante do rosto para examiná-la com um olhar crítico, como se fosse uma obra de arte, não uma roupa íntima suada.

— Ei, você quer?

— Você está me oferecendo a lingerie de outra pessoa?

Ele dá de ombros, olhando para o meu peito.

— Eu não vou usar, e acho que é do seu tamanho.

Ele o coloca por cima do ombro quando me recuso a pegá-lo e abre o camarim. Não me surpreende que, em vez de me convidar para entrar primeiro, ele simplesmente atravesse a porta. Fico ainda mais surpresa por ele jogar o sutiã no sofá, no qual há mais peças de roupa que eu duvido que sejam dele (a não ser que ele use saias de vez em quando e… isso é um uniforme da polícia?).

Ele deixa a pasta em uma cadeira e vasculha a bagunça da mesa até encontrar uma regata preta.

— Você costuma dar suas roupas para as pessoas?

— Por quê? Quer minha calça? Eu te ofereceria outra coisa, mas só estou usando ela. Além dos sapatos, que com certeza ficariam enormes em você.

— Já esperava que você não estivesse de cueca. — Ignoro o "Ah, é?" dele. — E as meias, tem algo contra elas também?

— Elas sujam fácil demais. Estão pra lavar, junto com as cuecas.

Bel termina de vestir a regata e se olha no espelho até que todos os fios de cabelo estejam no lugar (ou melhor, fora de lugar). Depois de se virar, ele se apoia na mesa, cruza os braços no peito e inclina a cabeça.

— Tá, e aí? Como a gente começa?

— Começa o quê? Não vamos fazer nada.

— Você não veio comigo pra tentar me exorcizar? — O sorriso dele aumenta ao ver minha expressão irritada. — Achou que eu estava falando de outra coisa? Já saquei que você não está a fim.

— Você está tentando fazer algum tipo de psicologia reversa? Porque também não vai funcionar.

— Não, só estou expressando de um jeito bem elegante minha decepção e aceitando a derrota. Mas e aí, vai fazer o que dessa vez? Estou louco pra ver.

Cruzo os braços, imitando sua postura. A água benta está guardada na minha bolsa, e meu coração ameaça dar um pulo e escapar pela minha boca. Não tem nada a ver com medo, embora estejamos sozinhos, nem com a repulsa que sinto dele. É a expectativa, a dúvida de se vai dar certo desta vez. Caso contrário, fico ansiosa para saber o que fazer em seguida. As medidas que terei que tomar para tentar resolver esse problema de uma vez por todas.

— Não vai tentar me impedir? — Ele balança a cabeça, sem perder a expressão brincalhona. — E se der certo?

— Eu duvido muito.

— Claro, porque você vive dizendo que é humano.

Algo se agita em seus olhos, escurecendo-os ainda mais. Sei que é impossível porque já são pretos, mas é essa a sensação que dá. Depois de alguns segundos de silêncio, ele se aproxima. O camarim é pequeno, mas parece se encolher a cada passo que Bel dá em minha direção. Como não quero que ele pense que a proximidade tem algum efeito sobre mim, mantenho minha posição, firme, e levanto o queixo para encará-lo com um olhar desafiador. Pelo gesto que ele faz, a maldita língua passando pelos lábios, parece estar gostando da minha atitude.

Bel se agacha, e eu trinco os dentes e prendo a respiração. Mais uma vez, imagino uma serpente quando, aos poucos, ele aproxima o rosto do meu. Nenhuma parte de seu corpo encosta em mim. Apesar disso, sinto algo que pertence a ele cobrir cada centímetro da minha pele.

— Quer saber quem eu sou? — sibila.

— Eu sei quem você é.

— Você está enganada. — Ele vira um pouco o rosto, como se fosse me beijar, e engulo em seco. — Vamos fazer um pacto?

— Sua confissão em troca da minha alma?

A risada suave dele faz cócegas em meus lábios.

— Prefiro que sua alma fique onde ela está. — Sempre que ele respira, seu nariz roça no meu. — Então, quer ouvir a minha proposta?

Com cuidado, para ele não perceber, enfio a mão na bolsa e procuro até encontrar a garrafa de água benta. Eu a seguro e abro a tampa.

— Qual é a sua proposta?

— Um beijo. Me dá um beijo, um de verdade, e eu te digo quem eu sou. Juro.

— Você está mentindo. — Os cantos dos lábios dele se levantam um pouco mais, encantado com a minha resposta. — Da última vez que você fez um juramento, me enganou.

— Da última vez, eu jurei por Deus que ia desligar a música. Levando em conta o que você pensa de mim, achou mesmo que eu ia cumprir essa promessa? Teria sido meio ofensivo, não acha? Agora, vou prometer pela única coisa que importa.

— Lúcifer, imagino eu.

— Não. Por mim. Se você me beijar, juro pela minha existência que vou te contar quem eu sou de verdade.

Posso garantir, sem medo de estar enganada, que ele não sabe se eu vou aceitar. Mas está na cara que ele quer que eu aceite. Fica óbvio pela forma como umedece os lábios e abaixa o olhar na direção dos meus. No entanto, hesita e aguarda, expectante.

Me pergunto se o coração dele tem a capacidade de acelerar, assim como faz o meu. Dá para ver pelas têmporas, pelo pescoço e até pelas pontas dos dedos dele. Me pergunto se desta vez ele está falando a verdade e chego à conclusão de que tanto faz, só preciso que ele baixe a guarda. Um beijo não significa nada.

Já beijei dezenas de vezes ao longo da vida, algumas delas com vontade. Beijei por afeição, amizade e amor. Beijei até por tédio, hábito e sem motivo aparente. Mas nunca, jamais, beijei por ódio.

Quando encurto a pouca distância entre nós e junto meus lábios aos dele, não sinto nada de mais. Lábios esmagados e aquele segundo em que ninguém respira, em que ficamos esperando por alguma coisa, seja o que for: amizade, afeto, amor, tédio, hábito. Por alguns segundos, espero o ódio me consumir.

Como isso não acontece, pouso a mão que não está segurando a água benta na nuca dele, agarro-a e puxo para mais perto de mim. Separo os lábios, ainda sem encontrar o que estou procurando. O que encontro é a língua dele, que abre caminho até a minha; os dedos dele, que se cravam em minha cintura; a respiração dele, que fica presa em minha garganta. Por trás de tudo isso, lá no fundo, outras coisas começam a surgir. Nervos que se emaranham, pulmões que se esvaziam e o mesmo desespero que se sente quando uma onda te atinge no mar e te arrasta para o fundo.

O beijo, que começou lento, quase pegajoso, se transforma em uma batalha. Entre bocas que lutam para roubar do oponente o oxigênio e qualquer outra coisa que haja lá dentro. Entre dentes que se chocam e ruídos que escapam sem antes pedir permissão. Em uma necessidade. Em asfixia.

Algo está me tirando o ar. Fico sem ar até mesmo quando os lábios dele liberam os meus para deslizarem até o meu pescoço. Fico sem ar mesmo sendo eu quem mantém o corpo colado ao dele. Fico sem ar quando avançamos e minhas costas batem na porta. Fico sem ar ao perceber que ele está apoiando o antebraço acima da minha cabeça.

Quando vejo o que estou prestes a fazer para não ficar sem ar de vez, que estou prestes a agarrar seu cabelo para puxar seus lábios para junto dos meus, entro em pânico.

Não era isso o que eu tinha planejado. Não era assim que eu deveria me sentir. Não era isso o que queria. Então, pego a garrafa de água benta e, aproveitando que ele está distraído beijando a minha clavícula, despejo-a em sua nuca.

Ele fica imóvel, e me pergunto se funcionou, se eu queria que tivesse funcionado e o que é que eu tenho na cabeça.

Bel levanta o rosto para colocá-lo de novo diante do meu. A água também caiu em seu rosto, e gotas pingam do nariz, do queixo e dos lábios. As que estão nestes últimos grudam nos meus quando ele fala, bem perto da minha boca.

— Fetiche ou exorcismo? — Seu sorriso está diferente, não sei interpretar como, e o peito arfa tão rápido quanto o meu.

— Exorcismo — respondo.

— Que pena.

Sem se mover um centímetro, ele corre as pontas dos dedos pelo meu braço, do ombro até a mão. Mais do que nunca, seu toque parece o de um réptil, escorregadio e gelado. Ele pega a garrafa, da qual abro mão sem uma palavra sequer, e a aproxima do rosto para analisar o rótulo de soslaio.

— Água benta? — Sua bochecha é sugada quando ele morde o interior da boca, tentando não rir. — Jura, Milena?

— Acho que não funcionou.

Para provar que, de fato, não deu certo, ele toma as últimas gotas da garrafa. Embora faça uma cara de desgosto, parece ter saído ileso.

— Achou certo.

— Você jurou. Por você.

Ele assente uma só vez, até sua testa se apoiar na minha. Ele a deixa ali, e não me permito pensar no que sinto com o contato. Agora, a única coisa que importa é que finalmente saberei quem ele é.

A cada batida do meu coração, é como se pétalas de uma flor estivessem sendo arrancadas. *TUM*. *Eu tinha razão*. *TUM*. *Eu não tinha*. *TUM*. *Eu tinha razão…*

— Antes de te contar — sussurra —, preciso avisar que, se você contar pra qualquer outra pessoa, ela vai morrer.

— Por quê?

Aí está o sorriso do começo, de quem se diverte com coisas cruéis. Muito mais cruéis do que incendiar uma floresta, atropelar uma senhora ou destruir os sonhos de uma criança.

— Porque eu vou matar ela.

— Você planeja me matar depois que me contar?

Ele enrola uma mecha do meu cabelo no dedo indicador. Quando para de brincar com ele, coloca atrás da minha orelha.

— Não. Você, não. Quando eu te contar, quero fazer outro pacto.

— Duvido que eu vou aceitar.

— Vamos ver.

Estou prestes a continuar insistindo. Mas engulo a ansiedade quando Bel leva os lábios ao meu ouvido, roçando-os em minha bochecha no meio do caminho.

O hálito dele é agradável.

A confissão, não.

— Meu nome é Belial.

O ACUSADO

BELIAL:

Dizem que o Inferno nunca recebeu uma alma mais
devassa, mais embriagada nem mais fascinada pelo vício
propriamente dito. No entanto, se sua alma é hedionda e vil,
o exterior é deslumbrante, com uma postura cheia de graça
e dignidade, e o Céu nunca perdeu um habitante tão belo.

J. COLLIN DE PLANCY,
Dicionário infernal

ARTIGO 14

QUANDO TE OFERECEM A ABSOLVIÇÃO APESAR DE VOCÊ TER ROUBADO O BRINQUEDO DO PRÓXIMO

Desde o princípio dos tempos até a atualidade

Bel

Você alguma vez já tentou contar toda a sua história de vida para outra pessoa? Talvez não inteira, só os acontecimentos importantes. Saberia por onde começar? Agora, imagine que, em vez de uns cem anos (sendo muito otimista), você já existisse há mais de seis milênios. Imagine, também, que essa conversa determinaria se a pessoa que está te escutando ofereceria ajuda ou não.

Tenho que escolher as palavras com cuidado, de modo que é isto o que explico para Milena:

Fui criado no ano 4004 a.C., uma iniciativa maravilhosa pela qual sou grato até hoje e da qual tenho certeza de que Deus se arrepende.

Como qualquer outro demônio, comecei sendo um anjo e vivi por algum tempo no Céu. Quer saber como é? Entediante. O problema da perfeição é que não dá para desfrutar dela pela falta de contraste. Há jardins intermináveis, mas não tem inverno; edifícios imaculados, mas não rachaduras; nuvens lindas, mas nem um pingo de chuva.

Não havia muito o que fazer lá em cima, a não ser agradecer, beber ponche de frutas sem álcool e conversar sobre o resto das criações do Todo-Poderoso. Minha favorita, aliás, são os ornitorrincos. Não dá para negar que eles, assim como vocês e a própria Lúcifer, são os seres em quem ele trabalhou com mais esmero. Sabia que soltam veneno quando...? Enfim, voltando ao assunto.

Antes de falar de Lúcifer, tenho que explicar que nós, anjos, fomos criados com um corpo sem órgãos sexuais, muito parecido ao de um boneco, mas temos o direito de mudá-los se quisermos. Tenho variado ao longo dos anos. Mas Lúcifer decidiu desde o começo que era para usarmos pronomes femininos com ela, independentemente da aparência que escolhesse para o seu corpo.

Agora vamos ao que interessa. Lúcifer. Era difícil suportar ela mesmo antes de ela se tornar um demônio. Tinha orgulho demais por ser o anjo mais bonito do Céu, e foi esse orgulho que a levou a odiar os seres humanos. Ela não entendia por que seres que considerava tão imperfeitos despertavam tanto fascínio assim nos outros seres celestiais.

Chegou à conclusão de que vocês eram um erro, de que o próprio Deus havia errado. Então, no meio de uma dessas conversas sobre ornitorrincos e outras coisas menos interessantes, ela confessou para nós que teria feito melhor.

Sim, a Queda (com letra maiúscula) começou com um: "Vai embora, você não entendeu nada".

Muitos de nós estávamos reunidos, não lembro mais quantos. Um número entre vinte e duzentos, mais ou menos. O caso é que Lúcifer começou a achar que a solução para um problema que só ela enxergava era destronar o Todo-Poderoso.

"Vai ser divertido", prometeu. "Imagina o tanto de coisa que poderíamos mudar neste lugar." Tá, ela não usou exatamente essas palavras; Lúcifer é muito mais pretensiosa quando fala, mas enfim...

Concordei porque aquilo prometia ser caótico, mas não fui só eu quem concordou. Na verdade, o primeiro a levantar o punho e gritar "Vai, anda! Vamos lá!" foi Belzebu. Mammon, como diz desde aquela época, se alistou na reconquista dos céus por pressão social.

Resumindo: Deus criou o Inferno para poder dar um chute na nossa bunda e mandar a gente para o lugar mais longe possível. Lá, Lúcifer, em vez de aprender a lição, continuou empenhada em arrumar confusão. Várias vezes. Não fala mais de usurpar o lugar de Deus (ela adora governar o Inferno daquele trono horrível que ordenou que construíssem para ela); agora, está obcecada em destruir a humanidade.

Tendo esses pontos estabelecidos, vamos à questão principal: por que eu estou aqui?

Deus é gente boa. Quer dizer, não é bem *gente*, mas você entendeu. O que eu quero dizer é que Ele tem regras e, de vez em quando, vai te expulsar se você tentar assumir o controle, mas também sabe perdoar (uma qualidade fascinante, que Ele podia muito bem ter dado para Lúcifer). Então, depois de alguns milhares de anos, durante os quais a gente deveria ter tido tempo para refletir sobre nossos erros, Ele decidiu nos conceder uma segunda chance. Pelo menos para alguns de nós.

Na verdade, não me deram muitos detalhes. Há três meses, Gabriel desceu até o Inferno e, depois de reclamar por algumas horas por causa do cheiro de enxofre (graças a isso, percebi que ele continua sendo um pé no saco), me propôs um acordo: passar seis meses na Terra.

Antes, a gente vinha muito para cá. Adotávamos formas humanas (alguns, como o esquisito do Belzebu, preferiam parecer um *furry* entupido de esteroides) e sussurrávamos umas coisinhas nos ouvidos das pessoas. Tivemos permissão para fazer isso porque temos livre-arbítrio e, antes que as coisas saíssem do controle, achavam que uma pitadinha de tentação seria bom para vocês comemorarem quando escolhessem o caminho certo.

Até que aconteceu o lance de Sodoma e Gomorra, quando a tentação saiu do controle. Foi obra minha, alguém já te disse? A melhor festa que a humanidade já deu, muito melhor do que a Tomorrowland. Um caos maravilhoso.

Digo "saiu do controle" de propósito. Acontece que eu estava na Terra para desencadear o Apocalipse por ordem de Lúcifer (de novo), mas não consegui encontrar a Morte; então, fiz o que me deu na telha. Isso é uma coisa típica minha, ou pelo menos é o que me dizem sempre, aos gritos.

Depois de Sodoma e Gomorra, os lá de cima proibiram nosso acesso à Terra. Conseguimos contornar a restrição algumas vezes, mas nos pegam rápido. Se eu tivesse a capacidade de me arrepender (pode ser que eu tenha e simplesmente não a use, nunca testei), talvez me arrependesse. Ao contrário do Céu ou do Inferno, eu amo a Terra. Por isso, e voltando ao assunto, quando o Gabriel parou de reclamar do cheiro de enxofre e disse que, se eu conseguisse ficar aqui seis meses sem causar muito problema, o Céu me perdoaria, parei de rir da cara dele e comecei a prestar atenção.

O acordo que me ofereceram foi o seguinte: após o período de experiência, eu seria submetido a um julgamento para avaliar o meu comportamento. Quaisquer crimes (ou festas) anteriores não seriam levados em consideração, apenas o que eu fizesse durante o período. Se eu não fizesse muita besteira, seria absolvido e poderia voltar para o Céu (com asas brancas e conversas insuportáveis outra vez). Caso contrário… voltaria para o Inferno.

— Por que eu, exatamente? — perguntei para Gabriel quando ele terminou de falar.

— Não escolhemos só você — respondeu depois de me encarar com muita condescendência angelical. — Na verdade, foi o Mammon que te recomendou. Ele foi o primeiro com quem falamos. Ele insiste que você tem um bom coração e que está arrependido. Até porque você não fez muita coisa durante a rebelião além de batizar o ponche de frutas, ficar bêbado com ele e roubar a espada de fogo do Arcanjo Miguel.

— Posso escolher um corpo? Porque eu quero muito ter cabelo comprido e... peitos, quero peitos. Mais de dois.

— Não, você não pode escolher o corpo. Vai receber um aleatoriamente.

Tive muita sorte com o que consegui, diferente de Mammon, que, caso ainda não tenha percebido, é o gato que mora comigo. Sim, aquele que eu chamo de *Mamón*. Ele está um pouco ressentido com sua aparência; não acredite se ele disser o contrário.

Deram dinheiro o suficiente para termos uma vida cômoda por seis meses. Também mandaram uma babá para ficar de olho na gente. Ainda bem que não foi o Miguel, que ainda não me perdoou por pegar as coisas dele sem permissão, mas queria que tivesse sido o Rafael. Ele é meio *hippie*, muito menos tenso do que o Gabriel (que ficou encarregado de nos vigiar).

Antes de fechar o acordo, perguntei para o arcanjo que forma ele assumiria, e, em uma demonstração de imparcialidade celestial, disse que também receberia um corpo aleatório.

Você não vai acreditar no que ele virou, não consigo parar de rir.

E é isso o que conto para Milena.

O que não conto é que, antes de Mammon e eu sairmos do Inferno, Lúcifer ordenou que a contatássemos quando estivéssemos na Terra. Também não conto que entramos em contato e que ela exigiu que aproveitássemos a oportunidade para destruir tudo, e que era bom que tivéssemos alguma ideia decente de como fazer isso. Ela ameaçou nos torturar por umas centenas de anos se fracassássemos, porque tem certeza de que vamos voltar para o Inferno (por um lado, devido à nossa incapacidade de fazer o bem; por outro, porque não acredita que alguém em sã consciência iria querer voltar para o Céu).

A última coisa que omito é que há mais um demônio na cidade: Belzebu.

O mosca-morta (ou seja, Belzebu) é um imbecil. Foi um dos que mais se destacou durante a revolução, mas só porque insistiu em fazer idiotices. Enquanto Lúcifer tentava tomar o trono do Todo-Poderoso, ele se dedicou a cortar cabeças angelicais. Isso não é uma ideia terrível só porque deixou Deus furioso, mas porque é inútil. Em casa, somos imortais; então, as cabeças voltavam para os corpos toda vez, enquanto ele perdia a paciência e continuava cortando as que passavam por seu caminho.

Acho que deram a Belzebu uma chance de se redimir porque os dois únicos neurônios que ele tem não formam uma sinapse, e ficaram com pena.

Eu ficaria mais puto com isso (ele é um chatonildo que não para de insistir para a gente cumprir as ordens de Lúcifer e diz coisas como "Vamos pensar em algo horrível, vamos lá!") se não fosse pelo fato de que, toda vez que o vejo, quase morro de rir.

Pode apostar, é muito pior do que o corpo de Mammon e Gabriel, mas isso é tudo o que vou dizer.

ARTIGO 15

QUANDO VOCÊ FAZ
UMA OFERTA QUE DE FATO É RECUSÁVEL

5 de agosto, 03h11

Bel

Depois de contar toda a história para ela, convenientemente deixando algumas partes de fora, fico a encarando, à espera de que diga alguma coisa.

Dez minutos depois, Milena abre a boca e diz:

— Então você não é o Belzebu.

— Já disse várias vezes: não. Meu nome é Belial.

— Nunca ouvi falar de você.

Não sei se está tentando me irritar ou deixar claro sua falta de conhecimento teológico. Em todos os casos, vou tomar os dois como verdade.

— Sabia que você era um demônio.

— Pra falar a real, estou surpreso por você não exigir provas ou algo do tipo. Vocês, humanos, são meio estranhos com essas coisas. Costumam acreditar em papos idiotas, tipo horóscopo, mas na hora em que alguém fala de Céu ou Inferno, de repente ficam tão céticos que chega a ser insuportável.

— Já reuni todas as provas de que preciso — responde ela, muito satisfeita consigo mesma. — Então, você só tem mais três meses na Terra?

— Sim, até dia 31 de outubro.

— Entendi. — Ela assente, como se estivesse aliviada (talvez esteja mesmo). Depois, franze o cenho de leve. — Tem alguma forma de você desaparecer antes disso?

Solto uma gargalhada. A falta de paciência dela parece a de Lúcifer. O que são noventa dias? Tá, no caso dela é muito mais do que para a Rainha do Inferno, que é imortal, mas estimo que, se morrer de causas naturais, a Milena ainda tem sessenta anos de vida pela frente.

Em vez de dizer que a maioria das pessoas choraria se soubesse que tem pouco tempo para desfrutar da minha companhia, respondo:

— Não, não dá pra eu desaparecer antes. A não ser que você me mate pelos métodos tradicionais. Esse corpo é mortal. — Ressalto isso porque é uma ofensa ela prestar tão pouca atenção nele. — O que significa que, se quiser acabar com ele, vai ter que lidar com o meu cadáver. Tenho certeza de que a polícia adoraria saber que a garota chata que não para de ligar pra eles na verdade é uma assassina.

Quando me olha de cima a baixo, não há nada em sua expressão que me faça acreditar que ela gosta do que vê. É como se estivesse me analisando para fins científicos. Estou prestes a tirar a camiseta, voltar a beijá-la ou fazer as duas coisas ao mesmo tempo. Infelizmente, isso reduziria minhas chances de fazer com que aceite o pacto que quero propor; então, me contenho.

Falando do beijo… foi bom. Melhor do que isso, até. Achei que nós dois estávamos nos divertindo, mas aí ela jogou uma água benta de procedência duvidosa em mim. E se quer saber por que pedi o beijo em troca de ela saber quem eu sou, a resposta é a mesma para qualquer situação em que eu esteja envolvido: sexo. Já estava pensando em contar para ela desde que sua colega de apartamento deixou escapar que Milena era advogada.

— Entendi.

Depois de dizer isso, Milena faz menção de ir embora. Seguro seu punho para ela parar. Ela olha com desgosto para o ponto em que minha pele toca a dela e me pede com uma voz impassível:

— Me solta. Não tenho mais nada para falar.

— Mas eu tenho. Quero fazer um pacto com você, lembra?

— Me poupe dos detalhes. A resposta é não.

Quando Lina me perguntou se eu gostava da melhor amiga dela, eu apenas sorri e continuei vendo o filme. "Gostar" é um sentimento muito complexo, que os humanos simplificaram até beirar o absurdo. Vocês se limitam ao básico: "Essa pessoa te excita?" ou "Tem interesse o bastante para começar um relacionamento amoroso?". No caso da Milena, as respostas são sim e não. A primeira pergunta não quer dizer nada: eu me excito muito fácil. E a mesma coisa vale para a segunda, porque não quero ter um relacionamento com ninguém.

O que Lina devia ter me perguntado é se eu me sinto mais atraído por Milena do que pelo resto das pessoas que conheci nos últimos meses. Ela ficaria satisfeita em saber que, de fato, esse era o caso. Não só em nível sexual (de novo, a mania que vocês têm de se ater apenas a uma pequena parte dos termos que usam). Não é a vontade de transar com alguém que faz com que essa pessoa fique na sua cabeça. Se fosse assim, bater punheta ou transar algumas vezes já resolveriam a questão.

O que mais me impressiona na Milena é a antipatia que causo nela. Admito que é engraçado, porque isso raramente acontece comigo (pelo menos com desconhecidos), e também me faz querer mostrar o que ela está perdendo.

Isso não acontece somente porque ela rejeitou de todas as formas possíveis minhas investidas. Não se resume a um "Não quer transar? Nossa, que estranho, mas por quê?". O desprezo que ela demonstra por mim vai além de algo físico. É a coisa mais próxima de ser julgado pelo Céu. "Você ainda não é digno (do meu respeito, da sua existência). Tente novamente." Se eu não soubesse que isso é impossível, suspeitaria que ela é capaz de saber o que penso, e é justamente isso o que a afasta.

— Meu julgamento é em três meses. — Consigo chamar a atenção dela quando digo a última palavra. — Pra decidir se vou voltar pro Céu ou ficar no Inferno, como eu falei.

— E daí?

— E daí que não vou fazer nenhuma das duas coisas. — Seus olhos se estreitam, e o lábio superior se arqueia de leve. — Pretendo ficar por aqui.

Ela abre a boca para reclamar, mas interrompo:

— Milena, quero te contratar pra ser minha advogada e defender o meu direito de ficar na Terra. Quais são os seus honorários?

ARTIGO 16

QUANDO SEU GATO SE RECUSA A JOGAR CARTAS COM VOCÊ

5 de agosto, 10h42

Bel

— **A pausa dramática** é pra eu tentar adivinhar o que ela respondeu?

A pergunta vem de Mammon logo depois que o atualizei a respeito dos acontecimentos de ontem à noite.

Sim, o gato fala. Não sei como o Céu conseguiu fazer isso, mas podiam ter evitado. Depois de passar toda a minha existência o ouvindo reclamar (principalmente de mim), teria sido um alívio se ele pudesse ficar só miando por seis meses.

Mammon afia as unhas no encosto do sofá, no qual também estou deitado. Brinco com o controle remoto dos LEDs que temos na sala. Mudo para azul, verde, roxo, branco, vermelho, azul, verde...

— Quer fazer o favor de parar?! — repreende ele. — Você sabe o quanto a luz é cara?!

— E daí?

— E daí?! — repete, indignado. — Estamos falidos por sua causa! Não satisfeito com a casa, com a reforma e com a compra de um carro que você não devia dirigir... Não me interrompe! — Fecho a boca de novo só porque adoro quando ele perde a paciência. — Não contente com tudo isso, você decidiu alugar uma vaga no estacionamento. Como você pretende pagar por ela?!

Dou de ombros e jogo o controle para cima, cada vez mais alto, para pegar com uma das mãos.

— Podemos participar de algum jogo de cartas ilegal. Conheço alguns lugares.

Quando o Céu nos deu corpos e nos colocou na Terra, garantiu que não tivéssemos poderes. Um adeus à possibilidade de soltar fogo pelos olhos (algo incômodo e, ao mesmo tempo, eficaz), de transformar humanos em insetos ou de mudar nossa aparência para ganhar asas (ou uma cabeça de touro, no caso de Belzebu). O que o Céu não foi capaz de suprimir foi a nossa essência.

Lembra que eu disse que, no nosso estado natural, somos basicamente alma pura? Bem, essa alma está atrelada a alguma coisa. No caso dos anjos, a virtudes chatas (paciência, equilíbrio etc.); no nosso, a virtudes divertidas.

A de Mammon, por exemplo, é a avareza. Somente com sua influência, ele é capaz de fazer com que alguém que já é ganancioso perca dinheiro na tentativa de ganhar mais.

É complicado, mas vou dar um exemplo. Mammon não pode forçar uma pessoa a fazer algo que ela mesma não faria. Ou seja: se estivermos falando de um homem pão-duro, ele jamais conseguiria fazer com que esvaziasse a carteira. Agora, se ele me acompanhasse em um jogo de cartas de legalidade duvidosa, conseguiria, sem esforço algum, fazer com que os coitados dos participantes apostassem mais do que deveriam contra mim. Mesmo que tivessem pegado uma mão horrível naquela rodada.

Sem nenhum truque especial: basta ele estar na frente das pessoas certas na hora certa, sacou?

— Nada de jogos de cartas ilegais! — responde ele. — Nós vamos é vender o carro!

— Quero ver você tentar. Na verdade, me ofereço até pra te levar na concessionária.

Embora o gato seja perfeitamente capaz de se comunicar (em qualquer idioma, assim como eu), o Céu o proibiu de falar na frente de outros seres humanos. Vocês costumam ficar nervosos quando presenciam algo com que não estão acostumados, e quando digo "nervosos" quero dizer que perdem a cabeça.

— Belial — chama ele com aquele tom que diz "Você é o maior castigo já criado" —, não podemos nos arriscar com apostas. Nem com qualquer outro tipo de trapaça — acrescenta quando estou prestes a retrucar. — No dia do nosso julgamento, vão saber o que fizemos, porque esse é o trabalho deles: saber tudo o que você fez e te fazer se sentir culpado por isso. E, caso tenha se esquecido, quero que os portões do Céu se abram para mim.

— Não vou mentir: adoraria ter esquecido. Mas é muito difícil, porque é a coisa mais idiota que eu ouvi nos últimos cem anos, e olha que estou incluindo aquela vez em que o Belzebu tentou fazer a gente acreditar que a volta das calças de cintura baixa causaria a Terceira Guerra Mundial.

Mammon deixa claro que no fundo é um demônio quando salta na minha direção e tenta arrancar um dos meus olhos (ou os dois) com suas garras. Como estou acostumado, consigo me cobrir a tempo com uma almofada. Então, o agarro pela parte de trás do pescoço, puxando para o mais longe possível, e rio porque sei que ele vai ficar ainda mais furioso com isso.

— Já cansei do Inferno! — grita, movendo as patas em minha direção. — E cansei de você! Não mereço isso; quero voltar pra casa! E ninguém vai me deixar voltar se eu passar meio ano tentando encobrir seus erros!

— Podia ter sido pior. Imagina se tivessem te deixado com o Belzebu. — O gato bufa, mas para de tentar me arranhar. —

VIZINHO INFERNAL 125

Olha, acho ótimo que você queira ser perdoado. A questão é que eu não quero, e meu plano não vai atrapalhar o seu.

— Nossos planos vão se atrapalhar no momento em que você arrastar meu nome na lama e me obrigar a enganar os outros pra pagar pelos seus caprichos, Belial.

— Ah, qual é! Você não vai para o Inferno por causar uma tentaçãozinha. Lá em cima estão mais de boa, no máximo vão te dar um tapinha na bunda e te mandar pra cama sem jantar.

— Não importa o que você diga, eu não vou me arriscar. Então, se quiser dinheiro, se vira e dá um jeito. Me solta logo!

— Eu o ignoro. — E fala o que a vizinha te disse!

— Ah, é mesmo. Ela se recusou a me representar. Ou pelo menos é o que eu acho. Na verdade, ela se virou e foi embora sem dizer nada.

— Que surpresa — diz Mammon, ironicamente.

— Né?

Mas tanto faz. Tenho certeza de que, pressionando do jeito certo, consigo fazer os dois mudarem de opinião.

Duas horas e um aparelho de barbear depois, ainda não consegui convencer Mammon de que, na verdade, influenciar os outros a fazerem apostas ruins conta como ajudar o próximo. Não importa quantas vezes eu tenha dito que também conto como "próximo". E também não importa que eu tenha raspado todo o pelo dele, menos os da cabeça, do rabo e da parte inferior das pernas e agora ele esteja parecendo um gato rosa e gordo fantasiado de leão. Ele continua determinado a manter seu histórico o mais limpo possível.

Estou quase com mais arranhões do que pelos brancos pelo corpo, o que diz muito.

— Tá, tempo — peço ao gato logo depois de soltá-lo.

Ele se afasta de mim e me encara com as orelhas abaixadas, o instinto assassino brilhando em suas pupilas. Desligo o barbeador e o deixo na tampa do vaso sanitário.

— Vou dar um jeito de conseguir o dinheiro em troca de você me dar ideias pra convencer a Milena a aceitar a minha proposta.

Pela sua postura (agachado, abanando o rabo de um lado para o outro), posso dizer que ele ainda está cauteloso.

— Por que você quer ficar aqui? — Ele quer saber. — Ter um corpo mortal é uma droga. Dói, fede, apodrece.

— E é divertido.

Em vez de insistir, ele pula na pia e me xinga para caramba ao se olhar no espelho. Depois de botar tudo para fora, diz:

— Mesmo que você consiga enganar a garota pra que ela te represente, isso não vai servir de nada. Ficar na Terra não faz parte do acordo, e, depois de toda a bagunça que você fez antes, seria o último demônio que permitiriam que ficasse. Quer dizer, sem contar a Lúcifer. Então, pode ir tirando o cavalinho da chuva, porque isso não é uma opção. Decide onde você quer passar a eternidade e começa a agir de acordo com isso. Se continuar desse jeito, já sabe onde vai parar.

— Do que você está falando?

— De crueldade contra animais.

— Se está falando isso de você, não conta. Você é um demônio, não um animal. Além disso, eu só tirei um pouco do seu pelo pra você não ficar com tanto calor e poder me ouvir pelo menos uma vez, cacete.

— De roubo.

— Foi em uma tabacaria. Poderiam considerar isso uma boa ação: o tabaco que eu peguei não vai ser consumido por mais ninguém. Me importo com a saúde dos humanos e tal.

— De briga.

— A culpa não é minha se aquele cara tinha um namorado tão escandaloso assim e que tenha pegado a gente no banheiro da boate.

— De sexo.

VIZINHO INFERNAL 127

— Ah, qual é! Você é quem, o Rafael? Sexo é só outra forma de demonstrar afeição.

— Você organizou orgias. No plural. Uma delas no estacionamento de um supermercado, onde havia câmeras, e você sabia.

— Espalhar o amor é algo muito angelical. E sobre as câmeras... — Não consigo evitar, solto uma gargalhada. — Porra, foi incrível.

— Tá, e o que me diz das mentiras? — insiste Mammon.

Esfrego a nuca, tentando me lembrar.

— Quais?

— Todas, Belial! A cada dez palavras que saem da sua boca, você mente em onze! Pelo amor de Deus! Acha mesmo que vão achar engraçado? Você não aprendeu nada! — O gato faz um barulho muito parecido com o de um suspiro. — Isso sem contar que você revelou a verdade pra uma humana.

— O que mostra que às vezes eu sou sincero.

— Só quando precisa ser. Estou falando sério: se você não mudar, vai voltar para o inferno e vai ter que enfrentar a Lúcifer. Ela vai estar P da vida porque você passou seis meses aprendendo a ser DJ e transando em vez de destruir o mundo, como ela tinha pedido. É isso o que você quer?

Me levanto e sacudo todo o pelo de gato do meu corpo. Em seguida, respondo:

— O que eu quero é ser eu mesmo.

Saio andando porque já sei qual vai ser a resposta de Mammon, e não estou a fim de ouvi-la.

ARTIGO 17

QUANDO A COCORICÓ TE PRESSIONA PARA SEDUZIR SUA VIZINHA

7 de agosto, 21h06

Bel

Apesar da sugestão do gato, continuo firme e forte no meu plano.

No fundo, entendo por que Mammon quer voltar para o Céu: ele sempre gostou de paz. Fez o que precisava no tempo que passou no Inferno, mas com relutância.

Por exemplo, o conceito de dinheiro existe por conta dele. Você consegue imaginar ter o poder de influenciar tanto assim a sociedade? Ter sussurrado no ouvido das pessoas as palavras certas para criar algo dessa magnitude? É impressionante... e ele se arrepende. É isso mesmo o que você leu: Mammon, o demônio que possibilitou o surgimento do capitalismo, se arrepende.

Como você vai ver, as coisas não andam muito bem para ele lá embaixo. Perdoam sua negligência em fazer o mal porque, sem querer, ele conseguiu fazer mais coisas do que a maioria de nós. Apesar disso, Lúcifer está começando a se cansar das reclamações dele, e já ameaçou mais de uma vez torturá-lo se ele não se mexesse.

Não se pode dizer não para Lúcifer. Por isso, Mammon continuou fazendo o trabalho dele enquanto estava no Inferno. Por isso, assim como aconteceu comigo, ele concordou em entrar em contato com ela quando estivéssemos na Terra. Mas, quando chegamos, ele me explicou todo o lance de que pretendia ser absolvido e que também se recusava a falar com Lúcifer. Insistiu que eu fizesse a mesma coisa. Eu disse que não tinha a menor chance de eu dar um perdido na Rainha do Inferno, ele ia ver.

O problema (um dentre muitos) foi que, logo depois de eu ligar para a chefe e ela me pedir para destruir a Terra, tive a ideia de ficar por aqui. Por que me limitar a desfrutar do meu lugar preferido só por seis meses? E não ia acabar com o lugar que agora eu queria chamar de lar, de modo que decidi ignorar a ordem de Lúcifer. Estava indo tudo bem até que Belzebu apareceu para apressar as coisas ("Vai logo, anda!") e, por iniciativa própria, informar a chefe sobre nossos avanços inexistentes.

Sei o que você está pensando: "Belial, se você quer ficar na Terra, quem liga para as ordens da Lúcifer ou a pressa do Belzebu?". Pois é, mas a questão é que ainda não sei como vou conseguir escapar disso. Se eu jogar dos dois lados, fazendo esses demônios acreditarem que estou tentando destruir a humanidade, é só para não pegar mal para mim caso volte para o Inferno. Seria castigado por não ter completado a missão, mas as consequências seriam muito menores do que se descobrissem que não dei bola para nada daquilo desde o começo. Odeio as consequências. Sempre que elas estão prestes a chegar, saio correndo na direção oposta.

Pretendo resolver essa confusão ganhando tempo até o dia do julgamento. Se você estiver se perguntando por que quero que a Milena me defenda, há dois motivos. O primeiro é que o gato está certo (não conta para ele): o Céu não contempla a possibilidade de eu ficar na Terra. Mas se o ser humano mais absurdamente justo e incorrupto que encontrei falasse em meu favor... Sei lá, talvez reconsiderassem. O segundo motivo pelo qual tem que ser ela e não qualquer outro advogado é porque nos proibiram de revelar nossa identidade para qualquer pessoa. E, sim, eu disse meu nome para a Milena, mas antes disso ela descobriu por si só que eu era um demônio, então eles não têm muito como me culpar.

Estou explicando isso tudo para você entender a conversa que estou prestes a ter com Mammon.

— Ei, sua ratazana metida a besta — chamo (com carinho), e ele bufa para mim (com menos carinho) —, vou falar com a chefe. Quer vir?

E ele vem, só que não para participar da reunião, mas para gritar comigo. Para uma criatura que se considera pacifista em nível médio-alto, ele grita demais.

— Nem pense nisso! O Belzebu já está quieto faz uma semana; deixa as coisas como elas estão!

— Eu tenho um plano.

— Deixa eu adivinhar: o plano é estragar tudo.

— Você me conhece bem demais.

Depois de mais um pouco de discussão, e com Mammon percebendo que eu não seguiria seu conselho idiota, ele me diz o seguinte:

— Pode cavar a própria cova sozinho; eu vou dar no pé.

Ele pula no parapeito da janela aberta.

— E quando a Lúcifer perguntar por que você não está aqui?

— Fala pra ela que eu não te suporto, o que é verdade. Ou que eu fui acertar as contas com o Gabriel e implorar pra ele aumentar nosso crédito, o que também é verdade.

— Perfeito. Vou falar que você está atrapalhando a missão que ela passou pra gente e foi confraternizar com o inimigo.

— Agito uma das mãos sobre a cabeça em sinal de despedida.

— Divirta-se!

Em vez de me responder, ele pula da janela. Não porque se cansou de mim, como diz, e decidiu que seria melhor se jogar do sexto andar. Tem um prédio mais baixo com telhado bem na frente do nosso, e é assim que Mammon sai de casa quando está a fim.

Ligar para o Inferno não é difícil. Só precisa fazer um pentagrama logo abaixo do coração (eu tatuei pra não ter que ficar desenhando o tempo todo e, tipo, porque fica ótimo em mim), outro no chão, e ficar bem no meio, de frente para um espelho de corpo todo. Para que o demônio com quem você quer falar possa te responder, você também precisa trazer consigo, para dentro do pentagrama do chão, uma alma pura.

Termino o desenho com os sais de banho e vou atrás da Cocoricó. A casa tem dois quartos: eu fiquei com o maior, com a desculpa de que sou maior do que Mammon e que a cama de 1,80 metro não cabia no outro. Preciso de um colchão dessa largura (pelo menos) para acomodar todas as pessoas com quem costumo dormir. O outro quarto pertence ao gato, que já se demonstrou muito pouco hospitaleiro (espero que usem isso contra ele no dia do julgamento) ao reclamar quando chegou sua vez de acolher a Cocoricó.

Coitada da Cocoricó... ela mal incomoda e, às vezes, até bota ovos. Cocoricó é o nome que eu dei para a galinha, como você deve ter adivinhado. É a alma pura que peguei para poder falar com Lúcifer.

O animal deixa que eu o pegue sem resistência. Levo a galinha para a sala e me sento com ela no meio do pentagrama. Antes de nos olharmos no espelho, pergunto:

— Está pronta?

Como ela (ainda) não fala, não consegue me responder o que sei que está pensando: que preferia que eu a deixasse dormir um pouco mais em vez de ser possuída pelo Mal (com maiúscula).

Levanto a mão esquerda para desenhar três números seis no espelho com o dedo indicador. Movo Cocoricó até que seus olhos estejam refletidos nele, assim como os meus. Então, espero.

A imagem de Barrabás se materializa do outro lado. Além de ser feio para caramba, ele é o equivalente a um funcionário público lá embaixo. Isso significa que é o responsável por repassar as ligações e reclamar muito do próprio trabalho.

— Você de novo. — Ele semicerra o único olho enquanto alisa os espinhos que têm no lugar do cabelo. — Quer falar com quem?

— Com a Lúcifer.

Ele solta um muxoxo e começa a folhear papéis por cinco minutos, só pelo prazer de me deixar ansioso. Sem nem mesmo se despedir, bem quando estou prestes a xingá-lo, a superfície do espelho muda, e me encontro diante da Rainha do Inferno.

— Quando você voltar para casa, eu vou te desmembrar — cumprimenta ela. — Depois, alimentarei a planta da Gula com cada parte do seu corpo, observando com uma alegria infinita enquanto você se reconstrói a partir dos excrem…

— Oi, Luci! — interrompo. — É sempre um prazer falar com você quando você está de bom humor.

Lúcifer olha para mim com uma raiva acumulada ao longo de milênios.

— Pedi especificamente para você encontrar outra alma para se comunicar.

— Eu sei, mas não seria tão engraçado assim. Sabe como é divertido ouvir sua voz maravilhosa através de um bico? Além disso, não é tão fácil encontrar almas puras. A Terra está em um péssimo estado; você deveria estar orgulhosa.

— Podia ter procurado um humano. — Antes de eu terminar minha resposta ("Um humano com a alma intacta? Faça-me um favor"), ela acrescenta: — Ou um animal mais digno.

— Tipo qual?

— Uma cobra.

— Eu moro em Madrid. Você devia ficar feliz por não ser uma barata.

— E esse pentagrama? Te proibi de usar sais de banho.

— Eu lembro. Você disse que, se eu não quisesse usar sangue, que é nojento e difícil de conseguir, devia desenhar queimando o chão. Sabe quanto isso custou? — Bato a palma da mão na madeira. — É piso flutuante de madeira.

Lúcifer revira os olhos.

— É melhor você ter me ligado por algum motivo melhor do que só pra me estressar.

— Te convoquei pra dizer que já sei como nós vamos destruir a humanidade.

— Surpreenda-me.

— O Anticristo.

Estou preparado para a próxima resposta:

— Não. Nós sempre fracassamos com essa técnica.

É verdade: tentamos treze vezes até agora. Embora os últimos Anticristos tenham sido bastante dignos, eles não se saíram tão bem a ponto de destruir a humanidade, que é basicamente a função deles.

— Isso porque, até agora, não tínhamos encontrado o receptáculo perfeito.

— O receptáculo perfeito, como você decidiu chamar a gestante, é um anjo transmutado em humano. Você está dizendo que vai usar o Gabriel?

— Eu hein, seria terrível. Ele não tem a forma adequada. Na verdade, é provavelmente por isso que ele escolheu aquele corpo. Aleatoriamente uma ova. Mas, enfim, o caso é que, se não tiver um anjo, o ideal é uma pessoa que se pareça o máximo possível com um. — Sorrio quando Lúcifer me encara com expectativa.

— E por acaso encontrei uma pessoa perfeita pra isso.

— Quem?

— A minha vizinha.

— Fale mais sobre ela.

— Ela tem olhos azuis, é loira, tem cabelo bem longo... Costuma usar ele liso, mas acho que o natural é cacheado. Deve ter cerca de 1,70 metro e, pelas minhas estimativas, o sutiã dela é tamanho quaren...

— Fale as coisas que importam — interrompe Lúcifer.

— Pra mim, o peito importa muito. Tá bom, tá legal, não precisa fazer cara feia. O que importa é o seguinte: ela é advoga-da — a Rainha do Inferno se remexe no trono, satisfeita —, mas não das boas. Quer dizer, ela é boa. Quer dizer... Porra, é que ela é justa. Tanto que chega a ser ridículo. Também é analítica, correta e pacífica. Dá tudo de si pelo que acredita. — Ou pelo menos é isso o que eu acho, já que ela se esforçou tanto assim para me exorcizar. — Ela nem fala palavrão. Como eu disse: é perfeita.

— Tem um útero funcional?

— É claro — finjo saber —, foi a primeira conversa que a gente teve. Quando a gente se conheceu no elevador, eu per-guntei: "Você tem um útero funcional? Caso sim, quer usar ele pra gente gerar o Anticristo? Vou te dar meu telefone pra você me avisar qualquer coisa".

— O pior erro de Deus não fui eu, foi fazer você acreditar que era engraçado.

— Quanta ignorância. Olha, não sei, mas vou dar um jeito de descobrir. A questão é que esse é um bom plano: ela mora perto, já me conhece e está a fim de mim. Só preciso de um pouco mais de tempo pra transar com ela e...

— Plantar sua semente dentro dela.

— Que jeito mais nojento de dizer isso. Mas sim, é isso.

Depois de um minuto interminável de silêncio, no qual a Cocoricó aproveita para ajeitar algumas penas, insisto:

— O que acha?

— Não gosto da ideia de que você seja o único capaz de causar o fim do mundo. Por causa dos corpos deles, o Mammon e o Belzebu não teriam o que fazer.

— Isso não é verdade. Eles poderiam ficar do lado de fora da porta aplaudindo. Serviria pra me motivar. Também poderiam ficar gritando meu nome enquanto...

— Você tem uma tendência recalcitrante à desobediência e ao caos.

— Muito obrigado.

— Não é um elogio. Além do mais, um anticristo requer burocracia demais. Preciso conferir quem é a humana que você escolheu, revisar os antecedentes para ter certeza de que ela é adequada e realizar os sete rituais necessários para marcá-la. Precisarei de treze dias. Antes disso, ela não pode engravidar.

— O que aconteceria se engravidasse? — pergunto por curiosidade.

— Só teria um por cento de chance de o fruto da união de vocês resultar em um anticristo. E mesmo que funcionasse, ele não estaria vinculado a nenhum ritual de controle, então não teria que responder a nós, e poderia fazer o que quisesse em vez de destruir a Terra.

— E se eu come... Se eu engravidar a Milena depois de você fazer esse monte de coisa, vai com certeza resultar em um anticristo?

— Se a gravidez chegar até o fim, sim.

— E se eu usar camisinha?

A galinha possuída bica meu dedo, impaciente.

— Você sabe como funciona a reprodução humana, Belial? A ideia é não usar métodos contraceptivos.

— Tá bom, então. Só queria ter certeza. Viu? Estou me jogando de cabeça no projeto. Qual é, Lúcifer, não se faz de difícil. Você sabe que é o melhor plano que a gente tem.

— A Morte desapareceu outra vez?

— Como sempre. Além disso, o Mammon ouviu dizer que a Peste virou ecologista.

— Sabia que era uma má ideia deixá-los na Terra — reclama. — Falando no Mammon, onde ele está?

— Tentando descobrir coisas sobre a Milena que podem ser úteis pra mim. Ele adorou o plano. Não tive a chance de contar para o Belzebu, mas tenho certeza de que ele concordaria.

— Tudo bem, vou começar a providenciar a vinda de um anticristo — cede ela. — Uma última coisa: embora seja imprescindível que as duas partes concordem com o ato sexual, e de preferência que a parte não demoníaca o inicie, você tem permissão para usar sua influência.

Solto um grunhido baixo, incomodado. Assim como Mammon, estou atrelado a algo. Contudo, nunca usei isso para conseguir o que Lúcifer está insinuando. Não respondo para que possamos fechar o negócio de uma vez por todas.

— Quanto tempo você acha que vai levar para seduzir a vizinha? — quer saber Lúcifer.

— Antes de acabar meu tempo na Terra, eu consigo.

— Você tem até o dia 10 de setembro.

— Como assim?! São só quatro semanas e meia! É impossível!

— Por quê? Da última vez que conversamos, você passou 27 minutos se gabando de sua aparência física e enfatizando o número de pessoas com quem tinha transado por causa dela.

— Sim, mas…

— Lembre-se de não começar a copular antes dos treze dias — interrompe ela. — Nos falamos em breve, Belial.

Estou fodido.

ARTIGO 18

QUANDO VOCÊ PROMETE MANTER OS FLUIDOS PERIGOSOS SOB CONTROLE

7 de agosto, 23h38

Bel

Depois que estraguei tudo em Sodoma e Gomorra e fui enviado de volta para o Inferno, Lúcifer me condenou a passar dez anos no andar da Ira. Pelo nome, você já deve imaginar que o tipo de alma que vive lá não é o que consideramos feliz. Imagine que o Twitter fosse um lugar físico e você tivesse que aturar por uma década inteira todas aquelas pessoas que escrevem mensagens cheias de raiva. Elas não podiam me machucar (em nosso estado natural, não temos sistema nervoso), mas podiam encher o meu saco.

Com a exceção de Satanás (não confunda com Lúcifer se não quiser deixar eles bravos), o responsável por aquele andar do Inferno, nenhum demônio vai para lá por vontade própria. Mesmo assim, Mammon ia me ver todos os dias.

No primeiro, gritou exatamente a mesma coisa que está gritando agora:

— Onde você estava com a cabeça?! Por que fez isso?!

— Não é o fim do mundo — tento tranquilizá-lo. — Se eu convencer a Milena a me representar e eu der uma improvisada...

— Dar uma improvisada?! Pra improvisar, primeiro precisa ter cérebro, e a única coisa debaixo desses seus cachos é uma vozinha que fica repetindo: "Olha quantos músculos eu tenho! Toca neles!".

— Essa voz não fala só dos meus músculos, também lista a quantidade de coisas que consigo fazer com a boc...

— BELIAL! — vocifera.

Ele está desequilibrado, pulando de um lado para o outro sem parar. Primeiro, vai para a prateleira, depois, para o sofá e, por último, para o meu ombro, para dar uma mordida no... Ai!

— Você não pode criar um anticristo!

— Se você me desse ouvidos, perceberia que isso é exatamente o oposto do que eu pretendo fazer. Para com isso! — Empurro o gato para longe de mim e esfrego os machucados que fez no meu pescoço. — Você está sendo muito violento, Mam. Se controla, senão o Gabi vai ficar bravo.

— Tenho certeza de que te atacar vai me dar mais pontos pra entrar no Céu.

Se Miguel visse, com certeza.

— Senta comigo que eu te explico.

Nos sentamos no sofá: ele, no encosto, e eu, segurando uma almofada, caso precise de um escudo.

— Apesar de ser verdade que a minha intenção era conseguir o máximo de tempo possível, sugerir que a Milena seja o receptáculo...

— Para de chamar ela assim; é ofensivo.

— Pois então me diz você como é pra eu chamar ela. "Forno para o anticristo"? "Ser humano com útero funcional aguardando a semente demoníaca"? É tudo horrível. A gente deveria rever essa terminologia, dá vergonha alheia.

O gato enterra a cabeça nas patas e grita algumas coisas que não entendo antes de voltar a me olhar.

— Sua intenção de escolher a vizinha como a futura mãe do Mal vem de…

Abafo uma gargalhada com um pigarro quando Mammon se senta, claramente querendo pular na minha cara.

— A Milena é o único ser humano imune ao meu evidente *sex appeal* — me defendo.

— Vou ter que discordar.

— Não vai, não. Tá, ela é a única pessoa com quem eu queria ficar que me rejeitou. Todas as vezes. Ela me odeia.

— Porque é inteligente.

— Tanto faz o motivo. — Faço um gesto com a mão, como se não tivesse importância. — Ela nunca vai dormir comigo; já deixou isso claro várias vezes. Tenho certeza de que até gosta de me lembrar disso. E já que ela vai ser minha advogada…

— Eu já te disse que não isso vai adiantar de nada.

— Eu ouvi. Te ignorei da primeira vez, e vou ignorar de novo agora. Só, por favor, não me interrompe, porque vou acabar me perdendo. Onde eu…? Ah, é, isso… Como ela vai ser minha advogada, vamos passar um tempão juntos nos preparando para o julgamento. Como inventei essa coisa do Anticristo, a Lúcifer e o Belzebu não vão ficar no meu pé, porque vão achar que estou tentando flertar com ela. Além disso, como já existe um projeto de destruição da Terra em andamento, não vão ficar pensando em como causar o fim do mundo; então, a Terra, isto é, o meu futuro lar, estará a salvo. — Coloco as mãos atrás da cabeça e me recosto, incrivelmente satisfeito comigo mesmo. — Não te parece um plano infalível?

Antes que eu consiga evitar, o gato sobe no meu colo e morde o meu mamilo. Ele desvia da almofada que jogo nele e pula na mesa de mixagem. Então, começa a enumerar as minúcias:

— Infalível, né? Tirando o que eu já te falei, que a menina se recusou a te representar e que, de toda forma, isso não adiantaria de nada. O que você vai fazer quando chegar o dia 10 de setembro e pedirem os resultados? Isso sem contar sua tendência a transar com qualquer um que sorri ao passar por você. E se você tiver um anticristo com outra pessoa? As chances são baixas, mas elas existem. Ah, quase esqueci: e se a vizinha decidir que quer transar com você? Você vai negar? Ou melhor, vai parar de dar em cima dela?

Cruzo os braços e demonstro minha seriedade ao refletir por dois ou três segundos sobre cada pergunta que ele me fez.

— Quando o prazo acabar, vou falar pra Lúcifer que a Milena ainda não caiu no meu papo por... algum motivo aí.

— Estou impressionado com o seu planejamento. Prossiga, por favor.

— Em relação às pessoas com quem eu já transei, fico surpreso por você estar se preocupando só três meses depois.

— Desde o começo eu venho pedindo pra você se controlar.

— Pensei que fosse por pudor.

— Porque você não me dá ouvidos!

— Não dou mesmo. Mas, de qualquer forma, relaxa: eu uso camisinha e só meto em lugares que podem resultar no Anticristo um terço das vezes. — Abro um sorriso e viro a cabeça para olhar para ele. — Se é que você me entende.

— Ninguém se importa; prossiga.

— Por que você nunca quer falar de sexo? Estou cada vez mais convencido de que você merece estar no Céu. — Apesar de não querer dizer isso como um elogio, ele ronrona, grato. — Com a Milena não vai ter problema. Já expliquei que ela não vai querer trocar nenhum tipo de fluido comigo. Bom, talvez cuspe. Mas estou falando de fluidos perigosos.

— E se ela quiser? — insiste ele.

— Eu negaria.

Mammon cai na gargalhada.

— Você negaria — repete, fora de controle. — Você se recusaria a transar com alguém! Ai! Não aguento! Vou ter um treco!

Ergo as duas sobrancelhas.

— Sou perfeitamente capaz de me controlar.

Ele precisa de meia hora para se acalmar, e aproveita todos os minutos e segundos para fazer isso.

ACORDO

First things first,
I'm going to say all the words
inside my head.
I'm fired up and tired
of the way that things have been,
the way that things have been.
Second things second,
don't you tell me what you think that I could be,
I'm the one at the sail,
I'm the master of my sea,
the master of my sea.[*]

IMAGINE DRAGONS,
"Believer"

---

[*]N. da T.: "Em primeiro lugar,/vou dizer tudo o que estou pensando./Estou empolgado e cansado/do modo como estão as coisas,/do modo como estão as coisas./Em segundo lugar,/não me diga o que você acha que eu poderia ser,/sou eu que comando o barco,/sou o capitão de meu mar,/o capitão do meu mar" (tradução livre).

ARTIGO 19

QUANDO A QUANTIDADE DE BOTÕES DA SUA CAMISA DIFICULTA A COMUNICAÇÃO

8 de agosto, 17h21

Milena

Já faz quatro dias desde que vi o demônio pela última vez, e um mês desde que o conheci.

Não é muito tempo em nenhum dos casos. Contudo, tenho a sensação de que sua presença mudou a minha vida de uma maneira irreversível. Tenho dificuldade de me lembrar no que eu pensava antes dele, no que fazia no meu tempo livre. No entanto, estou tentando muito retomar meus hábitos: agora que sei que sua estadia na cidade (e no mundo) está prestes a terminar e que não posso fazer nada para encurtá-la, não faz o menor sentido insistir no assunto.

— O sr. Roig pediu para te avisar que acabou o papel higiênico.

Ergo os olhos do meu computador, no qual estou revisando um dos julgamentos da semana para fazer anotações, e me deparo com a incompetência do ex-estagiário. Me concentrar na injustiça que foi a promoção de Borja me ajudará a não pensar em Belial, pelo menos por alguns minutos.

VIZINHO INFERNAL 145

Analiso o desprezo que manifesto pelo antigo estagiário e faço uma comparação rápida. Apesar de sua falta de habilidade, considero que é menos culpado por me causar esse sentimento do que o meu chefe, que foi quem ofereceu o cargo para ele. Além disso, pelo que sei, ele não está enganando a Receita Federal, como Manuel Sánchez López. Por conta disso, coloco-o em quarto lugar na lista de pessoas detestáveis que fazem parte da minha vida. O primeiro é o demônio (só para constar, não estou pensando nele); o segundo é Roig filho; o terceiro é o traficante de abacates; e o quarto é esse garoto, que estudou Direito porque era o que seus pais queriam, não por vocação. Foi uma das primeiras coisas que ele me disse, seguida do fato de que sua família tem dinheiro de sobra para sustentar as próximas quatro gerações e que não entende por que é obrigado a trabalhar.

— Está bem — respondo, voltando a atenção para a tela do computador. — Vou manter isso em mente para quando for usar o banheiro.

Borja ajusta a pulseira com a bandeira da Espanha e transfere o peso de um pé para o outro. Seu incômodo me faz sentir um resquício de pena dele, que desaparece assim que ele volta a falar:

— Ele quer que você vá até o supermercado da esquina pra comprar mais.

Fecho os olhos, respiro fundo e tento visualizar algo que me faça feliz e que me impeça de começar a gritar. Lina, Samuel, meus pais, ter confirmado que eu estava certa sobre o... Não.

Era disso que eu estava falando no começo. Tirar Belial da mente está sendo uma tarefa difícil.

Como confrontar Borja não vai adiantar, informo que vou comprar o papel higiênico. Durante o caminho, lembro-me das razões pelas quais continuo a tolerar o sr. Roig. Podem ser resumidas em duas: preciso do dinheiro e lutei muito para chegar até aqui.

Tenho que admitir que o salário que recebo é decente. Graças a isso, consigo me sustentar e também ajudar meus pais com as mensalidades da faculdade de Samuel. Eles insistem que eu deveria economizar para poder mudar de apartamento, mas gosto de morar com Lina e, exceto pela recente infestação de formigas (e o espaço e a falta de luz e…), nossa casa é confortável.

Em relação à posição que alcancei na empresa, reconheço que tenho opiniões divergentes. Falta um ano para eu poder exercer a função de defensora pública, meu objetivo quando decidi me tornar advogada, mas suspeito que na Roig e Filhos não crescerei mais profissionalmente. Não por falta de aptidão, mas por questões relacionadas à indecência do meu chefe, sobre a qual prefiro não me aprofundar porque ainda estou tentando manter a compostura.

Uma hora depois, em vez de grampear a boca do sr. Roig para que pare de falar besteira no telefone enquanto me lança olhares desagradáveis ("Eu também sou bissexual porque gosto de ficar com duas mulheres de cada vez, hehehe"), guardo minhas coisas e me despeço dele. Em troca, ele dá um aceno de mão, como quando você quer espantar um inseto que está voando perto do rosto.

A única coisa que impede o sr. Roig de estar no topo da lista de pessoas que mais odeio é o fato de que, quando termino o dia de trabalho, consigo esquecê-lo até o dia seguinte.

No metrô, dou uma olhada no celular e vejo que há uma mensagem de Lina, informando que também não dormirá em casa esta noite. Não sei o que aconteceu entre ela e Daniela quando fomos à boate, mas desde então elas parecem ter oficializado o relacionamento. Fico feliz pelas duas, mesmo sentindo falta de jantar com a minha melhor amiga.

Em vez de contar a ela sobre Belial, tenho tentado de tudo para fazê-la se esquecer das minhas suspeitas (agora, certezas) de que ele é um demônio. Não é fácil, porque por algum motivo ela acha engraçado e traz o assunto à tona de vez em quando. Não sei se a ameaça de morte era séria ou se era apenas conversa--fiada, mas prefiro não arriscar.

Também não contei sobre o beijo. Assim que saí do camarim, fui procurar Lina e Daniela e pedi para irmos embora de lá. Elas não se opuseram. Do lado de fora, minha melhor amiga encarou o meu rosto quando um poste de luz o iluminou. Olhou para mim atentamente, agarrando minhas bochechas e movimentando a cabeça para analisar cada centímetro. Por fim, decretou: "Sua maquiagem está borrada. Por quê...? Você ficou com ele! Caramba!".

Eu menti. Não suporto fazer isso, me deixa profundamente infeliz, mas menti. Digo para mim mesma que foi porque eu não deveria insistir no assunto do exorcismo, o motivo pelo qual concordei em beijar o demônio (junto ao fato de que ele me revelaria a sua identidade). Contudo, preciso admitir que a vergonha também influenciou minha falta de sinceridade. Por alguns segundos, talvez um minuto inteiro, me esqueci de por que estávamos nos beijando. Me esqueci de tudo.

É imperdoável, e me arrependo. O único ponto positivo é que não pretendo mais encontrar o...

— O que você está fazendo aqui?

Do lado de fora da entrada do prédio, esperando pacientemente que alguém abra a porta (ou pelo menos é isso o que eu acho), está o gato do demônio: Mamón. Quando fixa os olhos em mim, dá para ver que ele entende. É então que me lembro do que Belial me disse, que esse animal era como ele.

Me agacho para observá-lo. Parece um pouco mais feio do que de costume, porque rasparam quase todo o seu pelo, mas o rosto continua sendo... fofo. Nem um pouco demoníaco. No entanto, ele tem comportamentos que não condizem com os de sua espécie. É difícil explicar; talvez eu ache isso por conta do que sei agora.

— Você é um demônio? — pergunto, me sentindo maluca. Ele me encara de volta. — Imagino que não, mas você consegue falar?

Quando não recebo uma resposta, presumo que Belial estava me zoando e que o gato é... bem, um gato. Me levanto, tiro a chave do bolso e abro a porta para que ele possa entrar no prédio. O bichano caminha em direção ao elevador e para em frente à placa escrita com marcador vermelho, que explica que o elevador está quebrado outra vez.

— Você está lendo?

Mamón vira a cabeça para mim. Se pudesse falar, diria: "Gatos não conseguem ler avisos cheios de erros de ortografia deixados pelo síndico. Não seja ridícula". Depois, vai até a escada e começa a subir. Vou atrás dele para que não se perca e para bater na porta do dono (algo que gatos também não deveriam conseguir fazer).

Quando chegamos ao quinto, em vez de subir o lance restante, o animal segue em direção ao corredor que leva à minha casa. Faço a mesma coisa, e encontro Belial jogado no chão.

Quer dizer, isso não é bem verdade. Ele está sentado, com as pernas estendidas e as costas apoiadas na parede, muito perto da minha porta, mas não parece uma pose casual. Nada em Belial é casual, a começar por seus cachos propositalmente bagunçados e pela maneira como me olha ao virar a cabeça em nossa direção. Dos saltos até o cabelo, sim, mas se fixando mais em algumas partes. Analisa a blusa, botão por botão, passando a ponta da língua pelo canto da boca. Como se estivesse imaginando... Deixa pra lá.

Tenho que acabar com isso o mais rápido possível.

— Seu gato estava na rua — informo, colocando a chave na fechadura.

— Ele gosta de brincar com pombas — responde como se fosse uma piada interna entre ele e o gato, que subiu em seus ombros. — Não vai perguntar o que eu estou fazendo aqui?

— Não me interessa.

— Chamei, mas ninguém atendeu. Já são quase oito. Quantas horas você trabalha por dia? — Quando não respondo, ele insiste: — Precisamos conversar, Milena.

— Não, não precisamos fazer nada.

— Vou até lá em casa pra deixar o Mamón, e aí você me chama pra passar aqui. Assim, vai ouvir a oferta que tenho pra te fazer, você vai me agradecer ao ver como ela é generosa, e vai começar a trabalhar pra mim. — Ele se levanta, com o gato ainda no ombro. — Você me faria um favor se aproveitasse esse tempo pra trocar de roupa. É muito difícil falar de negócios se eu continuar me distraindo, pensando em rasgar sua camisa.

Fecho a porta na cara dele e fico um tempo parada na entrada de casa. Nem ligo para a bagunça na sala, com roupas e objetos de fotografia de Lina. Quer dizer, ligo, mas não consigo deixar que o incômodo pela bagunça substitua a imagem que o demônio acabou de projetar na minha mente.

"... pensando em rasgar sua camisa."

Balanço a cabeça para me livrar do pensamento e vou para o meu quarto. A intenção é trocar de roupa: não porque pretendo falar com Belial, mas porque quero ficar confortável enquanto janto. Enquanto desabotoo a camisa, percebo a mão distraída, quase desconectada de meu corpo, como se fosse de outra pessoa... Acabo tirando a roupa pela cabeça e jogando-a na cama de qualquer jeito. Meu braço se estende até o guarda-roupa, na direção de umas calças que me caem bem. Faço cara feia para a minha mão e a obrigo a agarrar o moletom que uso para ficar casa.

Estou prendendo o cabelo em um coque quando alguém bate na porta.

Apesar de sua irresponsabilidade e lassidão habituais, descubro que Belial é impaciente. Louco também. Começa a batucar ritmadamente na madeira e a cantarolar:

— Milenaaa, tô te esperandooo, Milenaaa. Deixa eu entrar que temos um acordo para fechaaar... Caralho, Milena! Não tá conseguindo se livrar dos botões? Posso te dar uma mãozinha com eles. Duas, até. E a boca, se precisar.

Pelo olho mágico, vejo que está com os braços cruzados, os olhos pretos fixos no vidro através do qual o observo.

— Por que não abre a porta? — Ele aproxima a boca, e o sorriso de lado se forma, distorcendo seu rosto. — Prometo que só quero falar de negócios. Não vou te pegar. Mas se você quiser discutir o jeito como você veio pra cima de mim no sábado...

— Eu não fui pra cima de você! — grito, sem conseguir evitar.

— Você mordeu o meu lábio. É uma reclamação? Claro que não. Na verdade, se concordar em trabalhar comigo, deixo você me morder do jeito que quiser. Nem precisa se conter.

Consigo recuperar a compostura e não respondo a nenhuma das descrições excessivamente gráficas que ele continua a fazer. Quando se cansa de me contar todas as coisas que gosta que façam com ele e o nível de dor que tolera (é bem alto, se quer saber), solta uma gargalhada.

— Estou brincando — diz. — Juro que, de agora em diante, nossa relação será estritamente profissional. Juro por mim mesmo, você já sabe como é. Sem insinuações nem nada que te deixe incomodada. E aí? Vai me escutar? Milena? — insiste ele algum tempo depois.

Por sua postura, com a parte superior do tronco inclinada para a frente, dá para dizer que os braços estão apoiados na porta. A cabeça está baixa, e a franja cobre os olhos, mas não os lábios.

Fico surpresa por ele não estar sorrindo quando continua a falar:

— Te dou o que você quiser. Qualquer coisa que eu puder, me pede que eu te dou. — Silêncio. E então: — Preciso de você.

Me afasto da porta com uma sensação desagradável na boca do estômago.

Não é justo que minha recusa me deixe culpada. Não sei se ele merece a minha ajuda, não só por ser uma criatura infernal, mas por ser um... babaca. Além disso, ele pretende ficar na Terra, um lugar ao qual ele não pertence, fazendo sabe-se lá o quê (nada de bom, é claro).

Não. Não vou abrir.

Me tranco no quarto para não ouvir nem uma palavra a mais.

Horas mais tarde, muito tempo depois de ele ter desistido, continuo com a mesma sensação desagradável na boca do estômago.

ARTIGO 20

QUANDO VOCÊ CHAMA
SUA ÚNICA ALTERNATIVA DE "GATA"

12 de agosto, 12h45

Bel

Não me lembro da última vez em que fiquei nervoso. Na verdade, posso garantir que nunca fiquei assim. Pelo menos até agora.

Antes, por mais que eu estragasse tudo tentando conquistar meus objetivos, estava satisfeito comigo mesmo. Agora, para o meu azar, esse objetivo depende de outra pessoa.

Precisar de alguém é desesperador, principalmente quando a pessoa em questão insiste em não fazer o que você quer.

Tentei convencer a Milena a me ajudar em mais quatro ocasiões. Esperei por ela no elevador antes de sair para trabalhar e na porta em frente à casa dela antes de ela voltar. Deixei até bilhetes na caixa de correio dela.

Depois de me ignorar todas as vezes, cheguei à conclusão de que não posso simplesmente dizer "O que você quiser, Milena, é só você pedir para mim". Preciso de algo tangível. Infelizmente, Mammon ainda está determinado a não participar de nada ilegal; então, não temos dinheiro. Minha segunda

VIZINHO INFERNAL **153**

opção seria oferecer sexo para ela, mas o risco de criar um anticristo e a Milena jogar miniaturas de metal na minha cabeça me fez descartar essa opção.

Só me resta uma alternativa.

Olho à minha volta com a sensação mais próxima da tristeza que sou capaz de sentir. Meus dedos percorrem o couro macio em que estou sentado. Sobre o qual já voei e, quando aterrizei, transei. Porra, isso é o que me deixa mais triste. Não o dinheiro que o Aston Martin custou, mas tudo o que não poderei mais fazer por causa dele. Não vou mais furar os sinais vermelhos, ignorar placas de trânsito que não entendo e gritar com as pessoas pela janela. Não vou mais poder exceder o limite de velocidade enquanto a música alta faz todas as peças da máquina vibrarem. Não vou mais levar ninguém para um terreno baldio, colocar um cobertor no banco de trás e jogar nossas roupas em um canto.

— Vou sentir saudade, gata.

Sim, chamo meu Aston Martin Vantage V8 de *gata*.

Depois de soltar um suspiro, abro o porta-luvas para pegar os papéis de que preciso. Saio, fecho a porta com cuidado e dou uma última olhada na lataria preta.

Sei que é isso o que tenho que fazer, mas me arrependo a cada um e de todos os passos (são 347) que dou entre a minha vaga na garagem e a porta da Milena. Solto outro suspiro antes de endireitar os ombros, forçar um sorriso e tocar a campainha.

Não tenho uma audição melhor do que a maioria dos humanos, mas as paredes deste prédio são feitas de papel; então, consigo ouvi-la se aproximando da porta.

— Vai embora — pede (ordena, na verdade).

Levanto os papéis que peguei e os coloco na frente do olho mágico para ela que possa vê-los.

— O carro — digo, com os dentes cerrados. — Se você me ajudar, te dou o carro.

— Por que eu ia querer isso se não sei dirigir? Não estou interessada. Dá o fora.

Não acredito no que estou prestes a sugerir.

— Então vende. É um Aston Martin Vantage V8.

— E daí?

Seguro a vontade de chutar a madeira para que ela entenda o sacrifício que estou fazendo.

— E daí que custa 209 mil, 285 euros e 95 centavos. — Faz-se um silêncio do outro lado da porta. Imagino que ela esteja pensando, e aproveito para pressionar ainda mais: — Você poderia pedir demissão e procurar um emprego em que não precise ficar até tão tarde assim. Ou ficar sem trabalhar durante anos. Ou subornar a polícia pra te darem ouvidos na próxima vez em que você for me denunciar. O que você achar melhor. Mais de duzentos paus por menos de três meses comigo e um julgamentinho de nada.

— O carro está usado? — questiona.

— É claro que está usado, porra. Quem compra um Aston Martin Vantage V8 pra deixar na garagem?

— Então, o preço vai ser menor.

Escuto os passos se afastando. Volto a guardar os papéis na pasta e me deixo cair no chão, apoiando as costas na porta.

Já era, é impossível. Tanto essa mulher quanto conseguir o que quero. Que merda.

Ao contrário do nervosismo, a sensação de derrota eu já conheço muito bem.

Quando caímos do Céu, depois das brincadeiras, das risadas e de encontrar nosso próprio lugar para passar o resto da eternidade... Depois de tudo isso, quando fiquei sozinho, me senti derrotado. Não por Deus; o que estava me consumindo não era a frustração por não ter conseguido destroná-lo. Para começar porque, para mim, tanto faz, tanto fez se a gente conseguisse ou não. Eu só queria fazer uma bagunça e ver o que aconteceria.

O que me fez sentir derrotado foi o que aconteceu com...

— Por que você precisa da minha ajuda?

A voz de Milena soa nítida de dentro do apartamento; então, suponho que tenha voltado e esteja bem perto da porta.

— Já te falei: quero ficar na Terra.

A madeira treme por um segundo, e a imagino apoiada, na mesma posição que eu.

— Por quê? — insiste.

— Porque eu odeio as outras alternativas.

— Explica melhor.

Esfrego o queixo com os nós dos dedos, irritado. Odeio quando tenho que tirar as provocações da boca e arrancar o que importa de um lugar bem mais profundo.

— Estou cansado de ser o que esperam de mim. — Tenho essas ideias tão, tão no meu âmago, tão emaranhadas, que não sei se vou conseguir apresentá-las de uma forma que faça sentido. Tento mesmo assim: — Quando eu estava lá em cima, esperavam que eu fosse bom. Que fosse imaculado. Que eu desse ouvidos, respeitasse e aconselhasse... Não é a minha praia. Fico entediado, me distraio e adoro jogar sal nas feridas e rir quando começam a arder. Quando me mandaram para o outro lugar, esperavam que eu fosse mau. Indefensável. Que eu destruísse tudo, me deliciasse com o sofrimento e dedicasse cada segundo da minha existência pensando em como continuar provocando-o.

— E também não é a sua praia? — Por mais que não consiga vê-la, dá para ouvir a desconfiança em sua voz.

— Me diverti fazendo coisas tão horríveis que seu cérebro não seria capaz de processar. Destruí e reconstruí só pelo prazer de destruir de novo. Vi civilizações queimarem e ri enquanto isso acontecia. — Sorrio ao me lembrar. — Tirei vidas, e minha consciência sequer se abalou.

— Então — murmura ela, e ouso dizer que parece decepcionada —, no Inferno você é o que esperam de você.

— Não, porque não quero ser só isso. Quero ser eu mesmo: bom, mau, ou o que eu estiver a fim, sem seguir ordens de outras pessoas. Estou cansado de receber um tapinha nas costas quando faço algo que aprovam e uma bronca quando não. Quero o que você tem.

— Que é...?

— A possibilidade de escolher.

Demora muito tempo para que ela me responda, mas sei que ainda está ali. De alguma forma, sinto sua presença.

— O que acontece se eu não te representar?

— Vou voltar para o Inferno, provavelmente.

Ouço a fechadura girando e me sento quando a porta se abre, só uma fresta, o suficiente para que Milena coloque apenas metade do rosto para fora.

— Como é lá?

— No Inferno? — Ela faz que sim. — É um prédio. Fica no meio de um deserto sem fim, onde só tem areia preta. Sem árvores nem nada.

A fresta por onde ela me observa aumenta.

— Como assim um prédio?

— É difícil de explicar. Resumindo, tem sete andares, e cada um é incomensurável e corresponde a um pecado capital.

— Onde você mora? Em qual andar?

Sorrio, sem conseguir me segurar. Ela não vai achar graça da resposta.

— No da Luxúria.

Milena solta um muxoxo, e tenho a impressão de que não está surpresa. Depois de um minuto inteiro, abre a porta por completo e se afasta para o lado.

— Pode entrar.

ARTIGO 21

QUANDO AS PRAGAS FAVORECEM O CONTATO FÍSICO

12 de agosto, 13h29

Milena

É muito dinheiro, eu poderia dividir com a minha família, digo para mim mesma quando o demônio entra em minha casa. Está com um sorriso largo no rosto, as mãos nos bolsos e os olhos com uma aparência menos morta do que de costume. Se mexe devagar, como se estivesse rastejando, ou como se quisesse terminar de assimilar o que acabei de fazer antes de fincar as garras em mim. Ainda não sei com qual intenção.

Estendo a mão com a palma voltada para cima. Depois de soltar uma risada sem entusiasmo, ele me entrega os documentos do carro.

— Vou redigir os contratos hoje à noite — informo enquanto coloco a pasta na mesa, tomando cuidado para não a perder de vista.

— No plural?

— O do carro e o do trabalho.

Ando de costas enquanto ele avança em minha direção. Esta casa sempre foi pequena, mas nunca pareceu tão sufocante quanto agora. Contenho a vontade de abrir as janelas porque só vai entrar mais calor e piorar a sensação de falta de ar.

— O carro vai se tornar minha propriedade dia 31 de outubro deste ano — informo. Minhas pernas tropeçam no sofá atrás de mim, e decido me sentar para fingir uma calma que não sinto. — Independentemente do resultado do julgamento.

Belial assente e se senta ao meu lado, me deixando tensa apesar do espaço entre nós.

— Está nervosa? — A pergunta não sai com um tom de preocupação, mas com sarcasmo. — Não precisa ficar. Jurei que me comportaria.

— Vai ser uma das cláusulas do outro contrato. Você vai ter que ler com atenção para saber quais são as regras. De qualquer forma, já adianto que nenhum ponto será modificado. É pegar ou largar.

— Por mim, tudo bem.

— E a Lina vai ter imunidade. Ela nunca achou que você fosse um demônio, não importa as bobagens que você tenha dito.

— Você não contou pra ela...?

— Não — interrompo.

— Tudo bem, então.

— Uma última coisa: concordo em te representar com a condição de que você volte para o Céu.

O sorriso dele desaparece enquanto ele pisca devagar, assimilando o que acabei de dizer.

— Esse não era o trato — sussurra.

— É a minha oferta. Não vou te deixar ficar na Terra, mas estou disposta a te ajudar a ser bom o suficiente para não ter que voltar para o Inferno.

Ele coloca os braços em cima do encosto do sofá e estica tanto as pernas que uma delas bate na mesa de centro. Quando dobra a perna de novo, seu joelho se aproxima do meu, de um jeito que chega a ser perigoso. Me afasto rapidamente, feliz por ele não ter percebido, com o olhar fixo no teto.

— Como você vai fazer com que me aceitem lá em cima?

— Observando o seu comportamento e te orientando quando for necessário.

Pela posição em que está, só consigo ver metade do seu rosto. Quando o sorriso começa a surgir, sei que o canto que não consigo ver está um centímetro (dois, no máximo) mais baixo do que o outro. Comprovo a suspeita quando ele vira a cabeça para mim.

— Isso quer dizer que vamos passar muito tempo juntos.

Ele diz isso de uma maneira que me deixa arrepiada.

— Exatamente. — Vou até a mesa e pego um caderno e uma caneta para fazer anotações. — A primeira coisa que preciso saber é o que você costuma fazer no seu tempo livre.

Me sobressalto com a gargalhada que ele solta.

— Quer detalhes?

— Claro que quero detalhes. — Percebi do que ele estava falando tarde demais. Me corrijo: — Não precisa, vamos nos concentrar nas atividades que…

— Transar. — Levanto a caneta para interrompê-lo (ou para matá-lo, ainda não decidi qual é a melhor opção). Isso só faz com que ele me ignore. — Dependendo do lugar, preciso de mais ou menos tempo. Se estou em casa, por exemplo, consigo manter o ato por umas duas horas. Com as preliminares, se é que você me entende, porque este corpo é humano e tem um limite. — Ele aponta para si para deixar claro o que quer dizer. — Se estou fora de casa, no banheiro de um bar ou em um beco, por exemplo, acabo em menos de meia hora. Não me importo de ser pego, mas acho que a pressa nesse tipo de situação deixa tudo mais excitante.

Ele prossegue por vários minutos. Ouvi-lo acaba sendo desagradável para mim, não tanto pelas descrições explícitas, mas pelas imagens que começam a passar pela minha mente. Tenho que mudar o rosto dos acompanhantes que ele descreve porque ele deixa claro que não gosta de repetir a mesma pessoa. Termino exausta.

— Não precisa continuar — informo quando ele começa a detalhar suas técnicas de conquista.

— Por quê? Não é uma atividade que incomode o Céu, particularmente. Olha, se for algo muito, muito original mesmo, podem torcer um pouco o nariz, mas não vão me impedir de voltar por estar transando.

— Que bom saber disso. Porém, agora que vou te acompanhar, você não vai mais se dedicar a essa atividade em específico.

— Por que não?

Eu o analiso em busca de sinais de que está brincando. Não consigo encontrá-los; então, suspeito que seja uma pergunta sincera.

— Porque você não vai ficar transando quando eu estiver por perto. Nem pense em abrir a boca, não quero ouvir você.

— Você vai continuar trabalhando? — Assinto, confusa.

— Perfeito. Então, vou deixar isso pra quando você estiver no trabalho.

— Como quiser. Além disso, o que mais você faz? Por favor, se concentra em coisas que podem ser delicadas na hora do julgamento.

— E eu sei lá. — Ele encolhe os ombros. — Ei, posso fumar aqui?

Antes que eu possa responder, ele já tirou o *vape* do bolso.

— Não, não pode. O que me faz lembrar: você usa drogas? Ilegais, quero dizer. A menos que também seja penalizado por conta de tabaco e álcool.

O sorriso dele me diz tudo de que preciso saber.

— Pois então pode parar — decreto. — Na verdade, seria ótimo se você me passasse uma lista do tipo de dieta que você segue. Tenho certeza de que reduzir o consumo de carne vermelha vai funcionar ao nosso favor.

Duas horas depois, Belial fala comigo através das mãos que colocou no rosto, a exaustão mais do que óbvia.

— Milena, deixa pra lá. Amanhã a gente se vê quando você voltar do trabalho, e pode ir me julgando durante o processo.

— Ele abre os dedos para olhar para mim através deles, mas seus olhos desviam muito para a esquerda. — Aquilo no chão são insetos?

Recolho os pés para repousá-los no sofá, só por precaução, e encaro o ponto para onde ele está apontando.

— Sim, são formigas.

— Tem formiga demais na sua casa. Vocês continuam tolerando elas porque são trabalhadoras?

— Cheguei a um acordo com a Lina, e nós decidimos que eu as exterminaria quando ela não estivesse por perto, mas não estou conseguindo. São muitas.

— Caralho, que nojo. — Ele também se certifica de que seu corpo todo esteja em cima do sofá e dá uma olhada à sua volta, inquieto. — Por que vocês não chamam alguém pra dedetizar a casa?

— Não é da sua conta.

Na verdade, antes de Belial bater na porta, entrei em contato com a proprietária do apartamento para informar o problema. Depois de lembrá-la diversas vezes de seus deveres com relação à casa, ela concordou em pedir um orçamento para algumas empresas de dedetização.

Franzo o cenho quando uma das pernas do demônio desliza por entre as minhas, e dou um tapinha em seu joelho para ele se afastar.

— Não estou dando em cima de você — se defende —, é que eu não caibo no seu sofá minúsculo.

— Então, senta em outro lugar.

Ele olha à sua volta com a sobrancelha arqueada.

— Só se for na sua cama… Isso também não foi um flerte.

— Apesar de suas palavras, ele solta uma risada baixa. — Estou constatando um fato. A decoração desse apê é uma merda. A outra opção, além do sofá e da sua cama, são aquelas banquetas ali. — Ele aponta para o balcão da cozinha. — Além de parecerem bem desconfortáveis, estão do lado da fila que suas amigas trabalhadoras formaram.

— Está bem — concedo —, mas não toca em mim.

— Ninguém nunca me disse isso. Aliás, preciso do seu número.

— Pra quê?

— Pra você poder me avisar quando chegar do trabalho.

— Deixa que eu bato na sua porta.

A perna dele chega perigosamente perto da minha outra vez; então, bato nela com o caderno para mantê-la no lugar.

— E se eu precisar de aconselhamento jurídico? E se, quando você estiver no escritório, eu ficar dividido entre duas opções e não souber qual escolher? Não seria melhor mandar mensagem pra te consultar? Fico muito preocupado mesmo em cometer um erro agora que estou determinado a me tornar um cara bonzinho. Por que você está me olhando desse jeito?

— Porque você não está levando isso a sério.

— Que interessante, essa é uma das minhas virtudes que mais estressa os outros.

— Com certeza. Me dá seu celular.

Ele o entrega depois de desbloquear. Não fico surpresa por ser um modelo novo, daqueles que custam vários meses de aluguel. Sinto o impulso de arrebentá-lo no chão quando abro os contatos para salvar o meu número e me deparo com "Loira peituda", "Ruivo que rebola bundão nota 10" e "Bqt wc OK!!!". Salvo meu contato como "Milena (advogada)" e aviso que adicionarei uma cláusula para rescindir o contrato se ele se atrever a trocar o meu nome por qualquer outra palhaçada.

— Use só em caso de emergência ou para nós marcarmos o próximo encontro. Nada de mandar besteira.

— Só pra deixar claro desde já, foto do pau é considerado besteira? Ai!

Assustada, observo as minhas mãos, com as quais até agora há pouco eu estava segurando o caderno com espiral. Taquei na cabeça dele sem pensar.

Lina chega em casa mais cedo do que o esperado, e é a primeira vez que eu preferia que ela tivesse me mandado mensagem dizendo que passaria o dia fora. Não porque queria ficar sozinha com o demônio, mas porque sei o que ela pensa ao nos encontrar juntos, com as pernas quase entrelaçadas em cima do sofá.

— Tem formigas no chão — me justifico depressa, me afastando o máximo possível do demônio. — Oi.

— Tá bom, sei...

Não fico surpresa por Lina jogar a mochila em qualquer canto em vez de colocá-la no lugar certo; nem por andar na ponta dos pés em nossa direção para não esmagar nenhum inseto sem querer. O que me surpreende é ela se sentar no braço do sofá mais próximo de Belial e fazer carinho nos cachos dele como se fosse um cachorro.

— Olha só quem está aqui. Seria o culpado pela maquiagem da minha amiga ter ficado toda borrada no sábado passado? — Belial levanta as sobrancelhas para mim, mas não diz nada. — Vai, me conta. Ela não dá um pio. Sabe o que ela anda dizendo? Que você não é um demônio, é só um cara normal e um pouquinho babaca. Quer dizer, o "um pouquinho" fui eu que acrescentei, pra suavizar. Como você convenceu a Milena de que é humano? Não precisa ter vergonha, pode contar todos os detalhes; quanto mais chocantes, melhor.

Meu coração dispara. Por um lado, porque ainda estou preocupada com a possibilidade de Belial não cumprir sua promessa e a vida de Lina estar em perigo. Ainda não confio nele, não importa como ele pareça relaxado enquanto minha melhor amiga bagunça seu cabelo. Por outro, porque não quero que ele conte o que aconteceu naquela noite, algo que considero provável, dada a determinação dele em fazer da minha vida um tormento.

— Já disse que não tem nenhum detalhe, chocante ou não. — Belial me olha com cara de deboche quando fala. Faço uma anotação mental para acrescentar como requisito para representá-lo a proibição de tocar no assunto do beijo. Na minha frente e, em especial, na frente de Lina. — A gente só conversou.

— É sério? — Lina dirige a pergunta a ele, deixando claro que ainda não acredita em mim.

— Infelizmente — responde Belial, para a minha surpresa. — Acho que a conversa chata pra caramba que a gente teve foi o que acabou convencendo ela de que eu não era um demônio. Porque, se demônios existissem, não falariam só com quem deixa eles excitados.

Ele levanta e abaixa as sobrancelhas muito rápido, e Lina começa a rir.

— Eu falei pra ela desde o começo: demônios não têm a sua cara.

— Que cara eles têm? — pergunta, interessado.

— São mais dramáticos. — Lina faz uma série de gestos com as mãos, e suponho que na cabeça dela (e só na cabeça dela) eles tenham algum significado. — Sabe, com chifres e asas e escamas e… Mas relaxa — ela dá uma batidinha no ombro dele —, você está ótimo assim. Quando está frio, você usa jaqueta de couro? — Belial assente, com um sorriso no rosto. — É claro, né. Bem, gente, vou deixar vocês sozinhos pra continuarem… Espera, o que vocês estavam fazendo aqui, além de flertar com a desculpa das formigas?

— Eu me meti numa briga no domingo e o outro cara me denunciou; aí, pedi pra Milena me dar uma mãozinha.

Embora eu entenda a mentira, estou chocada com a rapidez com que ele a elaborou. Também não percebi nenhuma mudança em sua expressão, como se estivesse, e imagino que esteja mesmo, acostumado a mentir.

— Foi culpa sua? — quer saber Lina.

— E você duvida? É claro que foi.

Talvez haja uma maneira de detectar quando ele está falando a verdade, e eu sou a única que não consegue fazer isso, porque minha amiga na mesma hora acha que ele está brincando e cai na gargalhada.

— Tá, então, boa sorte com isso.

Quando ouvimos a porta do quarto de Lina se fechar, Belial se vira para mim e diz:

— Então, não tem nenhum detalhe chocante, né?

— Você jurou que nunca mais ia falar do que aconteceu — lembro.

— Nossa, já tinha esquecido. — Ele percorre o sorriso com um dedo, como se quisesse me mostrar que não devo ignorar o gesto. — Não sabia que você mentia. Vai saber sobre o que mais você não foi sincera, né?! Quando disse que nunca dormiria comi...?

— Cala a boca.

ARTIGO 22

QUANDO É ACONSELHÁVEL QUE
AS CEBOLAS INTERVENHAM NO ATO SEXUAL

13 de agosto, 15h34

Bel

Estou entediado.

— Sinto informar, mas ser perdulário não contará ao seu favor no dia do julgamento.

Estico o pescoço para olhar para o pássaro, que está determinado a acabar com a diversão. Ele me lembra muito a Milena. Enquanto a pomba continua o sermão, volto a me recostar no sofá e me concentro na tela do celular. Não estou fazendo nada em específico, mas sei que Gabriel fica incomodado quando mexo no aparelho.

— Vocês receberam setecentos mil euros. — Ele estufa o peito, como se tivesse conquistado cada centavo com o suor de seu corpo cheio de penas. — Acreditamos que o excesso de generosidade evitaria que vocês caíssem na tentação de cometer atos ilícitos com o objetivo de conseguir mais dinheiro. Estávamos preocupados com o que o percursor da avareza — sua cabeça (que não para de se mexer para a frente e para trás) se volta para o gato à frente dele, ou seja, para a única criatura na face da

VIZINHO INFERNAL **167**

Terra que está disposta a prestar atenção nele — e o destruidor da paz — sim, é assim que me chamam no Céu — poderiam fazer em caso de escassez.

— Gabriel — intervém Mammon —, eu te garanto que...

De fato: o Arcanjo Gabriel escolheu se transmutar em uma pomba. Nem foi uma daquelas bonitas, brancas e com penugem lustrosa. Metade das penas cinzentas está faltando, e a outra metade está tão cheia de merda que ninguém em sã consciência iria querer encostar dele (a menos que quisesse pegar centenas de doenças).

— Em três meses — continua a dizer o pássaro —, vocês esgotaram um orçamento com o qual a maioria dos humanos conseguiria viver até o fim de seus dias.

— Eu já te disse que precisávamos comprar uma casa para... BELIAL!

Quem grita meu nome é Mammon, e quem grita "Quem dera Deus não tivesse te criado, fruto do mal!" é Gabriel. Tudo porque jogo uma almofada nele para que fique quieto de uma vez por todas. É um problema dos anjos: adoram ouvir a si mesmos. Quando começam, dê um jeito de pará-los, ou se prepare para um discurso que vai durar de duas horas a três décadas.

— Você vai dar mais dinheiro ou não? — pergunto enquanto ele alisa as penas.

— Dez mil euros.

— O que você acha que a gente vai fazer com essa miséria?! — Me endireito até ficar sentado no sofá.

— Tem humanos que vivem com muito menos durante um ano, e vocês só têm três meses aqui!

Antes que eu consiga jogar qualquer outra coisa nele, Mammon agradece e o dispensa, assegurando que ele é muito generoso e que usaremos o dinheiro com responsabilidade.

Depois que o arcanjo mais cri-cri de todos sai voando para fazer sei lá o quê (cagar no carro de algum pecador, provavelmente), todos os sete quilos de Mammon pulam na minha barriga, o que me deixa sem fôlego.

— Custa se comportar por cinco minutos?! — repreende ele.

— Cinco minutos foi o que ele demorou pra dar oi. Já estava falando umas besteiras moralistas há mais de vinte. Além disso, você é um gato; cadê seus instintos? Devia ter caçado e comido ele por ser tão chato assim.

— Preciso te lembrar de que...

— Você quer entrar no Céu. Eu sei, cacete. Bom, vamos ter que viver uma vida sofrida nos próximos meses.

— Você sabe que é uma quantidade razoável. Até mais do que isso.

— A gasolina está caríssima.

— Então, vende a droga do carro!

— Eu já vendi. Mais ou menos.

Me recosto novamente e pego o celular. Comprovo o que já sei: a Milena não respondeu nenhuma das mensagens que enviei hoje de manhã. Tudo bem que não foram para marcar os encontros ou pedir conselhos, mas ela também não recebeu nenhuma foto da minha anatomia, e olha que tenho uma galeria cheia delas e tenho a sensação de que se eu enviasse umas duas ela ficaria muito mais feliz.

— Como assim mais ou menos? — questiona Mammon. — Você vendeu o carro ou não?

— Dei pra vizinha — murmuro, distraído. O que ela acharia se eu mandasse uma foto só dos meus gominhos? Sorrio ao imaginar ela ficando vermelha. — Não te contei? Ela concordou em me representar em troca do Aston Martin. Ela não dirige, mas vai receber um bom dinheiro por ele.

— Nossa, é sério?

— A avareza faz o mundo girar, Mam. Você deveria estar orgulhoso.

— A menina não é uma das minhas. Nem perto disso; na verdade, muito pelo contrário.

Lembra que o Inferno é dividido em sete andares, e que cada um corresponde a um pecado capital? Que eu disse que o Satanás (não Lúcifer, é bom frisar) governava o da Ira? Pois bem, Mammon é quem comanda o da Avareza. A chefe, não poderia ser diferente, fica encarregada de conduzir o da Soberba. O imbecil do Belzebu, o da Gula; Belfegor, o da Preguiça; Leviatã, o da Inveja; e Asmodeus, o da Luxúria. Mesmo morando neste último andar, eu não sou o percursor da luxúria.

A questão é que os criadores desses pecados são capazes de saber quais humanos "pertencem a eles" (ou pertencerão quando morrerem e suas almas acabarem no Inferno).

— Por que isso não me surpreende? — respondo. — Acho que ela deve ter pensado em doar todo o dinheiro. Existem associações de exorcistas.

— Belial, se concentra. Que acordo você fez com aquela mulher?

Depois de explicar para ele e Mammon ficar feliz com a perspectiva de eu retornar ao Céu com ele, acrescento:

— Vou convencer ela a mudar de opinião e me defender pra eu poder ficar aqui. Tenho tempo de sobra.

— Como você achar melhor. Contanto que não a insemine acidentalmente…

— Caraca, Mammon. Isso não foi nada romântico.

Decido mandar uma foto dos meus gominhos para a Milena junto com a seguinte mensagem: "Gostou? Te deixo ver eles pessoalmente hoje à noite. Passo pra te pegar às dez, quero te mostrar uma coisa (além de mim mesmo, é claro)".

Em vez de meu celular tocar com uma notificação da resposta dela ("Eu adoraria ver absolutamente qualquer coisa relacionada a você, beijinhos e mordidinhas"), a campainha toca.

— Você pediu maconha pra gatos de novo? — pergunto para Mammon.

— O nome é erva-gateira.

— Tanto faz.

— Não comprei, deve ser o vizinho da frente trazendo mamão pra você outra vez.

Me levanto do sofá para abrir a porta. Em vez de Manolo, que deve ter gostado de mim porque não para de trazer comida de graça, me deparo com Belzebu. Faço o que qualquer um faria nesses casos: bato a porta na cara dele.

— Seu imbecil, é importante! — grita ele do outro lado. Fico surpreso com a potência da voz, que é bem alta mesmo sendo fraca. — Deixa eu entrar! Vai, anda!

Faço o que ele pede não porque quero sua companhia (ninguém quer), nem porque acho que ele veio por um motivo importante, mas porque, se eu não abrir a porta, ele vai passar horas batendo na madeira com a bengala. Pelo menos foi isso o que ele fez nas duas últimas vezes.

Quando entra em casa, não consigo conter uma gargalhada. Como já disse, caio no riso sempre que o vejo.

Veja bem, no Inferno podemos ter a forma que quisermos, e podemos até mudá-la de vez em quanto, e é isso o que eu faço. Mas alguns demônios têm ideias fixas e ficam com a mesma aparência por milênios. Mammon, por exemplo, gosta de parecer um anjo anatomicamente correto. Sabe como é: muitos olhos, muitas asas, muito frufru. Belzebu também não costuma variar. Três metros de altura, corpo coberto por pelos pretos e grossos, uma coroa de chamas, chifres, asas de morcego e pernas de bode. Uma belezura, né?

Bom, mas o corpo que ele ganhou foi o seguinte: um metro e meio, encurvado e corcunda, com a pele enrugada cheia de manchas e o cabelo branco, como se fosse um algodão-doce. Ah, e ele não admite, mas tenho certeza de que usa dentadura.

É isso aí: um dos príncipes do Inferno parece uma nonagenária.

— Queria poder dizer que é um prazer te ver de novo, Belzebisa, mas nem eu consigo mentir tanto assim.

O demônio murmura baixinho todas as coisas que faria comigo se não tivesse artrose e, como sempre, vai direto para a geladeira com a intenção de esvaziá-la. Gula, sabe como é.

— Falei com a Nossa Rainha. — Ele pronuncia assim, em maiúsculas. Dando bastante ênfase, porque é um puxa-saco insuportável. — Ela me informou que... Cadê o Mammon?

Olho em todas as direções até perceber que a janela está aberta. Ele não perdeu tempo e fugiu... que esperto. Penso em imitá-lo, me jogando no telhado da frente para não ter que ficar ouvindo o Belzebu. Ele é ainda mais chato do que o Gabriel, para você ter noção.

— Sua visita deixou ele tão chocado que deve ter preferido cometer suicídio — respondo.

— Tá. — Vão ficar de queixo caído quando o Mammon for embora do Inferno... quanto companheirismo. — O que você...? Ah, verdade! A Lúcifer me contou o seu plano. — Ele demora sete eternidades para encaixar o corpo na poltrona, em meio a várias reclamações sobre o quadril. — O Anticristo, hein? Da última vez, eu que me encarreguei disso.

Ele começa a falar, com a boca cheia de frango gelado, sobre o quão perto chegou de exterminar a humanidade naquela época. Não percebe quando lanço um olhar de nojo para ele; então, decido interrompê-lo com menos sutileza.

— Veio contar suas histórias de guerra? Eu estava muito ocupado desfrutando da sua ausência.

— Vim te aconselhar porque tenho mais experiência do que você nesses assuntos. — Condescendência demoníaca, era só o que me faltava. — Qual o nome do sujeito escolhido? A Lúcifer me disse, mas não estou conseguindo lembrar.

— Rigoberta.

Por algum motivo, a Belzebisa parece não acreditar em mim. Coloca a bolsa de tamanho descomunal sobre os joelhos ossudos e começa a tirar coisas lá de dentro. Lenços de pano, uma garrafa com um líquido amarelo que prefiro nem perguntar o que é, várias facas de caça, uma calcinha de cintura alta, agulhas de crochê... Finalmente, encontra o que procura: um pedaço de papel dobrado ao meio. Ele ajusta os óculos gigantes no rosto e aperta os olhos para ler.

— O nome dela é Milena Nováková Delgado, não Rigoberta.

— São tão parecidos, devo ter me confundido.

— Como você planeja seduzi-la? Se precisar de algumas dicas, posso compartilhar minha experiência com você.

— Por favor, me diz. Sou péssimo em flertes, e está claro que esse não é o seu caso. Eu realmente poderia usar alguns truques vindos de uma velhinha.

A Belzebisa tira os óculos, que agora estão pendurados em seu pescoço graças a uma corrente dourada, e franze o cenho.

— Você está sendo sarcástico?

— Eu? Jamais; nunca faria isso.

— Ah, então tudo bem, vou te contar.

Agora você acredita que ele só tem dois neurônios que nem sequer formam uma sinapse?

— Para cortejar, é fundamental oferecer plantas mortas de cores chamativas — continua a dizer. — Não vai anotar? Vai, anda!

Aproveito para pegar o celular e ler a mensagem da... Ué, não é da Milena, mas do "Bundudo Baccardi", um cara de quem não consigo me lembrar por motivos óbvios. Deixa eu ver a foto de perfil... Ah, sim, o moreno com piercings no rosto da semana passada.

— É importante que o buquê de plantas esteja amarrado de alguma forma, caso contrário você corre o risco de deixar várias caírem no chão quando for entregar para o sujeito. Também é importante que tenham cheiro. Pelo menos é o que eu suspeito, porque a primeira coisa que os humanos fazem é aproximar a cabeça e respirar bem fundo.

O Bundudo Baccardi me manda uma foto muito mais explícita do que aquela que mandei para a Milena (que continua me ignorando), além de uma oferta promissora ("Na sua casa às onze?").

— O cortejo pode durar meses. Como você não tem muito tempo, sugiro pular direto para um convite para a ópera e um jantar formal para conhecer os pais dela. Assim, evita mentir para eles sobre suas intenções.

Será que eu devo responder esse cara? Gostei da proposta dele, mas a Milena pode me chamar para a gente se ver mais tarde, e eu tenho que ganhar a confiança dela. Que porra ela está fazendo? Ah, é, trabalhando.

— Recomendo fazer uma visita ao cemitério para prestar homenagem aos antepassados dela; isso causa uma ótima impressão.

Seria melhor mandar mensagem para ela outra vez para ter certeza. Digito: "Você topa ou não? Estou recebendo convites pra fazer coisas das quais você não quer participar; então, preciso saber se nós vamos fazer alguma coisa".

— O primeiro beijo, é claro, deve ser na bochecha. Perto do canto da boca é bem melhor. Tentador o suficiente para provocar alguns sonhos mais quentes. Confia em mim, Belial, essa é a chave para os sonhos. Assim que eles surgem, as coisas começam a caminhar rápido.

Ela finalmente está escrevendo. Espero, espero e… "Estou trabalhando. Não me incomode."

Porra.

— Em relação ao coito, corta meia cebola e coloca na mesa de cabeceira. É um costume antigo para que a inseminação seja bem-sucedida. Ah, e pede pra ela levantar as pernas quando você terminar. Deixa ela assim por um bom tempo.

Volto à conversa com o Bundudo Baccardi e escrevo uma mensagem que depois apago e em seguida volto a escrever. Contudo, em vez de enviar, bloqueio o celular e me levanto.

— Valeu pelos conselhos, Belzebisa, vou me lembrar de tudo pra fazer exatamente o oposto quando chegar a hora.

— Vou contar pra Lúcifer! — ameaça ele, indignado, quando o agarro pelo braço e o levanto do sofá.

— Por favor, conta depois de explicar todo o lance da cebola. Tenho certeza de que seria bom ela saber.

— Isso é sério, Belial! Nosso futuro depende disso!

Eu o encaminho até a porta, empurrando-o pela cabeça.

— Ah, é? Como a criação do Anticristo afeta o Inferno?

— A gente ganha, seu imbecil!!!

Eu o encaro quando ele sai para o corredor. Está segurando a bolsa com força, na altura do peito, e o cabelo em formato de nuvem está um pouco achatado na parte de trás. É fascinante como as rugas se retorcem em todas as direções quando ele fica bravo.

— A gente ganha o quê?

— A guerra — diz de maneira muito digna.

— É claro. E o que acontece se a gente vence a guerra?

Ele arfa várias vezes, desorientado. Aposto que a ideia nunca passou pela cabeça dele.

Aliás, acabei de perceber que de fato essa coisa é uma dentadura.

— Acontece que a gente ganha — conclui, por fim.

— Fascinante.

Com isso, bato a porta na cara dele e ignoro o "Vou falar para a Nossa Rainha o quão pouco você está envolvido na missão!".

Várias horas depois, por volta das oito da noite, Milena me escreve. Quando a Belzebisa foi embora, falei para o Bundudo Baccardi (se eu quisesse vê-lo de novo, teria que descobrir seu nome) que não sabia se teria tempo, mas que avisaria depois.

A mensagem de Milena é a seguinte: "Deixei os contratos na sua caixa de correio para você revisar e assinar. Por falar nisso, incluí uma cláusula que proíbe você de me enviar pornografia de qualquer tipo; então, nada de fotos. Hoje, não poderemos nos encontrar; avisarei quando tiver disponibilidade para vermos se nossos horários são compatíveis. Atenciosamente, M.".

VIZINHO INFERNAL 175

Solto um muxoxo. "Atenciosamente", que porra é essa? Além do mais, como ela vai me avisar quando estiver disponível? O que mais ela tem para fazer além de ficar comigo, tirar pó dos crucifixos?

Tiro a camiseta e desabotoo a calça para que ela fique um pouco mais baixa. Flexiono os músculos, faço um gesto de banana e tiro uma *selfie* para mandar para o Bundudo.

Logo em seguida, recebo uma notificação do dele: "A gente vai fazer alguma coisa, então?".

"Não estou de bom humor. Deixa pra outro dia", respondo.

ARTIGO 23

QUANDO A OCASIÃO NÃO REQUER O USO DE LINGERIE DE RENDA VERMELHA

14 de agosto, 19h45

Milena

— **Meu bem, estou dizendo** que você só tem que ficar fora de casa por cinco dias. No máximo, sete.

Cruzo os braços e levanto o queixo.

— E eu estou dizendo que não, María Teresa — enfatizo o nome dela para deixar claro que ela também deve usar o meu, em vez de me chamar de "meu bem", que deve estar usando como coringa porque esqueceu meu nome.

— A empresa de dedetização vai pulverizar pesticida! É tóxico! E vão ter que tirar o piso do banheiro! Não dá para fazer desse jeito. — Ela estala o dedo indicador contra o polegar várias vezes. — E meu primo, o Paco, precisa conseguir um aquecedor de água. Não te incomodava a água sair tão quente assim?

María Teresa Jiménez Gil é a nossa proprietária, e também uma mulher na casa dos cinquenta anos, divorciada inúmeras vezes, determinada a arruinar minha rotina desta semana. Não é muito alta, uma característica que tenta remediar usando saltos agulha e penteando o cabelo para cima com o que suspeito ser meio litro de laquê.

Outros fatos interessantes a respeito dela são que ela é contra a regulamentação do preço do aluguel e, em geral, do cumprimento de sua parte do contrato.

— Você não pode pedir pra gente sair do apartamento com um dia de antecedência e sem oferecer alternativas — insisto. — A empresa de dedetização pode fumigar o apartamento de manhã, quando eu estiver no trabalho, para que quando eu voltar não tenha problema de inalação de substâncias tóxicas.

— Me disseram que você teria que ficar fora de casa por 48 horas!

Nós três estamos na sala de estar. María Teresa Jiménez Gil e eu de pé, frente a frente, e Lina comendo Doritos no sofá, acompanhando a discussão como se fosse uma partida de tênis. Ela não está preocupada com o despejo temporário porque Daniela ofereceu que ela ficasse em seu apartamento. Um que ela divide com duas outras pessoas e em que, por motivos óbvios, eu não caibo.

Minhas alternativas se reduzem a voltar para a casa dos meus pais ou pagar um hotel. A primeira eu descarto porque nos damos muito melhor à distância (as manias da minha mãe não combinam com as minhas), e também porque eles moram a três horas do meu local de trabalho. E a segunda acho que seria muito cara, de modo que estou tentando fazer essa mulher que está com o dente incisivo superior esquerdo manchado de batom rosa cair na real.

— Existem empresas de dedetização muito mais eficientes. No relatório que eu imprimi para você — aponto para os papéis que ela balança incessantemente quando fica frustrada —, todas prometem que a casa estará habitável novamente em seis horas.

— E como fica o banheiro?

— Consigo lidar com o barulho da obra.

— Temos que cortar a água! Quebrar o chão! Como você vai tomar banho? Nem vai conseguir usar a privada!

Alguém bate na porta. Por alguns segundos, fico grata pela interrupção, porque não sei responder ao que ela está perguntando. É verdade que o apartamento tem só um banheiro e que, mesmo que eu decidisse passar uma semana sem tomar banho, precisaria usá-lo para outras coisas. Várias vezes ao dia, aliás.

É María Teresa Jiménez Gil que abre a porta, e uma voz que conheço bem diz:

— Estou procurando a Milena; você é a mãe dela?

— É óbvio que não, nós temos quase a mesma idade! Quem é você?

— Cliente dela.

A senhoria se afasta da porta, olha para mim por cima do ombro com uma expressão estranha e informa:

— Se prostituir em uma casa alugada é crime.

Em vez de entrar nos pormenores dessa afirmação, que é só meio verdadeira, respondo:

— Sou advogada.

Ela se vira para observar o demônio do outro lado da soleira, julgando-o com mais atenção. Deduzo que encontra algo nele que explique a busca por aconselhamento jurídico por parte de uma advogada criminalista, porque simplesmente assente e o deixa entrar.

Não posso discutir na frente dela os motivos pelos quais deveria ter pedido para ele ir embora (como: ele é uma criatura infernal e, nas últimas horas, me mandou fotos de seu corpo de todos os ângulos possíveis); então, permito que Belial se sente no sofá perto de Lina. Eles se cumprimentam com um soquinho e ele se inclina na direção da minha melhor amiga para sussurrar algo em seu ouvido.

María Teresa Jiménez Gil continua me dizendo que amanhã tenho que sair do apartamento antes das cinco da tarde, embora eu insista que é impossível por não ter onde ficar e, além disso, trabalho até as sete, e não terei tempo de pegar minhas coisas. Belial, que continuava cochichando com Lina, se recosta no sofá daquele jeito dele (sem educação) e decide intervir na conversa.

— Qual o problema? Fica na minha casa durante esses dias. Perco o fio da meada quando ouço esse absurdo.

— Me recuso. — Eu.

— É uma ótima ideia! — Lina.

— Isso, fica com o seu namorado delinquente. — María Teresa Jiménez Gil.

Então, todo mundo começa a falar ao mesmo tempo para defender seus motivos. Os mais importantes são: "Tenho um monte de coisas enormes, entre elas, a cama"; "Totalizando, já vi ele pelado vinte vezes. A propósito, Bel, suas fotos não têm contraste; você topa fazer uma sessão um dia desses?"; "Não me importa para onde você vai, mas amanhã te quero fora daqui"; e "Vou me inscrever na academia para usar os chuveiros e o vaso sanitário".

A última fala foi minha, e Lina decide me refutar da seguinte forma:

— Milena, você faz xixi mais de dez vezes por dia. Eu já contei. E a academia mais próxima fica a cinco estações do metrô daqui e fecha nos fins de semana. Você sabe que é inevitável. Se não quiser que a gente compre um colchão inflável pra colocar no quarto da Daniela, não consigo pensar em nenhuma alternativa melhor.

Descartei a sugestão do colchão porque considero que, nos primeiros estágios de um relacionamento amoroso, não cai bem a ex-namorada da sua nova namorada dormir no mesmo quarto que essa nova namorada e você. Isso sem contar que a casa da Daniela também não é exatamente perto do meu trabalho. Lina não se importa porque ela dirige, e a Daniela tem um carro que ela pode usar. Não é o meu caso.

María Teresa Jiménez Gil deixa os papéis que imprimi para ela na minha mesa (bagunçados) e vai embora, não sem antes repetir que me quer fora de casa amanhã.

Eu poderia tomar medidas legais contra ela? Teria que me informar e consultar a jurisprudência, mas tenho quase certeza de que ganharia o processo. Todavia, isso poderia acarretar o aumento do nosso aluguel ano que vem, ou fazer com que ela procure alguma desculpa para nos despejar. Sem falar dos transtornos que seriam provocados por um mau relacionamento entre inquilina e proprietária.

Me apoio na parede e tiro os óculos para apertar a ponte do nariz.

— Eu estava falando sério — insiste Belial —, fica na minha casa.

— Não.

—Assim, não vou ter que ficar te mandando *selfies*, e você vai poder ver tudo ao vivo e me dizer o que acha; porque você sempre esquece de comentar, e isso não é muito educado.

— Não.

— Outra coisa incrível que aconteceria é que começaríamos a trabalhar de vez no meu... problema com a Justiça.

— Não.

Lina rende ele.

— Pensa nisso, Mile, você continuaria à mesma distância do trabalho e conseguiria urinar as duzentas vezes por dia que sua bexiga exige. Além de poder tomar banho, o que é ótimo.

— Não.

— E poderia comprovar se o Mamón e a galinha...

— Cocoricó — intervém Belial.

— Poderia comprovar se o Mamón e a Cocoricó foram sacrificados.

— Achei que a gente já tinha concordado que eu não era um demônio — diz, conclusivo, o demônio.

— Eu sei, cara, mas só por precaução.

— Não.

— Você vai parar com a negação e encarar os fatos? — reclama Lina. — A casa dos seus pais é muito longe, você não pode ficar aqui, não quer ficar com a Dani e comigo, e não conhece mais ninguém na cidade, a menos que você pretenda pedir asilo para a zeladora da empresa em que você trabalha.

Minha melhor amiga vem até mim e coloca as mãos nos meus ombros.

— Eu sei que mudanças te estressam, mas vai ser só por uns dias. Além do mais, esse cara — ela aponta para Belial com um dedo enquanto ele dá um aceno — está avisado de que, se não se comportar, eu acabo com a raça dele.

— Você também vai jogar água benta em mim?

— Não, vou arrancar suas bolas e fazer você engolir elas.

O demônio solta uma risada.

— Uma ameaça muito mais eficaz, sem dúvida.

— Milena — ela me olha nos olhos com uma expressão séria —, se você acha que eu posso ajudar de alguma forma, por favor, me diga. Não consigo pensar em nenhuma outra solução no momento.

Coloco as mãos sobre as dela e balanço a cabeça, assentindo. Não quero que ela sofra por causa disso. Na verdade, não é culpa da Lina o fato de a minha situação ser mais complicada do que a dela, e não quero que o tempo que ela vai passar com Daniela, de quem eu sei que ela gosta, seja ofuscado pelo meu dilema.

Analiso minhas opções. Infelizmente, não tenho a intimidade necessária para pedir para a zeladora da Roig e Filhos me acolher por um tempo. Minha família mora longe demais do meu trabalho, para onde tenho que ir de transporte público porque não dirijo. A maioria das academias, como já disseram, fecha nos fins de semana (e não estão acessíveis quando acordo às cinco horas da manhã precisando fazer xixi). Minhas últimas opções são o hotel e Belial.

Se for para o hotel, por mais barato que seja, parte do dinheiro que está guardado para pagar a mensalidade de Samuel vai desaparecer. Talvez eu pudesse recuperá-lo mais tarde, pedindo um reembolso para a proprietária, o que não ocorreria de imediato, nem sei se daria certo. Se eu for para a casa de Belial... estarei na casa de Belial.

Embora a ideia me incomode, parei de achar que o demônio representa um perigo para a minha integridade física (a mental já é outra história). Posso não ficar feliz com a ideia, mas é uma decisão bem menos egoísta do que o hotel.

Respiro fundo uma, duas, três vezes. Em seguida, coloco os óculos novamente e olho na direção de Belial, que está sorrindo como se percebesse a conclusão à qual cheguei.

— Tenho três condições — informo.

— Não deveria ser eu quem estabelece as condições? — Apesar de suas palavras, ele parece se divertir com a situação. — Afinal, é a minha casa que você vai ocupar.

— A primeira: enquanto eu estiver presente, nada de relações sexuais. — Antes que ele abra a boca, prossigo: — Isso inclui você consigo mesmo. Vai ter tempo de sobra pra exercitar sua...

— Rola?

— ... libido — esclareço, com o maxilar tenso — quando eu não estiver em casa. A segunda: durante a minha estadia, você vai usar um tamanho de roupas adequado para alguém que convive em sociedade. Se não puder sair de casa vestindo as roupas que escolheu sem ser multado, então, elas não são apropriadas. — Semicerro os olhos, desconfiada, quando ele simplesmente assente. — E terceira: você vai ser o responsável por comprar a comida, assim como outros suprimentos básicos da lista que eu te fornecer. Considere isso um pagamento adiantado pela minha ajuda.

Ainda nem começamos a viver juntos, mas já sei que isso é um erro. O sorriso que Belial está dando agora deixa isso claro para mim. É astuto, como se eu tivesse vendido minha alma para ele em troca de um doce velho que pegaram do chão.

— Feito.

— Ótimo, então você pode ir agora. Amanhã... Putz.

A expressão do demônio vai da malícia para a mais completa surpresa quando pronuncio essa última palavra. De repente, ele já não se parece em nada com uma serpente, e se transforma em algo mais parecido com um cachorro que acaba de ouvir um barulho pela primeira vez, e até inclina a cabeça.

— Você acabou de dizer *putz*? — pergunta.

— É claro que sim.

— *Putz*?!

— Não gosto de ficar me repetindo.

— Pode me explicar por que caralhos você disse *putz*? — Ele se vira para Lina, ainda fascinado. — Isso é algo comum? Por acaso vou ouvir muitos *putz* nos próximos dias? Porque espero que sim. Quero gravá-los e usá-los como toque sempre que você me mandar uma mensagem.

— Acontece quando ela percebe que esqueceu algo importante e não faz ideia de como resolver — responde minha amiga. — O que foi, Mile?

Pela segunda vez na última hora, tiro os óculos e aperto a ponte do nariz.

— O trabalho. Tenho que me mudar antes da cinco da tarde de amanhã, o que é impossível considerando que eu saio às sete.

— Vamos agora — sugere Belial.

— Não dá tempo de pegar todas as minhas coisas.

— A gente te ajuda! — exclama Lina. — Né, querubim rebelde?

O tal querubim rebelde se levanta do sofá e esfrega as mãos, animado. Fico surpresa com sua disposição em fazer o bem, até que, meia hora depois, quando estamos os três no meu quarto, eu o pego colocando uma das minhas calcinhas no bolso.

— Pode devolver — ordeno enquanto continuo escolhendo as blusas de que vou precisar (dezessete).

Belial, pego em flagrante, pega a roupa íntima que tinha tentado roubar e começa a girar com o dedo.

— Não cabia na mala. Além disso, você vai precisar dela.

Analiso a peça para ver se ele tem razão. É uma caleçon de renda vermelha que eu só uso em ocasiões muito específicas que obviamente não vão acontecer enquanto estiver vivendo com essa criatura infernal.

— Não vão servir pra nada. Pega as brancas de algodão.

Ele se inclina na direção da gaveta e torce a boca, irritado.

— Quantas? Tem umas cem milhões. Por que são todas iguais? As únicas interessantes são as vermelhas.

Faço um cálculo mental rápido. Na pior das hipóteses, vou ficar fora de casa por uma semana, então precisarei de…

— Pega vinte.

— VINTE?!

— Foi o que eu disse.

— Ei, Mile — chama Lina, depois de dar uma olhada no celular. — A Dani está me esperando lá embaixo com o carro. Você se importa de terminarem sozinhos?

— Tudo bem, relaxa. Vai dormir aqui hoje?

— Eu, não, vou ficar com ela. Amanhã tenho uma sessão bem perto de onde ela mora. — Ela me dá um abraço para se despedir e sussurra no meu ouvido: — Seja forte e pegue a calcinha vermelha; nunca se sabe.

Eu a acompanho até a saída para ajudá-la a carregar o equipamento de fotografia, e, antes que as duas vão embora, prometo que vou mantê-la informada sobre como as coisas andam com Belial. No entanto, me recuso a mandar *selfies* do meu rosto todas as noites ("Ai, Mile, o que custa? Assim vou saber

VIZINHO INFERNAL 185

se você tiver transado; não confio mais no que você diz depois da boate").

Ao voltar para casa e entrar em meu quarto, encontro Belial sentado na cama. Ele tirou o tênis para poder cruzar as pernas no colchão, o que me deixa grata. E pegou um caderno da minha época de faculdade, o que me deixa brava. Está cheio de anotações sobre meus dias lá, e tem várias fotos coladas. Ele as observa com curiosidade, uma de cada vez.

— Quem é?

Pego o caderno para fechá-lo depressa e o coloco de volta no lugar: a prateleira mais alta do guarda-roupa.

— Ler o diário dos outros é muita falta de respeito, até pra você.

Ele coça o queixo, confuso.

— Você chama isso de diário? Estava cheio de anotações estranhas sobre os pedidos que você fez na cafeteria e o número de pessoas que se sentaram na mesa com você. Em um diário, você coloca com quem transa e como foi, não se alguém escreveu bem uma parte do trabalho em grupo. A única coisa interessante era aquela foto.

— Por quê?

Digo para mim mesma que não estou perguntando por curiosidade, mas para me entreter enquanto guardo os sapatos em sacos de plástico e os coloco na mala em frente à qual estou ajoelhada. Apesar disso, admito que a resposta dele me deixou meio… ansiosa. O que é ridículo, porque não estou nem um pouco interessada no que ele acha.

— Porque você parecia mais feliz.

Levanto a cabeça rapidamente para olhar para ele. Ele não está me zoando; na verdade, está me encarando com um olhar muito intenso, como se estivéssemos na metade de uma partida de xadrez e ele estivesse tentando descobrir qual seria meu próximo movimento.

— Também sou feliz agora. — Para enfatizar, acrescento: — Tenho tudo de que preciso.

— Você sorri?

— Como assim?

— Não estou falando na minha frente, mas em geral. Quando você está com a Lina ou sozinha. Você sorri?

— Um pouco, mas isso não quer dizer que eu não seja...

— Na foto, parece que você está prestes a sorrir.

Tenho certeza de que ele está errado. Não que eu tenha algo contra sorrisos, só não expresso minhas mudanças de humor dessa forma. Contudo, não resisto à vontade de dar uma olhada, de modo que pego o caderno novamente e abro na página com a foto de que ele está falando.

Dá para ver Enrique e eu, abraçando o ombro um do outro. Ele está com os cantos da boca levantados, até mostra os dentes. Eu, por outro lado, estou com a mesma cara de sempre. Vou até a cama e coloco o caderno na frente do rosto dele.

— Você está errado. Eu não estou sorrindo.

Belial pega o caderno e coloca um dedo em cima da foto.

— Olha só, chega mais perto. — Me inclino ligeiramente para a frente. — Está vendo isso? Seus olhos estão brilhando. E isso? Sua testa está relaxada. E mais, as sobrancelhas estão meio levantadas.

— Olha pra boca.

Então, ele vira o rosto para mim e encara a minha boca, não a da foto. Faz aquele gesto desagradável novamente, passando a língua por um canto dos lábios, e diz:

— Já estou olhando.

O clima muda, e o ar se torna irrespirável, como se o demônio tivesse pegado o oxigênio e guardado em algum lugar bem longe de mim. *Se não quiser sufocar, implore.*

— Para a outra. — Minha voz sai em um fio, tão tensa que parece prestes a romper. — A da foto.

VIZINHO INFERNAL 187

— Tenho que olhar pra sua pra fazer uma comparação, né? Como você quer que eu concorde com você? Não gosto de mudar de opinião; então, tenho que analisar com cuidado.

Penso novamente em algo em que não pensava havia dias: seus poderes. Deve ser por causa deles que estou com esse sentimento. Engulo em seco para comprovar que minha garganta não está fechada. Fecho os olhos para não olhar para os lábios dele.

Abro novamente quando sinto sua respiração fazendo cócegas na minha pele. Ele está mais próximo.

Meu coração dói de tanta força que faz, batendo contra as minhas costelas.

— Tenho que te fazer uma pergunta.

— Cuidado — adverte, sorrindo de leve —, a resposta pode ser "sim".

— Você tem poderes demoníacos?

O feitiço é quebrado quando Belial cai de costas no colchão por conta de um ataque de risos. Embora eu esteja grata por voltarmos à normalidade, cruzo os braços e olho para ele em reprovação.

— É uma pergunta razoável — me defendo.

— É, sim — consegue dizer entre uma gargalhada e outra. — Caralho. Você é muito engraçada.

Já fui chamada de várias coisas na vida, mas nunca se referiram a mim como uma pessoa "engraçada", muito pelo contrário. O que as pessoas vivem dizendo para mim é que sou chata, esquisita, determinada e inflexível (geralmente, usando termos mais desagradáveis).

— Por que quer saber sobre poderes?

— Preciso dessa informação para que nossa relação de trabalho seja satisfatória.

— O que te fez pensar que eu tenho algum? — Quando não respondo, ele diz: — Não tenho poderes.

— É mentira — digo na mesma hora.

O sorriso dele fica maior do que o normal. Ele coloca os braços atrás da cabeça e demora um tempo para continuar falando:

— Acho que você está tão convencida assim porque sentiu, né? Interessante.

— Por que é interessante? E responde a minha pergunta: você tem ou não?

— Quem é o cara da foto em que, por mais que você negue, você parece mais feliz do que agora? — Aperto os lábios até formarem uma linha fina. Ele insiste: — Se você me contar, te respondo sobre os poderes.

— Jura por você mesmo.

Percebo orgulho na maneira com que ele me olha.

— Eu juro pelo que importa: eu mesmo.

— A pessoa que está comigo na foto é o Enrique. — Ele faz um gesto com a mão para que eu prossiga. Suspiro com impaciência. — A gente estudava junto na faculdade.

— Vocês saíam? — Nego com a cabeça. — Você gostava dele?

— De um jeito romântico? Não. Como pessoa, sim.

— Continuam em contato? Queria perguntar pra ele como conseguiu tirar sua cara fechada de sempre.

Embora sua intenção não seja me magoar, ele consegue. Sempre que penso em Enrique, o passado fica preso na minha garganta.

— A gente não se fala mais. E antes que você pergunte o motivo — me adianto quando ele abre a boca —, já vou dizer que não estou a fim de falar disso com você. Dito isso: os seus poderes.

Ele se levanta da cama e se aproxima de mim. Espero que não o bastante para, ao se agachar e se aproximar do meu ouvido, conseguir perceber que meus batimentos estão acelerados.

— Sim, eu tenho poderes, por assim dizer. — Ele faz uma pausa e respira fundo. — Está sentindo?

Minha pele formiga, meus músculos ficam tensos, minha respiração fica entrecortada.

— Sim, estou.

— Interessante — repete.

Quando ele se afasta, seu sorriso permanece gravado em minhas retinas. É estranho: uma mistura de descrença, satisfação e medo. A sensação volta ao normal quando ele começa a mexer nas peças de roupa guardadas.

— Você não tem nada preto? É minha cor favorita. — Ele me olha por cima do ombro. — Por que você está aí parada? Vamos, temos que terminar isso e ir pra minha casa. Aliás, você vai passar a noite aqui?

A ideia está começando a me incomodar de um jeito muito diferente. Não tanto pela repulsa que Belial provoca em mim, mas por algo muito parecido com a expectativa. Sinto um frio no estômago. Me excita.

De repente, percebo o que tudo isso significa. Como falei para Lina semanas atrás, já senti excitação em outras ocasiões. Costuma ser mais... administrável, por assim dizer. Não sai de controle nem me impede de raciocinar, como aconteceu durante o beijo com Belial.

Chego à conclusão de que os poderes do demônio envolvem algum tipo de controle sobre a libido dos outros. Ele não tinha dito que morava no andar da Luxúria? Embora seja desagradável, fico mais tranquila ao pensar que as reações de meu corpo não são naturais.

— Não vou dormir na sua casa hoje — respondo. — Aliás, você assinou os contratos?

Ele tira um maço de papéis dobrado em quatro do bolso de trás.

— Assinei. Toma.

— Ótimo. — Eu os pego e procuro o do trabalho. Então, vou atrás de uma caneta. — Vou adicionar uma nova cláusula à mão. Você vai ter que assinar de novo logo embaixo.

Enquanto escrevo, sentada no chão, Belial se aproxima para ler por cima do meu ombro. Ouço sua risada suave.

— Pronto. — Entrego o papel e a caneta para ele. — Se você usar seus poderes contra mim outra vez, o contrato será encerrado. E eu fico com o carro.

O sorriso que ele esboça enquanto assina fica gravado nas minhas retinas novamente.

ARTIGO 24

QUANDO VOCÊ DEMONSTRA SUA GENTILEZA POR MEIO DE MACARRÃO SEM GLÚTEN

15 de agosto, 19h21

Bel

— **Abaixa essa música** e para logo com isso!!!

— O quê?! — Gesticulo com a mão na orelha para fazer ele entender que eu não estou ouvindo nada do que ele está dizendo.

Mammon sobe na mesa, dá uma patada no iPhone e o tira do alto-falante ao qual está conectado. A música cessa, o gato me encara com ódio, e eu paro na hora.

— Posso saber o que tem de errado com você?! — vocifera. — Faz uma hora que você está dando voltas na sala; está me deixando nervoso!

Vou até ele para dar uma olhada no celular que está ao seu lado. Há 198 notificações, e nenhuma delas é da Milena.

— Estou esperando a advogada chegar — comento, distraído, enquanto respondo a uma mensagem ("Não, o Cian não está aqui. Não faço ideia de onde se meteu"). — O que me lembra: esqueci de te avisar que ela vai ficar aqui em casa por uns dias.

— Diz que você está brincando — implora.

— Eu tô brincando.

O demônio pula no chão e começa a rolar. É um comportamento curioso, e imagino que seja uma resposta à frustração.

— Hoje de manhã, vi três malas no seu quarto e, por pura ilusão, pensei: "O Belial vai sair de férias. Apesar de não ser uma boa ideia, também não vai ser uma catástrofe". Mas não, o Belial gosta de complicar as coisas o máximo possível; então, decidiu viver sob o mesmo teto que a única pessoa que nesse momento pode causar o fim da humanidade. Me diz pelo menos que vocês não vão dormir na mesma cama.

— A gente não vai dormir na mesma cama.

— Para de mentir pra mim! — Mammon volta a rolar. — Não dá pra acreditar! Mesmo tentando não destruir o mundo, você vai acabar conseguindo fazer isso, de tão trouxa que você é!

— Ninguém vai destruir nada, relaxa. Vou aproveitar esse tempo pra conquistar ela e mostrar que eu preciso ficar na Terra.

— Ah! E como você planeja fazer isso? — quer saber, desconfiado e com a pele vermelha de raiva.

Dou de ombros.

— Comprei espaguete sem glúten.

Ele me observa por um minuto inteiro sem piscar, esperando algo que nunca acontece.

— É isso? Esse é o seu plano?

— O resto vai surgindo com o tempo. — Recebo outra mensagem, que me avisa de que hoje à noite vai ter uma *rave*. Quem sabe a Milena não quer ir. — Você está tenso porque não vai poder falar quando ela estiver por perto? Já falei pra ela o que você é; não precisa se acanhar.

— Estou tenso porque te conheço e sei que você vai tentar dormir com ela! — Ele ignora meu "Animal de pouca fé, eu prometi que controlaria os fluidos perigosos". — E também porque explicou pra ela quem eu sou! Você sabe o quanto isso vai pegar mal pra mim aos olhos do Céu?

— Você tem a opção de ficar quieto durante todo o tempo em que a Milena estiver aqui. Na verdade, faz isso mesmo: ela vai achar que eu menti, e eu não vou ter que aturar suas reclamações. Parece uma ótima ideia.

— Eu te odeio!

— Aonde você vai? — Pergunto quando ele sobe no parapeito da janela. — E não me diga que vai falar com o Gabriel; você já foi de manhã.

— Vou ficar longe de você! Fui!

Dou de ombros outra vez. Quando ele vai embora, entro no meu quarto e vejo se tem espaço o bastante no guarda-roupa para a quantidade exorbitante de coisas que a Milena colocou na mala. Abro uma delas e começo a guardar suas roupas para matar o tempo.

Mammon não é o único que está tenso. Eu, pelo menos, consigo esconder um pouco melhor. Passar cinco dias (ou sete, tomara que sete) com a Milena é exatamente o que eu preciso para mostrar para ela que não sou tão ruim assim. Ou que sou, mas que isso não vai ter muito impacto na humanidade; então, que diferença faz?

Em outras condições, eu tentaria dar em cima dela: se ela estivesse a fim de mim, seria fácil fazer com que ela quisesse me manter por perto. Continuo achando que a ideia do Anticristo foi fantástica. De qualquer forma, admito que isso complica as coisas. Claro que eu poderia seguir esse caminho, seduzindo ela sem chegar muito perto. Nunca tentei porque não vejo sentido nisso e não tenho certeza de que conseguiria. Se ela ainda não caiu aos meus pés pela minha aparência (incrível), que opções me restam? Como seduzir alguém a certa distância? O que Mammon me diria se não tivesse decidido me contradizer?

"Usa sua personalidade, seu idiota de merda."

Então, ferrou.

A campainha toca meia hora depois. Do outro lado da porta, encontro minha nova colega de apartamento e sua raiva descomunal.

— O que você está fazendo com isso? — esbraveja.

Milena arranca da minha mão o cabide com a blusa e a analisa em busca de... Não sei do quê, só sei que, apesar de não encontrar, ela me olha como se tivesse me pegado me masturbando em sua roupa. Sem dizer mais um pio, vai até o quarto principal. Vou atrás dela. Analisa cada canto, procurando coisas com que pode se irritar ainda mais. Parece um cão de caça que recebeu uma ordem para atacar e não tem muita certeza de quem vai morder.

O quarto é normal, muito parecido com o resto da casa. Três das paredes estão pintadas de preto, e uma, onde a cama fica encostada, de branco. Já disse que a cama é enorme, mas, fora isso, não tem nada de muito estranho para ela julgar com tanta raiva assim. Volto a seguir seus passos quando ela sai e entra no quarto do Mammon. Também tem uma cama, só que do tamanho de um gato. Embora tenha reclamado quando gastei duzentos contos nela, no fundo ele ficou animado. Além disso, tem um arranhador e várias prateleiras para ele subir. Há pouco tempo, as coisas da Cocoricó também vieram para esse quarto.

— É a galinha. — Milena aponta, incrédula. Cocoricó está deitada no ninho que preparei para ela, alisando as penas. — Continua viva.

— Eu te falei.

Ela volta a olhar à sua volta, bufa e vai para a sala. Para na frente do sofá e começa a mexer nele. Acaba puxando a parte de baixo com força.

— Milena, o que você está fazendo?

Depois de ficar frustrada com o móvel, coloca as mãos na cintura e me encara.

— Onde você acha que eu vou dormir?

— Na minha cama, já falei.

— E onde você vai dormir?

Esfrego o pescoço, confuso.

— Na minha cama.

— Não.

— Ué, o que deu em você?

Não fico surpreso por Milena não querer dividir o colchão comigo: achava que seria difícil convencer ela. O que me surpreende é a atitude dela. Já a vi brava, enojada e frustrada. Porra, já a vi tentando abrir minha cabeça com a miniatura de um arcanjo de metal. E achei engraçado; fascinante, até. Mas agora é diferente. Ela parece desesperada, e, por mais que procure motivos para isso na minha casa, acho que não vai encontrar nenhum.

Ela se deixa cair no sofá, com as mãos no rosto e os cotovelos levemente apoiados nos joelhos. Devagar, me apoio no braço do sofá do lado oposto ao dela.

— É por causa da obra no seu apê? — pergunto. Quando ela não responde, insisto: — Olha, eu sei que você não gosta disso, mas é só por uns dias.

— O celular da Lina está desligado. — Milena grunhe.

— Ah. — Fico em silêncio. — E aí? Você quer falar com ela? Posso te levar de carro até lá.

Ela descobre o rosto e se vira para mim bem devagar. Parece não acreditar no que acabei de dizer.

— Até parece que eu vou entrar em um carro com você.

Milena franze o nariz, como se estivesse arrependida pela forma como me respondeu. Isso me lembra de quando hesitou enquanto eu fingia que o exorcismo estava funcionando. Estou prestes a dizer que ela é boa demais para seu próprio bem, mas então volta a falar:

— Tanto faz. Tive um dia ruim no trabalho e não posso contar pra ela.

— Conta pra mim, então. — Ela faz uma careta. — O que foi? Tem outra coisa melhor pra fazer? Porque eu, não.

Descarto a possibilidade de chamar ela para ir para a *rave* hoje à noite. Me sento ao seu lado e percebo na hora o quanto está tensa, isso porque estou no lado oposto do sofá. Tudo bem que ele não é muito grande, mas é grande o bastante para não precisarmos nos tocar.

— Vai, fala — insisto. — O que rolou?

Começo a duvidar que ela vai me responder até que solta um suspiro, joga a cabeça para trás e diz:

— Meu chefe.

— O que aconteceu com ele?

A irritação volta a tomar conta dela. Milena me olha de soslaio e solta:

— Ele é igual a você.

— Por quê? É lindo pra caramba e tem um ótimo gosto pra techno industrial?

A piada não cola.

— Não, porque ele é nojento e machista.

— Eu não sou machista. Nojento, tudo bem, mas em uma situação da qual a gente não desfrutou juntos; então, não entendi a comparação.

Ela bufa enquanto tira os saltos. Depois, coloca as pernas em cima do sofá, abraça os joelhos enquanto eu me concentro um pouco demais na forma como a sua saia está se acumulando em volta de sua bunda. Volto para os seus olhos e os encontro semicerrados.

— Na primeira vez em que a gente se viu, você me chamou pra vir na sua casa pra ter relações sexuais. Me perguntou qual era o meu nome porque "Gosto de saber o nome das pessoas que vou comer" — recita a última parte com um tom estranho, grave e rastejado, que me faz rir. — Depois, você disse que minhas blusas, meus óculos e sei lá mais o que meu te excita. Me chamou pra orgias.

Coloco um braço no encosto do sofá e sorrio quando ela olha para a mão que cai perto de seu ombro como se fosse um inseto.

— Isso não é ser machista. — Antes que ela possa responder, prossigo: — Eu teria feito a mesma coisa se você não fosse mulher. Tenho o mesmo respeito por mulheres, homens e pessoas não binárias. Na verdade, já me transmutei em mulher diversas vezes.

— E o que você me diz do dia em que descreveu com uma série de detalhes o que você faz ou não faz quando transa? Ou a vez em que pediu pra eu trocar de roupa pra parar de pensar em arrancar o que eu estava usando? Ou das *selfies* não solicitadas?

Penso a respeito

— Tá, admito que sou nojento. Mas não acho que o lance da blusa seja culpa minha. Eu nem disse que ia arrancar, disse que ficaria pensando nisso e me deixaria distraído. — Inclusive, ela está de novo com outra blusa daquelas. E volto a me imaginar tirando cada um daqueles botões. Mesmo que eu não diga, dá para ver que ela suspeita de para onde meus pensamentos foram, porque toca a gola da roupa e me fuzila com o olhar. — O que rolou com o seu chefe? Ele também gosta da sua roupa? De qualquer forma, a situação ainda seria diferente, porque não existe uma relação de poder entre mim e você. Apesar disso, meu futuro está nas suas mãos. — Ela parece aprovar essa última observação, porque para de franzir as sobrancelhas.

— Hoje, enquanto eu estava tirando o lixo do escritório dele, ele estava tendo uma conversa pelo telefone que, pra variar, não tinha nada a ver com trabalho. Não sei com quem estava falando, mas sei que falou de propósito, pra eu escutar, que não fazia sentido contratar uma secretária jovem, por mais linda que fosse, se ela se vestia igual a mãe dele.

Agora sou eu quem está franzindo o cenho enquanto ela pisca rapidamente, com os olhos brilhando.

— Achei que você fosse advogada — digo, devagar.

— Eu sou. Estudei Direito, fiz a prova da ordem e também um mestrado. Comecei a trabalhar na Roig e Filhos como advogada júnior há nove meses, mas o escroto do meu chefe se recusa a me tratar pela descrição do meu cargo. Na verdade, promoveu um estagiário que entrou faz pouco tempo e que é bem menos qualificado do que eu só porque é homem. E se você duvida que ele foi promovido só por ser homem, eu juro que...

— Eu não duvido.

A desconfiança toma conta de seu rosto.

— Por quê?

— Você quer que eu duvide do que você diz?

— Não, eu quero entender por que você está agindo assim. — Ela faz gestos estranhos com a mão, apontando para mim. — Por que está me ouvindo como se parecesse se importar com o que eu digo em vez de ficar me zoando. Por que guardou minha roupa. E por que tem cinco caixas diferentes de macarrão sem glúten no balcão da cozinha.

— Estou te ouvindo porque me interesso pelo que você fala — respondo, e me surpreendo ao perceber que não menti. — Guardei sua roupa pra matar tempo enquanto você vinha e... comprei um monte de macarrão porque você não especificou de qual você gostava. E, confesso, pra você ver como eu sou incrível e pensar em defender meu direito de ficar na Terra — acrescento esse último comentário porque ela começou a levantar as sobrancelhas em descrença.

— Isso não vai acontecer. De qualquer forma... — Ela pigarreia. — Obrigada, eu acho.

— De nada.

Ela se levanta do sofá como se estivesse sendo espetada e olha para todos os cantos.

— Vou tomar banho — anuncia.

— Tem toalha na...

— Eu trouxe as minhas.

Aproveito que ela vai ao banheiro para começar a fazer o jantar. Objetivo: provar minha boa-fé e me manter ocupado o bastante para não ficar pensando no fato de que ela está pelada a menos de trinta metros de distância.

VIZINHO INFERNAL   199

Não sou de correr muito atrás de pessoas por quem sinto atração. Gosto de flertar, mas se depois de alguns minutos vejo que as coisas não vão acabar onde eu quero, me recuso a insistir. Um pouco por orgulho, um pouco por respeito e um pouco para otimizar o tempo. Por que continuaria falando com alguém com quem não vou transar se poderia estar transando com outra pessoa? Contudo, fiz isso com Milena. Antes que eu soubesse que era advogada e que poderia me ajudar. Não sei bem o porquê.

O caso é que, por termos pouco tempo, seduzi-la parece a única opção para atingir meu objetivo. Só tenho que parar antes de a gente tirar a roupa. Fácil.

Mas que...! O termo "fácil" cai por terra quando Milena volta para a sala com o cabelo encharcado, de pijama e sem rastros do sutiã. Tudo bem que o pijama não parece ter sido feito para deixar alguém excitado: é vermelho, xadrez e está abotoado até o pescoço. Mas eu não me dou muito bem com botões (ou me dou bem demais) e, como está de short, vejo muito mais de sua perna do que de costume. E imagino a perna tão bem em volta do meu quadril...

Olho para o teto e dirijo um pensamento para o pessoal lá de cima: "Se esse é meu castigo pelo que aconteceu em Sodoma e Gomorra, vocês foram longe demais". Geralmente, me esforço para não cair em tentação quando a vejo; então, é a primeira vez que entendo como Eva se sentiu com aquela maçã. Os questionamentos, a vontade e os "E se...?".

Porra, não quero pensar nela.

— O que você está fazendo?

Quando Milena se aproxima de mim para observar o interior da panela, eu a cheiro discretamente. Ela não usou o meu xampu, mas o gel, sim. Uma gota de água escorre pelo seu pescoço e desaparece na direção do... Merda. Me afasto com a desculpa de procurar meu celular. Na verdade, preciso dele. Abro o WhatsApp e escolho aleatoriamente duas das últimas pessoas que me mandaram mensagens com segundas intenções. Escrevo "Amanhã ao meio-dia na minha casa". Pronto, resolvido. Agora deve ficar mais fácil.

Volto a olhar para Milena, que está mexendo no espaguete, sem perceber minha leve crise. O cabelo molhado começa a encaracolar. Me aproximo, agora mais concentrado, e agarro uma das mechas. Ela demora meio segundo para dar um tapa na minha mão.

— Por que você está alisando o seu cabelo? — pergunto.

— Porque gosto de ter tudo sob controle.

Solto uma risadinha. Faz sentido.

Jantamos no balcão da cozinha. É parecido com o que tem na casa dela, só que o meu tem menos de vinte anos e custou quinhentos euros a mais. O mesmo vale para o resto. A disposição da casa é parecida, mas o espaço está muito mais bem distribuído e não está caindo aos pedaços.

— Vou para a cama às onze e meia. — Embora ela não fale nada sobre o tempero do macarrão, dá para ver que gosta pelo modo como sua expressão relaxa sempre que mastiga. — O que me lembra de que precisamos conversar sobre como vamos dormir.

— Eu sugiro que seja de olhos fechados e de lado. Não sei onde ouvi dizer que era melhor para as costas. — Sim, eu inventei isso.

— Você sabe do que eu estou falando. — Ela aponta o garfo para mim, irritada. — Você só tem uma cama, e seu sofá não abre.

— A cama é grande — repito.

— Sua perversão também.

Puta merda, como eu gosto dessa palavra. O bastante para não deixar de responder:

— Se você está preocupada com as minhas mãos, pode me algemar na cabeceira. Estou acostumado.

Gosto muito mais do jeito como suas bochechas ficam coradas do que da palavra "perversão".

Parabéns, digo para mim mesmo, *continue assim, flertando de longe.*

Devo ter criado uma imagem mental interessante para ela, porque começa a olhar para as próprias mãos.

— Tenho que pintar as unhas — diz, por fim.

Ótimo.

Ela vai para o quarto. Quando volta, se senta no sofá e dedica toda a sua atenção a aplicar o esmalte sem borrar. Depois de colocar os pratos na máquina de lavar louça, me sento ao seu lado e a observo. Seus lábios estão entreabertos, e os óculos escorregaram até a ponta do nariz. Ela tenta colocá-los de volta no lugar com o ombro. Como não consegue, estendo o braço para fazer isso por ela. Mesmo tendo feito isso sem pensar, me parabenizo de novo, porque ela leva um susto e cora.

— Não toca em mim.

— Só queria te ajudar — minto. Mais ou menos. — Inclusive, também queria te pedir perdão.

As mãos dela congelam no meio do movimento. Ela fica imóvel enquanto olha para mim, com o pincel prestes a encostar na unha do dedo indicador. Várias expressões passam por seu rosto, tão óbvias que parecem estar escritas na testa dela. Surpresa, gratidão e, por último, desconfiança.

— Por quê?

— Por ter te mandado todas aquelas fotos e, em geral, por todo o resto. Por ficar insistindo e tal.

Seus olhos azuis se fecham em duas fendas.

— Você não está arrependido.

— Estou arrependido porque não teve o efeito desejado. Já sei o que você vai falar: que insistir depois de você me rejeitar é errado. E que eu não devia ter te mandado nenhuma daquelas *selfies* porque você não pediu. Você tem razão — admito, muito mais sério —, mas até agora ninguém tinha reclamado. Olha, só queria que você visse as fotos e pensasse: "Caralho, que gostoso!". Que você ficasse um pouco irritada porque eu não tinha te dado ouvidos, só isso. Nunca quis fazer você se sentir incomodada.

— Eu falei que não queria e você continuou mandando. Por que está se desculpando agora?

— Porque eu não tinha percebido que você podia ter se sentido assim até você me contar do seu chefe. — Pela primeira vez, o olhar de julgamento que ela lança para mim parece estar a meu favor. — Eu não sou como ele.

— Prove, então. — Depois de murmurar, ela volta a atenção para o esmalte. — Além disso, pra voltar para o Céu, você vai ter que parar de fazer essas coisas. Com todo mundo, não só comigo.

Assinto, resignado.

— Pinta as minhas unhas?

Ela me encara de novo, sem acreditar.

— Pra quê?

— Sei lá, pra que você pinta as suas?

— Pra combinarem com a minha roupa.

— Por isso, então.

Estendo a mão para ela, mas ela a afasta sem cerimônia.

— Não tenho esmalte preto.

— Eu não ligo. Usa o você que achar melhor.

Ela encolhe um ombro (só um) e continua pintando suas unhas de um tom salmão. Quando termina, se vira no sofá para ficar de frente para mim e faz um gesto para que eu me aproxime.

— Pronto, está ótimo — avisa ela quando me aproximo demais. — Me dá a sua mão.

Quando faço isso, Milena a coloca sobre um de seus joelhos. Embora não haja nada de erótico na forma como se abaixa ou na maneira como separa meus dedos para aplicar o esmalte, percebo um pouco de tensão. Nela e, infelizmente, em mim também.

— Se você fizer alguma besteira, eu paro.

— Tudo bem; beleza.

Reconheço que não fui cem por cento sincero com o Mammon (que surpresa) quando disse que a Milena não estava interessada em mim. Quero dizer que, no momento em que fiz essa afirmação, pouco depois de a gente ter se beijado, achei que tinha uma possibilidade de isso não ser verdade e talvez ela se interessar um pouco.

Depois disso, quando a Milena me acusou de usar minha influência (ou meus "poderes") com ela ontem, tive a certeza de que provocava algo a mais nela além da repulsa, mesmo que fosse só fisicamente.

Agora, porém, não tenho mais tanta certeza. Analiso cuidadosamente enquanto ela pinta minha outra mão. É frustrante como ela é fácil de ler em alguns sentidos e tão difícil em outros.

Decido fazer um teste.

— Ei, Milena, você quer que eu vá para o Céu?

— Quero que você fique quieto e pare de mexer os dedos.

Percebo que tinha apertado o joelho dela sem querer.

—Tá, mas depois você quer que eu seja absolvido. — Ela levanta a cabeça quando termina. Como não reclama que minha mão continua em sua perna, não a tiro. — Então, eu preciso do seu perdão.

— Como assim?

— Se você não me perdoar pelo que eu te fiz até agora, não vou poder voltar para o Céu. — Caso você esteja se perguntando: sim, eu inventei isso.

Ela assente, receosa.

— Tudo bem. Eu te perdoo, então.

— Não, não, você tem que fazer isso de outro jeito. Você tem que fazer o sinal da cruz e beijar a minha testa.

Ela arqueia tanto as sobrancelhas que estão quase dando a volta na cabeça dela. Tenho que fazer um baita esforço para não rir.

— Você só pode estar de sacanagem — cospe ela.

— Não fala besteira, que coisa feia. É sério. Faz o gesto na minha direção — eu o realizo para ela ver como é —, diz "Você tem meu perdão, Belial", e depois beija minha testa.

— Não.

— Milena, é só um beijo na testa.

Ela se remexe. Então, como se ficasse incomodada pelo indizível, começa a fazer o sinal da cruz. Acho que não vou conseguir segurar uma gargalhada. Por sorte, quando ela fica de joelhos e se aproxima de mim, a vontade de rir desaparece.

— Você tem meu perdão — murmura, omitindo meu nome.

Sabe o que eu também tenho? Os peitos dela a uma mordida de distância. E cada vez mais perto conforme ela se inclina na minha direção. Afasta meu cabelo, tomando cuidado para não borrar o esmalte, minha última preocupação do momento. O que de fato me preocupa agora é me lembrar de que não posso agarrar o quadril dela para sentá-la em meu colo.

— Coloca as mãos onde eu consigo ver — adverte ela.

Eu as levanto, sorrindo. E, agora sim, seus lábios repousam na minha pele. Embora não seja muito mais do que um roçar, espero que tenha provocado nela o mesmo que provocou em mim. Desejo.

Finalizo a jogada dizendo:

— Valeu. Aliás, não está na hora de dormir?

ARTIGO 25

QUANDO A QUANTIDADE
DE CAMAS AFETA A QUALIDADE DO SONO

15 de agosto, 23h38

Milena

É só uma cama. Não quero dizer que se trata de apenas uma unidade, mas que o móvel por si só não pode fazer nada por mim. Também não acho que o demônio vai fazer algo comigo. Por mais absurdo que isso possa parecer, confio nele nesse sentido. Analisei cuidadosamente os motivos pelos quais essa confiança surgiu e cheguei a três conclusões. A primeira é que, todas as vezes em que ficamos sozinhos, por mais que tenha se aproximado de mim ou falado besteira, nunca fez mais do que isso. A segunda é que acreditei quando ele se desculpou. E a terceira é que, antes de entrar no quarto, ele me ofereceu um canivete e sugeriu que eu o esfaqueasse se ele fizesse com que eu me sentisse incomodada.

Mesmo assim, continuo observando o enorme colchão, desconfiada.

Coloco a arma branca em cima da mesa de cabeceira, me enfio debaixo do cobertor, e me cubro até o nariz. Belial me observa com um olhar cheio de graça do outro lado da cama.

— Assim você vai assar.

Ele está certo, mas me recuso a dar o braço a torcer. Também me recuso a deixá-lo continuar com o que está fazendo.

— Nem pense em tirar a roupa.

— Quer que eu durma de calça jeans? — comenta ele com calma, sem olhar para mim, enquanto tira os colares e os anéis.

— Coloca um pijama. E faz isso no banheiro.

A estranheza que se estampa em seu rosto é sincera.

— Eu não tenho pijama. Quer dizer, eu ia ficar de cueca — acrescenta ele enfaticamente, como se isso fosse uma grande mudança em relação à alternativa, que imagino que seja dormir completamente nu.

Não discuto porque não sei até que ponto forçá-lo a usar uma camiseta vai ajudar a situação. Ele tira a camiseta que está usando agora de uma só vez, puxando a parte da nuca para a frente com apenas uma das mãos, bagunçando os cachos. Olho mais uma vez todos aqueles músculos (nem penso em dizer que foram esculpidos à perfeição) e a tatuagem, para a qual não tenho tempo de ficar olhando porque os dedos vão direto para o botão da calça jeans.

Rolo no colchão. Depois de um tempo, percebo como ele treme ao se deitar do outro lado.

— Você está bem? — Mesmo mantendo distância, de alguma forma sinto que ele está sussurrando a pergunta no meu ouvido.

— Estou ótima.

— Tá bom. Mas por que você está encolhida igual a uma bola, então? — Tento relaxar, mas sem muito sucesso. — Nunca se deitou na mesma cama com alguém sem ter...?

— Claro que já.

— Com quem?

— Com o meu irmão.

Sinto a vibração de sua risada no fundo da alma. Então, ele muda de posição, e fico perturbada por não saber como ele está.

Mais próximo? De barriga para cima? Sorrindo? Tenho certeza de que está sorrindo; sempre está. Cheguei à conclusão de que, apesar de odiar o gesto, prefiro isso à alternativa. Se Belial não está com um sorriso no rosto, só pode estar ocupado demais pensando em outras coisas. Como no nosso beijo. Sua boca relaxou, e aí...

E aí, nada.

E aí, tudo.

As lembranças daquela noite bombardeiam meu cérebro, uma depois da outra. O modo como ele se aproximou de mim, como se estivesse calculando o ângulo perfeito para que eu não conseguisse ver nada além dele. O primeiro toque, no qual não encontrei o ódio que procurava. Os seguintes, nos quais me deparei com outras coisas. Minhas costas apoiadas na porta e seus dedos rastejando por minha cintura.

Percebo que minha respiração está congestionada, e meu coração está ameaçando tirar licença médica. "Preciso de um descanso, voltarei a bater quando o médico considerar apropriado."

É verdade que não costumo dormir com outras pessoas, em nenhum contexto, porque acho incômodo e nunca consigo pregar os olhos direito. Quando *dormi* com alguém, fiz questão de que a pessoa fosse embora logo em seguida, ou fui embora eu. No entanto, mesmo nos momentos que antecederam *alguma coisa*, nunca senti nada parecido com o que estou sentido agora.

— Para com isso — exijo.

— Com o quê, se eu não me mexi?

Dou meia-volta para procurar em seu rosto sinais de mentira. Porque ele está mentindo: esta sensação não é natural.

Graças à pouca luz que entra pela janela, consigo perceber a confusão em seu rosto. Não está sorrindo. Isso não é um bom sinal.

— Eu avisei que nosso acordo acabaria se você usasse seus poderes de novo.

Aí está. Um canto dos lábios competindo contra o outro e, de brinde, um par de sobrancelhas arqueadas. Ele se apoia sobre um cotovelo para se sentar de lado, e eu me forço a continuar olhando para seu rosto. É verdade que faz calor, mas ele poderia ter a decência de se cobrir com o lençol até a cintura.

— Milena, eu não estou utilizando nada.

— É mentira.

Ele se deixa cair no colchão enquanto ri sem fazer barulho. Antes de responder, joga a franja para trás e respira fundo. Então, vira a cabeça para mim e diz:

— Não vou transar com você. — Não tenho tempo para fazer uma observação ("É claro que não. Porque eu não quero). — Nem hoje, nem nunca. Não importa o que aconteça, nem o que você faça. Então, pode ficar tranquila e dormir logo, porque amanhã você acorda cedo. Boa noite.

Em seguida, ele se vira e me deixa sozinha com o peso que se instalou no meu estômago.

Se ele não planejava transar comigo, por que tentou várias vezes? Alguma coisa mudou na noite em que nos beijamos? Ou ele foi sincero quando disse que, quando começássemos a trabalhar juntos, não tentaria mais? E quanto ao "Não importa o que aconteça, nem o que você faça"? Ele por acaso está insinuando que recusaria se eu estivesse disposta a ter relações sexuais com ele?

Passo 37 minutos tentando encontrar uma explicação. Embora eu não consiga chegar a nada conclusivo, entre todas as hipóteses que estou considerando, a que está ganhando mais força é a de que ele é um babaca e tentou me ofender. Em vão, porque nunca terei vontade de transar com ele.

Devo ter pensado mais a respeito disso do que pretendia, porque meu subconsciente me presenteia com um sonho absurdo. O cenário é familiar: uma sala vazia, na qual só há uma escrivaninha. Estou apoiada contra ela, com as mãos na madeira e as pernas cruzadas, esperando. Geralmente, as pessoas com quem sonho não têm rosto. O que importa é o contexto.

O problema surge quando a pessoa que aparece na minha fantasia não tem só características perfeitamente definidas, como também não é uma pessoa. Sem permissão, outro móvel aparece na sala. Uma mesinha em que ele deixa os anéis quando os tira. Um por um, devagar. Depois, quando faz menção de soltar os suspensórios, ordeno que não os tire.

— E a camiseta?

O sorriso desaparece quando eu digo:

— Tira.

Ele se livra dela com uma só mão antes de se aproximar de mim feito uma serpente.

— Vou arrancar os botões da porra dessa sua blusa.

A sensação opressiva em meu peito não me deixa respirar. Perco o ar, perco...

Acordo sufocando, e encontro quem está causando a minha falta de ar, deitado no meu peito. Estou me referindo ao Mamón, é claro. Seus olhos âmbar estão abertos, cravados nos meus. Tenho certeza de que está me julgando, como se soubesse perfeitamente com o que eu sonhei. Ele se levanta quando faço menção de me mover e sai do quarto sem dizer nada (porque, é claro, gatos não falam).

Sento-me meio curvada, ainda desorientada e irritada comigo mesma. Não, a culpa da deformidade da minha fantasia é de Belial. Viro-me na direção dele e o encontro deitado de costas, completamente adormecido. Faltam dez para as sete, a hora em que meu alarme vai tocar. Desativo o despertador antes que isso aconteça e observo o demônio.

A respiração dele é lenta e ritmada. Vai saber com o que está sonhando... imagino que não seja nada de bom. Chego um pouco mais perto dele, apoiando uma das mãos no colchão. Ele não parece mais jovem quando dorme, porém parece mais... humano. Vulnerável, até.

Para a minha surpresa, descubro que ele tem uma leve cicatriz abaixo do olho esquerdo. Rosácea, de alguns centímetros, no máximo. Não me lembro de tê-la visto antes; então, deve ser nova, e, provavelmente, resultado de alguma briga. Com ela, seu rosto não é mais perfeito. Isso me deixa muito além de satisfeita, porque começo a ficar obcecada pelo defeito, a ponto de pensar em tocá-lo.

Para a minha sorte, contenho o impulso e me levanto da cama. Pego as roupas que separei ontem à noite e saio do quarto em direção ao banheiro. Assim que entro, quase solto um grito ao me olhar no espelho. Ontem, não alisei o cabelo, o que significa que acordei com ele nem um pouco pronto, apontando em todas as direções.

Como não tenho tempo de passar chapinha, prendo o cabelo em um coque no topo da cabeça e começo a me maquiar.

Já na cozinha, pronta para o café da manhã, me deparo com outra demonstração da irresponsabilidade de Belial. Ele comprou as coisas que eu pedi, mas em uma quantidade indecente. Sou totalmente a favor de planejamento, mas dez pacotes de biscoitos sem glúten, cada um de um sabor, duram mais de um mês. Pelo menos, se tudo der certo, voltarei para casa em cerca de cinco dias.

A mesma coisa serve para o leite. Há caixas de leite de amêndoas, de arroz, de soja, cru, semidesnatado e desnatado. Açúcar, estévia, sacarina e xarope de agave. Onde foi que ele arrumou esse último? Tenho certeza de que não vendem nos supermercados perto de nós.

— Seu dono é maluco — digo para o gato. Ele subiu no balcão da cozinha para me lançar outro olhar de censura enquanto como. — Aliás, o que vai acontecer com você depois que ele for embora?

Acaricio o pelo atrás das orelhas de Mamón e penso em adotá-lo quando a questão do julgamento se resolver e Belial voltar para o Céu. Se voltar, porque ainda não trabalhamos em seu comportamento.

Começaremos hoje à noite.

Pego o molho de chaves que o demônio fez para mim. O chaveiro... é um ornitorrinco? Acho que ele tinha mencionado o quanto era fascinado por eles e pego o celular para procurar mais informações a respeito. Antes, escrevo uma mensagem: *Fui para o escritório. Quando eu voltar, começaremos a trabalhar no seu caso. Descanse.*

Pisco, incrédula. Descanse?! E mais, por que eu teria que avisar para ele que estou indo trabalhar? É claro que eu iria. Apago a mensagem. Como nunca fiz isso antes, apago só para mim e mordo a língua para segurar um palavrão.

ARTIGO 26

QUANDO O EXCESSO DE COMPANHIA NÃO CUMPRE O SEU PROPÓSITO

16 de agosto, 12h22

Bel

O cara está de joelhos na minha frente, com as mãos agarrando minhas coxas. Olho para a sua cabeça, que se mexe monotonamente. Perto, longe, perto, longe. Ele tem um piercing na língua, e o cabelo está entre meus dedos.

Por trás, a garota me abraça e beija meu pescoço. Ela é um pouco mais baixa do que Milena; então, precisa ficar na ponta dos pés.

O que mais gosto no sexo é que é a experiência mais egoísta que dá para se ter em companhia. Porque mesmo que só você importe, outras pessoas podem se beneficiar disso e, quem sabe, agradecer depois. Geralmente me agradecem.

Acredite, não é falta de modéstia. São milênios de prática.

De qualquer forma, não está funcionando tão bem quanto deveria, embora seja o cenário perfeito. Fecho os olhos para me concentrar (em mim, sempre em mim). A boca dele acelera o movimento, os seios dela pressionam minhas costas, e embora eu ainda esteja duro, estou longe de gozar.

Decido pedir para o cara se afastar e fazer a mesma coisa com a garota. Olho para eles e não consigo me importar.

Talvez seja porque ainda estou pensando no que fiz ontem à noite, incapaz de decidir se foi um truque de mestre ou a maior burrice de todas. Deixar claro para a Milena que não íamos transar parece arriscado, mesmo sendo verdade. Disse aquilo para que ela não se sentisse incomodada perto de mim, não pensei duas vezes. Mas agora me pergunto se devia te ficado quieto ou insinuado exatamente o oposto. Como vou dar em cima dela se ela acha (sabe) que não quero transar com ela?

Me deito no colchão, com os braços atrás da cabeça, e peço para que os dois cheguem mais perto. Não importa o que façam, só quero que façam agora.

Quero chegar a esse ponto: aos poucos segundos em que o orgasmo deixa a sua mente limpa. Sem Céus, Infernos, julgamentos, nem Milenas.

Eu.

Antes de alcançar esses segundos, porque alcanço, concluo que foi uma boa jogada. Graças à minha sinceridade, a advogada vai confiar mais em mim e, como acontece com qualquer um, a impossibilidade de obter algo vai despertar seu interesse.

Isso acontece comigo o tempo todo.

ARTIGO 27

QUANDO MOLHAR O MAL PROVOCA CONVERSAS EXISTENCIAIS

16 de agosto, 21h43

Milena

— **Você acha essa roupa adequada?** — pergunto ao entrar na sala.

Belial olha para mim do sofá, desconcertado. Como sempre, se demora por mais alguns segundos nos botões da blusa, mas não franze o cenho para a calça social nem para os sapatos Oxford.

— Por que não seria? É o que você costuma usar. Quer saber se me deixa excitado? Porque a resposta sempre vai ser... Ai! — Ele esfrega o lado do rosto em que bati com a almofada.

— Quanta violência. Usa o que você quiser, mas vai logo, pra gente não se atrasar.

— Se você me dissesse pra onde a gente vai, não seria tão difícil assim escolher uma roupa.

— Se eu fizesse isso, não seria surpresa.

— Eu odeio surpresas.

— Eu não imaginava — brinca. — Aliás, o gato estava no quarto com você enquanto você estava se trocando? — Ele solta uma risadinha quando confirmo com um aceno de cabeça.

— Você não devia deixar ele te ver pelada. Apesar de bancar o santinho, no fundo ele é um safado.

— Seu gato é só um gato.

Ele dá de ombros. O rosto parece dizer "Você é que sabe". Volto para o quarto para pegar a bolsa e lanço um olhar desconfiado para Mamón. Em voz baixa, para que só o animal consiga ouvir, aviso:

— Se for verdade que você também é um demônio, vou raspar os últimos pelos que te restam e te botar no forno.

Ele ronrona em resposta.

Depois de uma caminhada de 36 minutos, chegamos ao nosso destino. Belial aponta para um lugar... decadente. Não consigo pensar em outro adjetivo para descrevê-lo. A placa com o nome ("Anor+") está com a pintura descascada, e duas das três lâmpadas que a iluminam estão quebradas. Do lado de fora, tem um cara com barba grisalha, um rabo de cavalo prendendo o pouco cabelo que lhe resta e um cigarro entre os dedos. Ao lado dele, um grupo de pessoas na faixa dos vinte anos conversa entre si.

— Você me trouxe pra um bar? Eu não bebo.

— Tira essa cara de nojo, Milena. — O demônio exala uma nuvem de fumaça com cheiro de morango. — Te trouxe pra um show. Aliás, por que você não bebe? Deixa eu adivinhar: porque não suporta perder o controle.

— Você está me julgando?

Ele leva o *vape* à boca antes de responder.

— De jeito nenhum. Apesar de eu ter pena de você por rejeitar a minha melhor obra. O álcool, no caso — ressalta ele quando arqueio uma sobrancelha. — Quer saber outras coisas que surgiram por inspiração minha?

— Para mim, tanto faz. Para de fumar, vamos entrar e acabar logo com isso.

— É disso que eu gosto.

Ele cumprimenta o homem grisalho na porta com familiaridade, o que deixa claro para mim que ele já veio aqui antes, e entramos no local. Não há tanta gente quanto eu pensava, e fico grata por isso, porque o espaço é pequeno e já está com um cheiro ruim o bastante (de cerveja e de que passou raspando nas fiscalizações sanitárias). Há pouca iluminação, um bar sujo que alguém está limpando com um pano ainda pior e um grupo musical no palco.

Nos aproximamos do bar para que Belial possa fazer o pedido. Enquanto o garçom lhe serve uma cerveja, os olhos do demônio se fixam nos três membros do grupo. Na verdade, é o cantor que ele observa. O garoto, que parece mais jovem do que nós, deve ser tão alto quanto ele, embora menos musculoso. A pele é coberta de tatuagens, e o sorriso é muito chamativo.

— Curtiu? — pergunta Belial quando percebe para onde estou olhando.

— Rock é um pouco menos desagradável pra mim do que aquele horror que sai da sua mesa de mixagem. Mas também não gosto.

— Não estava falando da música, mas do cara. — Ele dá um gole na bebida. — Tentei ficar com ele há um mês, e a namorada dele quase me matou. — Ele ri, encantado. — O namorado também não curtiu, mas não me ameaçou tanto assim.

Demoro mais do que o esperado para assimilar o número de pessoas com quem o cara de tatuagem se relaciona, e imagino que era isso o que Belial pretendia, porque me encara com um sorrisinho nos lábios.

Em vez de dar a ele a oportunidade de comentar a respeito, pego um caderno e uma caneta na minha bolsa e começo a fazer anotações.

— Que tipo de caras você curte?

— Sou bissexual — murmuro, sem parar de escrever.

— Que tipo de pessoa, então?

— As que não se parecem com você.

VIZINHO INFERNAL 217

— Feias? Sem carisma? Ei, o que você está fazendo? A gente veio aqui pra curtir o show.

— Não, a gente veio pra eu observar seu comportamento e dizer o que você precisa mudar pra atingir o nosso objetivo.

— *Seu* objetivo — especifica ele. — O meu você já sabe qual é. E o que você acha que eu preciso mudar?

Levanto os olhos do caderno para encará-lo.

— Tudo.

Ele ri, toma outro gole de cerveja e se agacha para ver as minhas anotações.

— Frequentar estabelecimentos anti-higiênicos — lê com uma voz dramática —, beber durante a semana, se vangloriar de feitos abomináveis... Destruir relações?!

— Dar em cima de alguém que já está namorando outra pessoa, ou outras, nesse caso, é detestável.

Ele apoia as costas e os cotovelos no bar.

— Eu não sabia que ele namorava. Além disso, existem relacionamentos abertos.

— Eu sei. A partir de agora, você vai ter que perguntar para a pessoa que quiser paquerar, antes de começar a dar em cima dela, se ela está a fim ou se já namora. Se ela responder que sim para a última pergunta, você não vai fazer nada a não ser que a pessoa especifique que os limites do relacionamento dela permitem isso.

— Eu nunca insisto se me dão um fora. Se a cara que você estiver fazendo é por sua causa, isso não conta. Você é uma exceção. Tá se sentindo especial?

— Eu, não. Inclusive, preciso que você dê em cima de alguém.

Ele se engasga com a cerveja. Quando para de tossir, fala:

— Agora?! — Faço que sim. — Quer que eu fique com outra pessoa na sua frente? Achei que você tinha dito que não gostava desse tipo de coisa... mas, ah, por mim, tudo bem.

— Você não vai até o fim. Só quero observar as técnicas que você usa pra gente poder discutir sobre elas mais tarde. Escolhe a pessoa que preferir e vai em frente.

Em uma nova demonstração da falta de respeito que tem pelo espaço pessoal dos outros, ele se abaixa para me dizer:

— Escolhe por mim.

— O ideal é ter uma ideia das suas preferências — digo, sem pensar demais.

— Ah, é? — Ele passa os dedos de uma das mãos pelo sorriso, fingindo pensar a respeito. Porque eu sei que ele está fingindo. E devia ter imaginado o que viria em seguida: — Gosto de pessoas mais baixas do que eu, mas não tanto. Em torno de 1,70 metro. Com o cabelo grande o bastante para eu poder agarrar. Que usem óculos, se possível. Ah, e se estiverem com uma blusa com botões fechados até o pescoço... eu enlouqueço.

— Para de besteira.

— Quem dera fosse besteira. — Ele se afasta e olha à sua volta. — O que você me diz daquelas ali?

Olho para onde ele aponta. São duas mulheres, cada uma com um copo de cor diferente. Estão no extremo esquerdo do local, sem prestar muita atenção no show. Pela atitude delas, não consigo dizer se são um casal ou não.

— Perfeito. De qual delas você está falando?

— Das duas.

Após fazer esse esclarecimento detestável, ele caminha até lá com as mãos nos bolsos e a mesma atitude de serpente venenosa que usou para me abordar dezenas de vezes. Vou atrás dele, me certificando de ficar perto o bastante para ouvir a conversa, mas não tanto a ponto de pensarem que estou com ele.

Finjo que estou mexendo no celular enquanto o observo. A conversa das mulheres é interrompida quando Belial para a um metro de distância delas. Ele esfrega a nuca, inclina a cabeça para o lado, mostra o sorriso torto e diz:

— Estou com um problema e talvez vocês possam me ajudar.

Uma delas, a que tem cabelo mais comprido, ri. Embora a outra não acompanhe, nada em sua postura dá a entender que está incomodada com a presença do demônio. Não estou entendendo.

— A minha irmã — ele aponta para mim — acha que eu preciso sossegar o facho e encontrar uma garota boazinha. — Ele se aproxima um pouco mais e acrescenta em tom de segredo: — Mas acontece que eu gosto muito mais das malvadas.

A que riu antes umedece os lábios e lança um olhar bem específico para a outra. Já senti o mesmo olhar vindo de Lina infinitas vezes, pouco antes de ela me falar: "Você se importa de pegar um Uber e voltar pra casa sozinha?". Fico surpresa pelo fato de ser a segunda mulher quem coloca uma das mãos no braço de Belial e diz:

— Sossegar o facho é algo superestimado. Como a gente pode te ajudar com o seu problema?

Sei quais serão os próximos movimentos do demônio. Sei como é quando ele se inclina na direção dela, coloca os lábios perto de sua orelha e sussurra. O calafrio que percorre cada vértebra, o arrepio na pele e os gritos que o cérebro dá para te alertar. É como se surgisse uma enorme placa de perigo, pintada de vermelho e iluminada de todos os ângulos, e você não a visse porque estava ocupada demais perdendo o controle.

Não sei o que disse para ela, mas a sua fala provoca mais risadas e mais peles roçando.

Vou até Belial para agarrá-lo pelo braço e afastá-lo das mulheres.

— Tá bom, já consegui o que eu queria. Vamos.

Ele arqueia a sobrancelha, e o sorriso me deixa mais incomodada do que de costume. Parece até uma faca afiada que ele pretende usar para abrir caminho pelo meu corpo.

De qualquer forma, o demônio não me contradiz. Simplesmente dá de ombros para as mulheres. Elas estão me encarando com um tipo de expressão que não condiz com o que acabou de acontecer. Em vez de ficarem irritadas por eu ter interrompido o que Belial estava dizendo, parecem achar graça.

Quando estamos longe o bastante, ele se encosta na parede com os braços cruzados.

— Como eu me saí? — quer saber.

— Péssimo.

— Por quê?

— Não perguntou pra elas se estavam em algum tipo de relacionamento amoroso, entre elas mesmas ou com outras pessoas. Além disso, você invadiu o espaço pessoal delas.

— É disso que se trata: de invadir espaços. — Percebo o duplo sentido e solto um muxoxo. — Elas também não pareceram incomodadas, não acha? Por que você me tirou de lá?

— Porque eu disse que só queria ver como você chegaria nelas. Inclusive, teria sido melhor se elas não parecessem tão... dispostas.

Por mais que ele morda o lábio inferior, não consegue conter o sorriso.

— Nesse caso, eu deveria praticar com alguém menos receptivo. — Assinto em concordância. Até que ele acrescenta: — Com você, por exemplo.

— Não.

— Você sabe o que eu sussurrei no ouvido delas? — continua a dizer, me ignorando.

— Consigo imaginar.

Minhas costas ficam tensas quando sinto o peso do braço dele em meus ombros. E ameaçam se contrair quando ele se abaixa para sussurrar:

— Pedi a elas que seguissem o meu plano porque queria provocar ciúmes em alguém.

Me afasto dele abruptamente.

— Eu não fiquei com ciúmes.

— Por que você acha que eu estava falando de você?

Odeio isso. Tanto que tenho vontade de dar um soco naquela cara de imbecil dele, com aquele sorriso torto idiota.

Consigo me conter, mas não sem antes escrever no caderno que ele é incapaz de agir com decência.

— Vamos pra casa — ordeno. — Amanhã a gente tenta uma abordagem diferente.

— Vai querer que eu continue dando em cima dos outros?

— Não — respondo na mesma hora. Explico melhor quando ele começa a rir: — Quero dizer que não vamos fazer as coisas do mesmo jeito de hoje. Tanto faz. Vamos.

Ao sairmos, começamos a caminhar pela rua em silêncio. Percebo que ele está mais satisfeito consigo mesmo do que o normal, e sinto vontade de agredi-lo novamente. Estou prestes a sucumbir a esse desejo quando ele para, olha para o céu e inspira.

— Tenho que acordar cedinho e já passou da meia-noite, não para — peço.

— Vai chover. Não sentiu o cheiro?

— Não.

Realmente, cinco minutos depois, começa a chover forte. Corro para me abrigar debaixo de uma sacada, esperando a tempestade de verão passar. Belial, por outro lado, fica sob o temporal. Parece ter saído de um daqueles comerciais cafonas de perfume de que Lina tanto gosta. Está com os braços ligeiramente estendidos, o rosto virado para cima e os olhos fechados.

É ridículo.

— Vem cá — chamo.

— Vem você. É só água, Milena.

— Não vou me molhar. Quando parar, a gente continua andando.

Ele dá de ombros e continua se encharcando. Me pergunto se o sistema imunológico dele é como o de qualquer outro ser humano. Se for, não ficaria surpresa caso ele amanhecesse doente amanhã. Mas acho que li em algum lugar que nem a chuva nem o frio são responsáveis pelo adoecimento das pessoas, não da maneira como pensamos. Por via das dúvidas, pego o celular para pesquisar.

— Essa é uma das coisas que eu mais gosto na Terra. — Ergo os olhos do celular e o encontro rodopiando, com a mão segurando um poste de luz. — Sexo é ótimo, não me entenda mal, mas a imprevisibilidade do clima? As mudanças? Lá em cima e lá embaixo é tudo igual.

— Como? — pergunto para passar o tempo.

Ele olha à sua volta para ter certeza de que não tem ninguém por perto e diz:

— No Céu, a temperatura é... amena. Não tem outra forma de explicar. Não faz nem frio, nem calor. É para ser agradável, mas eu acho uma chateação. Se não tem um contraste, é impossível desfrutar. — Ele pisa em uma poça, como uma criança que não se importa em sujar o sapato e levar uma bronca quando chegar em casa. — No Inferno, faz um frio do caramba. Sei que por aqui vocês acham que é tudo chamas e tal, mas isso não podia estar mais longe da verdade. É congelante.

A tempestade continua sem parar, e Belial não se cansa de brincar sob ela. Suas roupas grudam no corpo, os cachos ficam lisos, e o sorriso nunca vacila. Por algum motivo que não consigo compreender, ele está gostando. Na verdade, ouso dizer que nunca o vi tão feliz assim.

— Tem muitos demônios que não vão com a cara de vocês — comenta, jogando a franja para trás. — Pra mim, tanto faz se perdoam quase tudo o que vocês fazem ou não. E, por mais que eu também queira o direito de poder decidir quem eu quero ser, não guardo rancor dos humanos por conta disso. Mas tem horas que dá vontade de dar um berro pra ver se vocês acordam pra vida.

— Tipo quando?

— Tipo agora. — Ele aponta para nós. — Você fica se escondendo porque acha ruim se molhar. Já fez isso alguma vez? Ficou só parada debaixo da chuva, pensando em qualquer coisa? Claro que não. Pra quê, né? — Ele torce a boca em desgosto. — Pra que olhar duas vezes pra uma pessoa que você encontra na rua? Talvez você nunca mais a veja, mas tanto faz, porque acha que há coisas mais importantes. Como trabalhar e se adaptar ao ambiente e comprar coisas que vocês não têm tempo de usar e...

Eu bufo, e ele interrompe o discurso com uma gargalhada. Depois, se aproxima de mim. Faz questão de continuar debaixo de chuva e continua falando.

— A melhor parte de existir não é o livre-arbítrio, nem o clima, nem orgasmos. A melhor parte é que acaba. Mais cedo ou mais tarde, você vai deixar de ser tudo pra não ser absolutamente nada.

— Achei que você fosse a prova de que, quando morremos, vamos pra outro lugar.

— A sua alma; não é a mesma coisa. Não é você, mas sua essência. Pra onde quer que você vá, em algum momento você não vai mais conseguir se envolver com alguém sem ficar com aquela pulga atrás da orelha, se perguntando se vai ser a última vez que você vai beijar aquela pessoa ou qualquer outra. A finitude é o que torna a sua passagem pela Terra uma experiência foda. Mas, em vez de saborear essa fatia de bolo com gosto, para caso não tenham outra chance de prová-la, vocês só engolem, pensando em tudo o que têm que fazer e o que supostamente importa de verdade.

— O trabalho é necessário para sobreviver, se é disso que você está falando. Talvez tenha se esquecido desse detalhe porque você é bancado.

— O trabalho é necessário pra ganhar dinheiro, mas a vida não se reduz a isso.

— Ah, por favor. Não vem com essas. Vai dizer que o importante é trabalhar para viver, não o contrário? Tem gente que se sente realizada por causa da profissão.

— É o seu caso? — pergunta ele com ironia, sabendo a resposta.

— Deveria ser. E algum dia será.

— Sei. O que você queria fazer? Qual é a profissão que te faria se sentir tão realizada assim?

— Quero me tornar defensora pública. Ajudar as pessoas que foram acusadas e não podem pagar os honorários de outro advogado a receberem um julgamento imparcial.

— Certo. Imagina que você conseguiu, que está há anos ajudando essas pessoas. Um médico te diz que você vai morrer dentro de dois dias. Você não se importaria porque estaria satisfeita? — A pergunta me deixa incomodada e angustiada. — Vocês só se apegam à vida quando ela acaba, sem perceber que ela estava acabando desde que nasceram. E é assim pra vocês poderem desfrutar dela. A eternidade não se desfruta, se tolera.

— Você está me dizendo que preferiria ser mortal?

— É claro. Na verdade, esse é o plano.

— Não entendi. Se apegar à existência é algo natural, como o medo de desaparecer.

— Prefiro viver uma vez, por um tempo, do que simplesmente existir. — Olho para os lábios dele quando ele diz isso. Estão cheios de gotas de água e segredos que ele decide guardar para si.

Belial estende a mão para mim novamente. A palma está encharcada, mas não treme. Por outro lado, alguma coisa dentro de mim está de fato tremendo, logo atrás das minhas costelas.

Sou uma pessoa pragmática. Até o último fio de cabelo, se perguntar para Lina ou Samuel. Como é normal, já fiz para mim mesma perguntas a respeito da morte. No entanto, preferi não ficar obcecada pelo assunto. É inevitável, e estou ocupada demais para me preocupar com coisas que não consigo controlar.

Agora, porém, estou refletindo sobre o que Belial disse. Tenho orgulho dos passos que me levaram até este momento da minha vida; eu mudaria pouquíssimas coisas. Mas será que eles me fazem feliz? Será que me sinto realizada? Será que, quando chegar o momento, vou partir com a certeza de que fiz tudo o que queria?

Coloco minha palma seca sobre a dele, molhada. Seus dedos, muito mais longos, se entrelaçam nos meus. O sorriso, cheio de ângulos irregulares, se prende aos meus olhos. Ou o contrário, não sei bem. Ele dá um passo para trás, me convidando a ir para debaixo da chuva com ele.

É idiota, incômodo e sem sentido.

Então, eu vou.

A água está morna e cai sobre nós furiosamente, como se estivesse chateada porque não tentamos evitá-la. Ao olhar para cima, meus óculos se enchem de gotas na mesma hora. Prendo a respiração enquanto sinto as mãos de Belial dos dois lados do meu rosto. Penso: *Ele pretende me beijar* e *Não deixa ele te beijar* e *Eu já beijei alguém como se fosse a última vez?*

Devagar, ele tira meus óculos e os pendura na corrente de um de seus colares. Meu grau de miopia é alto, de modo que não consigo enxergar muito bem. Fico frustrada por não saber como está o seu sorriso ou, pior, se não está lá. Por isso, e só por isso, dou um passo na direção dele. A ponta do meu sapato roça a ponta da bota dele, e agora sim consigo vê-lo.

Os lábios estão relaxados, entreabertos. Os olhos observam cada centímetro do meu rosto em busca de... do quê? Ele não deve ter encontrado, porque se inclina para ficar ainda mais perto.

— Vai — sussurra.

— Não sei do que você está falando.

— Espero que mentir não seja o seu ponto forte. — A ponta da língua dele não toca o canto da boca. Cadê ela? — Faz o que você quer fazer, agora mesmo, como se fosse sua última chance. Imagina que a bateria do relógio acabou. — Ele coloca um dedo sobre o meu coração. — Tique, taque.

Olho para o dedo dele quando começa a fazer círculos sobre minha pele. Sua unha pintada e minha blusa grudada na pele.

Ele também olha para aquele ponto, com um sorriso que não consigo decifrar.

— Você está usando. Os poderes — observo.

Aí estão: o canto da boca que se levanta, a língua que o toca, a sensação de falta de ar.

A chuva para, e Belial levanta a cabeça para olhar para o céu. Parece, ao mesmo tempo, aliviado e irritado. Ele dá um passo para longe de mim. Me entrega os óculos e diz:

— Sei o que você queria ter feito e não sei até que ponto você também está ciente disso.

— Você não sabe de nada.

Fazemos o resto do trajeto em silêncio. Confesso que fiquei surpresa, porque esperava algum comentário absurdo sobre meu sutiã, que está bem visível graças às minhas roupas encharcadas. Mas tudo o que consigo ouvir são as baforadas de fumaça com cheiro de morango e o som de seus passos às minhas costas.

Chegando em casa, depois de secar o cabelo e o corpo, me enfio na cama. Me afasto ainda mais dele do que ontem à noite.

Para o meu azar, tanto faz se ele está do outro lado, de costas para mim. Tanto faz se escovou os dentes antes. Ainda sinto o cheiro da fumaça e dos morangos. Como se estivesse impregnado meu cérebro.

ARTIGO 28

QUANDO DIFERENTES PARTES DO SEU
CORPO CONCORDAM EM SAIR DO SEU CONTROLE

17 de agosto, 23h51

Bel

Você deve estar se perguntando por que estou em um beco com um cara me segurando por trás e outro, bem na frente, me dando socos no estômago.

É tudo culpa do Mammon. Se ele tivesse me ajudado a ganhar alguma grana extra, eu não teria pensado em vender, na semana passada, paracetamol triturado como se fosse outra coisa (não preciso especificar o quê, né?). Com essa bobagem, ganhei setecentos contos em poucas horas. Um plano ótimo, não fosse pelo fato de que hoje encontrei duas das pessoas que enganei.

Depois que a Milena chegou do trabalho, a convenci a ir a um bar em Malasaña ("Você não queria saber como eu passo o tempo livre? Então, vem"). As coisas estavam indo relativamente bem. Determinada a analisar (ou criticar) o meu comportamento de outro jeito, ela decidiu me deixar livre e ficar me seguindo para onde quer que eu fosse. Ela ficou parada, fazendo anotações, enquanto eu dançava na pista, conversava com algumas pessoas ou pedia um drinque. Ela enfatizou que não havia necessidade de eu flertar com ninguém; então, aposto que meu plano de ontem para provocar ciúmes nela deu certo.

Acontece que senti vontade de fumar e pedi para ela vir para fora comigo. Ela recusou ("Não acho que vai ter utilidade nenhuma, já anotei seu vício em nicotina") e, considerando quem encontrei no meio da rua, foi melhor assim. Seria meio incômodo estar levando uma surra enquanto ela escreve alguma coisa do tipo: *Propenso a cometer fraudes relacionadas a drogas, acredito que a punição seja merecida.*

Odeio esse conceito. *Merecer.* Tanto faz se a pessoa é boa ou má; ela raramente consegue o que merece. Tem gente que é ruim de propósito, que gosta de ser assim, e leva uma vida ótima. E o contrário também é verdade. Carma não existe. Então, meu conselho é o seguinte: faça o que você quiser para se sentir bem consigo mesmo, sem pensar no que o mundo vai achar disso.

Tusso depois do último soco que o cara na minha frente acerta. O peito dele está subindo e descendo enquanto ele ofega. Dá a impressão de que está mais satisfeito do que no começo. "Ele me enganou, e, em troca, eu o machuquei; é a coisa certa a se fazer."

Não gosto do fato de ele ter deixado a raiva para lá por ter me socado; então, digo:

— Você descobriu o que eu tinha te vendido antes ou depois de cheirar? Por favor, me diz que depois.

Ele tensiona a mandíbula e me bate outra vez.

— Você nem está batendo forte — minto. — Com um paracetamol, já não vou sentir mais nada. Ainda sobrou alguma coisa? Me dá um pou…?

Os nós dos dedos dele encontram minha boca. Cuspo sangue para o lado, entre uma risada e outra.

— Foi mal, foi mal — digo rapidamente enquanto ele se posiciona para me bater outra vez. — Posso dar um jeito nisso. Tenho mais no bolso da frente do lado direito. O pó de verdade, te juro. Pode olhar.

O cara diminui a distância e avança em direção às minhas calças, ansioso. Quando chega perto o bastante, tensiono o pescoço e dou uma cabeçada em seu nariz. Ele solta um grito e leva as mãos ao rosto.

Ao contrário do Satanás, não sou muito fã de violência. Mas a perda de controle durante uma briga... Porra. Eu adoro. E por mais que os socos doam, são suportáveis. Param de ser quando o cara que estava me segurando por trás me joga no chão e os dois começam a me chutar. Cubro a cabeça com os braços. Enquanto espero eles se cansarem, penso em como queria ter trazido comigo a faca que costumo carregar, mas deixei com a Milena.

Como se meu pensamento a tivesse invocado, ouço-a dizer:

— Parem com isso agora.

Mesmo que ela não grite, sua voz consegue fazer os chutes pararem. Ela me lembra aquele tipo de professora rigorosa que consegue silenciar os alunos com um simples muxoxo. Ou uma bibliotecária.

Tento enxergá-la por uma fresta entre os braços e vejo um flash. Embora eu não queira mais ser chutado, prefiro que ela volte para dentro e fale com o segurança ou algo do tipo. Não estamos muito longe do local, mas o beco é escuro, e tenho uma boa ideia de onde as almas desses dois vão parar quando morrerem. Não é seguro para ela ficar aqui.

Antes que eu consiga dizer para ela ir embora, Milena leva o celular ao ouvido e explica para quem está do outro lado onde estamos.

— Dois homens estão agredindo um terceiro. Tirei uma foto. Mandem a...

O cara com o nariz quebrado a xinga e se lança contra ela para pegar o celular. Tento agarrar os pés dele, mas Milena é mais rápida e, sem desligar, joga um spray de pimenta neles.

— Mandem a polícia, por favor. Sim, perfeito. Muito obrigada.

Ela desliga e olha para os dois com uma frieza que o próprio Inferno invejaria. Um esfrega os olhos, gritando coisas incoerentes, e o outro transfere o peso do corpo de um pé para o outro, nervoso. Milena respira fundo e… grita como se sua vida dependesse disso.

Quando termina, pigarreia.

— Eu sou advogada, e aquele sujeito ali — aponta para mim com um gesto discreto — é o meu cliente. Contei para a polícia o que vocês estão fazendo. A delegacia fica perto; então, não vão demorar, e ouso dizer que eles vão adorar saber por que estão discutindo de uma maneira tão acalorada assim. Como sou uma boa cidadã, me ofereço para contar por vocês. Ah, tirei uma foto e enviei para vários contatos meus para que, se qualquer coisa acontecer com o meu celular, eles possam repassar para as autoridades. Além disso, acredito que o segurança do estabelecimento deve ter me ouvido gritar e vai vir conferir qual o problema. E se quiserem evitar uma denúncia por agressão e sabe-se lá o que mais, para a qual repito que vou adorar inventar os detalhes que eu achar mais apropriados, aconselho que saiam daqui agora.

O homem nervoso não pensa duas vezes e sai correndo. O outro, imagino que por ainda não conseguir enxergar bem, dá algumas piruetas até que o seu colega volta para buscá-lo, agarra o seu braço, e eles vão embora juntos.

Depois de garantir que eles se afastaram o bastante, Milena se agacha ao meu lado e me observa com uma expressão impassível.

— Você mereceu? — pergunta.

Minha bochecha esquerda dói quando faço uma careta. Eu realmente odeio esse conceito.

— Provavelmente.

— Por quê?

— Vendi pra eles um saquinho de paracetamol em pó por 250 contos.

— Acho que pensaram que não era isso o que estavam comprando. — Ela assente para si mesma. — Certo, me lembra de mais tarde anotar sua tendência a transações fraudulentas. — Agarro minhas costelas quando começo a rir. Ai. — Consegue se levantar? A gente devia ir embora antes de a polícia vir.

Consigo me colocar de pé com a ajuda dela, e começamos a caminhar. Tenho que me escorar um pouco nela, porque Milena me agarra pela cintura e pelo braço que coloquei sobre seus ombros.

Quanto mais penso no que acabou de acontecer, mais eu rio.

— Você ia mesmo mentir pra polícia?

— Tinha certeza de que eles iam embora antes de os policiais chegarem — responde.

— Tá, mas você teria mentido?

— Teria deixado claro que eu sou sua advogada para poder falar com você em particular e descobrir o motivo da briga. Depois, levando em conta o tráfico de drogas, seja ele falso ou não... — Solta um suspiro. — Sim, eu teria mentido.

— Caraca, valeu.

— Eu só teria feito isso porque, se você fosse preso por tráfico, mesmo que temporariamente, a gente não poderia continuar com nosso acordo. Considerando todo o trabalho de que você precisa e que, dentro de alguns meses, você vai embora, me pareceu o menor dos males. Além do mais, eu provavelmente seria expulsa do seu apartamento para que eles o revistassem.

Olho para ela e vejo que suas bochechas estão vermelhas. Decido não fazer comentário nenhum.

Pouco depois, chegamos em casa, e Milena entre em nosso quarto. Não a sigo, porque acho que ela vai trocar de roupa; contudo, ela volta com a mesma que estava usando e um *nécessaire* enorme nas mãos.

— Tira a camiseta e senta no sofá.

— Jura? É isso que te excita: eu estar todo sujo de sangue? Se eu soubesse, teria pedido pra alguém me encher de porrada antes. Claro, não dá pra prometer que vou me mexer tão bem quanto... Ei, por que você não me interrompeu? Não estou acostumado com você me deixando brincar por tanto tempo. Fico encabulado.

Ela coloca o *nécessaire* na mesa de centro em frente ao sofá, tira a bolsa do ombro e pega o caderno.

— O que você está anotando?

— Que, de algum jeito esquisito, você conseguiu identificar os tipos de comentários que incomodam os outros e, em algum momento, se sente mal por insistir neles. — Ela encolhe o ombro. — Já é alguma coisa. Ah, já ia esquecer. *Tendência a transações fraudulentas* — recita enquanto escreve. — Agora, tira a camiseta pra eu ver como você está.

— Muito gostoso.

— Pra eu ver a gravidade dos seus ferimentos.

— O que eu faço com a calça?

— Bateram nas suas pernas?

— Aham — minto.

— Você está de cueca?

— Estou. — Desta vez, não minto.

— Certo. Pode tirar também.

Enquanto tiro a roupa, Milena se ajoelha em frente ao *nécessaire* e começa a tirar todo o tipo de coisa que, por algum motivo, ela achou que precisaria durante sua estadia em minha casa. Álcool, Merthiolate, gaze, algodão, várias cartelas de medicamentos... Sem olhar para mim, ela vai até a cozinha para encher uma cumbuca com água e pega dois panos. Com um, embrulha algumas pedras de gelo, e deixa o outro em cima da mesa, perto da cumbuca e do *nécessaire*.

— Vai cuidar de mim?

— Exatamente.

— Entendi. Sabe que pra isso você vai ter que me olhar, né?

— É óbvio.

— E pretende fazer isso quando? Só pra eu me preparar.

Com relutância, ela para de colocar os itens de que precisa nos lugares certos e se vira em minha direção. Embora tente me examinar com indiferença, dá para ver que, enquanto olha, sua respiração falha várias vezes, e ela evita olhar para algumas áreas em geral (a cueca, por exemplo).

Milena me entrega o pano com gelo.

— Coloca na sua mandíbula enquanto eu dou uma olhada no resto.

— Me observa com calma pra não passar despercebido o quanto a minha cueca está apertada na... Sério, a gente pode voltar à dinâmica de antes? Me manda calar a boca.

— Não.

— Se você não mandar, em vez de rir do seu puritanismo e pensar nele, vou começar a imaginar as coisas que estou falando. Já aviso que, se minha imaginação correr solta, vou ficar excitado, e você vai ficar puta.

Ela para de examinar minhas panturrilhas e coloca uma mecha de cabelo atrás da orelha.

— Problema seu. Enfrenta as consequências ou, melhor, faz o favor de ficar quieto. Até porque — ela afasta a mesa para eu poder esticar a perna — não falo para você calar a boca por puritanismo.

— Você transa bastante? Não me olha assim, estou falando sério. Vi você ficar vermelha por umas coisas idiotas, e presumi que você não costuma transar com pessoas. Nem é uma crítica, acho isso ótimo.

Milena dobra minha outra perna para verificar se não há nada de errado com o meu joelho. Então, se senta no sofá, à minha esquerda, e coloca meu braço no encosto para ver os machucados da lateral do meu tronco.

— Já transei com 39 pessoas — murmura casualmente.

— Jura?!

— Juro.

Ela apalpa a minha pele e para quando eu solto um gemido.

— Qual o seu nível de tolerância à dor? Suas costelas não parecem quebradas.

— Aguento até cera quente.

— Você está falando de depilação?

— Não, de BDSM. — Ela bufa e me pede para colocar o gelo nas costelas. — Acho que não quebraram, já aprontei umas coisas no passado e... Bem, eu conheço esse tipo de dor. Como você sabe tanto assim de medicina?

— Sei coisas básicas porque pesquisei por conta própria. Nem tenho certeza da maioria, então vamos ter que ir no postinho amanhã se você acordar muito mal. De qualquer forma, duvido que você teria conseguido andar até aqui se alguma coisa estivesse quebrada. Olha pra mim.

— Eu não parei de olhar.

Acrescento essa nova tolerância da Milena aos meus comentários à lista mental de coisas que ela faz que me excitam. Está cada vez maior.

Ela move o rosto devagar, analisando meus ferimentos.

— Você vai ficar com o olho roxo amanhã, mas o nariz parece bem. — Ela separa os lábios em alguns centímetros. Sua boca também está na lista de coisas que me excitam. Está em um dos primeiros lugares. — Seu lábio está cortado; tenho que limpar.

Não consigo evitar um sorriso. Paro quando ela molha o outro pano na cumbuca de água e o pressiona contra o ferimento. Se eu não soubesse que ela é extremamente certinha, pensaria que está pressionando demais de propósito.

Ao terminar, molha o algodão no álcool.

— Isso vai doer.

— Já disse que jogaram cera fervendo no meu... PUTA QUE PARIU!!!

Aperto tanto a mandíbula que não me surpreenderia se eu quebrasse alguns molares.

— Nossa — murmura ela, dando batidinhas no meu lábio inferior com esse algodão do caralho —, você tem mesmo tolerância à dor. Já se acostumou com todo esse lance de BDSM, pelo visto.

VIZINHO INFERNAL 235

Lanço um olhar furioso para ela, mas ele se desfaz quando encaro o formato de sua boca. Agarro o seu queixo em um movimento rápido e me aproximo do seu rosto. Sei como devo estar, com os olhos muito arregalados, encarando como se um tentáculo tivesse brotado de seus lábios. É…

— O que você está fazendo? — Apesar da reclamação, ela não parece brava. — Me solta.

— Você ia sorrir.

— Eu não ia fazer nada remotamente parecido com isso.

— Você tá mentindo. Muito, por sinal. Fez uma piada e ia sorrir — repito, espantado, em busca do gesto.

Ela agarra meu punho para que eu afaste a mão dela.

— Não é verdade. Fica quieto e joga a cabeça para trás.

Obedeço. Quando a vejo de joelhos, se inclinando na minha direção, agradeço por ela ter me reprimido e não revidado. Não importa o quanto o álcool faça o corte arder. Neste momento incrível, não me importo com a maioria das coisas.

— Milena.

— Fala.

— Me conta alguma coisa chata.

— Como assim?

A tensão sob a minha cueca aumenta. Fecho a mão livre em um punho e a coloco na coxa.

— Tanto faz. Fala de leis. De quando seu animal de estimação favorito morreu…

Sem se afastar, ela me lança um olhar estranho. Os óculos escorregaram para a ponta do nariz, e não estou com vontade de empurrá-los para cima, mas de tirá-los e jogá-los longe para não atrapalharem.

— Tudo bem.

Não funciona. Na verdade, a situação piora. Ela começa a me contar algo sobre o código penal e a jurisprudência, mas, em vez de ouvir o que ela está dizendo, apenas observo a maneira como seus lábios se movem. O modo como eles se franzem nos "os" e se abrem nos "as". Estou perdendo a cabeça.

— Por que você quer que eu te explique se não está prestando atenção em mim?

— Fiquei de pau duro.

Ela precisa de alguns segundos para absorver a informação, e tenho certeza de que depois disso vai se afastar e reafirmar o quanto me odeia. Talvez anote no caderno: *Tendência a ficar excitado em momentos totalmente inapropriados.*

Fico surpreso quando ela permanece na mesma posição e continua a pressionar o algodão na ferida.

— Se controla. — Ela aperta o algodão novamente, como sinal de vingança. — Até porque achei que você tinha deixado claro que não tinha interesse nenhum em que algo acontecesse entre nós.

— É, isso mesmo. Você tem razão — minto. Mais ou menos. Quero dizer que ela tem razão em partes: não vai acontecer nada entre a gente, o que não significa que eu não tenha interesse. — Aliás, você não está desconfortável? Pode se sentar aqui em cima para continuar.

Dou um tapa na minha coxa, e ela continua no lugar, sem me dar ouvidos. Sua boca treme, e, como não posso mordê-la, fico encarando-a para o caso de ela esboçar um sorriso outra vez.

Milena tem um cheiro bom. Não sei do quê, tanto faz, mas sinto vontade de enterrar o nariz em seu pescoço.

— Belial — diz ela, em tom de alerta.

É a primeira vez que ela me chama pelo meu nome. Apesar de isso não significar nada, registro esse dado.

— Que foi?

— A mão.

Ah, tá. Nossa, eu estava ocupado demais vigiando o braço livre e acabou que o outro soltou o gelo e está pairando pelas costas dela. Como se fosse um mosquito procurando um pedaço de pele exposta. Agora consciente, faço o trajeto de volta sem encostar nela, da nuca até a bunda.

— Odeio ser bonzinho — sussurro. — Muito. De que me adianta? — Me remexo para me sentar um pouco mais ereto, me aproximando dela. — Nós, *bad boys*, somos infinitamente melhores, sabia? Tinha alguém assim entre as 39 pessoas?

Ela termina de me torturar com o algodão, mas não com a proximidade, porque não se afasta nem um centímetro de mim quando diz:

— A questão é que você tem que ser bonzinho, odiando isso ou não — responde, ignorando minha pergunta.

— Caras legais são chatos.

— E vão para o Céu. A mão — repete.

Desta vez, é a outra, que se aproximou da coxa dela com a clara intenção de montá-la em cima de mim. Imagino a cena, e minha cueca me pede um tempo porque está confusa.

"Vamos nessa ou não?" Claro que não. Eu acho. Quer dizer, não.

— A gente devia ir pra cama.

— Achei que você não fosse pedir nunca — brinco. Mais ou menos.

— Pra dormir. Está tarde.

Enquanto se afasta, ela dá uma olhada naquela parte da minha anatomia que ainda não entende qual a situação. Milena parece satisfeita de um modo quase rancoroso.

— Você ficou brava quando eu disse que a gente não ia transar? — pergunto quando a sigo até o quarto.

— Não fala besteira. É claro que não.

Continua mentindo para caramba.

Quando volta do banheiro de pijama, já consegui me acalmar. Meus pensamentos continuam embaralhados, mas nenhuma parte de mim ameaça ficar dura. É um avanço.

Cinco minutos depois de irmos para a cama, com as luzes apagadas, volto a falar. Sei que ela não dormiu porque costuma ficar se revirando na cama por pelo menos meia hora. Além disso, a maneira como ela respira ritmadamente parece forçada.

Me deito de barriga para cima, com os braços atrás da cabeça. Ela ainda está de costas para mim. Embora continue se cobrindo com o lençol, desta vez só o colocou até a cintura.

— Qual foi a pior coisa que você já fez na vida?

— É um tipo de fetiche? — pergunta.

Óbvio.

— Que nada. Curiosidade.

— Qual a melhor que você já fez?

— O acordo de sempre? Seu segredo pelo meu.

— Jura por você mesmo.

Sorrio.

— Eu juro pelo que importa: eu mesmo.

Ela se remexe, desconfortável.

— Sabe o cara da foto sobre a qual você me perguntou? O Enrique.

— Sei.

— Ele era meu melhor amigo da faculdade. A Lina também, mas ele era do mesmo curso que eu, e a gente fazia muitas aulas juntos. Ele começou a sair com outra colega, a Raquel Tena, e eu... Não lidei bem com isso.

— Você disse que não gostava dele. Romanticamente, no caso.

— E não gostava. Mas ele parou de passar tempo comigo. Também não conversávamos com a mesma frequência de antes. Achei que fosse por causa do ciúme que a nova namorada dele sentia; então, fiquei com raiva. Como eu sabia que a Raquel Tena colava nas provas de uma matéria, dedurei ela para o professor, e ela foi reprovada.

Levanto as sobrancelhas, impressionado.

— O que aconteceu?

— O Enrique e eu brigamos. Ele me acusou de ter sido cruel e rancorosa — conta. — Depois, paramos de nos falar para sempre.

— Mas ele também não foi legal. Não devia ter te deixado de lado.

— Não, mas talvez a causa não tenha sido o relacionamento deles, mas o fato de ele simplesmente ter se cansado de mim. Tenho a tendência de irritar os outros por causa de vários traços da minha personalidade. — O desinteresse com que ela pronuncia essa frase é totalmente fingido. — Ou talvez ele tenha se afastado por ter começado a sair com a Raquel Tena; não porque ela pediu pra ele, mas porque já não tinha tanto tempo assim pra mim.

— Por que você não tentou conversar com ele depois?

Ela se vira no colchão para olhar para mim.

— Porque tenho vergonha dos motivos que me levaram a fazer isso com a namorada dele. É horrível.

— Se te serve de consolo, posso te contar algumas coisas horríveis que eu já fiz. Se você for parar pra pensar, vai chegar à conclusão de que você ainda é uma boa pessoa.

— Ter a certeza de que eu ajo melhor do que um demônio não serve tanto de consolo quanto você pensa.

— Eu nem sempre fui um demônio.

Ela me encara com um interesse repentino.

— Anjos podem fazer coisas ruins?

— Se estiverem convencidos de que os fins justificam os meios, sim. E foi o que eu fiz.

— Tá bem, pode contar. E fala também qual a melhor coisa que você já fez.

— As duas estão relacionadas. Fui eu que convenci Lúcifer a tentar a Eva. Sabe, todo aquele lance da maçã e da cobra.

Percebo que ela está tendo dificuldade de assimilar, porque abre e fecha a boca várias vezes. Ela não sabe o que dizer e, por seu rosto, passam dezenas de sentimentos a cada segundo. Confusão, raiva, aversão, curiosidade...

— Como essa pode ser a melhor coisa que você já fez? Além disso, você já devia ser um demônio naquela época.

— Eu não era. A gente caiu logo depois de a Eva e o Adão serem expulsos do Paraíso. E é a melhor coisa que já fiz porque, por conta daquela mordida, os humanos têm livre-arbítrio.

Milena franze o cenho.

— Não sou nenhuma especialista em teologia, mas não foi isso o que eu li.

— Tanto faz. Foi assim que aconteceu. Então, de nada.

— Não entendi.

— O quê?

— Por que vocês não foram castigados por isso? Sabiam o que ia acontecer se ela mordesse a maçã?

— A rebelião aconteceu logo depois; então, nos castigaram por tudo. E, apesar de a Lúcifer ter levado o crédito pelas duas coisas, está claro que só o Céu sabe o que realmente aconteceu. Sobre a maçã: eu não tinha certeza, mas suspeitava.

— Por que deixaram vocês voltarem? Isso é muito pior do que Sodoma e Gomorra.

Abro um sorriso tênue.

— Porque eles admitem que o motivo pelo qual eu quis que ela pegasse a maçã era bom.

— Está falando que todos nós tivemos livre-arbítrio a partir daí?

— Eu não ligava pra humanidade. Achava que, naquela hora, ela se reduzia a duas pessoas. Mas sabíamos que acabariam se multiplicando.

— Então, por que fez isso?

— Por ela. Eu queria que ela tivesse o que eu nunca teria.

— Você...?

— Boa noite, Milena.

ARTIGO 29

QUANDO VOCÊ PERCEBE
QUE COMPARAR É HORRÍVEL

18 de agosto, 03h42

Bel

Na verdade, o que aconteceu com a Eva de fato teve repercussões. Depois de cair, fui até ela para contar que tinha sido tudo ideia minha e para prometer que, dali em diante, sua vida seria melhor. Também disse que estava apaixonado por ela.

Acho que o Céu considerou a expulsão e meu coração partido em mil pedaços castigo o suficiente. Eva gritou que me odiaria até o dia em que eu morresse e que nunca mais queria me ver. Que, por minha culpa, nunca seria feliz.

Não sei por que Milena me lembra ela se não se parecem em nada. Não só fisicamente, mas em todos os quesitos. Eva ria e demonstrava fascínio por tudo à sua volta. Era curiosa e não tinha medo de correr riscos. Adorava mudanças.

Observo Milena. Estou no quarto, sentado em uma cadeira que coloquei ao lado da cama, onde ela está. Suas pálpebras tremem, e sua testa está mais relaxada do que nunca. De vez em quando, ela murmura palavras que não consigo entender. Fico obcecado com sua respiração, não sei por quê. Com o cabelo dela também. Parte dele está espalhado no travesseiro feito uma cortina. O resto cai no chão por estar muito perto da borda do colchão.

Milena não ri, nem se fascina, nem gosta de mudanças.

— O que você está fazendo? — sussurra Mammon.

— Quando você voltou?

Não me preocupo em falar mais baixo porque já percebi que Milena tem o sono pesado. Tanto que o alarme de seu celular, que causaria um ataque cardíaco em qualquer um, toca por um minuto inteiro antes de ela acordar.

— Há uns quinze minutos — responde o gato.

— Você ficou aqui esse tempo todo, me espiando, sem dizer nada? Que desagradável.

— Olha quem fala. O que você estava fazendo além de ser um esquisitão?

— Acha que a Milena parece a Eva? Estou pensando nisso há um tempo.

O gato pula nas minhas pernas e me encara com pânico nos olhos.

— Diz que não — suplica ele, com uma intensidade estranha.

— Não sei do que você está falando.

— Diz que isso não está acontecendo de novo. A possibilidade de você tentar dormir com ela já é ruim o bastante, mas prefiro isso à alternativa. Então me diz, por favor, que essa menina não significa nada pra você.

Solto um muxoxo.

— Claro que não. Quer dizer, eu gosto dela. Mas porque ela é interessante e engraçada, do jeitinho dela. E inteligente. Muito. Passar tempo com ela é… Mas não tem nada a ver com o que aconteceu com a Eva. Além disso, juro que não vamos transar.

Mammon suspira e balança a cabeça várias vezes.

— Eu me lembro de como você passou as primeiras décadas lá no Inferno, até a Eva morrer. Você ficava observando pra ver se ela estava feliz, e ficava bravo quando via que ela estava sofrendo. Ameaçou destruir a Terra mais do que a própria Lúcifer. Tivemos que te prender, porque você estava fora de controle.

— Tô te falando, com a Milena não é a mesma situação.

— Que bom. Porque, se fosse, o resultado seria ainda pior. Você só enganou a Eva uma vez, mas, pelo menos, de um jeito torto, fez isso por ela. Mas pra Milena você mentiu a torto e a direito pra benefício próprio. — Abro a boca para retrucar, e paro quando ele continua: — Você não explicou pra ela o plano de Lúcifer pra destruir o mundo, no qual ela é um elemento crucial por sua causa. E sei muito bem que, não importa o que você diga, você está tentando seduzir a Milena pra ela querer que você fique na Terra, e se isso der errado, as consequências serão catastróficas. Isso, Belial, é muito mais difícil de perdoar do que o lance da maçã.

— Tá bom.

— Vou dormir agora. Tenta fazer a mesma coisa.

Duas horas depois, chego à conclusão de que não vou conseguir dormir. Alguma coisa está correndo em minhas veias e beliscando cada um de meus nervos. Faz meu cérebro berrar e meu estômago querer colocar tudo para fora. Faz minha garganta e meus olhos arderem.

É o sentimento que mais odeio, e não o sentia havia milhares de anos.

A culpa.

ARTIGO 30

QUANDO O *FUNBOY* ESTÁ OCUPADO DEMAIS PARA TE DIZER "VÊ SE NÃO SE APAIXONA, GATA"

18 de agosto, 12h08

Milena

Acordo com um sobressalto. Meus músculos estão contraídos, e minha cabeça, entorpecida. Por alguns segundos, não entendo onde estou. Ouço novamente o barulho que me fez despertar (me recuso a chamar isso de música) e tudo faz sentido. Surpresa por Belial estar fazendo alguma coisa na mesa de mixagem antes das nove da manhã (a hora que meu despertador toca nos fins de semana), pego o celular da mesa de cabeceira e percebo que ele está desligado.

Então, lembro que me esqueci de carregá-lo ontem à noite. Isso nunca tinha acontecido.

Levo alguns minutos para assimilar outras coisas que também nunca tinham acontecido comigo e começaram a acontecer. Como ter o mesmo sonho com Belial (aquele da mesa), só que agora era ele que exigia que eu me despisse, e, em vez de pedir para ele sair dos meus sonhos, eu seguia suas ordens com prazer. Outra novidade é o modo como me comportei ontem à noite enquanto estava cuidando dele. Não tenho orgulho do ressentimento, mas eu o reconheço. Agora, me aproximar dele daquele jeito depois de ele falar na minha cara que não queria dormir comigo, independentemente da minha vontade? Eu sou humana, a rejeição me machuca, mas nunca na vida me vinguei por conta disso.

Além do mais, isso nem pode ser considerado uma rejeição, porque não falei nem dei a entender de forma alguma que queria transar com ele. Porque não quero.

Digo a mim mesma que agi daquela forma porque estava testando a palavra dele. Teria achado mais fácil me convencer disso se não tivesse gostado tanto de... quê?

A música volta a tocar.

Desta vez, deixo o celular carregando e vou para a sala. Não deveria ficar surpresa em vê-lo novamente com a calça de moletom caída e sem camiseta; então, não entendo meu coração disparado, nem a necessidade de desviar o olhar.

Ele pode usar os poderes mesmo que esteja distraído e não tenha percebido que entrei no cômodo? Me sento no sofá e, quase na mesma hora, Mamón se senta no meu colo.

— Para com essa tortura — peço ao demônio.

Ele olha para mim, surpreso. Embora não esteja sorrindo, a expressão em seu rosto não me faz pensar em nosso beijo. Quer dizer, ele parece... triste? Não faz sentido nenhum; então, culpo sua óbvia falta de sono. Ele está com olheiras enormes.

Belial desliga a mesa de mixagem. Em vez de se sentar no sofá comigo, se senta na poltrona ao lado.

— Você dormiu às dez e meia, achei que já tinha acordado.

— Em condições normais, eu já teria. Meu celular desligou, o alarme não tocou. Você dormiu?

Ele sorri para o gato, como se tivesse sido ele quem lhe fez a pergunta.

— Eu não estava me sentindo bem.

— Talvez tenha ficado doente depois da chuva de quinta.

— Talvez. Ei, sei que a gente tem muito trabalho pela frente, mas hoje não vai dar. Vou sair pra fazer umas coisas. Volto à noite.

Sinto uma pontada, e não tem nada a ver com as garras de Mamón.

— Tudo bem. De qualquer forma, tenho umas coisas pra resolver.

Em vez de me perguntar o que é ou brincar sobre o quanto eu minto mal, ele assente e vai para o quarto trocar de roupa. Menos de dez minutos depois, sai porta afora após uma despedida entre dentes.

O gato me encara, e eu o encaro de volta.

— Seu dono é... — Descarto os adjetivos de sempre. — ... desconcertante.

O bichano mia de volta para mim.

Nunca tive um animal de estimação, mas Lina, sim. Me contou que sentia falta, porque adorava poder falar de sua vida para uma criatura que não tem opção senão escutá-la. Sugeri que comprasse uma planta (María Teresa Jiménez Gil não permite animais no apartamento). Ela descartou a ideia porque não conseguia mantê-las vivas e porque não é a mesma coisa pela ausência de globos oculares.

— O que você acha de sonhos eróticos? — pergunto para Mamón, me sentindo ridícula. — Dadas as circunstâncias, acho que os meus são resultado dos 67 dias que estou sem ter relações sexuais. Quer dizer, não tem nada a ver com...

Engulo o "Seu dono". Espero que seja por algum motivo além do fato de uma parte de mim se preocupar com a possibilidade de o gato não ser tanto um gato quanto parece.

— É normal desenvolver fixações nas pessoas por meio do ódio. E, se você pensa muito nessas "pessoas", não é de se admirar que seu subconsciente confunda... Eu não consigo fazer isso. É loucura.

Acaricio a cabeça do animal. Agradeço pela companhia, mas, apesar do que Lina diz, ele não é um bom interlocutor. Na verdade, tenho a sensação de que está me julgando novamente.

Faltam pouco menos de dois meses e meio para que Belial vá embora e eu possa voltar à minha rotina. Não é muito tempo; contudo, me pergunto se deveria marcar um encontro com alguém para evitar esses delírios. Como não gosto de sair e meu círculo de amizades é reduzido, minha técnica para conseguir o que procuro se baseia em aplicativos de relacionamentos. É muito eficaz deixar claro por escrito, antes de ver a pessoa em questão, o que você quer.

Volto para o quarto e, sem tirar o celular da tomada, abro o Tinder e começo a dar uma olhada nos perfis. Este lembra o Belial (não), este postou uma foto sem camisa (não), tem um gato (não), está encostado em um carro de luxo (não), tem uma boate ao fundo (não), sorriso torto (não), este se chama Bel... Hein? Antes de rejeitar o perfil novamente, olho com atenção e vejo que Belial de fato tem Tinder. Fico furiosa na mesma hora. É claro, porque o aplicativo não detecta corretamente se os usuários são humanos, como promete. Era isso o que ele tinha que fazer hoje com tanta urgência? Sair com alguém para...?

Observo as três fotos que ele colocou. Em uma, está com Mamón no ombro, quando ainda tinha pelo. Ele está sorrindo para o animal. Na seguinte, está em frente ao espelho do banheiro. A torneira da pia impede a visão dos detalhes de sua nudez. Na última, está na boate em que trabalha, atrás da mesa de mixagem. Sem querer, me lembro do que senti quando o vi lá em cima: inquietação e fascínio.

Leio a biografia dele, em que diz que tem 23 anos (ahá!). Abaixo da idade falsa, escreveu que adora techno industrial e odeia EDM. Faço uma pesquisa rápida para descobrir o que é esta última coisa. Também menciona sua ampla disponibilidade e dá informações sobre o que procura nos encontros. Respeito este último tópico.

No entanto, fico surpresa por ele omitir detalhes que realmente fazem ele ser quem é. Além do físico, que exibe com orgulho, podia ter mencionado que gosta de dias chuvosos, que ri o tempo todo e que a maioria de suas frases estão impregnadas de sarcasmo. Que prefere sair em vez de ficar em casa, que é sociável até demais e que, se tiver a oportunidade, vai te tocar para que você não se esqueça de que ele está aqui. Que rouba seu oxigênio sem permissão, também seria educado avisar. Ou sua preferência por roupas com botão. Contanto que estivesse sendo sincero comigo e que não tenha ficado repetindo o quanto gostava delas só para me irritar.

Quase deixo o celular cair no chão quando ele começa a tocar. Vejo que é minha mãe; então, respiro fundo e atendo.

— Quem é?

Temos muitas diferenças, sendo uma delas o fato de que ela tende a gritar sem motivo aparente, mas nós duas somos conhecidas por ir direto ao ponto.

— É sua filha, mãe.

— Você, não, Milena! Ele! O homem!

Tiro o celular da orelha e olho para a tela com surpresa antes de dizer:

— Não sei do que você está falando.

— Como você não ligou para o seu pai às nove e quinze… Ele está tão feliz, Mile. É claro que adora quando você liga para ele, não entenda mal. Estou me referindo ao fato de que você relaxou. É isso o que me deixa feliz. De qualquer forma, ele pediu para dizer que seria melhor para ele se você adiasse as ligações de agora em diante. Ele não anda dormindo muito. O trabalho, sabe. Ele madruga de segunda a sexta. O que eu estava…? Ah, sim, que eu te conheço e sei que é difícil você afrouxar as rédeas. Que isso não acontece do nada. Eu falei: Michal, tem alguma coisa acontecendo com ela. Então, decidi te ligar. Não me importo se você reclamar por eu falar demais,

VIZINHO INFERNAL 249

meu bem, e não concordo com isso porque... Tanto faz. Eu te liguei e seu telefone estava desligado. Desligado! Você está aí?

— Estou, mãe.

— Como você não estava falando... Acontece que eu fiquei preocupada, como é normal. Falei: Michal, aconteceu alguma coisa com ela. E falei isso de novo, oras. Então, liguei para aquela menina com quem você estava saindo, a de cabelo esquisito. Com quem você mora. Sabe de quem eu estou falando?

— Sei, mãe.

— E a menina... Lupe? Lara? Tanto faz. Você sabe que eu sou péssima com nomes, mas acho ela um amor. Gosto muito dela. Por que vocês terminaram? Acho que vocês seriam muito felizes juntas. Você está me ouvindo?

— Estou, mãe.

— Então. A menina comentou que estavam reformando o apartamento de vocês. Aí eu gritei, juro. Onde você tinha se enfiado? Por que não contou para nós? Perguntei para ela desse jeito mesmo: onde ela se enfiou? E ela disse: está na casa de um homem. Na verdade, usou um daqueles termos que vocês, jovens, usam, e eu não entendi. Por que vocês insistem em usar palavras em inglês? Sendo que a nossa língua é tão linda! Ela disse que era um... *Furboi, funboi* ou algo assim. O caso é que, depois, ela disse: é o nosso vizinho. — Ela toma fôlego, por fim, mas continuo ouvindo os passos que dá ao andar pela casa. — Então, quem é esse homem? Quando vou conhecer ele?

— Nunca, mãe. É só um vizinho.

— Não tente me fazer de boba, Milena, tenho certeza de que a palavra que a menina usou significava que ele era seu namorado. É seu namorado? Você não sai com ninguém há muito tempo, e já tem 25 anos... estou muito feliz. E seu pai também, perguntei para ele. O Samuel não está em casa, mas mandei uma mensagem para contar para ele. Ele me respondeu com uma daquelas fotos estranhas que vocês usam. Que são de outras pessoas. Um mimo ou coisa assim. Era de um senhor mais velho, com cabelo branco, óculos abaixados e com cara de quem não está lá muito bem da cabeça. Sabe de qual eu estou falando?

— Sei, mãe.

— E qual o nome do seu namorado?

— Ele não é meu namorado, mãe.

A conversa continua por mais vinte minutos, durante os quais minha mãe continua insistindo que o *funboy* deve estar me fazendo muito feliz, porque pareço mais tranquila, e que preciso passar o número dela para ele. Acha que eu sou muito fechada e tem certeza de que não estou contando as coisas importantes para ela, como na vez em que fiquei obcecada por tanatopraxia. Ela também pergunta se ele é celíaco, e fica feliz por ele não ser. Pelo visto, assim os filhos que ela imagina que vamos ter não serão tão propensos a ter intolerância a glúten, o que é importante, porque está planejando fazer sua famosa lasanha para eles.

Quando desligo, me deito na cama e relaxo por alguns minutos. Amo muito a minha mãe, o que não me impede de ficar exausta após nossas interações. Quando Lina e eu percebemos que não dávamos certo como casal, resolvemos sem complicações ficar na amizade. Contudo, tive que consolar a minha mãe por semanas. Pelo visto, ela achava que a extroversão de Lina era boa para mim e tinha medo de eu não encontrar outra pessoa com quem me conectasse tão bem assim. Na verdade, o que ela me disse foi: "Milena, você é um pouco difícil e não suporta ninguém, por que não tenta de novo?".

Tudo bem que nunca tive um interesse particular por relacionamentos amorosos, o que não significa que tenha algo contra eles. Levam tempo, mas, se funcionam, proporcionam coisas positivas o bastante para compensar a reestruturação da minha rotina de sempre. Apesar disso, minha mãe tinha razão ao dizer que demoro para encontrar pessoas adequadas. Nas raras ocasiões em que consigo tolerar a presença de alguém per-

VIZINHO INFERNAL 251

to de mim, esse "alguém" se incomoda com algum aspecto da minha personalidade.

Pego o celular outra vez e ligo para Lina.

— Que foi? Você acabou de acordar por que não dormiu nada, sua danadinha? — cumprimenta ela, com a voz alegre.

— Na verdade, dormi por dez horas e meia.

— É sério? Você está doente?

— Não. Como estão as coisas na casa da Daniela?

Geralmente, evito conversa-fiada, mas não poder falar com a minha melhor amiga tanto quanto antes, não a ver todos os dias, me entristece.

— Ai, Mile, está tudo incrível. Assim, ela divide um apartamento com outras duas pessoas, como eu já te disse. A Tania, que é muito simpática, e um menino que não sai muito do quarto. Mas estamos nos divertindo pra caramba e, sei lá, acho que eu a amo. De um jeito romântico. Estou falando de amor de verdade, cara.

— Não faz nem dois meses que vocês se conhecem, Lina. — Solto um suspiro. — Quero deixar claro que não tenho nada contra a Daniela: ela parece ser uma mulher maravilhosa e dá pra ver que ela também gosta de você. Mas você costuma se iludir cedo demais, e fico com medo de você sofrer de novo se o relacionamento não der certo.

— Eu gosto de mulher; é claro que fico iludida logo! — brinca. — Estranho é você não ficar. Enfim, a questão é que o tempo não importa. Quer dizer, quanto mais tempo você passa com alguém, mais a conhece, é claro. Mas tem vezes em que... você não demora pra saber que é a pessoa certa, e pronto. Isso pode dar de errado? Claro! O que eu quero dizer é que não tem por que esperar um ano inteiro, nem meio, pra se apaixonar.

— Você fala isso com base em quê? Não dá pra comprovar a compatibilidade com outra pessoa em função de alguns encontros e menos de uma semana de convivência.

— É que o amor não precisa de compatibilidade, pelo menos não do jeito que você imagina — explica devagar. Eu a imagino deitada de costas na cama, como eu, enrolando uma mecha de cabelo azul no dedo e sorrindo. — Você acha que a gente não deu certo porque nossas personalidades são muito diferentes, mas não teve nada a ver com isso. Na verdade, a gente se dá bem como amigas justamente por isso, e um relacionamento amoroso se baseia muito em amizade.

— Lina, nosso namoro não deu certo porque eu ficava brava com a sua falta de pontualidade, por você esquecer seu celular literalmente em todo lugar e por insistir que eu dissesse que te amava a cada 35 minutos.

Ela solta uma gargalhada, feliz.

— Continuo chegando atrasada e só não esqueço a cabeça porque está grudada. Também continuo pedindo pra você dizer que me ama e aceitando um resmungo em vez disso. A gente não deu certo porque nós duas somos alossexuais e não tínhamos nenhum tipo de química. Eu gosto de carinhos, e você… — Ela ri outra vez. — De outros movimentos. Admito que não esperava isso quando te conheci.

— Eu discordo. Tive um relacionamento longo com uma pessoa assexual, você sabe disso. Sexo não tem nada a ver com o motivo.

— No caso do Marcos, vocês terminaram porque você ficou obcecada com o barulho que ele fazia ao respirar. O fato de ele ser romântico demais pra você também foi uma questão. Mas, no nosso caso, não tinha química — repete. — Nem na cama, nem fora dela. E isso deixava a gente frustrada. Além disso, somos melhores como amigas do que como casal.

Lina me dá um momento para pensar a respeito, e chego à conclusão de que talvez ela esteja certa.

— Dito isso… Por que você não me mandou as *selfies* que eu pedi? O que está acontecendo na casa do pecado? Se quer minha opinião, com o DJ pentagramas você tem uma química do car...

— Não tem nada acontecendo — interrompo-a. — Estamos só trabalhando no caso dele.

— Onde você anda dormindo?

— Na cama — respondo, evasiva.

— Sozinha?

— Não.

— Eu sabia! Porra! Vai me contar como é a...?

— Não aconteceu nada, Lina. Dividir o mesmo colchão não implica nenhuma das coisas que você está pensando.

— Ah, sim, claro. Nem passou pela sua cabeça, né? Você não está nem um pouquinho nervosa. Bom, não se preocupa. Vai ter tempo de sobra pra continuar dividindo a cama com esse *bad boy* e os misteriosos, mas promissores, centímetros dele.

— Do que você está falando?

— Você está franzindo o cenho?

— Estou.

— Sabia. Bom, é que a Maritere me ligou pra falar algo sobre os encanadores terem encontrado uma confusão de cabos no chão do banheiro, debaixo dos azulejos. Por algum motivo que tem a ver com o isolamento, isso é extremamente perigoso. Pra falar a verdade, não prestei atenção porque não estou nem aí. — Ela espera que eu ria. Em vão. — A questão é que os eletricistas vão no apartamento semana que vem pra ver o que fazer.

Com os olhos fechados, tentando me acalmar, pergunto:

— Vai demorar mais quanto tempo?

— Não faço ideia. Espero que o bastante pra você perceber que transar com o Bel é a solução pra todos os seus problemas.

— Por que ela não me ligou?

— Deve ser porque ela me acha mais acessível e simpática. E porque não entendo nada de direito; então, não consigo listar todas as infrações que ela está cometendo enquanto senhorinha.

— Senhoria.

— Tanto faz. Por que vocês não transam?

— A María Teresa Jiménez Gil e eu?

— Não se faz de doida; você sabe perfeitamente bem de quem eu estou falando. Ele quer. Não que ele tenha dito, e ele disse, mas é que dá pra ver. Ele te olha como se você fosse um *kebab* às quatro da manhã em uma festa. Não bufa, é verdade! Ele está a fim. Você também, tá na cara. Então, desenrola isso e depois me conta.

Em vez de dizer novamente que não estou interessada e, obviamente, em vez de falar dos meus sonhos, que dão a impressão oposta, decido encurtar o assunto, dizendo:

— Ele falou que nunca vai dormir comigo.

Tenho que tirar o celular da orelha de tão alta que é a risada da minha amiga.

— O caralho! Nem ele mesmo acredita nisso! Meu Deus, ele é tão engraçado! Gosto muito dele. — Ela consegue se acalmar o bastante para acrescentar: — Ele está claramente tentando chamar a sua atenção. Sabe como é, o clássico "vê se não se apaixona, gata". Ele já te disse que está com o coração partido e tem um passado sombrio? Não dá pra aguentar. É um clichê ambulante. De qualquer forma, Mile, não tem a menor chance de isso ser verdade. Quer dizer, você tem que parar de fazer cu doce e partir pra cima. Eita, a Dani está me chamando. Antes de eu ir, quer vir jantar aqui hoje à noite? Minha futura esposa quer conhecer o DJ pentagramas porque ela não acredita em metade das coisas que eu conto.

— Acho que não…

— Lá para as nove e meia, tá? Tchau!

E desliga.

Uma hora mais tarde, estou jogada no sofá com o celular em mãos e Mamón está encolhido na minha barriga. Enviei uma mensagem para o demônio avisando dos planos na casa da Daniela.

Reescrevi três vezes porque as duas primeiras não me convenceram: "Boa tarde. Quer jantar com a Lina e a namorada dela? A Daniela quer te conhecer" e "Belial, a Lina me pediu para te chamar para jantar com ela e a namorada dela na casa desta. Também comparecerei. Se aceitar o convite, nos encontramos diretamente lá ou você passará para me buscar e podermos ir juntos?".

A que enviei foi: "Às 21h30, vamos para a casa da Daniela, onde Lina também está, para trabalhar no seu comportamento em um ambiente descontraído, mas não festivo. Levarei o caderno para fazer anotações. Atenciosamente".

Por que ele não me responde? O que está fazendo? Com quem? Não saber nada me estressa, porque não confio no comportamento dele, é claro.

Quando recebo uma resposta, a vibração da notificação do celular se instala em meu peito.

"Tá."

E é isso. "Tá." Quem ele pensa que é?!

Quando me levanto do sofá, vejo uma pomba sentada no parapeito da janela aberta. É horrível, e está me observando com inquietação, de modo que balanço o caderno que acabei de pegar para espantá-la. Depois, escrevo nele, com letras maiúsculas: *CRETINO*.

ARTIGO 31

QUANDO TEM UM LUGAR
ESPECIAL PARA VOCÊ NO INFERNO

18 de agosto, 17h29

Bel

Lembra quando eu disse que as pessoas com quem durmo geralmente me agradecem depois? Bom, duvido que a garota com quem estou deitado na cama faça algo do tipo. Na verdade, é capaz de apagar meu número assim que eu botar o pé para fora da casa dela e ainda mandar um áudio de dez minutos para as amigas reclamando sobre o quão patética foi a experiência que acabou de ter.

Duas horas se passaram e não consegui ficar duro. Vou repetir, só por precaução. Duas. Horas. Inteiras.

— Estou fazendo algo errado?

Me apoio nos cotovelos para olhar para ela. Já fiz coisas horríveis na vida, mas nem eu sou babaca o bastante para jogar a culpa nas costas dela.

— Não, de jeito nenhum — afirmo, enfatizando minha negativa com gestos de cabeça. — O problema sou eu. Estou...

— *Distraído* e *chateado* e *preocupado*. — Não dormi bem. Desculpa. Podemos deixar pra outro dia?

— Claro! Eu já gozei, mas fico mal por você…

— Não se preocupa. Sério mesmo. Tudo bem se eu tomar uma ducha?

— Vai lá. O banheiro fica na porta à esquerda.

Agradeço, pego as roupas que estão espalhadas pelo quarto e sigo para o banheiro. Quando a água começa a escorrer pelas minhas costas, apoio a testa no azulejo e cerro a mandíbula para não gritar.

Quer saber o que aconteceu? O resumo seria: Milena. O primeiro problema foi que decidi comparar a garota com quem eu estava com a garota com quem não posso ficar. Desde as coisas mais evidentes (o físico) até as mais ridículas (o jeito como ela diz meu nome). Qualquer coisa, por mais ridícula que fosse, fazia meu cérebro murmurar: "Mas a Milena…". Foi desesperador. Então, quando não sabia mais como continuar comparando as duas, comecei a imaginar que a pessoa que eu estava despindo não era a pessoa que eu estava despindo. Tem noção de o quanto isso é ruim? Em um nível extremo: Asmodeus tem um lugar especial no andar dele (o da Luxúria, caso esteja se perguntando) onde se dedica a rir da cara de quem já fez isso.

E depois de fazer ela ter um orgasmo medíocre, comecei a me sentir culpado. Por tudo. Me senti culpado por mentir para a Milena, me senti culpado por usar essa outra mulher para não pensar na Milena, me senti culpado por ter deixado a Milena sozinha em casa… Milena, Milena, Milena. Me senti culpado até por ter raspado o pelo do Mammon! Mas que…?!

O grande problema desse sentimento horroroso é que basta abrir uma fresta da porta atrás da qual você o guarda que ele dá um empurrão e entra com tudo. E já está tudo impregnado por ele. Como se livrar disso? Não é uma pergunta retórica, sério mesmo. Como?

Abaixo a cabeça e dou uma olhada no meu pau. Faço isso com frequência, admito, só que dessa vez o olhar que lanço não é de orgulho, mas de ressentimento.

— Tá fazendo o quê, cara? — Sim, estou falando com ele. Outra coisa que faço com frequência. — Se concentra. Você tem muitas opções pra escolher.

Se ele pudesse falar, certamente me diria: "Não, eu já escolhi. Então, anda logo e consiga o que nós dois queremos".

Daria certo se eu dormisse com a Milena? A julgar pela reação dele quando algumas imagens passam pela minha cabeça, imagino que sim. Agora, a questão é: eu ainda me sentiria culpado? Talvez a culpa seja a maneira que meu… meu sei lá o quê tem de sugerir que eu deveria tentar. Sei que não faz muito sentido, mas acho essa ideia mais fácil de aceitar. Quer dizer, consigo lidar com a vontade de dormir com ela a ponto de não querer dormir com mais ninguém. É normal: nós moramos juntos, ela me atrai fisicamente e… É isso, já estou satisfeito. Não significa mais nada.

Mas não posso dormir com ela.

Se usar camisinha…

Há uma pequena porcentagem de chance de eu acabar com a humanidade.

Se usar duas camisinhas…

E de ela nunca mais falar comigo e abrir minha cabeça com um crucifixo.

"Putz."

Ainda não ouvi outro "putz" da Milena.

Termino de me ensaboar e saio do chuveiro, ainda mais frustrado do que quando entrei.

Me abaixo para vestir as calças (sem cueca) e tiro o celular do bolso. Leio várias vezes a mensagem que ela me mandou, e quando percebo pelo meu reflexo no espelho do banheiro que fiz uma cara de idiota, tenho vontade de gritar de novo.

Respondo: "Tá".

ARTIGO 32

QUANDO A PIROMANIA
TEM A VER COM O ROMANTISMO

18 de agosto, 21h14

Milena

— Não.

Depois da minha quinta recusa, o demônio esfrega o rosto com uma das mãos, claramente frustrado.

— Milena, a alternativa é meia hora de metrô e mais de vinte minutos andando. A gente vai se atrasar.

— Pois então você devia ter voltado pra casa mais cedo — respondo. — O que você andou fazendo o dia todo?

— Nada. — Eu o acusaria de estar mentindo, mas parece que está sendo sincero e, por algum motivo que não consigo entender, isso o afeta profundamente. — Qual é o seu problema com carros?

Com o cenho franzido, dou uma olhada no meu pagamento pelos serviços como advogada. É um carro esporte e parece ser caríssimo, exatamente como ele prometeu. Com a lataria preta brilhante e os assentos de couro branco. É ostentação demais para o meu gosto.

Cruzo os braços e fuzilo Belial com o olhar. Ele está apoiado no capô, com a porta do motorista aberta.

— Sofri um acidente quando estava na faculdade. — A frustração dele dá lugar à... isso é preocupação? Não, deve ser uma curiosidade doentia. É mais a cara dele.

— O que aconteceu?

— O motorista estava bêbado, e capotamos várias vezes.

Ele morde o interior da bochecha, hesitando.

— Tá, vamos fazer um acordo. Você vem comigo por cinco minutos. É só sair da garagem e descer uma rua, no máximo — diz rapidamente quando sente que vou recusar de novo. — Se você achar que eu dirijo mal, a gente guarda o carro e vai de metrô. Na verdade — acrescenta —, se você se sentir insegura, te entrego o Aston Martin antes de o nosso acordo acabar. Amanhã mesmo.

— Você deve estar muito confiante das suas habilidades atrás do volante.

Ele dá de ombros.

— Isso — ele dá um tapinha na lataria — foi o Gabriel que inspirou. Nada que sai da cabeça de um anjo deveria provocar tanto medo assim. A não ser que venha de Azrael. A cabeça dele funciona de um jeito bem perturbador.

Depois de pensar por um instante, desisto e me sento no banco do passageiro. O encosto me abraça. Tem cheiro de novo, de fumaça, de morangos e de Belial.

— Quem é Azrael? — pergunto quando ele se senta ao meu lado e digita o endereço da Daniela no GPS.

— O anjo da morte. Foi ele quem garantiu que todos nós que traímos o Céu fôssemos direto para o Inferno. O Mammon teve que ser arrastado, e o Leviatã, despedaçado.

Após pressionar um botão, o motor dá partida. Me agarro ao painel com uma das mãos e a porta com a outra, tensa. Para não pensar, continuo falando.

— Achei que Deus tinha cuidado disso.

— A ordem veio dele, é claro. — Ele coloca um braço no encosto do meu assento e se inclina para olhar para trás enquanto segura o volante com três dedos. — A gente nunca viu ele.

Isso faz com que minhas costas relaxem.

— Vocês nunca viram Deus?

— Nunca mesmo. Ele fala através do Metatron. Talvez ele, a sua voz, o tenha encontrado. Eu sei lá.

O veículo sai da vaga sem dificuldades. Ele quase não faz barulho nem vibra ao avançar pelo estacionamento.

— E como você sabe que ele existe?

Belial aproveita que o portão de metal está se abrindo para me lançar um olhar de surpresa.

— Como você sabe que o ódio existe? O amor ou a pena ou...? — Ele toca o peito. — Porque dá pra sentir. É uma verdade inquestionável. Fico surpreso até por você se interessar por isso. Você quase nunca faz perguntas. Achei que fosse me matar quando aceitou que a gente trabalhasse juntos.

— Não vi utilidade em perguntar antes. Você guarda rancor?

— De Deus?! — Ele solta uma gargalhada. — Claro que não. Duvido que a própria Lúcifer guarde. Dá pra ser contra alguma coisa que ele decreta, mas não diretamente contra ele.

Ao sair da garagem, meus nervos fecham minha garganta e começo a ficar sem fôlego. Belial para o veículo, se vira para mim e diz:

— Você está bem? Podemos deixar isso pra lá, sério mesmo.

Inspiro, expiro, inspiro, expiro.

— Você vai mesmo me dar o carro se eu odiar a viagem?

— Eu juro.

— Por você mesmo? — Ele hesita antes de assentir. — Tudo bem. Pode continuar, então.

Ele segue em frente, e durante todo o trajeto (dezoito minutos), permanece vinte quilômetros por hora abaixo da velocidade máxima permitida. Também fica conversando comigo, acho que para me impedir de pensar em acidentes de trânsito. Pergunta qual é a minha cor favorita ("Coral", "Isso nem é uma cor"), minha música favorita ("Concertos para piano", "É claro que é") e meu país favorito ("Polônia", "Boa escolha"). Quando terminamos esse tipo de pergunta, começamos uma série de outras mais complexas. Ele se interessa pela minha relação com a minha família ("Acho que o Samuel ia gostar de você", "Acho que sim"), pelo que me levou a fazer Direito ("Quero ajudar os outros", "Eu sei") e pelo motivo de Lina e eu termos terminado. Ele não se surpreende por nós termos namorado e agora nos darmos tão bem assim, como acontece com outras pessoas, mas insiste até eu admitir que, segundo ela, o conflito veio pela falta de química. Em vez de responder com uma piada ou um sorriso daqueles, ele respira fundo e concorda com a cabeça, o que não sei como interpretar.

Quando percebo, chegamos ao nosso destino.

— E aí? Tenho que te entregar meu Aston Martin antes da hora? — pergunta assim que estaciona e saímos.

— Não, não tem.

Agora sorri, satisfeito consigo mesmo e com algo a mais. O quê?

Admito que a mudança de atitude de hoje me deixa desconcertada. Na verdade, ouso até dizer que, na última semana, tenho notado pequenas variações de comportamentos que achava normais nele. Não consigo especificar quais, mas sei que é verdade. Como se ele tivesse deixado de ser uma personagem plana e monocromática e tivesse se tornado alguém tridimensional e colorido.

Após subirmos cinco lances de escada, chegamos ao apartamento de Daniela. Uma garota loira e atraente abre a porta e olha para Belial com espanto. Eu entendo; também tive dificuldade em aceitar a aparência física dele, e agora ele tem um total de três cicatrizes pequenas visíveis (debaixo do olho, no lábio inferior e no queixo). Presumo que o demônio vai responder com a mesma atitude de sempre ao escrutínio, mas me engano. Ele se limita a cumprimentar a mulher (Tânia, pelo visto) e entra na casa.

Passo o jantar inteiro observando-o para tentar entender sua atitude. Está se comportando melhor porque finalmente decidiu voltar para o Céu? Ou, pelo contrário, é uma nova forma de me irritar? "Olha como eu sou decente; você não acha ruim querer me perder de vista? Não acha que eu ficaria melhor na Terra?"

Não confio nele; então, o encaro e encaro e encaro. Quando ele se levanta para ajudar Daniela e Tânia a trazer a comida. Quando, depois de terminar, ele se oferece para lavar os pratos. Quando ri de todas as histórias do trabalho que Lina conta. Quando ele levanta uma sobrancelha ao perceber meu olhar e não desvia até que alguns segundos se passem, o que parecem dias inteiros.

Quando toca o cabelo.

Quando morde o lábio inferior.

Quando minha perna roça na dele sem querer debaixo da mesa e ele fica irritado.

Quando...

— Posso te perguntar uma coisa?

Pisco, confusa, e me concentro na menina loira. Ela está sentada ao meu lado, em um banco ao lado da cadeira em que estou. É de plástico e desconfortável, mas prefiro isso a me sentar no sofá em que Belial, Lina e Daniela estão falando sobre o que mais querem fazer no verão. Daqui, consigo analisar melhor suas expressões.

— Claro, pode falar — respondo, distraída.

— Ele é seu namorado? — murmura. — Não quero te incomodar nem nada, é que... Bem, a Carolina me avisou de antemão que ele já tem dona.

— Não tem, não. Ele é meu... — *Cliente* ou *colega de apartamento temporário* ou *um demônio que tentei exorcizar e agora ajudo a se comportar decentemente.* — Amigo. Mais ou menos.

A menina esconde o sorriso entre os dedos e demora um tempo para me contar:

— Um tempo atrás, antes de a Daniela chegar, o Amin e eu morávamos com outra menina. A Camila. Amin é o que está no quarto; ele não é muito sociável. O caso é que a Camila também tinha uma amiga que olhava pra ela do jeito que você olha para o Bel. — Espero em silêncio, sem saber se devo ou não responder. — Agora, eles moram juntos. Quer dizer, são um casal.

— Não é o caso.

Ela diz "Então tá", mas tenho a impressão de que não acredita em mim.

— Aí, ela descobriu que o cara, que fingiu ser o guarda-costas dela por um monte de páginas, é na verdade o príncipe do reino rival e matou o outro cara. Prendeu ele na parede! Dá pra acreditar?

Belial começa a rir do que Lina disse. Perdi o fio da meada da conversa deles, mas deduzo que estão falando de livros.

— E essa nem é a pior parte, porque… Ele sequestra ela e obriga ela a se casar com ele! — continua a dizer minha melhor amiga, gesticulando freneticamente. — Quer dizer, mais ou menos. Eles fazem um acordo depois que ela esfaqueia ele e eles se arrastam pela neve.

— E esse é o bonzinho? O protagonista? — quer saber Belial. — Adorei, porra.

— Lê! Eu ia emprestar pra Mile, mas ela nunca liga para as minhas recomendações de fantasias safadas. Uma pena. Posso te falar? Se você mudasse umas coisinhas, poderia parar de parecer um *bad boy* de 2012 e virar um cara desse tipo. É o que está na moda agora, te juro.

— O que eu teria que fazer?

— Primeiro: pintar o cabelo de preto. Sério, essencial. Substituir as camisetas brancas apertadas de academia por roupas escuras e, se possível, de couro. E ser mau com todo mundo, menos com a pessoa que você ama, eu acho. Mas, em algum momento, é importante que a heroína descubra que, por trás do seu passado sombrio, tem um coração sofredor.

A nova risada do demônio faz as paredes tremerem.

— O passado sombrio eu já tenho. Amanhã vou ao cabeleireiro e compro uma armadura ou algo assim.

— E que tal dar a vida pelo seu verdadeiro amor? — Lina me lança um de seus sorrisos travessos. — Sabe como é, "Eu colocaria fogo no mundo pra te fazer sorrir!" etc. e tal. Também já fez isso?

Embora o demônio abaixe a cabeça, imagino que um dos cantos de sua boca esteja se levantando. Ele não responde.

Vamos embora à 0h30. Em geral, a esta hora estou cansada e com vontade de dormir. Hoje, este não é o caso: é como se o sangue que circula nas minhas veias fosse composto em boa parte por cafeína. Acho que por eu ter acordado mais tarde do que de costume.

Belial estaciona o carro na garagem. Mal conversamos no caminho de volta. Tento aliviar o desconforto que sinto perguntando a primeira coisa que me vem à mente:

— Você faria aquilo? Colocaria fogo no mundo por alguém que você ama?

Não olho para ele; então, não sei que cara está fazendo.

— Sim.

ARTIGO 33

QUANDO VOCÊ USA O PARA-BRISA
PARA AFASTAR O MENSAGEIRO DE DEUS

20 de agosto, 13h20

Bel

A falta de sono está se tornando um problema, e sexo provou não ser a solução.

Hoje, aproveitando que é segunda-feira e que Milena vai ficar no escritório até tarde, resolvo tentar relaxar de outra forma: excedendo o limite de velocidade e ignorando todos os semáforos vermelhos que estiverem no meu caminho. Tiro o Aston Martin da garagem e, ao virar a primeira esquina, me deparo com uma senhora idosa. Sinto o impulso de passar por cima dela, porque tenho certeza de que isso melhoraria meu humor consideravelmente.

A senhora em questão vem em minha direção com a bolsa enorme e o andar manco, levantando um braço coberto de manchas e pelancudo.

— Para! Vem, anda! A gente tem que conversar!

Tem um carro na minha frente e o semáforo está vermelho; então, não tenho para onde fugir. A Belzebisa se aproveita disso e se aproxima para bater na janela com os nós dos dedos, na in-

VIZINHO INFERNAL **267**

tenção de me fazer abaixar o vidro (ou perder a pouca paciência que me resta).

— Para de ser idiota! É importante!

Só para irritá-lo, aperto o botão para o vidro descer só uns dois centímetros. Ele bate de novo e, vendo que não estou a fim de fazer mais nada, aproxima a boca do vão para sussurrar, praticamente gritando:

— Nossa Rainha não está feliz com você. — Fecho a janela de novo, e ele se aperta tanto contra o vidro para continuar falando que deixa tudo embaçado. — Você tem que ligar pra ela agora! Vai, anda logo!

Coloco uma das mãos na orelha, fingindo que não consigo ouvir, o que o faz dar um chute no pneu.

— Já é dia vinte! É melhor você começar a dormir com ela! O tempo todo! Tá me ouvindo, seu demônio maldito?! Tenha relações sexuais com ela e não se esqueça de cortar uma cebola e deixar por perto!!!

Começo a rir quando percebo que algumas pessoas que estão andando pela rua começam a parar de repente e lançar olhares horrorizados para a Belzebisa.

Ele não leva para o lado pessoal e continua:

— Nossa Rainha está ansiosa pra te ver copular!!!

O semáforo fica verde, o carro da frente começa a andar, e a Belzebisa passa a bater na porta com a bolsa, extremamente irritada. Abaixo o vidro da janela completamente, roubo a bolsa dela e saio cantando pneu enquanto ela grita coisas muito, mas muito feias. Coisas que fariam até o próprio Satanás ficar com vergonha.

Para colocar a cereja no bolo, paro a cinquenta metros de distância, jogo a bolsa no lixo e me despeço do demônio histérico com um sorriso e mostrando o dedo do meio.

Enquanto acelero para me afastar o mais rápido possível, acabo atropelando um arcanjo.

Quer dizer, não exatamente. As rodas do Aston Martin não passam por cima de Gabriel, mas ele bate no para-brisa, com as asas abertas, e uma das patas fica presa no limpador. Se pombas pudessem transmitir emoções, a dele me diria que está um pouco ressentida e incomodada com a situação.

Não estou a fim de falar com ele agora (nem nunca), de modo que ativo os limpadores de para-brisa e mando ele sair voando para encher o saco de outra pessoa. O arcanjo depenado desvia e consegue entrar no carro antes que eu consiga fechar a janela.

— Você tentou me exterminar!!! — acusa ele, batendo as asas com raiva no meu colo.

Lanço um olhar desdenhoso em sua direção antes de voltar a me concentrar na estrada.

— Você é imortal, Gabi. Tá exagerando. Aliás, nem foi de propósito.

— Suas intenções nunca são boas! Só pra você saber, vou denunciar isso! — Se Belzebu e Gabriel não estivessem de lados opostos, seriam perfeitos um para o outro. — Posso saber aonde é que você está indo com tanta pressa assim?!

— Estou fugindo dos meus problemas. Talvez, se eu acelerar um pouco mais...

Ao atingir 180 quilômetros por hora e fazer uma curva, o pássaro, que tinha tentado ficar em cima do freio de mão, dá uma cambalhota e para no banco de trás.

— Tem uma mulher na sua casa! Achei que seria um encontro pontual, como das outras vezes, mas...! — Ele rola para o outro lado quando faço outra curva na velocidade máxima. — Para! Ela já está lá há dias! Estou de olho em vocês!

— O pessoal de casa já sabe que você virou *voyeur*? Porque é muito pouco angelical da sua parte.

— BELIAL!!! Quem é ela e o que você pretende com isso?!

— Quer mesmo que eu te explique? — brinco. — Nem tente me culpar se você tiver pensamentos impuros por causa disso.

Ele consegue voar para a frente e pousar em cima das minhas pernas.

— Você não pode confraternizar com uma humanaaaaaa...!!!

Sua reclamação se esvai, porque o jogo para fora da janela. Estou farto.

Era disso que estava falando quando disse para Milena que não queria nem ser absolvido nem voltar para o Inferno. Não estou feliz em nenhum dos dois lugares, e nenhum deles significa nada para mim. Não sou, nem quero ser, tão bom ou tão mau assim.

Só sou o que sou.

Abro o porta-luvas para pegar meus óculos de sol, aumento o volume da música e ligo o *vape*.

Este é o único lugar em que já senti que me encaixava, e, se Milena não mudar de ideia, terei uma eternidade insuportável. Seja onde for.

ARTIGO 34

QUANDO ALGO SE QUEBRA

21 de agosto, 18h55

Milena

"Você não sente calor com a blusa abotoada até em cima?"
Não pense nisso.
"Quer sair para jantar mais tarde?"
Não pense...
"Não, não tem nada a ver com o trabalho."
Nãopensenãopensenãopensenão...
Abro a porta de casa (a de Belial) com o rosto do meu chefe invadindo cada pensamento meu. Desta vez, não consegui esquecê-lo depois de sair do escritório. O sorriso dele se prendeu em meus tornozelos e me perseguiu o caminho todo.

Eu sei o que me levou a comparar o demônio ao sr. Roig, e também sei que estava errada. Eles não se parecem. Por mais que Belial tenha tentado me irritar com seus comentários, jamais teve a intenção de me ofender. Não desse jeito.

A situação é diferente por uma série de motivos, entre eles o que Belial mesmo mencionou: não existe uma relação de poder entre a gente. Meu trabalho não depende do homem (*homem*, não; *demônio*) que me olha com preocupação do sofá. Se eu o rejeitar, se fizer um gesto feio, não perco nada. Além disso, suas intenções nunca pareceram tão... Não sei como defini-las. São viscosas como piche, sei lá.

Antes que eu possa avisar que vou dormir, ele deixa de lado o livro que Lina lhe emprestou e se aproxima de mim. Faz um movimento para colocar a mão em meus ombros, mas, quando fico tensa, ele as fecha em punhos e as deixa penduradas ao lado do corpo. De qualquer forma, se abaixa para observar meu rosto.

— O que aconteceu? — A atitude despreocupada dele não tem explicação. Ele demonstra isso quando diz: — Milena, me conta. Por favor.

Analiso minhas opções. Se eu for para a cama, ele pode vir atrás para insistir, e mesmo que não venha, vou continuar pensando nisso. Se eu ligar para Lina, ela ficará muito angustiada e estará longe demais para fazer alguma coisa. Além disso, sei que será difícil para ela assimilar a situação, e que talvez fique mal pelas piadas que fez a respeito dele no passado. Se eu contar para Belial...

— Milena, pelo amor de Deus, você está chorando. O que eu faço? Do que você precisa? O quê...?

Ele fica quieto quando cubro o rosto com os dedos e perco o controle. Dou o passo que nos separa e, sem pensar, porque a última coisa de que preciso agora é pensar, apoio a testa em seu peito.

— Posso encostar em você?

O sussurro dele reverbera na minha bochecha, e eu simplesmente assinto. Então, os braços dele me envolvem e, de alguma forma, conseguem limpar um pouco do piche do meu corpo.

Não nos movemos, e fico grata por isso. Tem gente que, quando te abraça, começa a te sacudir como se fosse fazer sua tristeza se derramar pelo chão. O que preciso é de estabilidade, de me sentir ancorada, não caindo. E é exatamente isso o que recebo.

Isso tudo é interessante. O fato de o contato dele não me incomodar, para começo de conversa, como também o fato de eu não sentir nada além de consolo no toque. É um "Estou aqui, se você quiser" em vez de um "Ei, olha pra mim, sei o que você quer!". Ele não tenta ocupar todo o espaço do cômodo, como geralmente tenta fazer e consegue. Simplesmente está aqui por mim.

E eu choro e choro e choro, porque não sei mais o que fazer.

Uma das mãos de Belial permanece na metade das minhas costas; a outra corre pelo meu cabelo, do topo da cabeça até as pontas. Várias vezes, até que o choro se transforma em soluços.

Não quero me afastar. Outra coisa interessante. Como ele também não faz nenhuma menção de se afastar, continuamos na mesma posição por vários minutos. Não sei quantos, não importa.

Por fim, cedo e me afasto com a cabeça baixa. Belial se inclina o máximo que pode para procurar na minha expressão... alguma coisa, e nem sei se encontra, mas fica parado e murmura:

— Quer me contar o que aconteceu?

Assinto, e ele pega minha mão e me leva até o sofá. Não gosto desse tipo de contato: não importa o formato da mão da outra pessoa, ela nunca se encaixa perfeitamente na minha. Tenho que abrir os dedos, muito ou pouco, porque a outra parte prefere que eles não se entrelacem ou que fiquem apenas três deles.

A mão de Belial é muito maior do que a minha, e ele aperta com força demais. Mesmo que não seja confortável, me pego querendo que ele não a solte quando nos sentamos. Felizmente, ele não a solta. Embora passe o polegar no dorso da minha mão, o encaixe continua firme.

Me custa começar porque preciso explicar um monte de coisas. É difícil, e não só porque não sei por onde começar, mas porque são sutilezas demais. Era de se esperar: seja ele bom ou não no que faz, o sr. Roig não deixa de ser advogado. Ele sabe que é complicado denunciar uma pessoa porque ela te convidou para jantar ou por ter perguntado se você estava com calor. Mesmo que essa pessoa faça questão de dizer em voz alta que você não se veste como ela gostaria. São dezenas de coisas que se acumularam ao longo de nove meses e que por si só podem não parecer grande coisa (embora sejam), mas que, somadas, tornam a situação insustentável.

Conto para Belial sobre muitas delas, além de o que aconteceu hoje. Acrescento os comentários que, embora não tenham sido de teor sexual, também tinham a intenção de (e conseguiram) me magoar. De teor racista, homofóbico e machista.

— Talvez não te pareça o bastante...

— É claro que me parece — interrompe. — Olha, não sei o que dizer ou fazer pra você se sentir melhor, mas não pense que isso é porque eu acho que não tem um problema. Tem, sim.

— Eu sei.

Ele recosta a cabeça no encosto do sofá e encara o teto por um bom tempo. Por fim, pergunta:

— Por que você não pede demissão? É pelo dinheiro? Te dou o carro agora. A gente vende ele amanhã, se for o caso. Se precisar de mais, posso pedir para o... Não, melhor não, o Gabriel vai ficar muito bravo. Dá no mesmo; vou conseguir.

Observo-o com atenção, e me pergunto até que ponto ele está falando sério. Percebo que está, e a primeira coisa que me passa pela cabeça é que não entendo o porquê.

— Isso é pra mudar o nosso acordo e você tentar ficar na Terra? — pergunto.

Ele se vira para mim, ofendido.

— Não, Milena. Isso é pra você poder se afastar desse babaca e nunca mais chorar por causa disso.

Pela primeira vez, percebo que o Céu é realmente o lugar ao qual ele pertence. Que não seria tão difícil assim fazer com que ele fosse absolvido. E também que os motivos de sua relutância são importantes.

— O ideal, dadas as circunstâncias, seria acordarmos em uma demissão. — Explico os porquês quando ele me pergunta.

Por fim, acrescento: — Mas ele não vai querer; então, não sei como resolver a situação.

— E se ele quiser? Se concordar com a demissão, você tem certeza de que é disso que precisa?

— Acho que sim. — Depois de Belial me encarar com um olhar insistente, decreto: — Sim.

— Certo. Hã... Vai querer ver um filme enquanto a gente janta?

— Estou sem fome.

— Posso fazer pipoca. Não precisa estar com fome pra comer pipoca. — Ele sorri de leve. — Podemos ver um filme sobre exorcismos... sei que você curte.

Na verdade, não, mas neste momento prefiro me concentrar em qualquer coisa que não tenha a ver com a minha situação; então, acabo concordando.

— Está bem.

Como adormeci antes de o filme terminar, não sei se a freira consegue libertar a adolescente do mal. Também não sei quando, ou como, coloquei a cabeça no colo de Belial. Só sei que abro os olhos quando sinto sua mão em meu cabelo e que faço silêncio por um longo tempo porque não quero ficar longe dele.

ARTIGO 35

QUANDO VOCÊ COMPARTILHA SUA RECEITA DE QUICHE FAVORITA EM ARAMAICO

22 de agosto, 17h50

Bel

Coloco a Cocoricó na frente do espelho, escrevo três números seis e peço para Barrabás me passar para o Asmodeus.

Depois do Mammon, ele é o meu demônio favorito. É um dos que mudam muito de aparência, até que há cem anos decidiu que não precisava se contentar com uma se podia ter várias ao mesmo tempo. Então, agora ele passa a vida com três ou quatro cabeças saindo do corpo e responde com a que está mais a fim de usar. Uma delas tem cheiro de enxofre, e espero que não seja com essa que ele decida falar comigo hoje.

— E aííí, maaano?

Merda.

— Oi, Asmodeus. Preciso da sua ajuda com uma coisa.

Ele solta uma risada frouxa e não para até eu pedir várias vezes para ele se concentrar.

— A Rainha está chateada pra caramba com você, mano — informa. — Fica dando voltas pelo Inferno, resmungando que você não tá ejaculando onde ela pediu. Tô morrendo de rir desde ontem.

Tanto no Inferno quanto no Céu, podemos ver o que acontece na Terra. Se quisermos seguir alguém em particular, como Lúcifer deve estar fazendo comigo, temos telas específicas.

— Asmodeus, se concentra. Preciso que você investigue alguém pra mim. O sobrenome dele é Roig; ele é advogado, e trabalha com a Milena Nováková Delgado.

— É a sua mina?

— Mais ou menos. Dá uma olhada rapidinho e me diz o que você acha.

O demônio sai por uns dez minutos. Quando volta a aparecer, diz:

— Maaano, esse é um dos meus! Vai vir direto para o meu andar. Que nojento que ele é; esse aí não se redime nem se rezar até ficar afônico. Por que te interessa? Tá a fim dele? Porque eu vi que ele tem uns esquemas bem sinistros.

— Me interessa porque eu vou matar ele.

— Ah, da hora. Vou falar que você mandou lembranças quando eu receber ele. Ele tem de tudo, mano. Porra, vou ter que brigar com o Satanás pra ver quem fica com ele. Tanto faz, ele é mais tarado do que violento. Certeza. Eeei, Mammon, meu parça! Tá bonitão, hein? Gostei.

Me viro e encontro o gato me analisando atentamente. Está em silêncio, o que é bom, porque assim não preciso pedir para ele ficar quieto, e é desagradável, porque imagino que vai explodir em outro momento.

— Outra coisa: pode me passar o endereço do cara? — Depois que ele fala, acrescento: — Valeu, Asmodeus. Tenho que ir agora.

— Falou, mano. Aliás, eu digo alguma coisa pra Rainha quando ela perguntar? Porque ela vai perguntar quando souber que a gente conversou.

— Diz pra ela me deixar em paz — solto, frustrado. Agora, tenho coisas mais importantes em que pensar. — E que não tenho tempo de ligar pra ela.

— Beleza, mano. Beijão!

Assim que a comunicação se encerra e solto a Cocoricó, Mammon sobe no meu ombro e dá uma mordidinha na minha orelha.

— Para, porra! — grito.

— *Eu* tenho que parar?! Para você! Que história é essa de que você vai matar um homem?!

— Ele é tão podre que tenho certeza de que o Céu vai me agradecer.

— Você sabe muito bem que eles não vão fazer isso! Quem é você para julgar alguém?! E não estou dizendo isso porque é o sujo falando do mal lavado, apesar de esse ser o caso, mas porque tem outros que são responsáveis pelas avaliações de almas. E são esses mesmos *outros* que vão te mandar de volta para o Inferno com o rabo entre as pernas em pouco mais de dois meses.

— Tô nem aí.

— Belial, chega! — Ele se contorce quando eu o agarro para afastá-lo de mim. — Por favor, não me diz que é por causa da vizinha.

Não estou nem a fim de brincar e dizer "Não é por causa da vizinha" para ele ficar nervoso. De qualquer forma, ele já está. Então, fico quieto e vou até o quarto enquanto ele me persegue.

— Você não pode matar ele!!! — vocifera quando eu guardo a faca que emprestei para a Milena no bolso de trás da minha calça jeans.

— Ah, não? Fica vendo.

— Eu vou falar para o Gabriel! Pra Lúcifer! Pra todo mundo!

— Tenho certeza de que a Luci vai ficar com raiva por eu dar fim a uma pessoa — comento enquanto amarro minhas botas com raiva.

— Ela vai ficar com raiva quando eu explicar que você fez isso porque se apaixonou pela humana que supostamente vai gerar o Anticristo.

— Eu não me apaixonei por ela!

— Por todos os demônios da porra do Inferno, Belial!!! Você acredita mesmo no que fala?! Eu vi vocês ontem! Estou vendo vocês faz uma semana, mas ontem foi a gota d'água!

— Você não sabe de nada — cuspo. — Eu já me apaixonei, sei perfeitamente como é, e isso não tem nada a ver. Agora, faz o favor de me devolver a chave do carro. Te vi sentar em cima dela.

— Se é assim mesmo, então volta a ser como era antes com a vizinha — insiste. — Volta a falar besteira e olhar para ela como se só estivesse pensando em transar com ela.

— Do que caralhos você tá falando? Ela me fala que o chefe está assediando ela e você espera que eu ofereça a minha rola?! Você é doente!

— Com certeza, é isso o que você faria em qualquer outra circunstância, com qualquer outra pessoa! Meu único problema é que você se importa, e quando você se importa com as coisas, perde completamente o controle! Mais do que de costume!

Cerro os punhos e tento relaxar para que ele acredite quando eu digo:

— Eu não me importo.

— Já ouvi você mentir por mais de seis mil anos, e você nunca fez isso tão mal.

— Eu me sinto culpado, tá?! É isso o que você quer que eu diga?! Tá aí, então! Me sinto mal pelo que ela me disse na outra noite, e, se eu não fizer algo pra me sentir melhor, juro que vou tacar fogo na cidade e arrastar a gente para o meio do incêndio pra acabar com essa merda toda de uma vez!

Mammon pondera sobre as minhas palavras por um instante. Por fim, embora se afaste da chave do carro, diz:

— A culpa não funciona assim, Belial. Você não se sente assim quando algo não te afeta, nem perde o sono se isso não te importa. Também não faz você desviar do seu objetivo, por mais errado que ele seja. Não estou dizendo que isso não te corrói, tenho certeza de que sim — admite com pesar. — Mas, de qualquer forma, há muito mais do que só culpa por trás do seu comportamento. O que você quer fazer, matar esse homem, não vai fazer a vizinha te perdoar por ter enganado ela. No máximo, e ainda tenho minhas dúvidas, vai resolver parte dos problemas dela. Quer dizer, ela pode ser feliz temporariamente, e é o que você quer, no fim das contas.

— E daí?

— E daí que você vai continuar se sentindo culpado. Pelo menos até ser sincero.

— Você está tentando me dizer pra contar tudo pra ela?

Ele nega com a cabeça.

— Eu nunca daria um conselho tão idiota assim. O que estou tentando dizer é que seria isso, não matar alguém, que te daria uma chance de ser feliz.

— Vamos ver.

Permito que o gato suba novamente no meu ombro e me acompanhe. No pior dos casos, na forma dele, não vai conseguir me impedir de fazer o que eu quiser. Além disso, eu o conheço: por mais que ele tenha ameaçado me denunciar, não vai fazer isso.

Vamos até a garagem e entramos no Aston Martin. Enquanto digito o endereço que Asmodeus me passou no GPS do painel de controle, Mammon se encolhe no banco de passageiro. Resmunga de leve quando ligo o *vape* (ele não suporta fumaça), mas prefere concentrar suas queixas no assassinato.

— Se você fizer isso, sabe muito bem que vai acabar no Inferno. Seus motivos não importam. E você não devia voltar pra lá.

— Porque a Luci vai ficar puta da vida comigo?

— Não, Belial, porque você é melhor do que isso. — Devo ter pegado alguns costumes da Milena, porque bufo igual a ela.

— Além disso, se a vizinha descobrir que você matou o chefe dela, duvido que ela vá te perdoar.

— Você não disse que ela não ia me perdoar por todo o resto? Que diferença faz, então?

— Isso vai te deixar de coração partido, assim como aconteceu com a…

— Isso não tem nada a ver com o lance da Eva — interrompo.

— E se a polícia incriminar ela? A vizinha. Olha pra frente!

Faço o que ele diz, mas continuo pensando na possibilidade que ele acabou de levantar.

— Por que acusariam a Milena?

— Se descobrissem algum tipo de atitude que o chefe tinha com ela, não seria estranho que considerassem ela suspeita.

— Tenho certeza de que aquele desgraçado fez a mesma coisa com outras pessoas. Além disso, não precisam encontrar provas de que ele é nojento.

— Talvez não. Quer arriscar?

Aperto os dedos no volante e meto o pé no acelerador.

Quarenta minutos depois, estaciono em uma zona residencial. A única coisa semelhante nas casas à minha volta é o valor que custaram, porque cada uma foi construída de acordo com os delírios de grandeza particulares de cada dono. A do chefe da Milena, por exemplo, tem o andar superior todo feito de vidro, três chaminés e um muro alto em volta do terreno enorme.

— Como você pensa em pular?

— Vou pedir para o Céu me dar asas de antemão. Sai daí se não quiser ser atropelado.

— O que você vai…? Ah. Tá bom.

O que eu fiz: andei com o carro até estacioná-lo na calçada, subi no teto e, de lá, pulei e me pendurei no alto do muro. Mesmo que esteja meio longe, eu consigo. Mammon aproveita que estou pendurado para subir na minha cabeça e alcançar o muro de lá. Estamos a vários metros do chão; então, pego o gato nos braços e me deixo cair com ele.

— Como você vai voltar? — pergunta ele quando começo a andar pelo jardim.

— Improvisando.

— Ah, menos mal. Isso sempre dá certo.

Localizo a porta da garagem e dou uma olhada pela janela. Não tem ninguém no carro, de modo que acho que ele ainda não voltou. São vinte para as oito; ele deve chegar logo. Apoio as costas na parede de pedra e espero. Queria acrescentar um "em silêncio", só que o demônio mais moralista já criado está comigo; então, não tenho tanta sorte.

— Não mata ele.

— Você é estressante.

— Tá bom. Mas não mata.

— Beleza, só vou fazer uns furos nele, enfiar as bolas dele nos meus bol…

— Nem pensar — interrompe ele.

— E pronto.

— Porque tem mais gente na casa. — Olho para o meu ombro direito, onde o gato está deitado. É difícil dizer se está mentindo ou não com esse rosto coberto de pelos. Ele deve ter percebido minhas suspeitas, porque acrescenta: — É uma mulher, eu estou ouvindo. Ela vai escutar quando ele começar a gritar.

— Eu não ligo.

— Vai chamar a polícia e você vai acabar preso por esfaqueamento voluntário ou algo assim. O Céu não vai gostar nada disso, e, como sei que você não dá a mínima, já digo que a vizinha também não.

Não tenho tempo para responder, porque as portas da entrada da garagem se abrem e o carro do chefe da Milena aparece. É um Mercedes prata, é claro. Esse cara faz de tudo para ser patético em todos os quesitos. Me escondo atrás do muro e espero ele desligar o motor. Quando desliga, entro na garagem agachado, sem fazer barulho, e me aproximo por trás assim que ele sai do carro. Com uma das mãos, eu o seguro pelo cabelo a fim de levantar sua cabeça, enquanto, com a outra, aponto a faca para o seu pescoço.

— Se você der um pio, eu corto sua garganta.

Mammon crava as unhas no meu ombro, tenso. Deve estar se perguntando se seus argumentos serviram de algo, se não devia ter insistido mais. Se tivesse tempo, falaria para ele que não faz diferença o peso de suas afirmações. Que estou tomando a decisão agora e não estou levando em consideração qual será o meu fim, aconteça o que acontecer, nem se cabe a mim julgar esse babaca.

Penso nela. No caderno em que ela escreve tudo o que faço de errado e, de vez em quando, o que faço certo. Na noite em que ela ameaçou aqueles dois caras que estavam me batendo, dizendo que mentiria para a polícia. Em seus "nãos" e naquele "putz" isolado que estou morrendo de vontade de ouvir de novo. Em seu sorriso escondido.

Se eu matá-lo, se a Milena se envolver ou descobrir, duvido que vá esboçar outro sorriso na minha frente.

É isso o que me faz decidir. Um gesto que me faz falta, que não sei se vou conseguir ver e que me deixa obcecado.

— Vim te oferecer um acordo — sussurro em seu ouvido. —Adoro acordos, sabe? E nesse que vou propor, você tem duas opções. A primeira é ser esfaqueado no estômago pra sangrar até a morte. É um processo longo, acredite, já vi várias vezes. Meu plano é assistir à sua morte com um grande sorriso no rosto, mas, sei lá, talvez eu fique entediado e decida cortar alguma coisa enquanto a gente espera você morrer. Balança a cabeça se você entendeu que eu disse. — Ele faz o gesto. — Muito bem, você é um cara esperto. A segunda opção é você oferecer para todos os seus funcionários um acordo de demissão. Todos eles, entendeu? — Ele faz outro gesto afirmativo. Começou a suar bastante. — Se você não tiver feito isso até a tarde de sexta-feira, voltarei para colocar a primeira opção em prática. Espera... Você ainda acha que vai estar seguro quando eu for embora. Talvez haja câmeras de segurança aqui e você pense que a polícia poderá te salvar se me impedir antes que eu cumpra a minha promessa. É nisso que você está pensando? Qual é, não seja tímido. — A cabeça dele se move para cima e para baixo novamente. — Nesse caso, eu deveria te dizer quem eu sou e de onde eu venho. Mammon, me dá uma patinha com isso?

O gato, que deve ter ficado satisfeito com a minha escolha ou simplesmente decidiu me salvar outra vez, pula no chão e fica na frente do cara que ainda estou segurando. Ele o observa com os olhos amarelos e diz:

— Sabemos quem você é e onde vai acabar. — Cubro a boca do homem quando ele começa a gritar "Que porra é essa?!". — Nós viemos de lá. Já te adianto que você não vai gostar do Inferno, muito menos do andar para onde você vai; mas sua eternidade será consideravelmente mais agradável se você não irritar o demônio que está bem atrás de você.

Em seguida, Mammon abaixa a voz o máximo possível e começa a falar em aramaico. Lembra que mencionei que sabíamos falar todos os idiomas? Graças a isso, sei que ele está explicando como se faz sua receita favorita de quiche. O chefe da Milena, que não deve saber aramaico, provavelmente acha que ele está possuído ou amaldiçoado; então, aceita o acordo.

— Está bem — suplica, à beira das lágrimas. — Vou fazer o que você está pedindo. Vou demitir todo mundo.

— Não, você vai fazer acordos de demissão. Vai indenizar os que aceitarem e, se não, vai mantê-los na folha de pagamento — especifico.

— Isso, o que você quiser.

— Se eu descobrir que você está mentindo para mim, antes de passar pelos horrores do Inferno, sua alma será minha.

— Certo, isso, o que você quiser — balbucia outra vez. — Por favor...

— Sem alma, você entrará em coma...

A partir daqui, começo a inventar tudo. Não podemos tomar as almas deles; eu já disse isso, né? Pelo menos, não sem um monte de papelada. Mas ele não sabe, e admito que me divirto muito assustando-o.

No fim, quando tenho certeza de que ele mijou nas calças, me afasto do homem devagar e deixo que ele me veja. É uma pena que eu esteja com este corpo e não com um dos que sempre escolho, mas algo em mim consegue intimidá-lo ainda mais.

Por despeito, e porque posso, arranho a lateral do carro com a faca e furo dois pneus. Como sinal de boa vontade, o desgraçado aperta o controle remoto e abre o portão para que a gente possa sair.

Depois de quinze minutos dirigindo em silêncio de volta para casa, digo para Mammon:

— Obrigado por aquilo. Sei que não te deixam falar na frente de humanos, mas...

— Tanto faz.

Tenho a impressão de que ele não está bravo. Na verdade, justamente o contrário.

— Vou falar pra eles no julgamento que a culpa foi minha.

— Não foi culpa sua — comenta ele. — Foi pra ajudar um amigo. Se não entenderem isso, eles que se fodam.

ARTIGO 36

QUANDO VOCÊ PEGA
O MAL COM A GUARDA BAIXA

24 de agosto, 15h21

Milena

— **Por que você chegou** em casa tão cedo assim?

Enquanto diz isso, Belial tira o fone de ouvido das orelhas e o pendura no pescoço. Está diferente. Mais desgrenhado, menos perfeito e, de certa forma... melhor. O cabelo está bagunçado, mas não de propósito, e ele está usando uma camisa preta e larga, com um logotipo rosa de uma banda que não conheço. Não está com anéis nem colares, mas com uma bermuda.

Para mim, está ótimo. No momento, tudo parece ótimo. Solto a bolsa no chão, tiro os saltos com os pés e anuncio:

— Fui demitida.

Há um momento que se arrasta por tempo demais, no qual aprecio a tensão que emana dele de diferentes ângulos. Os músculos de seus braços ficam tensos, o pomo de adão sobe e desce quando ele engole em seco, uma ruga surge entre suas sobrancelhas, a boca se abre ligeiramente. Se eu o tocasse, não me surpreenderia se eu levasse um choque.

Então, o seguinte acontece: sem querer de fato, mas desfrutando do momento, levanto primeiro um canto da boca, depois o outro. Não é nada de mais, mas é o bastante para que Belial derrube os cabos que está segurando e dê a volta pela mesa de mixagem, quase sem perceber o que está fazendo. Ele percebe que o fone continua conectado; então, o arranca do pescoço e joga para trás sem nem olhar.

Ele está olhando para mim. Para meus lábios e, então, para os olhos, e novamente para os lábios. Avança, o olhar percorrendo o meu rosto, com uma expressão que deixa claro que ele não consegue acreditar no que está vendo.

Ele vem até mim, coloca as mãos no meu rosto e ergue minha cabeça.

— Você sorriu.

— Acho que sim.

— Não como na foto — insiste. — Sorriu mais.

— Já falei que não estava sorrindo na foto.

— Mas agora está.

— Estou.

Ele solta ar pela boca, sem saber o que fazer. Está tão descontrolado que eu não ficaria surpresa se ele tentasse me beijar. O que me surpreende é tê-lo pegado com a guarda tão baixa. Não estou apenas falando de sua reação pelo sorriso, mas pela falta daquela... aura que costuma rodeá-lo. Todas aquelas poses praticadas milimetricamente e as frases repetidas uma centena de vezes. Agora, só parece um homem de 23 anos que se inclina em minha direção.

Fico parada em vez de me afastar. Digo para mim mesma: "Vamos ver se ele aprendeu alguma coisa e consegue se controlar", mas também "Umedeça os lábios". Meu coração sobe até a garganta quando sinto sua respiração em minha boca, e um frio percorre minha barriga quando Belial tira as mãos do meu rosto e dá um passo para trás.

— Está feliz? — pergunta.

VIZINHO INFERNAL 287

Cadê o sorriso dele?

— Estou sim.

Pronto, aí está. É quase tão sutil quanto o meu, menos angular do que os habituais. É suave.

— Que bom. — Ele assente várias vezes e então repete: — Que bom.

— De qualquer forma, é muito estranho — comento enquanto caminho até o sofá para me jogar nele. — O meu chefe, no caso. Ele está desde as nove da manhã entrevistando todos os funcionários da empresa, incluindo a zeladora. Pelo que ela e o estagiário me disseram, ofereceram a mesma coisa para todos nós: um acordo de demissão, se quiséssemos, e uma indenização.

Belial pigarreia e se abaixa para pegar o fone.

— É estranho mesmo — murmura.

Não consigo ver seu rosto porque está de costas para mim. Contudo, tem alguma coisa em seu tom de voz…

— Você teve algo a ver com isso tudo?

Ele me observa por cima do ombro.

— Eu? Não.

Finalmente entendi o que muda nele quando mente, como ele se entrega. Levei muito tempo observando-o para perceber isso. O canto esquerdo da boca dele se inclina de leve para baixo, e seus olhos, em vez de evitarem os meus ou se fixarem neles, se fixam em alguns centímetros para o alto, nas minhas sobrancelhas.

Em vez de agradecer (o que eu queria) ou de repreendê-lo (o que eu deveria), me inclino para trás no braço do sofá e pergunto:

— Por que você gosta dessa aberração que chama de música? De fazer e de ouvir.

Ele se senta no chão e brinca com o fone em suas mãos.

— É a melhor coisa que vocês já deformaram — responde após pensar por alguns segundos.

— Não entendi o que você quis dizer.

— Fomos nós, lá de cima e lá de baixo, que inspiramos a música. O Satanás estava no comando do rock e do metal, e... o Rafael? Não, acho que o Miguel, das músicas clássicas e do que vocês conhecem como pop. Com o tempo, tudo foi combinado para dar origem a estilos diferentes. — Ele sorri, nostálgico. — Mas a música eletrônica... Porra, pegaram um conceito muito claro, apagaram quase tudo o que tinha sido estabelecido antes e fizeram o barulho que sobrou pulsar nas suas veias. Os humanos fizeram isso muito melhor do que a gente, e ninguém além de vocês pode levar o crédito por isso. No Céu e no Inferno, todo mundo odeia, mas ninguém entende.

— Se você ficasse aqui, se dedicaria a isso?

— Se eu ficasse aqui — pondera, com cautela —, queria fazer muitas coisas. Em todo caso, sim, queria continuar sendo DJ. Ou pelo menos ouvindo música eletrônica. Falando nisso, está a fim de comemorar a sua demissão?

— O que você sugere?

Ele abre um daqueles sorrisos do começo, que promete gritos (positivos ou negativos, depende do que der na telha dele).

— Minha sugestão é a gente ir numa *rave*. É uma festa ilegal — adverte, sem tirar o sorriso do rosto —, geralmente em uma área abandonada. Costuma ser em fábricas ou lugares desse tipo. Essa é em um parque aquático antigo.

Tenho três frases na ponta da língua: "Nunca que eu vou em uma festa ilegal", "Tudo bem, vou aproveitar para ver o quanto seu comportamento melhorou" e "Qual será a sensação de ir a esse tipo de evento como ele?".

Engulo todas e, em vez disso, digo:

— Tá, vamos lá.

Só saímos depois de meia-noite porque, segundo Belial, antes disso nenhuma *rave* vale a pena. Ele pergunta se tem problema a gente ir de Uber, e, quando percebo que prefiro que ele dirija, Belial concorda imediatamente e menciona que não estava a fim de beber mesmo.

É mentira.

Ao longo da tarde, reparei em quantas vezes ele mentiu. Quando jantamos espaguete de novo e ele me garantiu que também gostava. Quando disse que não tinha nada a ver comigo o fato de ele não estar dormindo bem. Quando tocou o interfone e ele não abriu a porta porque era "Só uma senhorinha que tinha tocado no apartamento errado".

Da mesma forma, descobri quantas vezes ele foi sincero. Quando garantiu que não me deixaria sozinha hoje à noite. Quando repetiu em várias ocasiões que a roupa que eu tinha escolhido era perfeita. Quando murmurou que botões deveriam ser proibidos.

O parque aquático abandonado fica fora de Madrid, a quase uma hora de distância. Belial estaciona o "Aston Martin, não chama de carro" em uma área onde há outras centenas de veículos. Antes de sair, ainda longe do local onde a festa acontece, já consigo ouvir a música.

— Trouxe uma coisa pra você — diz ele, vasculhando a mochila que deixou no banco de trás. — Cadê... Ah, achei. Abafa bastante o som.

Ele me mostra um fone de ouvido sem fio e enorme. Em vez de me deixar pegá-lo, tira o cinto de segurança e se aproxima de mim. Passa mais tempo do que o necessário afastando meu cabelo antes de colocá-lo sobre minhas orelhas.

— Dá pra me ouvir?!

Intuo pelo seu rosto que ele está gritando, mas mal consigo ouvir a sua voz. Balanço a cabeça negativamente, e ele sorri como se fosse uma criança. Então, pega o celular e toca na tela várias vezes, e, após algum tempo, começa a tocar Ludovico Einaudi. O som *surround* tapa por completo qualquer ruído externo, pelo menos por enquanto.

Belial gesticula para que eu tire o fone. Quando o faço, explica:

— Você disse que gostava de piano. Pode colocar o que quiser aqui, toma. — Ele me entrega o celular. — Tirei a senha; então, vai desbloquear clicando aqui. Nesse ícone, você seleciona a música que quiser. Que foi? Não precisa usar se não quiser.

Estou com uma sensação estranha presa na garganta. Não sei por quê, só sei que há duas maneiras de se livrar dela: rindo ou chorando.

Seguro tanto um quanto o outro, empurrando-os garganta abaixo, e consigo dizer:

— Obrigada, Bel.

ARTIGO 37

QUANDO VOCÊ PERCEBE VÁRIAS COISAS, UMA MAIS PREOCUPANTE DO QUE A OUTRA

25 de agosto, 00h34

Bel

A desculpa, por mais besta que seja ("Vamos andar de mãos dadas pra você não se perder"), funciona. Levo Milena até a *rave* propriamente dita, que está acontecendo em uma das piscinas maiores. Os DJs estão tocando lá dentro, e, em volta deles, também há pelo menos umas setenta pessoas. Algumas outras estão espalhadas pelos cantos: algumas descem pelos tobogãs e caem em colchonetes que alguém teve o bom senso de colocar no final. E outras estão subindo nos carros, bêbadas demais para se preocupar em amassar a lataria. Tem gente onde quer que se olhe. Gente dançando ou falando ou bebendo ou ficando. Gente com colares que brilham no escuro, correntes e roupa de tela. Gente que está deixando suas preocupações de lado, pelo menos por esta noite.

Queria poder fazer a mesma coisa, mas não consigo parar de pensar no que aconteceu nos últimos dias. Não estou apenas falando da insônia e dessa culpa do caralho que, além de não me deixar dormir, se recusa a ir embora. Pode ser que Mammon esteja certo: talvez eu não me livre dela até contar a verdade para Milena. E não quero fazer isso, porque entra em conflito com a minha estratégia de sempre de fugir das consequências dos meus atos.

Reflito sobre meu comportamento e, pela primeira vez na minha existência, me arrependo. Não me arrependi quando aprontei aquilo em Sodoma e Gomorra, nem mesmo no caso da maçã. Me arrependo por ter mentido para Milena, apesar de eu não saber se podia ter feito outra coisa, e também por insistir em flertar com ela. Tentar fazer ela se apaixonar por mim para eu ficar na Terra? Puta merda, Belial. Oferecer sexo várias vezes enquanto ela estava passando por aquilo no trabalho? Eu não sabia, mas isso não apaga o fato de que foi o que aconteceu. Mesmo que não tivesse sido o caso, nunca pensei que isso pudesse magoá-la. Nem ela, nem ninguém. Na minha cabeça era tudo "Eu" e "Quem não ia querer? Olha pra mim!".

A questão é que, como eu estava dizendo, não estou falando só da culpa. Também fico pensando na pouca vontade que sinto de transar com outras pessoas, na comparação entre Eva e Milena, na ansiedade que senti hoje quando a vi entrar em casa. "Fiz merda de novo ou fiz a coisa certa desta vez? Me fala!".

Espero que Mammon não esteja certo em tudo ("Você está apaixonado pela vizinha"). Se for o caso, fiz uma besteira e tanto desta vez.

Milena aperta a minha mão. Quando olho para ela, sinto que fez isso sem querer. Está dando uma olhada à sua volta, com mais curiosidade do que censura. Move a cabeça devagar, no ritmo da música que sei que ela está ouvindo, e um dos holofotes vermelhos ilumina seu rosto.

Encaro seus lábios. Ela não está mais sorrindo. Foi só por um instante, mas... Alguma coisa fez *clique* quando ela sorriu. Não em mim, nela. Como se todas as peças que fui colecionando ao longo do tempo tivessem se encaixado. "Era isso o

VIZINHO INFERNAL 293

que faltava, o que dá sentido a tudo. Vamos ver como você lida com isso."

De repente, seus olhos se arregalam, e a mão que não está segurando a minha agarra a minha camiseta e dá um puxão nervoso.

— O que foi? — pergunto quando ela tira o fone.

Em vez de responder, me solta e agarra meus ombros para me virar para outra posição. Pelo jeito como olha por cima do meu ombro, tenho a impressão de que está tentando se esconder de alguém.

— Milena?

— Não se mexe — exige.

— Tá, mas me fala o que foi.

Ela torce o nariz, hesitante. Por fim, diz:

— Lembra do cara da foto? O Enrique? — Assinto. Os olhos dela estão cheios de pânico. — Pois bem, ele está aqui. Com a Raquel Tena.

— Ah. Onde?

— Não se vira! Não sei se ele me viu. — Um silêncio precede a explosão, e então... — Putz.

Não consigo segurar o riso. Recebo uma carranca e um soco no estômago, mas, sério, *putz*. Quando a Lina disse que ela falava isso? Quando se frustrava porque não conseguia encontrar a solução para um problema? Parece que sim.

— A gente pode se esconder — sugiro. — Ou voltar para o carro.

— Não! Eles estão a poucos metros, de frente pra nós.

— Então, vamos nos pegar — sugiro a primeira coisa que me vem à mente. — Assim, mesmo se te virem, acho que não vão querer se aproximar.

Em vez de receber outro soco, como eu esperava, ou uma anotação raivosa no caderno, Milena me encara com seriedade. Como se... Porra, como se estivesse pensando no caso.

Dou uma olhadinha para trás. Por sorte ou por azar ("sorte", Belial, para de complicar as coisas), antes que ela tome uma decisão, o tal Enrique diz algo no ouvido da namorada, eles assentem e se aproximam.

— Estão vindo pra cá — informo. — Vamos correr?

— Putz.

Volto a rir. Eu simplesmente adoro isso.

— Milena?

A voz de Enrique é suave, quase doce. Ele parece uma pessoa muito normal: está com um moletom cinza um pouco grande demais, tênis, e tem olhos castanhos. É ainda mais transparente do que Milena; então, não há dúvidas de que está feliz por ter esbarrado com ela.

— O-oi… — A voz de Milena falha. Ela pigarreia e tenta outra vez: — Oi.

— Fazia um tempão que a gente não te via! Né, Raquel?

A namorada assente, com um sorriso tão calmo quanto o dele.

Tenho dificuldade para entender a situação, porque, de acordo com a Milena, a amizade dos três acabou muito mal. Para ela, a amizade era irrecuperável. Porém, não chego nem perto de ter essa impressão.

De qualquer forma, percebendo seu incômodo, dou um passo à frente e estendo a mão para me apresentar.

— Opa, eu sou o Bel. E aí?

Os dois me cumprimentam, Enrique até sorri para mim. O Gabriel ia adorar esse cara.

— Você não gostava muito de sair antes — comenta, se dirigindo à minha acompanhante —, mas a festa é legal, né? A Raquel e eu viemos semana passada também, e você?

— Ééé… não. Eu… — Cerro a mandíbula. Caralho, ela não está legal. O que eu faço? Tiro ela daqui? — Me desculpa mesmo — diz de uma vez, surpreendendo a todos nós. — Pelo que eu fiz com vocês. Eu não estava bem, e…

Raquel se afasta do namorado quando ele começa a balbuciar e se aproxima de Milena para segurar sua mão.

— Não se preocupa, Mile, isso já faz muito tempo! Além disso, no fim eu estudei e tirei um notão. — Ela solta uma risada calorosa. — Sério, não precisa ficar assim. Está tudo bem. Estamos felizes de ter te encontrado, principalmente esse aqui. Sabia que ele pensou em te ligar umas mil vezes? É um porre.

O cara fica incrivelmente vermelho, abaixa a cabeça e murmura:

— Quer dizer, não mil vezes, mas… Sei lá. Eu também me arrependo, e… A gente podia se ver. Se você quiser. Eu quero.

Mesmo com os olhos marejados, como se estivesse a um passo de se debulhar em lágrimas, Milena parece feliz.

— Está bem. Eu quero.

— Que bom! — exclama Enrique. — Seu número ainda é o mesmo? Perfeito, então daqui a alguns dias eu te ligo. Bom, nós vamos nessa, a Raquel tem que acordar muito cedo amanhã. Divirtam-se!

E foi isso. Tão simples que chega a ser ridículo.

O que mostra que às vezes as coisas se resolvem com simples conversas. "Claro, porque nenhum deles mentiu ou usou o outro", retruca minha consciência, que parece ter se instalado em meu cérebro justamente quando a culpa chegou chegando. Que maravilha.

Depois de observar os dois irem embora, volto a olhar para Milena e quase caio duro. O sorriso dela voltou, só que multiplicado por mil. O gesto a transforma, e a ilumina melhor do que qualquer holofote que há por aqui. É um grito ("Estou feliz!") e uma promessa ("Você vai passar o resto da sua existência tentando me fazer sorrir de novo"). Uma descarga elétrica percorre meus nervos e paralisa meus músculos. É… Eu quero mordê-la e segurá-la e beijá-la.

Mammon tinha razão. Eu joguei pedra na cruz, o Mammon tinha razão em tudo.

— Bel? — chama ela. — Por que essa cara de pânico? O que você fez?

— Hã? — Me apaixonei, pelo visto. — Nada. Tá a fim de ir?

— Não. Quero tomar uma bebida.

Pisco, surpreso.

— É sério?

— Aham. Vi que tem umas pessoas vendendo ali. Do lado daquele cartaz, que tem um erro de ortografia.

— Achei que você não bebesse.

— Não costumo beber, mas já bebi algumas vezes. E gosto de comemorar o fato de… — Ela desvia o olhar, tímida. — Comemorar. Você está me julgando?

— O quê?! Não! — digo, em vez de "Essa não é uma boa ideia, Mile. Não beba álcool".

— Quer alguma coisa? — Ela cai na real de repente, atordoada. — Ah. Tinha esquecido que você vai dirigir. Desculpa, eu posso tomar um refrigerante.

— Não, que isso — digo, em vez de "Sim, por favor". — Tanto faz. Bebe o que quiser.

— Tá bom, vou pra lá.

Penso em todo o lance da sinceridade enquanto ela se aproxima do grupo para pedir um drinque. Penso que talvez seja coisa demais explicar tudo o que fiz, mas que poderia começar com algo pequeno. Talvez assim a culpa dê uma trégua e diga para a minha consciência parar de dizer coisas como: "Você é um filho da puta demoníaco que merece apodrecer no Inferno".

Milena volta, aproxima a boca do copo, e eu estendo a mão para segurar a dela e impedir que beba.

— Antes que você dê o primeiro gole, tenho uma coisa pra te confessar.

— Tudo bem.

— É sobre a minha influência. Os "poderes", como você chama. — Ela semicerra os olhos, desconfiada, e afasta o copo dos lábios. — Tanto nós quanto os lá de cima podemos influenciar as pessoas que gostam das coisas que inspiramos.

— Certo.

— E, entre outras coisas, eu fui a inspiração para o álcool. Já te disse isso.

— E o que isso tem a ver?

— Que eu consigo ter uma boa ideia do que qualquer pessoa à nossa volta está querendo ou sentindo. Nem precisam estar bêbadas, só precisam ter tomado uns goles de álcool nas últimas horas.

— É só isso? E aí você lê a mente delas?

— Não. Na verdade, eu só percebo os impulsos delas, não sei tudo o que pensam. Mas não é só isso. Calma aí... — Olho à minha volta até encontrar dois caras conversando perto de nós. — Aqueles ali, por exemplo. Não faço ideia de o que o cara de rabo de cavalo quer, porque ele está sóbrio, mas o outro, com o boné virado pra trás, quer ficar com ele.

— E?

— E, se eu quisesse, poderia dar um empurrãozinho pra ele fazer isso. Nem teria que falar com ele nem nada do tipo, só desejar. Mas não posso forçar ele a se jogar no chão e gritar, porque não é isso o que ele quer fazer. A influência é como um tapinha nas costas, aquela vozinha que você ouve te encorajando a fazer o que quer. "Vai, se joga. Que mal tem?" Tipo isso.

Milena olha para o chão e fica em silêncio por um bom tempo. Não largou o copo, mas também não fez nenhuma tentativa de levá-lo aos lábios.

— Você já influenciou alguém? — Assinto. — Pra benefício próprio?

— Como assim?

— Já fez alguém ficar com você?

— Eu, não! Mas já dei risada quando pagaram algum mico. Não tem que ser algo sexual. Tipo assim, já fiz alguém cantar alto na rua, dançar com um poste, ligar pra ex...

Ela me observa com atenção, olhando para vários pontos de meu rosto.

— Você usaria seus poderes em mim?

— Não — respondo sem hesitar.

— Porque eu estipulei isso no contrato?

— Não.

Mesmo que ela não sorria, algo em sua expressão muda e relaxa. Ela levanta o copo, finge brindar comigo e diz:

— Acredito em você.

A culpa obstrui a minha garganta.

Depois, toma um gole. Minha influência me conecta a ela na mesma hora, e percebo com total clareza o que ela sente.

Milena quer transar comigo.

ARTIGO 38

QUANDO O CONTRATO
PRECISA SER REFORMULADO

25 de agosto, 04h20

Milena

Penso em muitas coisas ao mesmo tempo. Meu pensamento
é rápido, e pulo de um para outro porque não sei até que ponto
Belial é capaz de saber o que se passa na minha cabeça.

O que estou pensando: o álcool me deixou meio alterada,
Ludovico Einaudi é um músico fabuloso, o demônio não tinha
usado seus poderes comigo até agora, e, por último, o demônio
está usando seus poderes comigo agora.

Na verdade, o demônio está ao meu lado, balançando o punho no ritmo do que quer que esteja tocando fora do meu fone.
Não sei dançar, mas dá para dizer com certeza que ele também
não. Seus movimentos parecem mais com os que alguém faria
em uma aula de aeróbica. É engraçado.

De qualquer forma, o importante não é isso, mas que preciso reconhecer uma coisa óbvia: se os poderes (ou a influência)
de Belial têm a ver com o consumo de álcool, o que senti até
hoje em relação a ele veio apenas de mim. A falta de ar, a necessidade, a tensão e tudo o mais.

Chego à seguinte conclusão: estou a fim dele; há muito tempo.

A verdade é que o fato não me incomoda tanto quanto eu pensava. Dói porque significa que Lina tinha razão desde o princípio: eu estava enganada, e Belial ficará encantado quando descobrir.

Ou talvez não, pois, pelo que ele disse, ele não quer dormir comigo. Na verdade, desde que comecei a beber (só tomei dois drinques), ele tem tomado cuidado para ficar a pelo menos um metro de distância de mim.

Tem um cara dançando muito perto de onde ele está. É bem atraente e esbarrou em Belial de propósito algumas vezes. Quando se entreolharam, ele sorriu. Não preciso de poderes especiais para saber que ele sem dúvida quer ficar com o demônio. Apesar disso, Belial o ignora e continua na sua.

— Tá a fim de voltar pra casa? — pergunta ao me ver ao seu lado, observando-o atentamente.

Por que você não quer transar comigo?, penso.

As costas dele enrijecem, e ele desvia o olhar, incomodado. Será que ele entendeu minha pergunta, ou estou apenas ficando paranoica?

— Quero — digo. — Vamos agora.

Ele fica ao meu lado, tentando não encostar em mim.

Por quê?

Ao chegarmos no carro, ele estende a mão para que eu devolva o fone em vez de tirá-lo de uma vez.

Por quê?!

Então, acelera e aperta os lábios, determinado a manter o silêncio.

Porquêporquêporquêpor...?!

Chegamos ao apartamento sem trocar uma palavrinha sequer. Ele nem mesmo olhou para mim.

POR QUÊ?!

Fecho a porta do quarto dele quando entramos. Agora sim, seus olhos vão até os meus, cheios de pânico.

— Para o Mamón não entrar — explico. — Às vezes, ele dorme em cima do meu peito, e eu fico sem ar.

Os olhos dele deixam os meus e se concentram no meu peito. Me pergunto novamente por quê, se ele não quer dormir comigo. Fico de olho para ver como ele reage: levo a mão à gola da blusa e abro o primeiro botão.

A reação: ele se vira rapidamente e esbarra na mesa de cabeceira ao seu lado.

— Belial.

— Fala.

— Por que você não quer dormir comigo?

Os anéis que ele estava tirando caem no chão. Depois de permanecer imóvel por alguns segundos, ele se abaixa para pegá-los.

— Você está bêbada — murmura com a voz… menos rastejada e mais rouca.

— Não estou. Enfim, eu não estava falando de agora. Estava falando da conversa que a gente teve na primeira noite em que dormiu junto.

— Hum?

— Quando você disse que, não importava o que acontecesse e nem se eu quisesse, você nunca dormiria comigo.

Ele se senta no colchão e curva as costas para tirar as botas.

— Ah, é. Teve isso.

— Pois é: teve isso. Mas e aí? Qual o motivo?

— Por que você quer saber?

Acho estranho não notar a inflexão habitual em sua voz. Ele parece estar sufocando, sem usar aquele tom sedutor ou brincalhão. Eu o analiso enquanto ele continua a fazer qualquer coisa menos olhar para mim. Tira os colares, começa a fazer a mesma coisa com a calça e muda de ideia; tira a camiseta agarrando-a com uma das mãos, bagunça o cabelo em um gesto de frustração...

— Porque eu não entendo o motivo e não gosto de não entender alguma coisa — sou meio sincera. — Antes de eu aceitar trabalhar no seu caso, você parecia muito disposto a transar comigo. A mudança de ideia é por causa do contrato?

Ele segue sem tirar a calça, quase como se acreditasse que elas serviriam de escudo se a conversa continuasse.

Não serviriam. Lina não estava certa apenas quando disse lá no começo que eu estava atraída pelo demônio. Também tinha razão quando disse: "Não tem a menor chance de isso ser verdade. Quer dizer, você tem que parar de fazer cu doce e partir pra cima". Obviamente, eu nunca forçaria alguém a fazer o que não quer. Mas, se a pessoa quiser, e eu também, como parece ser o caso... Gosto de pensar que sou cuidadosa na hora de alcançar meus objetivos.

Mas primeiro preciso saber se ele está interessado.

— E aí? — insisto. — Você se recusa a ficar comigo por causa do contrato que assinou?

— Claro — murmura. Não consigo ver seu rosto porque está de costas para mim, mas tenho a impressão de que seus dentes estão trincados. — Falei que nossa relação seria estritamente profissional. É melhor assim.

Assinto, respeitando sua boa vontade. Depois, pego o contrato do caderno que sempre carrego na bolsa e, com uma caneta, risco essa parte e assino embaixo. Me aproximo até o outro lado do colchão, onde ele continua sentado, o encaro e coloco as folhas na frente de seu rosto para que ele veja.

— Prontinho. É só assinar pra resolver o problema.

Ele demora muito mais tempo do que de costume para entender o que acabei de fazer, ou pelo menos é o que suspeito pelo tempo que demora até me olhar. Em vez de assinar, ele engole em seco e diz:

— Milena, eu sou um demônio. E em dois meses vou ter ido embora.

Não parece que esse é o motivo da preocupação dele. Ótimo, porque também não é a minha. Deixo o contrato na mesa de cabeceira ao seu lado e cruzo os braços.

— Você disse que seu corpo é humano. É verdade? — Ele assente com relutância. — E como não estou sugerindo que mantenhamos um relacionamento, seria apenas um encontro físico pontual; não vejo que problema haveria se você fosse embora. Está dizendo isso pra defender seu desejo de ficar na Terra? — Ele nega com a cabeça, parecendo surpreso e confuso. — Muito bem. Diga seus motivos, então. Com sinceridade, por favor. Entendo que eu posso não ser atraente para você, principalmente depois que me conheceu melhor. Não é a primeira vez que isso acontece comigo.

Belial cobre o rosto com as mãos, apoia os cotovelos nos joelhos e murmura várias frases que não entendo. Só o que me diz é:

— Te conhecer não te deixou menos atraente.

Sinto um calor se espalhar pela minha barriga.

— Obrigada. Não quero te incomodar nem nada, é claro, nem te pressionar de forma alguma. Só quero entender. De qualquer forma, você não precisa responder se não estiver à vontade — digo, recuando.

— Pelo amor de Deus. — Ele continua na mesma posição, mas agora balança a cabeça para os lados. — Essa não é uma boa ideia, Milena. Acredite em mim.

— Não entendo o porquê. Apesar disso, aceito sua resposta.

Por fim, ele tira as mãos do rosto, levanta a cabeça e me olha com raiva. Não uma raiva direcionada para mim; não é comigo que está bravo, então, não saio do lugar. Não conseguiria mesmo se quisesse, porque, de alguma forma, seus olhos mantêm meus pés ancorados no chão. Ele volta a parecer uma cobra, com o corpo tenso e a boca cheia de veneno, esperando o momento perfeito para dar o bote na vítima.

Vai em frente.

Estendo a mão bem devagar, para que ele me pare se quiser, e a aproximo de sua bochecha. Ele agarra meu punho com um movimento rápido. Aperta. Seu olhar está mais sombrio do que de costume, e não há nenhum rastro de seu sorriso. *Se ele não está sorrindo, isso não é um bom sinal*, pensei outro dia. *Que bom*, penso agora.

Aos poucos, conforme seu peito começa a ofegar cada vez mais rápido, ele solta meu punho. Aproximo um dedo da primeira cicatriz que descobri: a que está na bochecha esquerda. É fina, macia ao toque. Sem quebrar o contato, desço o dedo até o queixo dele. Belial não pisca; só respira rapidamente, como se tivesse acabado de correr uma maratona ou estivesse se preparando para gritar. Por fim, vou até a marca que tem em seu lábio inferior. Toco-a devagar.

Então, acontece. De repente, como se as coisas estivessem se encaixando em alta velocidade. Belial agarra meu punho novamente, desta vez para me puxar e me montar em cima dele. Isso é difícil para mim, porque minha saia vai até o joelho; então, ele a sobe na mesma hora até o alto de minhas coxas enquanto a costura repuxa.

Mas ele não me beija. Seu nariz roça no meu, o desejo que ele suspira invade minha boca, e ele se contém. Não quero ser eu a dar o primeiro passo. Não por puritanismo: já tomei a iniciativa infinitas vezes, mas porque é ele, e não eu, que parece ter um problema com isso. Por causa dele, não faço nada quando me puxa bruscamente, nossos peitos se tocam e eu fico em cima da braguilha meio aberta de sua calça. Então, sim, agora posso dizer que ele se sente atraído por mim. Muito mesmo.

Perfeito, também me sinto assim por ele.

Sua outra mão vai até a minha coxa nua. Os dedos se contraem e se fincam na minha pele feito pregos.

— Sei o que você quer fazer — sussurro, me lembrando das mesmas palavras que ele usou debaixo da chuva. — Por que não faz?

VIZINHO INFERNAL 305

Ele faz um gesto que eu não via há muito tempo. A ponta da língua acaricia um dos cantos da boca, seu sorriso sobe até onde consegue, e todos os sinais de perigo se acendem com letras néon.

— Porque você vai se arrepender depois.

— Se você está falando do tipo de sexo, eu duvido. Não gosto de delicadeza.

Ele fecha os olhos e ri sem fazer barulho.

— É claro que não — murmura. Quando volta a abri-los, vira o rosto de leve para que nossos lábios quase se toquem. — Você é pior do que um pecado.

Não sorrio, mas quase.

— Obrigada.

— A gente não devia fazer isso — adverte novamente, cada vez menos convencido.

— Belial.

— Fala.

— Me beija.

Ele deixa as dúvidas de lado com um movimento rápido. Quando seus lábios entram em contato com os meus, não é mais ódio o que procuro, e, certamente, não é o que encontro. Encontro desejo, o oxigênio que me faltava sempre que ele roubava minha capacidade de respirar só com a sua presença. A cicatriz de seu lábio, que não sinto, mas ainda assim imagino. Sua língua, que me arranca um gemido e, em troca, me devolve um dos seus.

Em contraste com o frenesi do beijo, suas mãos deslizam pelo meu corpo lentamente. Uma delas, a que estava na parte inferior das minhas costas, puxa minha blusa para fora da saia e desliza por baixo dela para alcançar minha pele. A outra sobe pela minha coxa até encontrar o tecido amontoado na parte superior.

Ele hesita. Que ele não hesite. Coloco minha mão em sua palma e movo a mão dele em direção à parte interna da coxa.

Solto outro ruído, meio gemendo e meio grunhindo. Os dentes dele se fecham em meu lábio inferior e puxam. Para mostrar para ele que gosto, ou porque simplesmente quero, agarro seu cabelo com força.

Abro um pouco mais as pernas, ele levanta os quadris por instinto, e seus dedos continuam a subir. Tão, mas tão devagar que, se não chegarem ao destino, começarei a gritar.

Antes que isso aconteça, percebo que estou seguindo o conselho dele. E, sem entender por quê, beijo-o como se fosse a última vez. Como se a vida tivesse me trazido até aqui, até este momento, depois de todas as mudanças e as pedras no meio do caminho. Como se alguém me dissesse: "Aproveite enquanto pode". Será que é porque sei que ele vai embora? Para o Céu, para o Inferno ou para longe de mim, tanto faz.

Ainda tem tempo, digo para mim mesma para afastar o pensamento.

Tem outra coisa que está atrapalhando e quero tirar do caminho. Os dedos de Belial alcançam minha calcinha (branca, de algodão) e tocam-na por cima. Para cima e para baixo. O contato, por mais sutil que seja, faz um arrepio percorrer minha coluna.

Sempre fui paciente. Em geral e em relação ao sexo. Por mais que não goste de ficar enrolando nem de muita delicadeza, nunca apressei a pessoa com quem estivesse transando. Neste momento, porém, gostaria de exigir que ele fizesse logo o que está por fazer. Como não quero interromper o beijo, deixo isso claro para ele ao me aproximar ainda mais. Aperto o abraço e me aproximo de sua mão.

Sua risada reverbera em meu peito.

— A paciência é uma virtude — brinca.

— Para de besteira.

Ele não vai. Continua brincando com o tecido, me deixando louca. Às vezes, o toque é tão sutil que mal o sinto. Outras vezes, é mais forte, e todos os meus músculos tensionam ao mes-

VIZINHO INFERNAL 307

mo tempo. Quando estou prestes a suplicar para ele ir depressa, quando estou sentindo que realmente não aguento mais, ele chega minha calcinha para o lado e suprime meu suspiro com os lábios.

Seu dedo está frio, e eu estou o completo oposto. No início, ele se diverte traçando círculos. Sintoniza os beijos com a cadência lenta, o sorriso puxando os cantos de sua boca. Não importa o que já fez antes, só por isso ele merece o tempo que passou no Inferno. Ele sabe o que está fazendo, não dá para negar, mas prolonga tanto que começa a parecer mais uma punição do que uma recompensa.

Nunca desejei nada com tanta intensidade assim. Não sei se ele sabe disso, mas quando pressiona o polegar e desliza o dedo médio para dentro de mim, afasto meus lábios dos dele e fico prestes a confessar. A gritar no momento em que ele acrescenta o indicador.

Apoio a testa na dele e olho no fundo de seus olhos. Eles vasculham os meus até descobrirem algo que o faz cerrar a mandíbula e acelerar o ritmo.

Movo os quadris, separo as pernas o máximo possível e mordo o lábio inferior. Minha saia subiu até a cintura, e nem isso faz com que ele pare de olhar para o meu rosto. É como se estivesse se alimentando de cada gesto meu.

— Eu estou… — sussurro.

— Eu sei.

Belial acelera ainda mais. Solto um gemido, e ele volta a se lançar em direção à minha boca. Me beija, me morde, diz coisas que não entendo. Neste instante, não entendo nada: só sei que meu sistema nervoso está carregado de eletricidade e que meu cérebro está prestes a entrar em ebulição. Que meus dedos ficam tensos: alguns enganchados em seu cabelo, outros em seu ombro.

Tento segurar o orgasmo o máximo possível. Porque pode ser o último, porque é com ele, porque não quero que isso acabe.

Infelizmente, acaba. Explode, de onde está me tocando até o resto do corpo. Intensamente, quebrando tudo o que encontra pelo caminho. Meus receios, meus medos, meus *nãos*. Me esvazia para que eu possa me encher de tranquilidade, coragem e *sins*. Para que, quando ele diminui o ritmo e afasta a mão com delicadeza, eu possa dizer:

— Tira a calça.

Um dos meus receios, medos ou *nãos* deve ter surgido, porque ele me levanta com cuidado, apoia a testa em minha barriga e murmura:

— Desculpa.

Não entendo nada, nem o que ele diz nem por que se levanta sem olhar para mim, pega a camiseta e a bota e começa a se vestir depressa. Não entendo por que abre a porta com os olhos fixos no chão.

Por que diz:

— Tenho que ir.

Por que repete:

— Desculpa.

JULGAMENTO

Forgive me, father, for I have seen
so much pain and suffering.
Is there any hope for me?

Forgive me, father, for I am lost
in all the trouble I have caused.
Now what will become of me?[*]

REUBEN AND THE DARK,
"Hallelujah"

---

[*]N. da T.: "Perdão, pai, pois eu vi/muita dor e sofrimento./Há alguma esperança para mim?//Perdão, pai, pois estou perdido/em todos os problemas que causei./Agora, o que será de mim?" (tradução livre).

ARTIGO 39

QUANDO O MAL ESTÁ DESLIGADO OU FORA DA ÁREA DE COBERTURA

26 de agosto, 11h57

Milena

Belial ainda não voltou. O fato de ele ter passado o sábado todo fora me deixou nervosa, e o fato de já ser domingo e ele não ter dado nenhum sinal de vida me deixa tão ansiosa que não sei como lidar com isso.

Limpei a casa, coloquei os vinis dele em ordem alfabética e cozinhei todas as receitas de macarrão imagináveis. Pintei as unhas, alisei o cabelo sem motivo e fiz vários exercícios de alongamento. Tentei ler, assistir à televisão e aprender a meditar com um tutorial do YouTube.

Não adiantou de nada. Sempre que olhava as horas no celular, parecia que o relógio estava andando para trás. O tempo perdeu a forma, assim como eu, e não consegue mais voltar a ser como era antes.

Também falei com o gato enquanto o acariciava. Confessei para ele que me sentia culpada, porque era óbvio que o homem (*demônio*) tinha fugido por minha causa. Na sexta-feira à noite, insisti demais para que acontecesse algo entre nós, e estava claro que ele estava relutante em relação a isso. Me comportei exatamente como odeio que os outros se comportem comigo, e preciso urgentemente pedir desculpas.

Tentei falar com ele no sábado de manhã. Quando acordei, vi que ele não tinha voltado, liguei para o celular dele e descobri que estava na minha bolsa. Então, percebi que não tinha devolvido para ele depois daquela festa ilegal.

— Eu sou horrível — repito para Mamón pela enésima vez.

Lina tinha razão (estou começando a odiar essa frase de tanto repetir ela): é bom desabafar com uma criatura que não tem escolha a não ser ficar ao seu lado. Aliás, esse gato é esquisito. Quer dizer, parece que ele está me ouvindo com atenção. Parou de me julgar, e agora seus olhos amarelos só transmitem algo que decidi interpretar como inevitabilidade.

Ele é muito inteligente. Ontem, me mostrou onde estava a comida dele e a da galinha. Também roubou uma das minhas almôndegas sem glúten e enfiou o focinho na sopa fria de alho-poró que fiz para o jantar.

— Você já fez alguma coisa da qual se arrependeu, mas que, ao mesmo tempo, faria de novo mais mil vezes? — pergunto ao animal. — Eu já, e por isso sou uma pessoa horrível.

É engraçado, porque sempre me considerei um ser humano decente. Mais do que isso, até. Pouquíssimas vezes minhas crenças e meu senso de justiça foram abalados. Teve aquilo que fiz com a Raquel Tena e o Enrique; então, quando nos encontramos na sexta, fiquei muito feliz em ver que não guardavam rancor de mim. Na verdade, no dia seguinte recebi uma mensagem dele ("Oi, oi! Eu estava falando sério ontem à noite; fiquei muito feliz de te ver! Quer sair semana que vem?!). Tenho dificuldade de perceber quando estou errada e me sinto paralisada quando não sei como resolver a situação na mesma hora.

Agora, cometi um erro, fiquei paralisada e não tem como resolver, porque não consigo entrar em contato com Belial.

Dou um pulo quando meu celular notifica uma nova mensagem. *Não tem como ser ele*, penso. *Mas tomara que seja*, desejo.

No fim, é María Teresa Jiménez Gil, que me informa, em letras maiúsculas e sem vírgulas nem pontos finais, que na segunda-feira, dia 27 de agosto (ou seja, amanhã), podemos voltar para o apartamento depois das cinco da tarde.

Tento ficar feliz. Voltar à minha rotina de sempre, ter meu próprio espaço e compartilhá-lo com Lina é a melhor coisa que poderia acontecer. Era isso o que eu estava esperando há duas semanas. Então, por que balanço a cabeça quando leio a mensagem? Por que torço para surgiu alguma outra eventualidade que me dê mais tempo aqui?

É mais provável que você corrija o seu erro com o Belial se vocês continuarem na mesma casa, digo para mim mesma. *Por isso você não quer ir embora ainda.*

Ontem, contei para Lina o que aconteceu com o Enrique, mas não mencionei nada a respeito de Belial (mesmo que ela tenha me perguntado várias vezes). Decidi que quero admitir que ela estava certa e pedir conselhos, mas esse não é o tipo de conversa que gostaria de ter por telefone. Prefiro fazer isso amanhã, quando nos veremos pessoalmente e eu terei a possibilidade de aceitar aquele abraço que ela sempre está disposta a me dar.

Apesar disso, preciso ouvir a voz dela; então, clico no contato e torço para que não esteja trabalhando.

— Estou fazendo uma sessão de fotos — diz ao atender. — É urgente?

— Não, relaxa. Só queria avisar que podemos voltar pra casa amanhã.

— Eu vi, a Maritere me mandou mensagem agorinha. Nos vemos às cinco! Estou animada pra voltar a te estressar com a minha bagunça. — Eu também. Só que… — Amiga, desculpa, mas vou ter que desligar agora. Tchau!

O interfone toca, e me levanto em um pulo, achando que pode ser ele. Pode ter esquecido ou perdido a chave ou...

— Sim? — pergunto quando atendo.

— Oi? Meu... hã... neto está por aí?

Não tem câmera, mas tenho certeza de que a pessoa que está falando é uma senhora idosa. Não sei quem seria o neto dela, mas não é Belial.

— Não, a senhora deve ter se enganado.

A mulher permanece em silêncio. Estou prestes a desligar o interfone quando ela acrescenta:

— Você é a amante de alguém?

— Perdão?

Ela limpa a garganta.

— Você tem... namorado? Se não, tenho certeza de que o meu neto adoraria te conhecer.

A pergunta é tão fora de contexto que fico paralisada por alguns segundos.

— Não estou nem um pouco interessada em ser amante de ninguém. Adeus.

Desligo e, ao dar meia-volta, encontro Mamón olhando para uma pomba horrível que pousou no parapeito da janela. Será a mesma da última vez, ou todas as pombas desta cidade parecem estar doentes? De qualquer forma, fico com medo que o gato caia ao tentar pular para pegá-la; então faço um gesto com a mão para espantá-la e fecho a janela.

ARTIGO 40

QUANDO O "MAIS LONGE POSSÍVEL" PARECE O MELHOR DESTINO

26 de agosto, 21h09

Bel

A covardia é um defeito que preocupa muito os que estão no Céu. Não acontece a mesma coisa no Inferno, onde sequer usamos essa palavra. Preferimos conceitos como *egoísmo* ou *medo*.

Covardia e medo não são sinônimos, pelo menos não para nós. O medo oprime e isola, e anda de mãos dadas com o egoísmo, que acabei de mencionar. Em uma situação perigosa, o medo te prende e sussurra em seu ouvido o que fazer para se salvar. A covardia, por outro lado, anda sempre junto com a culpa.

Culpa é outro termo que deixa os lá de baixo nervosos. Sentir culpa implica reconhecer que se fez algo de errado, e Lúcifer e seu grupinho preferem que a maldade seja desfrutada ou que pelo menos não seja um fardo.

Como eu estava dizendo, a covardia não diz respeito somente a você, como é o caso do medo. Situações ou pessoas entram nessa equação, pois, por qualquer motivo que seja, você não quer enfrentá-las.

Ter fugido da Milena é covardia.

Nos dois últimos dias, tenho dito para mim mesmo que isso é o melhor para ela. Que, quanto mais longe eu estiver, menos chance terei de causar problemas para ela. Confio em mim mesmo até certo ponto, mas sexta-feira estive a um passo de sair do controle. Não sei quantas vezes passou pela minha cabeça que eu poderia usar camisinha, que ficar com ela compensaria aquela porcentagem mínima de chances de dar tudo errado e o mundo acabar.

E pelo mesmo número de vezes, pensei que não poderia dormir com ela sem dizer a verdade. Então, em vez de ser sincero, fui embora para fazer o que faço de melhor: fugir para não enfrentar as consequências das minhas ações.

Não quero passar de novo pela mesma experiência que tive com a Eva. Não quero que ela me odeie.

Seria melhor se ela pensasse que eu a abandonei? Não sei. Acho que sim. No fim das contas, vou voltar para o Inferno e, mais cedo ou mais tarde, ela vai me esquecer. Vai conhecer outra pessoa, ter uma relação sincera e sorrir para ela. E eu vou assistir a tudo lá de baixo, assim como há milhares de anos. Se eu não for um ser desprezível, ficarei feliz pela felicidade dela. Mas se for, como suspeito que serei, vou apenas desejar ter estado ao lado dela até o fim.

Quando ela morrer, só terei que tolerar o resto da eternidade. Outra vez.

Peço ao garçom uma última dose, pago as dez anteriores e saio do bar em direção ao "Mais longe possível".

Pega um avião, digo para mim mesmo novamente.

Não, respondem em uníssono a covardia, o egoísmo e o medo.

ARTIGO 41

QUANDO AS NONAGENÁRIAS CLEPTOMANÍACAS SE TORNAM UM PROBLEMA PARA A SOCIEDADE

27 de agosto, 17h00

Milena

Deixo as três malas na entrada de casa (a minha) e olho à minha volta. Os móveis estão cobertos pela poeira branca dos azulejos cortados, o chão está coberto de pegadas, e os pedreiros deixaram um saco enorme cheio de lixo.

Em condições normais, eu ficaria estressada. Iria para o meu quarto, trocaria de roupa e começaria a limpar até que tudo estivesse impecável.

No entanto, fico surpresa ao ignorar a bagunça e me jogar no sofá sem nem mesmo soltar a bolsa. Uma nuvem de poeira voa do tecido, o que me faz espirrar e, muito provavelmente, manchou a minha calça.

Não me importo.

Antes de vir, passei na vaga do Belial para ver se o carro estava estacionado. E estava. Procurei em todos os lugares para ver se ele tinha deixado algum bilhete. Mesmo que ele não ti-

VIZINHO INFERNAL **319**

vesse deixado, o fato de ter saído andando me tranquiliza, porque não deve ter ido muito longe. A não ser, é claro, que usasse transporte público. Ou um avião. E se tiver ido para outro país? Será que eu o fiz se sentir tão mal assim?

Queria que Mamón estivesse aqui para ouvir meus lamentos. Tentei fazê-lo vir comigo, mas ele fugia de mim sempre que tentava pegá-lo, deixando claro que preferia ficar em casa. Antes de sair, prometi que subiria duas vezes por dia para dar ração para ele e para a galinha.

O interfone toca, e a primeira coisa que penso é que aquela senhora se confundiu de novo, porque moro no quinto, não no sexto andar, para onde ela ligou ontem. Mas é Lina. Quando sobe carregando suas coisas e as deixa perto das minhas, grita:

— Uma velha roubou minha bolsa!

— É sério?

— Eu juro! Devia ter uns dois mil anos. A vagabunda pegou de mim quando eu estava distraída e saiu fugida de moto. De moto, Mile! Que mundo é esse que estamos deixando para os nossos filhos?! Primeiro, as mudanças climáticas; agora, nonagenárias cleptomaníacas. Não é possível. Aliás, vou ter que tirar uma cópia das suas chaves.

Ela se joga no sofá com um sorriso que preenche todo o seu rosto e me abraça até doer. Parece até um coala, se coalas beijassem as orelhas das pessoas e repetissem várias vezes: "Senti tanta saudade! Taaanta! E você? E você? E você?".

Retribuo o abraço (com mais moderação, é claro) e admito que também senti saudade dela.

Lina se afasta o suficiente de mim, certificando-se de continuar invadindo meu espaço pessoal, mesmo que não esteja mais sentada em cima de mim, e bate palmas.

— Muito bem, senhorita! Agora me conta tudo! O que rolou com o DJ vê se não se apaixona? Cadê ele? Vocês já trocaram votos de amor eterno debaixo da chuva? Não, melhor! Já gritaram que se amam no meio de uma briga? Adoro esse clichê.

— Ele foi embora.

Lina está animada demais para reparar no tom da minha voz.

— Fazer o quê? Comprar mais camisinha?

— Não, Lina. Ele foi embora. Não sei onde está.

Respiro fundo e explico tudo para ela. Omito a parte de que ele é mesmo um demônio, mas só isso. Falo que ela estava certa a respeito da minha atração por ele, que saímos juntos, que percebi como ele mudou. Digo que eu estava errada, não só porque estou a fim dele há algum tempo, como porque acabou sendo melhor do que eu pensava. Conto todos os detalhes: o pedido de desculpa, o espaguete e o fone de ouvido. Falo para ela da chuva, de dois sorrisos e da sensação de comodidade.

Até aí, Lina parece feliz. Quando conto para ela o que aconteceu no trabalho, lágrimas caem de seus olhos enquanto ela soca uma almofada. Não me culpa por não ter ligado para ela, e agradeço por isso. Também não se surpreende por ter sido Belial quem resolveu o problema. Mesmo que eu não faça ideia de como, sei que foi ele.

Por fim, ela volta a se agarrar à minha cintura com as pernas e aos meus ombros com os braços. Ficamos em silêncio por um bom tempo, e, como sempre acontece com ela, isso é agradável. Lina fala demais; porém, quando fica quieta, consegue dizer ainda mais. Agora está transmitindo calma e carinho e um amor que, embora não seja romântico, significa o mundo.

— Ele vai voltar. — Ela sabe que é uma promessa que não cabe a ela fazer.

— Não sei, não.

— Vai, sim. Senão, vou atrás dele, onde quer que esteja, e puxo ele pelos cabelos pra ele poder se desculpar do jeito certo.

— Sou eu que tenho que me desculpar — lembro.

— Bom, mas depois é a vez dele. Por mais bravo que estivesse, e eu reitero que duvido que tenha sido esse o caso, é ridículo ele ter simplesmente ido embora. E se a gente denunciar o desaparecimento dele pra polícia?

— Pensei nisso, mas ele é um homem adulto que sumiu por vontade própria.

— Odeio homens adultos, principalmente os que somem por vontade própria — resmunga. — Posso te fazer uma pergunta?

— Desde quando você pede permissão?

— É que talvez não seja o melhor momento. Quer dizer, não "talvez"; tá mais pra "com certeza". É que eu queria saber isso desde que cheguei, mas aí a gente começou a falar de outras coisas...

— Fala logo.

Lina solta meus ombros para poder olhar para o meu rosto.

— Você admitiu que o Bel te atrai, boa garota. Mas também já percebeu que gosta dele? Não é a mesma coisa! — reclama ela quando eu bufo.

— Sei que não é. — Os olhos dela se arregalam cada vez mais, ansiosos. Por fim, me dou por vencida e digo: — Acho que estou considerando a possibilidade.

— Milena, qual é!

— Tá, Carolina. Sim, eu gosto dele.

Reconhecer algo em voz alta sempre dá uma sensação de vertigem. É assim que me sinto agora: como se tivesse saltado de um avião, o chão estivesse cada vez mais perto e eu não tivesse certeza se o paraquedas vai funcionar.

ARTIGO 42

QUANDO A RATAZANA
TEM UM DIA MELANCÓLICO

30 de agosto, 11h42

Bel

Lúcifer deve saber de tudo.

Não que seja onipresente, como Deus. Ela bem que queria. Mas, depois de eu ter ignorado Belzebu várias vezes, ela deve ter ficado ainda mais ciente do que estou fazendo na Terra. Além disso, se descobrisse que falei com Asmodeus e ele desse a ela o meu recado...

Dizer que ela "não vai ficar feliz" é um eufemismo de proporções épicas.

Talvez tenha visto eu me afastar de Milena ou, pior, me envolvendo com ela e fugindo antes de acontecer o que ela queria que acontecesse. Se for isso...

Caramba, uma ratazana! Perfeito.

Tiro a camiseta para jogar nela e prendê-la no lugar. Quando consigo, volto para o hotel em que estou hospedado. Sim, continuo em Madrid. Sim, estou tendo dificuldade em manter a promessa que fiz para mim mesmo de ficar longe da Milena.

De qualquer forma, considero isso uma vitória. Depois que a minha necessidade de cair em tentação lutou contra a covardia e tudo terminou em um empate, elas chegaram em um acordo para eu ficar na cidade que quero, apenas longe das consequências.

Não é ruim. Mas também não é bom.

No quarto do hotel, fico no centro do pentagrama (que eu desenhei com xampu de coco desta vez), em frente ao espelho, e seguro a ratazana, tomando cuidado para que o tecido da minha camiseta fique entre mim e as doenças dela.

Desenho três números seis no vidro, resmungo para Barrabás, dizendo com quem quero falar, e espero.

— Estou exausto pelo vazio da minha existência. Diga o que você quer e me deixa em paz.

A cabeça do Asmodeus versão emo não é muito melhor do que aquela que tem cheiro de enxofre, mas pelo menos não me chama de "mano".

— Qual é, cara, você não está feliz de falar comigo? Só liguei pra saber como estão as coisas aí embaixo.

— Monótonas. Minhas almas sofrem em constante agonia, mas nem isso é capaz de me preencher. A passagem do tempo normaliza até os atos mais cruéis.

Deixo que ele continue falando, porque o Asmodeus emo começa a chorar quando acha que ninguém se importa com o que ele fala.

— Hoje, por exemplo, obriguei várias dessas almas a se sentarem na frente de um televisor em que estava passando pornografia. Censurada, sabe, tipo naqueles canais antigos. Tempos melhores, mais impiedosos. Para tornar tudo ainda mais frustrante, a cada trinta segundos apareciam anúncios de fraldas ou hemorroidas. E nem isso... — Ele solta um suspiro bem longo. — A única coisa que alivia o meu tédio hoje em dia é a Lúcifer.

— Ah, é?

— Ela é muito ativa. Tentou fazer Satanás firmar um pacto com o Céu; sem sucesso algum, é claro. E já está farta do Astaroth. Obrigou ele a ficar de olho o tempo todo em você e na sua amante... que ainda não é sua amante. Ela repete muito isso, que ela não é sua amante e também que vai te matar.

Solto uma risada. Porque não é a primeira vez que ela me ameaça desse jeito e porque, bom, eu sou imortal.

— Qual é, Asmodeus, no máximo ela vai me trancar por uns milênios. Isso não me deixa particularmente animado, mas...

— Não, ela diz que vai matar o seu corpo físico. E se alegra muito ao pensar nas formas de fazer isso. A originalidade dela é revigorante.

— Ah. — Merda. — Ei, você disse que o Satanás estava vigiando a Milena?

— Astaroth — corrige, mal-humorado. — Você não presta atenção no que eu estou falando. Ninguém presta, na verdade; não tem mais demônios dispostos a...

Correndo o risco de fazer ele chorar, interrompo:

— Por que ele está vigiando a Milena?

— Por acaso eu tenho cara de quem se interessa pelo destino de uma humana míope? Não faço a menor ideia.

— Porra.

Interrompo a comunicação sem me despedir e começo a andar pela sala, ainda segurando a ratazana. O fato de Lúcifer fantasiar ou, pior, pretender acabar com o meu corpo físico é um problema. Basicamente porque não faço ideia do que aconteceria depois. O Céu me julgaria agora mesmo? Me traziam de volta à vida até terminar o período de teste? Me dariam um outro destino?

Mas o que realmente me preocupa é o fato de estarem de olho na Milena. Seja por minha culpa ou não (claro que é), se ela morresse, não voltaria a viver de jeito nenhum.

ARTIGO 43

QUANDO O GATO PEDE PARA VOCÊ FICAR PELADA, POR FAVOR

30 de agosto, 13h10

Milena

Não consigo me lembrar de qual foi a última pessoa de quem gostei no mesmo nível do que de Belial. Depois de Lina e de Marcos, teve alguém com quem considerei a possibilidade de ter um relacionamento? Será que estou considerando essa possibilidade com o demônio?

Não deveria. Principalmente por sua falta de humanidade, mas também pelo pouco tempo que temos pela frente. Qual o sentido de consolidar algo quando sabe de antemão que está prestes a acabar? Não que as relações tenham que começar com a certeza de que vão durar para sempre, sei quais são as chances de isso não acontecer (no meu caso, de cem por cento). No entanto, dar uma chance para um namorico com data de validade escrita no verso em letras garrafais é a maior burrice.

Então, não sei por que perco meu tempo pensando nisso. Além do mais, a outra parte do relacionamento em potencial continua em um paradeiro desconhecido, e minha preocupação por ele está começando a dar lugar à raiva.

Tudo isso seria mais suportável se eu estivesse trabalhando. Em qualquer coisa. Minha situação recente de desemprego me permite pensar em Belial durante todas as horas em que estou acordada e, às vezes, até na fase REM do sono.

Sentir falta dele é desesperador. Se alguém tivesse me dito no começo de julho que eu teria saudade desse homem (*demônio*) que me causou uma impressão tão ruim no elevador, eu daria risada. Ou não daria, mas levantaria a sobrancelha e bufaria o mais forte que meus pulmões permitissem.

Contudo, dois meses depois, aqui estou eu. Percebendo que não foi ruim deixar de lado a monotonia de sempre, ir a festas e a shows, escutá-lo... É ridículo querer ouvir sua voz. Ou desejar tocar novamente nas três cicatrizes em seu rosto. Ou ver seu sorriso e compreender o que acontece quando ele se desfaz.

Abro a porta da casa dele para dar comida para Mamón e para a galinha. Nos dois primeiros dias, ainda tenho a esperança de encontrá-lo aqui. Atrás da mesa de mixagem ou deitado no sofá, com as pernas estiradas e os braços apoiados no encosto. Hoje, com o coração mais anestesiado, já presumo que não está.

Só por precaução, chamo assim que entro:

— Belial?

— Tira a camiseta e desenha um pentagrama no peito.

Pisco devagar, confusa. É a voz que ele usou para fingir que... Olho para todos os cantos, procurando por ele. Entro no quarto, que continua do mesmo jeito que deixei. No dos bichinhos. No banheiro. Estou verificando embaixo do balcão da cozinha quando:

— Anda, vizinha! Estamos com pressa.

Viro a cabeça rapidamente.

O gato.

O gato!

— Você fala! — acuso, apontando para ele com um dedo.

O animal está em cima de uma das banquetas, me observando com os olhos amarelos e movendo o rabo devagar.

Ele abre a boca e diz:

— Surpresa. Vai, fica pelada.

Pego a primeira coisa que encontro, que é a escumadeira.

— Você é um demônio! Você me viu trocar de roupa! Dormiu em cima do meu peito! Eu te contei... coisas! — Tento acertá-lo depois de cada uma das frases, mas sem sucesso, porque ele é uma criatura infernal extremamente ágil.

— Faz o favor de ter essa crise um pouco mais tarde. É urgente.

— Eu disse que te botaria no forno se você fosse um demônio!

— Sim, eu sei, mas depois. Tira a blusa!

— Não vou tirar nada, sua criatura depravada!!!

— Vizinha, eu não poderia ligar menos para o seu corpo — anuncia de maneira muito digna. — Mas preciso dele pra entrar em contato com o Inferno.

— Você está esperando um dos seus amigos me possuir? Agora sim que vou te enfiar no forno. E nada de frango gelado pro jantar.

Ele abaixa as orelhas, visivelmente incomodado. Ótimo.

— Ninguém pode nem quer te possuir. É só uma ligação. Você tem que desenhar no chão o mesmo pentagrama que vai desenhar no peito e...

— Pra quê? — interrompo-o, cruzando os braços.

— Pra eu poder falar com o Asmodeus.

— Pra quê? — reitero.

— Por todos os andares do Inferno, você é ainda mais irritante do que o Belial! Eu estou tentando descobrir onde ele está.

— Seu amigo foi embora por vontade própria.

Quero encontrar Belial? É óbvio que sim. Mas, agora, por mais que eu precise pedir desculpas, deveria obrigá-lo a sair de onde quer que tenha se escondido? Não seria melhor esperar ele voltar sozinho, por livre e espontânea vontade? Sem contar que não confio nas intenções desse demônio pervertido.

— Meu amigo é um idiota — diz o gato (que não é um gato). — Além disso, ele tem o maravilhoso dom de complicar qualquer situação. Por mais simples que sejam as tarefas dele, ele consegue estragar tudo.

— De que tarefas você está falando? — pergunto com desconfiança, os olhos se estreitando.

— Ele arrumou confusão.

— Desembucha.

— Não sou eu quem tem que te explicar qualquer coisa. — Não importa a aparência dele, sinto que não estou falando com um animal, mas com um homem adulto muito entediado. Da vida, em geral, e de Belial e de mim, em particular. — Então, pega a galinha, tira a roupa e… Ah. Finalmente.

O barulho da chave do outro lado da porta faz meu coração começar a bater acelerado. Não é possível. Não…

Mas é. Quando Belial entra, me devolve todo o oxigênio que roubou de mim nos últimos meses. Respiro fundo, observando-o, com os olhos arregalados e a boca apertada em uma linha fina. Como não consigo escolher um dos sentimentos que estão gritando em meu peito (preocupação, raiva?), permaneço imóvel.

Analiso cada milímetro dele com o olhar. Não tem novas cicatrizes, mas suas olheiras estão mais fundas do que nunca. O cabelo está uma bagunça, e o torso está nu. Percebo que a camiseta branca, suja e amassada, está saindo do bolso de trás de sua calça.

Também procuro em seus olhos o motivo de tudo isso. Raiva, aversão, vergonha, qualquer coisa. Não encontro. Há algo no fundo, sei disso, mas não sei o que é. Desço um pouco mais, até encontrar seus lábios. Continuam impassíveis, e volto a ter a certeza de que sua seriedade não trará nada de bom.

É o gato quem quebra o silêncio. Se eu não estivesse tão decepcionada com ele, teria agradecido.

VIZINHO INFERNAL 329

— Por que você está seminu, seu babaca exibicionista de merda? — Mamón caminha até ele, pula em seu colo e dá uma patada em seu rosto. — Onde você se meteu? Eu estava preocupado!

— Desculpa. — Sinto que a resposta é dirigida ao animal, mas é para mim que ele está olhando. — Eu preciso... Mam, pode dar um tempinho pra gente? Depois eu falo com você sobre o que aconteceu.

— Tudo bem. Vou dar uma vol...

— Não — diz Belial, às pressas. — É melhor não sair. Vai para o quarto com a Cocoricó.

Ele o faz sem questionar, o que me mostra que, apesar de ter reclamado antes, confia no amigo.

Quando ele vai embora, Belial deixa os ombros caírem e respira fundo.

— Tenho um monte de coisas pra te explicar — começa ele quando os olhos voltam a encontrar os meus. — Coisas que não vão te agradar; então talvez seja melhor você se sentar.

O calor que senti correndo pelas veias ao vê-lo desaparece. Na verdade, consigo sentir um frio passando por elas a toda velocidade.

— Prefiro ficar de pé — respondo.

Ele faz a mesma coisa. Nem tenta se aproximar. Antes de falar, afasta o cabelo do rosto de modo grosseiro. Está sobrecarregado e, de alguma forma, consegue passar o sentimento para mim. Não sei se isso fica evidente na minha expressão, porque uma ruga surge em sua testa ao me observar.

— Eu menti. — Assinto, porque eu sei. Ele mentiu inúmeras vezes. — Mammon e eu não somos os únicos demônios que fizeram um pacto com o Céu; o Belzebu também fez. Ele é... eu diria que pior do que eu, mas isso também não vem ao caso. Vamos dizer que é *diferente*. No sentido de que ele despreza a humanidade e adora Lúcifer.

Me limito a fazer outro movimento afirmativo com a cabeça, ainda sem entender qual é a relação entre aquele outro demônio e o fato de ele ter ido embora na sexta-feira à noite.

— Quando Mammon e eu saímos do Inferno, Lúcifer pediu pra gente entrar em contato quando chegasse à Terra. O Mam não queria, preferia dar o melhor de si aqui e voltar para o Céu. Não sei há quanto tempo ele está falando na sua frente, mas é um bom amigo. Pediu pra eu fazer a mesma coisa que ele; tentar me comportar para ser absolvido.

— Mas você não queria — me precipito.

— Eu ainda não tinha decidido ficar aqui — corrige. — Apesar disso, não tinha certeza de que me sairia bem o bastante para ser perdoado pelos lá de cima. Nem tinha certeza se preferia o Céu ou o Inferno.

— Aí você ligou pra ela. Entrou em contato com Lúcifer.

— Isso. E ela ordenou que a gente destruísse a Terra. A ideia inicial era invocar os cavaleiros do Apocalipse, mas não deu certo por uma série de motivos. Que seja. A questão é que, logo depois daquela conversa, decidi que queria ficar aqui pra sempre. Até a morte, sabe como é. E que se foda a eternidade.

Ele sorri de leve, mais triste do que brincando. Não repito o gesto, e sinto que agora vem a parte que o está deixando angustiado. Suas sobrancelhas se franzem de arrependimento antes de ele prosseguir:

— Aí, eu tive uma ideia. Falei pra Lúcifer que a gente criaria um anticristo e… te marquei como o objetivo.

O gelo que cobria as minhas veias se estilhaça, e sinto cada lasca cravando sob a minha pele.

— Explica melhor.

— O Anticristo perfeito nasce de um demônio e de um anjo; contudo, um humano pode servir. Quanto melhor ele for, mais fácil. Falei pra ela como você era, ela gostou e te marcou. É um processo complexo que…

— Por quê? — interrompo. Não sei se estou perguntando ou exigindo uma resposta.

— Pra ganhar tempo. Não queria destruir o lugar onde eu planejava viver, e, pela forma de Mammon e de Belzebu, eu sou o único de nós três que pode criar um anticristo. Não estava pensando em fazer isso — acrescenta rapidamente. — Só queria que me deixassem em paz.

— Por que você não fez a mesma coisa do gato? Por que não ficou fora de tudo isso?

— Pro caso do meu plano de ficar na Terra dar errado e eu voltar para o Inferno. Por motivos óbvios, o Céu está fora do meu alcance. Tem que ser bom demais pra entrar lá. Se eu voltasse para o Inferno, mesmo que não tivesse criado o Anticristo, o que, repetindo, eu não ia fazer... Pelo menos poderia mentir e dizer que tinha tentado.

— Então, agora, se eu tiver um filho, ele vai destruir o mundo.

— Ai, porra, não. — Ele faz uma pausa. — Pelo menos não com outra pessoa.

Não é como se eu já tivesse pensado em ser mãe, e, de qualquer forma, é uma decisão que deveria ser minha e da pessoa que estivesse comigo, não de algum demônio egoísta maldito.

— Por que eu?

— Porque eu queria que você me ajudasse a ficar aqui. A Lúcifer e o Belzebu achariam que o tempo que estava passando com você seria pra eu te levar pra cama. E você já tinha me dado centenas de foras; então, não tinha risco de isso acontecer.

— Até a sexta. — Minha voz sai entrecortada.

— É, até a sexta.

— Por isso você fugiu. — Ele assente, com a mandíbula tensa. — Quando você me escolheu como objetivo?

— Depois que pedi pra você me representar no Inferno e antes de você concordar com isso.

Paro para pensar no que aconteceu depois disso. Nas vezes em que ele comentou sobre minhas camisas, na noite em que, enquanto chovia, me instigou a beijá-lo.

— Se é assim, por que se comportou daquele jeito depois? E não mente pra mim — aviso. — Você sabe perfeitamente do que eu estou falando.

Sei que ele deixou o pior para o final. Endireito as costas e levanto o queixo para receber o golpe de misericórdia com dignidade.

— Porque achei que, se conseguisse te conquistar, você tentaria me fazer ficar na Terra. — Fecho os olhos, e aí está, a bala direto no coração. — No começo, foi isso, eu admito. Mas depois...

— Não quero saber.

— Milena, por favor — implora. Com palavras, com a voz, com gestos. Com todo o seu ser.

— Não.

Me dirijo à porta e passo por ele sem fazer contato, meus músculos se tensionando para o caso de ele tentar me impedir e eu ter que bater nele.

Ele não tenta.

Diz:

— Estou apaixonado por você.

Seguro a maçaneta com força.

Respondo:

— Você não sabe o que é amor, demônio.

ARTIGO 44

QUANDO O SEU PLANO SE BASEIA EM IMPROVISAÇÃO E PIROMANIA

30 de agosto, 14h22

Bel

— Seria melhor se eu não soubesse.

Ela não ouve a minha resposta, porque só falo depois que ela bate a porta.

Me sento no sofá com o rosto entre as mãos e os cotovelos apoiados nos joelhos. Sabia que isso ia acontecer, vim preparado para isso. No entanto...

— Estou orgulhoso de você.

Viro a cabeça e separo os dedos para poder olhar para o gato pelos espaços.

— É a primeira vez em seis mil anos que você me diz algo do tipo. Você não tinha me aconselhado a confessar tudo pra Milena?

Mammon sobe no meu colo.

— Nem sempre posso te dizer o que fazer, principalmente quando você se esforça tanto pra me ignorar — resmunga. — Era algo que tinha que vir de você, Belial. E foi a coisa certa.

— Odeio fazer a coisa certa.

— Eu sei. Você voltou pra falar com ela?

— Não. Mais ou menos. Liguei para o Asmodeus de manhã, e ele insinuou que a Lúcifer decidiu me matar. Destruir meu corpo físico, no caso. Não sei como isso afeta você ou a Milena, mas também estão vigiando ela. Vai me dizer que eu mereço isso por ter feito tanta besteira?

— Exatamente. — Ele pigarreia, se preparando para continuar a falar: — Belial, eu te disse. Você estraga tudo. Agora que deixei isso bem claro, vamos falar da Lúcifer. Parece que ela sabe que você não cumpriu sua promessa, apesar de ela ter te dado até 10 de setembro, né? — Assinto. — Nesse caso, talvez a gente tenha algum tempo. Afinal, você voltou.

— Ela fez o Astaroth ficar me espionando; então, ele pode ter visto o que acabou de acontecer com a Milena. E pode estar ouvindo a gente agora mesmo. — Só por desencargo, olho para o chão e mostro o dedo do meio para ele. — Talvez eu devesse falar com o Gabriel.

— Belial, no Céu, todo mundo está ciente do que está acontecendo. Muito mais do que no Inferno. O Gabriel já deve saber disso há um tempo.

— E por que não fazem porra nenhuma?! — exclamo, exasperado, afastando o cabelo com um gesto brusco.

— Só posso especular, mas diria que até agora não viram necessidade de intervir. Independente do motivo, o mundo continua a salvo.

— Mas a Lúcifer escolheu a Milena por minha causa! Podiam ter protegido ela!

— Como assim?

— Sei lá, caralho. Afastando ela de mim.

— Talvez quisessem ver se você mesmo era capaz de proteger ela. Lembra, você está aqui pra ser absolvido.

— Eles com certeza não veem a hora de me perdoar — ironizo. — Eles que não façam nada, então. Eu cuido disso.

— Não sei se quero saber como você pretende cuidar disso. Na verdade, não, eu definitivamente não quero saber.

Esfrego as mãos, determinado a fazer o que faço de melhor (além de estragar tudo, é claro): improvisar.

— A partir de agora, você precisa tomar cuidado quando sair. E vai ter que me ajudar a ficar de olho na Milena.

— Como você pretende proteger ela? Aliás, proteger de quê?

— Como der. Do que precisar. De quem precisar.

— A galera lá de cima vai adorar isso.

Não sei se ele está falando sério.

— Eu não ligo. O Céu, o Inferno, a Terra. Vou atear fogo em tudo se for preciso.

— E onde a vizinha vai morar se você colocar esse plano piromaníaco em ação, seu idiota?

— Mam, cara, é uma metáfora.

— É que nem pra ser intenso você presta.

— Cala a boca.

ARTIGO 45

QUANDO VOCÊ TENTA EXPULSAR O MAL CANTANDO UMA MÚSICA DA GLORIA GAYNOR

3 de setembro, 16h07

Milena

A música toca pela décima segunda vez, e Lina, com o celular em mãos e a boca grudada na porta da frente, começa a ler a letra de "I Will Survive", de Gloria Gaynor:

— *Weren't you the one who tried to hurt me with goodbye? Did you think I'd crumble? Did you think I'd lay down and die? Oh, no, not I, I will survive!*

A mesma coisa vem acontecendo nos últimos quatro dias.

Depois que o demônio me confessou suas mentiras, voltei para casa, quebrei um monte de coisas motivada pela raiva e peguei um pote de sorvete sem glúten que estava no congelador. Foi assim que Lina me encontrou uma hora mais tarde. Atacando a sobremesa com uma faca (descobri que é terapêutico, e que minha amiga tinha se esquecido de lavar a louça novamente), rodeada por cruzes jogadas no chão, miniaturas quebradas de anjos, páginas arrancadas de livros religiosos e fragmentos de santinhos.

Contar para ela o que tinha acontecido sem revelar que aquele demônio asqueroso é, de fato, um demônio asqueroso não foi fácil. De qualquer forma, não demorou para Lina entender a questão que importava: que ele tinha tentado flertar comigo para conseguir minha ajuda e que havia mentido para mim diversas vezes. Não precisou mais do que isso para ela agarrar a única miniatura angelical que tinha sobrevivido (a de Gabriel, porque é de metal), subir até o sexto andar e jogá-la na barriga de Belial. Lina soltou todos os insultos que existem na nossa língua (e alguns que inventou) por cinco minutos inteiros. Depois de falar poucas e boas para ele, ela voltou até mim e disse: "Estamos muito bravas com aquele imbecil".

A coisa podia ter terminado ali, acompanhada de alguns encontros estranhos no corredor ou no elevador, se o demônio não tivesse decidido se tornar meu guarda-costas. Ele me segue sempre que saio de casa, seja para fazer compras ou levar o lixo para fora, e fica em silêncio, a cinco metros de distância.

Fico grata por esse último fato: se ele tivesse insistido que eu o perdoasse, não me responsabilizaria por meus atos e cometeria algum tipo de crime. Como dar um soco nele, por exemplo. Seu silêncio me permite continuar saboreando meu ódio por ele.

Ele só me disse uma coisa: "Deixa eu ficar aqui. Por favor". Concordei porque quero ver quanto tempo ele leva para se cansar. Para adicionar isso à lista de coisas que odeio nele, é claro.

Ele não se limitou a ficar de olho em mim, ou seja lá o que está fazendo, somente quando saio de casa. Quando estou lá dentro, ele fica no corredor do quinto andar, encostado na parede. Está lá desde quinta-feira. Nos poucos momentos em que fica ausente (por períodos muito breves), o gato o substitui. Não, *gato* não. Mammon.

O que nos leva ao motivo pelo qual Lina está berrando a letra de "I Will Survive" fora do ritmo.

A princípio, minha melhor amiga tentou expulsá-lo. Quando viu que isso não estava dando certo, decidiu torturá-lo acusticamente. "Talvez a letra entre na cabeça dele e ele perceba que tem que te deixar em paz. Ou talvez entendesse se você falasse pra ele. Por que não faz isso, Mile?"

Enquanto Gloria Gaynor continua cantando que está melhor sozinha, Lina se senta ao meu lado no sofá e se aproxima de meu ouvido para que possa ouvi-la dizer por cima da música:

— Pra ser sincera, estou ficando com um pouco de pena do DJ Errinho. Você deu uma olhada nele? Não está mais com cara de quem saiu de um comercial de perfume, mas de uma lata de lixo. Tá fedendo.

— Ele sobe pra tomar banho todo dia — respondo na defensiva.

— Beleza, não está fedendo. Mas ele é tão patético que dá até nojo, amiga. A gente vai perdoar ele algum dia?

— Você não tem que falar no plural, Lina. Pode perdoar ele quando você quiser.

Ela balança a cabeça em negativa com tanta veemência que o coque azul se desfaz.

— Nem a pau. Estamos juntas nessa.

O comprometimento dela me emociona, e me inclino em sua direção até nossos ombros se tocarem. Não é um abraço, mas ela sorri e sei que recebe o gesto como se fosse.

Um pouco mais tarde, invento uma desculpa esfarrapada (que Lina tem a gentileza de aceitar) e me tranco no quarto.

No fim, acabou que o paraquedas não estava funcionando e dei de cara no chão. Pensei várias vezes em todas as coisas que ele me disse e no que fez por mim ao longo dos últimos meses, e me perguntei quantas delas eram reais, isso se alguma realmente era. Por mais que ele precisasse de ajuda, como pôde ser tão cruel para fingir interesse por alguém? Por mais cansado que estivesse de sua existência, como pôde ser tão egoísta a ponto de colocar o mundo inteiro em perigo?

Pego o caderno, o mesmo que estava usando para anotar detalhes do comportamento dele, e vou até a página em que está a lista que montei nos últimos dias. Nela, enumerei tudo o que me incomodava nele. Escrevi os primeiros tópicos por raiva; já o último, por outro motivo.

66. Que ele diga que está apaixonado por mim depois de partir meu coração.

Fecho o caderno de repente quando Lina bate de leve na porta.

— Mile — chama, colocando a cabeça para dentro do quarto —, tenho um turno no trabalho. Você vai ficar bem? Volto às onze.

— Vou, fica tranquila.

Minto, ela fica preocupada e vai embora depois de me dar um beijo na bochecha. Ouço sua voz abafada no corredor, acho que falando algo para Belial. No começo, não me incomoda. Nem que ele esteja ali, nem que insista no silêncio. Mas, depois de um tempo, meia hora ou mais, explodo.

Ando assim desde quinta-feira. Há períodos muito breves em que fico letárgica, mas, na maior parte do tempo, meu humor se divide entre momentos de ira e de tristeza. Entre querer gritar e querer ficar enrolada na cama.

Estou cansada de tentar analisar meu comportamento e pedir para mim mesma, sem sucesso, para agir de maneira racional. Então, deixo a vida me levar, algo que eu nunca tinha feito. Sendo assim, vou até a porta da frente, abro-a de uma vez e o fuzilo com o olhar.

Ele continua no mesmo lugar que estava de manhã. E ontem. E antes de ontem. Sentado no chão, com as pernas estendidas, as costas apoiadas na parede e o olhar perdido.

— Você não se cansa? — pergunto em um tom frio.

Ele levanta a cabeça para olhar para mim. Seus olhos estão tão vazios que tenho vontade de... Tanto faz, odeio ele. Não é justo que ele pareça triste, não é justo que me faça sentir mal, não é justo que não consiga tirá-lo da cabeça. Não é justo que ele exista.

Imaginei que ele não fosse falar, como foi até agora. Por isso, prendo a respiração (e me repreendo mentalmente por isso) quando ele abre a boca e murmura:

— Quer que eu vá embora?

— Se eu quisesse, você iria?

— Sim, mas pediria para o Mammon ficar no meu lugar.

Ele diz a verdade. Quem dera eu tivesse descoberto antes a diferença de quando está falando a verdade e de quando está mentindo; quem dera eu tivesse feito as perguntas corretas. Quem dera, quem dera, quem dera.

— Por quanto tempo você planeja fazer o que está fazendo?

— Até dia 31 de outubro. — Bufo, sem acreditar. Ele acrescenta: — Eu existo há mais de seis mil anos, Milena. Dois meses não são nada.

Em dois meses, esse demônio conseguiu acabar com a minha paciência, minha monotonia e meu coração. Dois meses podem significar tudo.

— Desculpa — sussurra, com a voz abafada.

Não entendo pelo que exatamente ele está se desculpando até sentir uma lágrima escorrendo pelo meu rosto. Enxugo-a com raiva.

— É difícil eu confiar nas pessoas. Geralmente, não gosto delas, nem elas, de mim. Há pouquíssimas companhias que eu aprecio e quero manter perto. E aí você apareceu, determinado a criar um lugar para si no meu círculo à base de mentiras. Agora você acha que ficar aí, sentado com essa cara de desânimo, vai resolver o problema. Que, ao se desculpar, o buraco que você fez vai se fechar. — Cravo as unhas nas palmas das mãos, fechadas em punhos. — Se desculpar não serve de nada. Não conserta nada. Para de pedir desculpas.

— Eu sei. — A voz sai entrecortada. Ele pigarreia e tenta outra vez: — Mas qual é a alternativa? Qual é a escolha certa?

Te deixar em paz? Eu já disse: se você me pedir, eu vou embora. Se essa não for a solução, nem pedir desculpas, então eu me justifico? Te digo como estou me sentindo pra ver se, com sorte, você se compadece? Ou prefere um gesto romântico idiota pra esquecer o que eu fiz? Porque já está feito, Milena. — De repente, ele parece furioso. Não comigo, consigo mesmo. — Eu estraguei tudo, e nós dois temos que aceitar isso.

— Eu não tenho que aceitar nada — cuspo com desprezo.

— Justo, mas eu tenho que assumir a responsabilidade. Só quero que você saiba que ainda estou apaixonado por você, apesar de você achar que não posso estar ou que não sei o que é amor. Sei qual é o sentimento, o quanto dói e o quanto é assustador. Estou morrendo de medo, Milena. Então, vou continuar aqui até você me impedir ou o meu tempo acabar. E quando eu for embora, para onde quer que eu vá, continuarei apaixonado por você. Goste você ou não. Tenha você me perdoado ou continuado me odiando.

Minha garganta e meus olhos ardem. Como não quero que ele me veja chorando, fecho a porta e me deito no sofá de frente para ela. Me perguntando se ele se arrepende mesmo, se o que aconteceu faz com que ele sinta pelo menos metade da dor que eu sinto.

Depois de um tempo, não sei quanto e nem me importo, abro a porta outra vez e digo:

— Vai embora. — O rosto inteiro dele se contorce de dor. Especifico: — Por essa noite. Volta amanhã, se é isso o que você quer.

Ele se limita a assentir sem dizer uma palavra sequer. Poucos minutos depois, Mammon desce e entra na minha casa após eu gesticular para ele com o braço. Se acomoda no sofá e espera que eu seja a primeira a falar.

— Odeio ele.

— Você mente pior do que ele — responde com simplicidade. — Me chamou pra quê?

— Sei lá. Queria que você fosse só um gato.

— Reclamar ou se arrepender por coisas que não podem ser mudadas é a característica mais idiota dos humanos, e olha todas as opções que vocês têm pra escolher. As coisas são como são, quer você goste ou não. Eu sou um demônio, ele também. Ele se apaixonou, você também.

— Eu não me apaixonei por ninguém.

Mammon me encara com os olhos amarelos cheios de tédio.

— Se você acha...

— Ele tinha que ter sido sincero desde o começo.

— Claro que sim — ironiza. — Ele devia ter sido maravilhoso, porque todo mundo sabe que o Inferno é o lugar para onde vão os melhores dos melhores. Na verdade, a gente caiu porque tropeçou tentando ajudar alguém. — Lanço um olhar zangado para ele, e Mammon suspira. Ver um gato suspirar é ainda mais perturbador do que vê-lo falar. — Vizinha, para de pensar nisso. Ele errou com você, mas podia ter sido pior. Já foi.

— Pior? — pergunto. — Explica isso direito.

Imagino que ele vai se recusar. Contudo, pergunta:

— Tem frango gelado? Perfeito. Faz um prato pra mim.

Não sei por que obedeço, acho que por não ter nada melhor para fazer (além de ficar jogada na cama ou escrevendo listas que não servem para nada).

Depois que ele termina de comer e lambe os beiços três vezes (imagino que a última é só para me irritar), começa a dizer:

— O plano dele era bom. Ele tinha certeza de que você não queria transar com ele; então isso serviu pra proteger o mundo por um tempo. Se ele não fosse o tipo de demônio que é, eu até teria aplaudido a genialidade.

Cruzo os braços, contrariada.

— Que tipo de demônio ele é?

— Do tipo muito caótico que não gosta que digam o que ele tem que fazer. E que ama fazer exatamente o que não deveria. Fiquei com medo de ele querer dormir com você. Não, eu sabia que ele queria. O que me preocupava era que, apesar de tudo, vocês realmente transassem. Por isso fiquei puto com ele. Eita. Espera um...

Ele começa a fazer uns barulhos muito desagradáveis e a ter espasmos. Ele arqueia as costas, e eu olho para todos os cantos, preocupada. É por causa de algum crucifixo? Não, eu joguei todos fora, junto com o resto das coisas. É o Apocalipse?

— O que foi?!

De repente, ele vomita o frango meio digerido seguido por uma enorme bola de pelos. Ele olha para a sua obra, olha para mim e comenta:

— Ops.

— Eca.

— Pois é. Às vezes acontece.

Limpo da melhor maneira que consigo e, embora eu me sente de novo no sofá, tento ficar o mais longe possível dele.

— Como estava dizendo antes de eu mesmo me interromper: minha preocupação era que ele fizesse o que sempre faz. E fiquei com ainda mais medo disso quando descobri o que ele sentia por você. Mesmo usando métodos contraceptivos, como tenho certeza de que você pensou em usar, tinha a possibilidade de dar errado e você ficar grávida.

Estou prestes a fazer uma digressão sobre o último tópico. Contudo, guardo o que penso para mim e deixo-o continuar:

— Não acreditei em nenhuma das vezes que ele me disse que era perfeitamente capaz de se controlar. Morei duas semanas com vocês, sabia o que estava acontecendo. Só que não foi ele quem tentou, mas você. Aí, pensei que era isso, que não tinha o que fazer. Mas, em vez de agir como eu imaginava que ele agiria, sendo egoísta como sempre foi, ele fugiu.

— Realmente — concordo com ele, furiosa. — Fugiu em vez de me explicar o que estava acontecendo.

O demônio dá várias voltas em torno de si mesmo antes de se deitar.

— Eu não disse que ele fez a coisa certa, mas podia ter sido pior. Não esperava que ele tivesse força de vontade pra parar e ir embora.

— Mas ele errou.

— Claro, vizinha, ele errou. Você sabe, ele sabe e eu sei. Todo mundo que alguma vez já teve o azar de cruzar o caminho do Belial sabe. A questão não é essa.

— E qual é?

— O motivo de você estar falando comigo. Não é pra eu te repetir o que ele já te disse, nem pra você falar sobre o quanto odeia ele. É pra ver se você tem a sorte de encontrar uma desculpa pra perdoar ele. E não há nenhuma. Ele fez isso, magoou vocês dois, e aqui estamos nós. Andando em círculos, como se tivéssemos todo o tempo do mundo.

— Não estou procurando uma desculpa pra perdoar ele, demônio.

— É que o perdão não precisa de desculpas. Ele é dado quando se sente e retirado quando se quer. Um conselho de alguém que teve que aguentar as burradas dele por milênios: se dói mais ficar brigada com ele do que o erro dele, é porque no fundo você quer aceitar as desculpas.

Fico em silêncio por vários minutos. A sugestão, apesar da falta de embasamento, é pragmática.

— Você não é tão ruim assim.

— Ele também não.

— É pior do que você — respondo, convencida.

— Bom, não sou eu que fico de guarda dia e noite, disposto a enfrentar o Inferno caso decidam vir atrás de você. Mas, é, obrigado. Já posso ir?

— Espera — peço, me surpreendendo. — O que isso quer dizer? O Belial fica na minha porta pra eu perdoar ele.

— Com base na experiência dele de se apaixonar pela pessoa errada, duvido que ache que algum dia você vai perdoar ele. O que ele acha é que você pode estar correndo perigo; então, ele se coloca em perigo porque é o que gente idiota faz. E gente apaixonada. Principalmente gente idiota que está apaixonada.

— Eu estou em perigo? E a Lina? A gente tem que ir embora?

— Não, eu acho que não. Muito menos sua colega de apartamento. De qualquer forma, você está segura aqui. A pomba que nunca para de te vigiar é o Arcanjo Gabriel.

Meus olhos se arregalam quando percebo que...

— Eu tentei espantar um arcanjo com um caderno?

— Pois é. Foi memorável. Mais alguma coisa?

— Sim. Por que você tem tanta certeza de que o Belial está apaixonado por mim?

Sem nenhuma razão aparente, ou pelo menos sem qualquer motivo que eu considere lógico, o gato solta uma gargalhada. É ainda mais nojenta do que o vômito dele.

— Porque eu sei. — Arqueio uma sobrancelha, e ele acrescenta: — Nem tudo na vida precisa de prova, vizinha. Tem coisas que requerem fé. É pra eu falar para o Belial descer ou fico de guarda? Já te aviso que ele fica insuportável quando não desce, e aí sou eu que tenho que aguentar.

— Fala pra ele vir.

Decido esperá-lo com a porta aberta; então, vejo em primeira mão sua surpresa ao ver que deixei uma almofada no chão do corredor. Ele fica parado a vários metros de mim, sem abrir a boca. Percebo que o fundo de seus olhos escuros está muito menos vazio, e a esperança começa a dar sinais de vida.

Sou eu quem fala. Embora meu tom de voz não seja exatamente acolhedor, está um pouco menos frio do que antes.

— Se você tivesse me contado desde o princípio, eu teria dito que não ia gerar Anticristo nenhum, quisesse você ou não. Eu tomo anticoncepcional.

O canto esquerdo da boca, que é sempre o primeiro a subir, vacila.

— Se eu tivesse te contado desde o princípio — responde, hesitante —, você não teria concordado em me ajudar com o julgamento.

— Nunca foi minha intenção te ajudar a ficar na Terra.

— Eu sei.

— Nunca vou fazer isso.

— Também sei.

— E vou ficar com o carro.

— Ele é seu.

— Ótimo.

Estou fechando a porta quando escuto:

— Obrigado.

ARTIGO 46

QUANDO FLORES NÃO BASTAM
E AULAS DE PIANO SÃO CARAS DEMAIS

9 de setembro, 21h35

Bel

— Isso é ridículo.

Depois de fechar a porta de casa, Lina se agacha ao meu lado. Ela parece desesperada. Em circunstâncias normais, eu perguntaria o motivo. Mas fico preocupado pela possibilidade de ela fazer alguma das coisas que anda fazendo na última semana sempre que me vê, o que inclui me chutar e colar chiclete no meu cabelo.

Então, fico quieto, marco a página em que estava no livro e a encaro.

— Por quanto tempo vocês vão continuar a agir desse jeito?

Ela faz um gesto para englobar tudo o que está à minha volta. Entendo o que quer dizer. Depois da almofada de domingo, Milena andou me oferecendo outras coisas. Agora tenho uma almofada, um cobertor para o caso de fazer frio à noite, vários livros, uma garrafa de água e um pote de espaguete sem glúten comido pela metade.

348 MYRIAM M. LEJARDI

— Cá entre nós — confessa Lina, baixando a voz —, eu já te perdoei. Mas já aviso que, se você contar pra Milena, eu vou negar. Tanto faz, a questão é: não dá pra você fazer alguma coisa? Tipo assim, cara, sei lá, dar flores pra ela, escrever um poema. Seja lá o que for, mas resolve isso logo.

— Você acha mesmo que ajudaria?

Após ponderar por um instante, ela faz um biquinho.

— Não. A Mile tem o próprio processo dela. É bem misterioso e não faz sentido pra ninguém além dela; então, boa sorte pra você. Enfim, se ela fez comida pra você, não deve demorar muito. Força, querubim abatido. Vou trabalhar. Tchau!

Assim que Lina vai embora, começo a girar um de meus anéis. Estou nervoso. Por um lado, porque não tenho mais notícias de Belzebu, Lúcifer ou Gabriel. Pelo menos vi a pomba em frangalhos voando por aí, apesar de não ter me dirigido a palavra. O que me preocupa é a Belzebisa. O que está fazendo? Por onde anda? Será que convenceu a amada chefe a destruir a Terra de algum outro jeito?

Não quero que destruam o mundo, não só porque passei a gostar dele, como porque onde mais a Milena viveria se não aqui? A outra coisa que me deixa nervoso é a atitude dela. Melhorou? Com certeza: além de me fazer espaguete, ela parou de me olhar como se quisesse arrancar meus olhos quando ando com ela na rua. Ontem, inclusive, ela saiu para conversar com o cara da fotografia, o Enrique. Para não incomodar nenhum dos dois, fiquei na calçada oposta. Mesmo sem ouvir o que estavam falando, dava para ver que ela estava feliz. Acho até que soltou uma gargalhada, e tive que dizer várias vezes para mim mesmo que não era para sair correndo e verificar se era verdade.

Ligo o *vape*, espero ele esquentar e dou uma longa tragada. Observo a fumaça que exalo, me perguntando se Lina tem mesmo razão. Se eu deveria fazer mais alguma coisa.

Me segurei porque nem imaginava a possibilidade de a Milena me perdoar. Queria eu que ela me perdoasse? Claro, né,

VIZINHO INFERNAL 349

porra. Mas, agora... Odeio a esperança. Não tanto quanto a ideia de "merecimento" (algo em que também tenho pensado muito nos últimos dias), mas não fica muito atrás.

A esperança te impede de aceitar a realidade e se curar. Derrete qualquer escudo que você coloque entre seu coração e as consequências, deixando-o indefeso. É uma cama elástica na qual você pula cada vez mais alto, e que te faz acreditar que você é capaz de voar. Até que ela rasga e você cai no chão.

É assim que estou agora: no meio de um salto, sem saber se consigo subir um pouco mais ou se vou quebrar alguns ossos e ter que correr para o hospital mais próximo.

O caso é que estou receoso de que a esperança me faça tomar uma decisão errada. Insistir com a Milena, por um tempo ou por toda a eternidade, quando não é isso o que ela quer. Por conta disso, não bato na porta ao lado e repito o que espero que ela já saiba. Por conta disso, não... Eu poderia compor uma canção para ela no piano. Precisaria de um piano e, é claro, aprender a tocar. Não deve ser muito mais complicado do que tocar música eletrônica. Dou uma olhada na minha conta bancária e solto um suspiro. Não acredito que não vendam nenhum piano por menos de trezentos euros.

Me entretenho pensando em outras coisas que poderia fazer e certamente não vou porque estou tentando respeitar a raiva dela. No livro que Lina deixou para mim, a protagonista crava uma faca no coração do homem por quem estava apaixonada e, logo em seguida, eles começam a transar loucamente na neve. Sou um demônio, mas até eu sei que isso não resolveria a minha situação. Me declarar para ela debaixo da chuva? É muito clichê e, tecnicamente, eu já fiz isso. E se eu a pedir em casamento? Por motivos óbvios, não gosto de igrejas, nem de casamentos, nem de...

A porta se abre de repente, e já não me surpreende. Ergo a cabeça para olhar para Milena, esperando que ela me ofereça alguma coisa (talvez uma taça de sorvete, como ontem à noite). Suas mãos estão vazias, apoiadas no quadril.

Não é um bom sinal.

— Fala — exige ela.

É um péssimo sinal.

Observo sua expressão em busca de pistas. A testa está franzida, e ela parece cansada. Também parece irritada, mas não comigo, ou pelo menos não só comigo. Ela não alisou o cabelo porque está com raiva? Porque sabe como eu adoro quando ela o deixa assim? Porque...?

— Estou esperando — me apressa.

— Tá, hã... Aham. Você quer que eu...?

Ela bufa. *Merdamerdamerda*.

Sua expressão relaxa, ela estende o cobertor que me emprestou no chão e se senta em cima dele, de frente para mim. Está usando as roupas que geralmente usa para ficar à vontade em casa: uma calça leve e larga e uma camiseta de algodão. Não tem botões à vista, mas me distraio mesmo assim.

Decido dizer a primeira coisa que me vem à cabeça:

— Prefiro ir para o Céu.

Ela me observa com curiosidade.

— Continua.

— É pra onde você vai.

Ela fica em silêncio, espero que por ter entendido o que eu queria dizer, não porque não está nem aí.

— Milena, você não precisa me perdoar. Não estou tentando te convencer disso. Eu... — Arranco o conceito da língua, enjoado. — Eu mereço.

— Você se arrepende?

Não preciso pensar a respeito disso, foi o que andei fazendo nos últimos dias. Então, respondo na mesma hora:

— Em partes. — Antes que ela me peça para explicar, o que eu sei que está prestes a fazer, prossigo: — Me arrependo porque te magoei, mesmo que, antes de te conhecer, eu não perdesse o sono com coisas desse tipo. O que não significa que eu fiz de propósito, é claro. Acontece que, se eu não tivesse feito essa promessa pra Lúcifer, não sei se teríamos chegado até aqui. Não estou falando da sua raiva, mas de nós dois. Eu teria insistido tanto pra você me representar e a gente passar tanto tempo junto? Você teria ficado do meu lado se eu tivesse sido sincero desde o começo? Não tenho respostas pra essas perguntas, e já as fiz milhares de vezes nos últimos dias.

Faço uma pausa, com medo de que o excesso de sinceridade faça com que ela vá embora novamente ou, pior, comece a chorar. Como nenhuma dessas coisas acontece, e ela está até mais calma do que antes, prossigo com a explicação:

— O caso é que depende. Se não sugerir pra Lúcifer a ideia do Anticristo significasse não te conhecer, então não, Milena, eu não me arrependo. Faria tudo de novo.

Ela demora para responder, e meu coração aproveita para bater forte, fora de controle.

— Se você tivesse certeza de que teríamos nos aproximado, de que teríamos nos conhecido de qualquer outra maneira ou com qualquer outra desculpa, teria mentido para mim pra eu te defender no tribunal?

— Falando agora, sentindo o que eu sinto? — Ela assente. — Não. Eu não teria mentido.

— Caso você fosse para o Céu, poderia voltar? Tipo agora, mesmo que com uma aparência diferente.

A pergunta me pega de surpresa.

— Se eu ficar lá em cima ou lá embaixo, vai depender de eles permitirem. — Me limito a sorrir. — Considerando o que geralmente acontece quando me deixam vir… eu duvido.

— Nesse caso, nós temos 52 dias.

Não sei do que ela está falando. Em vez de explicar, entra em casa, e eu a ouço abrindo e fechando gavetas. Quando volta, está com uma taça de vinho branco em mãos. Ela brinda com o espaço que nos separa, toma um gole e, agora sim, entendo tudo.

— Vai tomar um banho. Nos vemos em quinze minutos.

Acho que escuto sua risada quando subo a escada de dois em dois degraus e, na pressa, deixo a chave cair no chão.

ARTIGO 47

QUANDO VOCÊ JURA PELO QUE IMPORTA

9 de setembro, 22h22

Milena

Deixo a taça de vinho vazia no balcão da cozinha e vou para o meu quarto me trocar. Sei o que vou vestir porque estou pensando nisso há dias, mesmo sem querer. Claro que também tenho pensado em outras coisas, é claro. Na minha conversa com o demônio felino, por exemplo, e nos meus sentimentos.

Não vou me justificar. Direi apenas que, quando coloquei a situação na balança, ela acabou pesando para o lado dele. Belial pesou mais do que a dor, o medo e a efemeridade de o que quer que esteja prestes a acontecer. Então, deixei de lado meus cadernos, minhas análises e reflexões sobre o que é justo e o que não é, e decidi fazer o que estivesse a fim. Simples assim.

A campainha toca. Ao olhar para o relógio, percebo que Belial (nem *homem* nem *demônio*: Belial) usou sete minutos dos quinze que lhe dei.

Abro e o encontro ofegante, com o cabelo molhado e…

— Vai colocar os colares e anéis.

— É sério?!

— Você acha que eu sou o tipo de pessoa que fica brincando? Vai lá.

Vejo de relance seu sorriso quando ele dá meia-volta e sobe correndo para casa. Deixo a porta aberta. Ele a atravessa de novo pouco tempo depois, com a respiração ainda mais falha do que antes.

Me lembro da primeira vez em que ele esteve na minha sala. Naquela hora, eu estava apontando uma faca para ele e fiquei com medo porque suspeitei que ele podia ser o que, no fim das contas, ele de fato era. Agora, depois que ele fecha a porta atrás de si e fica quase no mesmo lugar, me encarando com esses olhos que ninguém se preocupou em colorir, ainda estou com medo.

Não mais por causa dele, mas por sua ausência. Tenho medo de ter aberto uma porta muito diferente; de ele sair do meu lado, mas nunca de mim.

É engraçado como um mesmo sentimento pode ter significados tão distintos.

— Sabe o que eu quero? — pergunto.

A boca dele permanece impassível enquanto ele balança a cabeça devagar.

— E o que você acha?

— Se tudo bem por você, tudo bem por mim também — responde.

— Não é isso o que eu quero ouvir.

Então, ele sorri. Me oferece o pacote completo: um canto da boca sobe mais rápido do que o outro, a cabeça se inclina para o lado e surge a língua.

— Milena, eu quero o mesmo que você quer agora desde que te vi pela primeira vez.

— É diferente.

— É mesmo. Mas também é melhor.

Ele tem razão.

Dou um passo para trás e me inclino na beirada da mesa, com as mãos na madeira e as pernas cruzadas na altura dos tornozelos. O olhar dele vai dos meus calcanhares até os olhos, se demorando em algumas partes. No corte lateral da saia lápis, que bate no joelho. Em cada botão da minha blusa, abotoada até o pescoço. Na minha boca. Parece difícil para ele desviar o olhar. Quando consegue, empurro meus óculos para a ponte do nariz, e ele inclina o sorriso ainda mais.

— Vou te propor um acordo — digo.

—Ah, é?

— No tempo que te resta aqui, se comporte bem e consiga a absolvição.

Ele coloca as mãos nos bolsos e dá um passo em minha direção. Está a cinco ou seis metros de distância, mas já consigo sentir o cheiro de morango e de fumaça.

— O que eu ganho em troca?

— Eu.

Uma risada silenciosa sacode seus ombros e puxa meu sorriso para fora.

— Eu juro — diz.

— Por você mesmo?

Paro de sorrir quando ele balança a cabeça, sem tirar os olhos de mim. Acho que está tentando me dizer algo sem usar palavras, e, quando não entendo o significado, ele verbaliza:

— Pelo que importa. Por nós.

— Então, acordo fechado.

Ele dá outro passo adiante.

— E o contrato? Quais são as cláusulas? — Sua voz rasteja, brincalhona, e um arrepio percorre minha coluna.

— Se você chegar mais perto, eu falo no seu ouvido. — Ele morde o lábio inferior, como se estivesse se divertindo e fascinado. — Já aviso que são bem exigentes.

— Vou me certificar de cumprir todas. Várias vezes.

—Acho bom.

Depois disso, não há mais nada a dizer. Ele sabe o que eu quero, saberia mesmo que eu não tivesse tomado aquela taça de vinho, mas eu precisava que ele não tivesse dúvidas. Se demora para percorrer a distância que nos separa, não é por conta disso, mas por seu jeito de fazer as coisas. Aproveitando cada gesto, fazendo com que eu queira gritar para ir mais depressa. Desta vez, pelo menos por enquanto, deixo ele seguir no próprio ritmo.

Ele caminha até a mesa de Lina, que fica ao lado da minha. Tira os anéis devagar. Um por um, eles tilintam na madeira, e observo cada movimento dele, hipnotizada.

Quando coloca as mãos na nuca para tirar os colares, digo:

— Fica com eles.

— E a camiseta?

— Tira.

Ele a agarra pela nuca e tira de uma vez só, bagunçando o cabelo molhado no processo. Em vez de afastá-lo do rosto, joga a peça de roupa para o lado e, finalmente, para na minha frente. Com a ponta da bota tocando a ponta do meu salto alto. Então, afasta as pernas para que eu fique entre elas, apoia as mãos na mesa e se inclina até nossas bochechas se tocarem.

Sinto a mesma coisa do que em ocasiões anteriores. Talvez de um jeito mais intenso, porque agora sei que o frio na barriga não é por causa de seus poderes, mas da minha necessidade.

Seu hálito gelado me acaricia quando ele sussurra perto do meu ouvido:

— Desse jeito, não tenho mais certeza de que você vai para o Céu. — Os dedos dele sobem pela minha coxa, traçando a abertura da saia. — Acho que lá no Inferno construiriam um andar só pra você.

— Que pecado seria?

A risada dele faz cócegas em cada nervo do meu corpo.

— O meu favorito.

Em seguida, apoia a testa na minha e me analisa com sarcasmo.

— Perdão.

Não entendo o pedido de desculpas até ele rasgar a saia pela costura, fazendo-a subir até a cintura.

— Eu gostava muito dessa saia — repreendo-o.

— Compro outra pra você. Até dez, se quiser — promete enquanto passa uma das mãos da parte interna do meu joelho até o alto da coxa. Demora um tempo ali, agarrando-a com os dedos. Seu peito ofega, a respiração pesada. — Me perdoa?

Ele coloca minha perna em volta de seu quadril e imprensa contra mim. Sinto o batimento cardíaco dele combinando com o meu.

— Quer que eu dê um beijo na sua testa?

Ele se afasta de leve para dizer:

— Isso também era mentira.

— Imaginei desde o princípio.

— Entendi. Aliás, o quanto você gosta dessa camisa?

Depois que ele se certifica de que deixei minha perna onde ele queria, suas mãos sobem até a gola da minha blusa. Usa uma delas para sentir o contorno com um dedo, e a outra, para agarrar o tecido do lado contrário.

Sei o que ele vai fazer.

— Nadinha.

Ele sorri, segura os dois extremos e dá um puxão. Metade dos botões saltam para fora.

— Tantos músculos e você só conseguiu abrir até aí — reclamo.

Então, ele arqueia uma sobrancelha e varre com o braço tudo o que tem na mesa. Caem no chão canetas, papéis e livros. O barulho ainda está ressoando quando ele me levanta bruscamente para me sentar sobre ela.

— Estou tentando ser delicado, Milena, mas você dificulta muito o processo.

— Perfeito; então, não seja.

Ele me dá ouvidos. O próximo puxão acaba com os botões que ainda restavam. Depois de encarar meu sutiã com os olhos bem arregalados, apoia a testa na minha clavícula e murmura:

— É vermelho.

— É.

— E a calcinha?

— Também.

— Você quer me matar?

Coloco uma das mãos em seu peito, e seus batimentos se aceleram com o contato. Cada vez mais à medida que vou descendo. Traço o contorno de sua tatuagem e me delicio com as curvas de seus gominhos. Ao chegar no cós da calça jeans e enfiar um dedo lá dentro, descubro que estava certa quanto às minhas suspeitas.

— E a sua cueca?

Ele ri no meu pescoço, me deixando arrepiada.

— Coloquei pra lavar.

— Mentiroso.

Movo o dedo devagar, até chegar ao primeiro botão da braguilha. Desabotoo um, outro, o próximo. Os dentes dele afundam na minha pele quando minha mão encontra o que estava procurando. Eu o seguro, ele grunhe, e eu solto.

— Milena — chama com uma voz rouca. — Por favor.

Deixo que ele volte a conduzir minha mão para onde quer, que marque o ritmo que precisa que eu siga. Enquanto isso, puxa as alças do meu sutiã. A primeira, com as unhas. A segunda, com os dentes. Em seguida, me abraça pela cintura para me inclinar para trás e desliza os lábios da minha clavícula até o meu peito. Sem beijar, só roçando, até chegar no tecido de renda.

— Mudei de ideia. — Ele agarra meu punho para me impedir. — Pensei muito em como queria que isso acontecesse, e não termina comigo gozando na sua mão.

— Como termina?

Ele se ajoelha e me observa com um sorriso, que cresce conforme coloca minhas pernas em seu ombro.

— Você vai ver.

Ele beija a parte interna da minha coxa, subindo devagar. Quando chega na minha calcinha, agarro a borda da mesa com força e prendo a respiração.

— Você gosta muito dessa calcinha? — pergunta, e sua respiração causa um estrago dentro dela.

— Não.

— Perfeito.

Em vez de rasgá-la, como achei que faria, ele a tira devagar. Então, guarda no bolso de trás da calça jeans, que não sei como consegue ficar presa no quadril dele.

Antes de começar, pede:

— Cobre a boca se não quiser que os vizinhos reclamem de barulho. Tem alguns que são muito chatos e chamam a polícia por qualquer coisinha.

— Cala a boca agora.

Belial obedece, mas admito que ele tinha razão. Descobri que cada barulhinho que saía de sua casa tinha motivo, e que isso deveria ser ilegal. Tudo em relação a ele deveria ser proibido. Não sei se é pela experiência que ele certamente tem ou porque finalmente estamos fazendo isso, mas não consigo encontrar nenhum defeito.

Nunca tive problemas em dizer para meus ficantes como gosto que façam as coisas. Tanto se quero repetir a dose quanto se não quero; acho uma perda de tempo não falar desse tipo de coisa.

Com Belial, não tenho que falar. Só mordo o dorso da mão e puxo o cabelo dele. O ritmo é perfeito: sutil no começo, intenso pouco depois. E quando chega a hora (como se estivesse lendo a minha mente), ele começa a usar os dedos. Jogo a cabeça para trás, o quadril para a frente e me concentro na sensação que começa a crescer. É como se uma bola de fogo gigante estivesse se dividindo em mil pedaços para percorrer minhas veias. De onde ele continua o trabalho até a ponta dos dedos dos pés.

Um gemido escapa da minha garganta, e tensiono a coxa em volta do pescoço dele. Sua mão livre se agarra a ela enquanto a outra vai mais e mais rápido. O orgasmo explode (ou eu que explodo), e Belial olha para mim como se quisesse gravar na memória cada uma das expressões que se estampam em meu rosto. Não sei quais são, mas ele parece estar fascinado e terrivelmente orgulhoso de si mesmo.

Com cuidado, tira a minha perna do seu ombro e se endireita. Os lábios dele brilham cheios de graça ao se aproximarem dos meus.

— Agora você entendeu por que as pessoas me agradecem?

— Você é insuportável.

— E você é mal-educada.

Eu o agarro pelo pescoço, aproximo meu peito do dele e, por fim, o beijo. Não começa com suavidade, mas de um jeito frenético. Com sua língua à procura da minha e meus dentes mordiscando seu lábio inferior. Quando ele se cansa do descontrole, envolve a mão no meu cabelo para puxá-lo e me posicionar do jeito que quiser. Fico frustrada por ele fazer tudo tão bem assim, sem me dar uma brecha para dizer algo; então, arranho suas costas e engulo sua reclamação.

Ele me empurra em direção ao seu quadril e tira o tecido do meu sutiã para tocar o meu peito.

— Você está lendo a minha mente? — repreendo quando ele roça meu mamilo com o polegar.

— Eu falei que não era assim que funcionava.

— Belial.

— Tá. Talvez.

— Não é justo.

Ele ri, mas continua fazendo exatamente o que eu quero. Com a pressão que quero. No tempo que quero. É enlouquecedor.

Ele leva os lábios ao meu peito e, para me vingar, deslizo a mão por baixo de suas calças novamente. Desta vez, ele não reclama. Ou é o que eu acho, pois o ruído que ele emite soa como algo positivo.

De qualquer forma, não demora muito para ele levantar a cabeça outra vez. Os músculos de seu maxilar estão tensos, assim como o resto de seu corpo.

— Milena — murmura —, precisamos conversar sobre… Porra, para. — Paro o movimento com relutância, mas não afasto os dedos de sua pele. — O que vamos fazer? O que você quer?

Entendo o que ele quer dizer.

— Eu falei que tomo anticoncepcional.

— Eu sei, mas…

— Você não quer que o mundo acabe por nossa causa — finalizo a frase por ele.

— Por mais que valha a pena.

Embora suas palavras soem como uma súplica, sei que não vai continuar a não ser que eu o convença.

— O fim do mundo está com sorte — concluo. — De qualquer forma, também podemos usar uma camisinha. Só por precaução.

Nunca na vida vi alguém pôr uma camisinha tão rápido assim. Quase antes que eu perceba, ele a retira do bolso da calça, abre e coloca. Mesmo assim, ele espera, indeciso. Entendo que há duas vozes em sua cabeça, porque elas também ressoam na minha. A que aconselha a não fazer, por precaução. E a que chuta o pau da barraca, reclama e ameaça nos denunciar se não continuarmos.

Sigo a recomendação da segunda. Acho que não sou uma pessoa tão boa quanto achava antigamente.

Mas não ligo.

— Vamos fazer isso valer a pena — digo.

O beijo que ele deposita nos meus lábios não se parece com nenhum dos anteriores. É apenas um roçar, com o qual ele se desculpa e agradece. Com o qual hesita e toma uma decisão. Um beijo que me faz sorrir.

Então, ele tira meus óculos com cuidado e sei, por sua expressão, que estava morrendo de vontade de fazer isso. Ele estende o braço para colocá-los na mesa de Lina e diz:

— Vira e se apoia na mesa.

Faço o que ele pede enquanto ele se posiciona atrás de mim. Seu peito entra em contato com a minha pele, e a boca, com a minha orelha.

— Não quer mesmo que eu seja delicado?

— Não.

— Bem, me avisa se mudar de ideia.

Não mudo. Não porque não me importo de ele entrar com tudo, mas porque sou eu quem vai em sua direção. Belial solta um palavrão, agarra meu quadril e começa a se mover.

Tem algo muito humano na maneira como ele faz sexo, por mais inumana que seja a sua experiência ou a sua capacidade de descobrir o que a pessoa com quem ele está transando quer. Em como ele se deixa levar, como se quisesse alcançar o ápice rapidamente e, ao mesmo tempo, desejasse desfrutar do momento até chegar lá. Em como entrelaça uma de suas mãos na minha e, com a outra, percorre cada centímetro do meu corpo, sem saber onde parar. Na pressa, no descontrole e na intensidade. No coração, que consigo sentir em minhas costas, e em tudo o que sussurra em meu ouvido. Nas mudanças, como quando ele me empurra para baixo e coloca um dos joelhos na mesa. Na palma da mão que ele coloca sobre a minha boca para abafar os gritos.

Chego à conclusão de que a humanidade é exatamente isso: fazer o melhor possível com o que se tem, na esperança de que seja perfeito, e se consolando com o fato de que você pelo menos tentou. Aproveitando cada segundo, caso aconteça de algum deles ser o último.

Chego ao orgasmo graças ao que ele me promete entre uma ofegada e outra, à mão que ele coloca entre minhas coxas e ao nosso reflexo na janela. Ele me dá um momento para eu me recuperar e, antes que possa retomar o ritmo, dou meia-volta e digo:

— Vai para o meu quarto e deita na cama.

ARTIGO 48

QUANDO ELA RI (DE VOCÊ)

9 de setembro, 23h15

Bel

Eu cairia no Inferno mil vezes mais.

Não consigo parar de pensar nisso quando Milena me segue até o seu quarto, me empurra para a cama e começa a se livrar das roupas. Abre o zíper da saia, mexe os ombros para deixar a camisa deslizar e termina de tirar o sutiã. As roupas caem no chão, ao lado dos saltos dela.

Por isso, pela maneira como ela está me olhando agora, eu passaria todas as eternidades entre enxofre e gelo. Reconstruiria os impérios que ajudei a destruir. Pediria perdão para Miguel. Qualquer coisa para experimentar este sentimento outra vez.

É a constatação de que cada passo que dei para chegar até aqui valeu a pena. É um "Você não é ruim nem bom, mas suficiente. Pelo menos para mim".

— Tira a calça e a bota — pede ela.

Obedeço prontamente, com movimentos bruscos. Há coisas muito mais importantes agora do que perder tempo afrouxando os cadarços.

Quando termino, Milena se aproxima de mim com o cabelo desgrenhado, a pele brilhante e a promessa nos lábios de que o melhor ainda está por vir. Ela sobe no colchão e monta em mim, muito perto, mas não o bastante.

Nunca gostei de altares, mas construiria um para ela. Um templo. O que me pedisse, contanto que continuasse. Com o que estamos fazendo e ao meu lado.

Milena não está sob a minha influência, não é capaz de saber o que desejo, e ainda assim ela o realiza. Me segura com uma das mãos e começa a descer devagar, até não conseguir mais. O suspiro que solta quando isso acontece ecoa o meu. Depois, se apoia em meu peito e seu quadril começa a fazer movimentos circulares. Lentos demais, tanto que agarro suas coxas com força.

Vou me corrigir. Ela é muito pior do que um pecado.

Tenho que corrigir outra coisa que disse há um tempo. Que o sexo é a experiência mais egoísta que dá para ter em companhia. Continuo achando que, em algumas ocasiões, é mesmo. E não há nada de ruim nisso. No entanto, acabei de descobrir que tem outro jeito de praticá-lo. Que você pode transformar o prazer de outra pessoa no seu próprio, que quando você a vê, consegue sentir algo além da satisfação pelo trabalho bem-feito.

Agora, por exemplo, estou me sentindo leve e grato e impressionado. Estou com vontade de rir e gritar e suplicar. Agora, o que ela quer importa tanto quanto os meus desejos, e talvez até mais.

Seus lábios se entreabrem, e ela deixa escapar um gemido. Engulo o meu próprio com os dentes cerrados. Dá para ver claramente como uma ideia se forma na mente dela. O que ela quer que aconteça. Bendito seja o vinho e a sua influência; eu não poderia ter me dado melhor.

Sem perder tempo, me endireito até ficar sentado. Milena para, e sou eu quem guia seus movimentos a partir daqui. Sem aquela delicadeza que ela me prometeu que não queria;

de maneira brusca e com barulho e com suor. Tão rápido que quase dói.

Beijo os lábios, o maxilar, o pescoço dela. E a observo. Fico fascinado pela expressão dela quando goza; preciso ver de novo. É uma mistura de descrença e da certeza de que ela merece. E eu juro, por tudo o que importa que, se ela permitir, vou colocar essa expressão no rosto dela até a hora de ir embora. Para onde for; agora isso não importa.

Agora, o importante é que ela morde o lábio para tentar manter a voz sob controle. O que importa são suas pálpebras tremendo, os dedos se afundando em meus ombros e ela me dizendo que está quase lá outra vez. O que importa é que ela me apressa.

Muito bem. Peço para ela se deitar na cama, seguro uma de suas pernas no alto e me concentro em chegar ao ápice. Não demora muito. Levo um minuto para sentir a necessidade e mais outro para deixar que ela goze antes.

Meu orgasmo vem pouco depois do dela, e nos deixa ofegantes, com os batimentos acelerados. Com cuidado, saio dela e me deito no colchão. Ao sentir uma vibração na cama, viro a cabeça para Milena, me perguntando o que deve ser. Ela está rindo.

Agora.

— Seu rosto — diz ela.

De mim.

— É muito legal rir da cara de quem acabou de fazer você gozar. Três vezes.

— Não é... — Ela espera o ataque de riso passar, respira fundo e explica, com um sorriso preguiçoso no rosto: — Não estou falando que é algo ruim. Eu gosto. Sério mesmo — acrescenta quando ergo uma sobrancelha. — É só que parece que você viu um fantasma. Achei que já teria se acostumado.

— É impossível se acostumar com um orgasmo, Milena. Além disso, como assim parece que vi um fantasma?

— Sei lá. Seus olhos estavam tão arregalados… Você estava tão surpreso…

Ela volta a rir.

Embora eu finja indignação, quero gravar este som para ficar escutando todos os dias. Quero fazer uma música com ele. Quero que não termine nunca.

Apesar disso, respondo:

— Que bacana. Em vez de me agradecer por meu desempenho maravilhoso, você tira sarro de mim. Imagino, então, que não vai querer repetir a experiência.

Ela se apoia em um cotovelo e aproxima o rosto do meu. Imagino que queira me beijar; então, estico o pescoço para encurtar a distância.

— Eu estava tentando ver se você estava brincando — diz quando me afasto. — Sem os óculos, enxergo mal, e tenho que ficar perto demais.

— Quer que eu pegue pra você?

— Não. — Ela fecha a boca, mas sei que tem algo a mais para dizer. Então, solta: — Na verdade, eu queria repetir a experiência. Se você quiser.

Fazia muito tempo que eu não via seu rosto corar, e percebo que preciso gravar isso também.

— Todas as vezes que você quiser, pelo tempo que eu tiver.

O brilho em seus olhos desaparece quando digo a última frase; então, mudo de assunto para que ela não fique remoendo isso:

— E a Lina?

— Pedi pra ela passar a noite na casa da Daniela.

Sorrio e coloco uma das mãos em sua nuca.

— Olha só… então, você preparou o terreno com antecedência.

— Vai que, né? — responde ela, sem um pingo de vergonha na cara.

— Dependia do quê?

— Sei lá. Das suas respostas, eu acho. Do que eu sentisse quando te escutasse.

Caímos em um silêncio confortável, e Milena aproveita para colocar o braço em volta da minha cintura, e eu faço a mesma coisa com seus ombros.

— Não prefere que a gente vá para o meu apê? — pergunto.

— Minha cama é maior.

— Não quero que o seu gato, que não é um gato, saiba o que aconteceu entre a gente.

— Ééé... tarde demais.

Ela levanta a cabeça de repente, com o cenho franzido.

— Tive que pedir pra ele ficar de vigia! — digo como desculpa. — Ele está parado na porta, e, com o ouvido que tem, já deve ter sacado tudo. E se não sacou, talvez o meu grito de "A Milena quer ficar comigo, desce e fica de guarda!" tenha dado uma pista pra ele.

— Coitado do Mammon — lamenta.

— Vou dar frango para ele em troca.

— É um acordo justo, então.

Enrolo uma perna entre as dela e a aproximo mais de mim. Quando sua respiração desacelera, quando tenho certeza de que ela adormeceu, ela murmura:

— Você realmente atearia fogo no mundo pela pessoa que ama?

— Sim.

ARTIGO 49

QUANDO VOCÊ USA
A CONSTITUIÇÃO COMO ARMA

10 de setembro, 08h34

Milena

Ao acordar, percebo que em algum momento da noite Belial me abraçou de conchinha. Sinto sua respiração em meu pescoço sempre que ele expira e o braço que descansa pesadamente em meu quadril. Também percebo que estou feliz.

A felicidade ameaça evaporar quando me lembro de que temos poucos dias para ficar juntos. Me agarro a eles com a promessa de que aproveitarei todos e com a certeza de que vou sofrer por todos, mas só quando puder contá-los com os dedos de apenas uma das mãos.

Me afasto de Belial com cuidado. Antes de olhar as horas no meu celular (dá para ver pela luz que ainda está cedo), olho para ele. Para seus lábios entreabertos, o nariz excessivamente reto e as maçãs do rosto esculpidas com precisão. Para as três cicatrizes que me deixam obcecada e para a tatuagem que tanto me preocupou um tempo atrás. Para os cachos, mais bagunçados do que nunca, que contrastam com a sua personalidade.

Continuo observando-o até chegar aos pés, que ficam pendurados para fora do colchão por causa de sua altura.

Seguro um sorriso e me levanto. Sem fazer barulho, coloco a roupa que tirei ontem. A confortável que uso para ficar em casa, não a que eu deveria jogar no lixo porque está toda rasgada.

Na sala, pego o celular e vejo que tenho 24 mensagens da minha mãe (perguntando se meu namorado misterioso fuma, porque ela se preocupa com a capacidade pulmonar dos netos que não terá). Também há três de Enrique, duas de Raquel Tena e uma de Lina. Abro esta última e encontro um monte de letras maiúsculas, acompanhadas de emojis de berinjelas, pêssegos e gotas. É o jeito dela de me desejar boa sorte. Decido fazê-la feliz tirando uma *selfie* e enviando. Acrescento o seguinte texto: *15 a menos que 35.*

Como ainda é cedo, penso em ir até a padaria para comprar um daqueles pães sem glúten de que tanto gosto. Tenho certeza de que Belial gostaria deles para o café da manhã.

Depois de calçar o sapato, pego meus óculos, a chave e a carteira, desvio de Mammon (que está dormindo no meu carpete) e desço a escada. Na frente da porta, uma senhora idosa está lutando contra um molho de chaves, sem conseguir colocar a correta na fechadura. Abro a porta e a deixo entrar antes de eu sair.

Acho desagradável a forma como ela me olha, como se estivesse esperando algo a mais de mim e, também, como se me odiasse profundamente. No entanto, ela diz:

— Acabei de me mudar; você mora onde? Caso eu precise pedir ajuda com umas caixas, filha. Os ossos estão me matando — acrescenta quando faço uma careta.

— Ah, claro. No quinto andar, porta B.

Ela vai embora sem me agradecer, e, mesmo que isso me incomode, decido não fazer nenhum comentário. Só quando atravesso a rua e estou prestes a entrar na padaria é que percebo algo.

A voz.

Não é a mesma mulher que me perguntou no interfone se eu tinha um namorado? E antes disso... Não parece a voz rouca que ouvi através da porta de Belial quando espiei a conversa dele dois meses atrás? Tinha mais uma idosa, onde...? Uma senhora roubou a bolsa da Lina! Por isso ela teve que tirar outra cópia das chaves!

Em vez de comprar qualquer coisa, me viro e corro de volta para casa. Aperto o botão do elevador dez vezes, mas alguém deve ter deixado a porta aberta em um dos andares; então, subo a escada a todo vapor, o máximo que minhas pernas permitem.

Entro em pânico quando não encontro Mammon no capacho, mas a porta, aberta. Ouço gritos.

— CARALHO, BELZEBISA! PARA COM ISSO!

Não sei o que vou encontrar lá dentro, mas não paro de pensar se é ou não seguro entrar. Sigo em frente após um suspiro e... congelo tentando entender a cena diante de mim.

Belial está dando voltas pelo meu sofá, completamente nu, tentando fugir da velha misteriosa. Ela o persegue com o rosto vermelho de raiva, se movendo devagar e mancando de leve (normal para a idade) e segurando uma faca de caça (anormal para a idade). Para completar o absurdo da situação, Mammon está em cima dos ombros da senhora, batendo nela com uma pata, as garras da outra presas no cabelo branco dela.

— Mas o quê...?

— Milena, sai daqui! — grita Belial, desviando de uma investida. — Ele é um demônio, é perigoso, é...! Filho da puta! — exclama na direção da idosa. — Será que você pode parar um pouco? Eu estou falando! Você vai quebrar o quadril!

— Vizinha, pra cima dele! — É Mammon quem faz a exigência, tentando se desvencilhar sem sucesso.

— Não posso ir pra cima dela, é uma senhora de idade! — Balanço a cabeça para clarear as ideias. Durante este tempo, aprendi da maneira mais difícil que aparências enganam; contudo... — Ela parece a minha avó.

— Como assim parece a sua avó, porra?!!! É o Belzebu! Bate na cabeça dele com alguma coisa!

Olho em todas as direções em busca de uma solução. Enquanto isso, a senhora que não é uma senhora diz com a voz rouca:

— Você tinha até dia 10 de setembro! Nossa Rainha deixou isso muito claro, Belial! Então, assume as consequências do seu erro, deixa eu te matar e volta para o Inferno pra ela poder te torturar por toda a eternidade!

— Nem fodendo eu vou fazer isso! Se afasta!

— Belial! Pra que servem todos esses músculos?! Dá um soco nele! — sugere Mammon.

— Eu prometi que ia me comportar!

— Eu, não — digo depois de pegar a primeira coisa que encontro (A *Constituição espanhola* de 1978) e me aproximar com a intenção de bater na mão da idosa demoníaca para que ela solte a faca.

Não consigo fazer isso, porque algo mais estranho ainda acontece. No meio da cena, uma figura incrivelmente grande se materializa. Não aparece em meio a uma fumaça ou depois de algum barulho, apenas surge aqui, onde não estava antes.

Dou dois passos para trás, assustada. Não apenas por causa de sua altura ou do tamanho de seus braços. Nem mesmo pela armadura dourada ou o cabelo curto e brilhante, da mesma cor do metal. Pelas asas. São quatro no total, tão brancas que quase doem a vista.

A cena para, e todos resmungam. Ninguém parece surpreso pela aparência do ser (é lá de cima, lá de baixo?), como se estivessem mais do que acostumados a vê-lo.

Belial é o primeiro a falar:

— Azrael, quanto tempo! Não te vejo desde que você me chutou para o Inferno. Você cresceu?

Mammon se pronuncia em seguida:

— E *agora* você decide fazer alguma coisa? Já estou estressado há semanas!

E a senhora diz:

— O Céu não deveria intervir! — Ela esconde a faca atrás das costas. — Só estamos conversando!

Azrael, que Belial já chamou de O *anjo da morte*, solta o mais leve dos suspiros. Graças a isso, consegue fazer os três ficarem quietos, e tenho vontade de me desculpar. Não sei por quê, mas é melhor prevenir do que remediar.

— Em vista dos acontecimentos recentes — ele os observa, um por um, e o grupo se encolhe —, o julgamento de vocês foi adiantado. Vim para levá-los até lá.

Meu coração se esquece de como bater.

— Não! — suplica a senhora. — Este não é o acordo! Não precisa de pressa! Ainda temos dois meses para…!

— Ainda bem, já cansei da Terra — diz Mammon em um tom alegre.

Belial, que é quem me interessa, o único para quem estou olhando, não diz nada. Ele volta os olhos para mim, escuros e carregados das coisas ainda não ditas. Sinto um nó na garganta ao encontrar as desculpas neles, as engulo e só consigo acomodá-las no meu estômago, onde aproveitam a oportunidade para crescer mais e mais. Dói, dói muito mais do que eu havia imaginado.

Quero chorar. Na verdade, estou começando agora. Quando ele vê, dá um passo para vir em minha direção, mas Azrael o detém, colocando o braço no caminho.

— Só vai ser um segundo — pede Belial. — Por favor.

— Não.

Ele aperta o maxilar e os punhos. No entanto, se esforça para sorrir quando olha para mim outra vez. Não parece nenhum de seus sorrisos anteriores, porque, até agora, nunca tinha esboçado um para dizer adeus.

— Mesmo que tenha sido só uma vez, a gente fez valer a pena. Lembra que sem...

Eles desaparecem.

Onde antes havia um anjo, um gato, uma senhora e um homem (e *demônio* e, em suma, *tudo*), agora não há nada.

— NÃO!!!

As lágrimas continuam caindo, cada vez com mais força, enquanto giro em torno de mim mesma, desesperada.

— Não é justo!!! — grito para ninguém em particular e para quem quiser ouvir. — Não era pra ser assim! Eu me recuso!

Tenho que fazer alguma coisa, tenho que... Sou uma pessoa analítica, tenho certeza de que se me esforçar encontrarei a solução, tenho certeza de que...

Olho para uma pomba horripilante parada no parapeito da minha janela. Vou até lá e a abro. Espero não estar errada; então, ordeno:

— Me leva com ele agora mesmo. Ele tem direito a um advogado.

O pássaro entra voando e pousa no encosto do sofá. Seja ele um arcanjo ou não, decido que vamos ter que nos livrar do móvel o quanto antes, porque, de verdade, o pássaro parece estar com todas as doenças do mundo.

Assim como aconteceu com Azrael, onde havia uma pomba aparece um ser. Muito menos alto e igualmente imponente. O arcanjo só tem duas asas, tão imaculadas quanto seu manto, e a pele escura coberta de... isso é purpurina?

— Por que quer defendê-lo?

Sua voz é grave, típica de alguém muito mais velho do que aparenta ser. Também é tranquila. Meu coração, que reaprendeu a bater, compensa o tempo perdido com batidas aceleradas.

A resposta para a pergunta é muito simples: *Porque estou apaixonada por ele.*

A que dou, todavia, é um pouco mais profissional:

— Quero que o julgamento seja justo.

Gabriel fecha os olhos por alguns instantes, como se estivesse meditando ou esperando por alguma coisa. Quando volta a abri-los, estende a mão para mim e faz um aviso:

— Defender o indefensável tem consequências. Você não precisa fazer isso, o julgamento será justo.

Pego o meu caderno e seguro sua mão.

— Eu sou a advogada dele; esse é o meu trabalho.

ARTIGO 50

QUANDO O EQUILÍBRIO SE QUEBRA

10 de setembro, 10h10

Bel

Odeio isso.

O contraste da sala chega a ser cômico. Quem me dera estivesse com vontade de rir e não de estragar tudo, que é o que eu tentaria fazer se não estivesse acorrentado ao chão.

É a segunda vez que me julgam aqui. A primeira foi antes da Queda, embora naquela ocasião o espaço estivesse bem mais cheio. Agora, só há três anjos e seis demônios. Outra coisa que não mudou, além do ambiente, são as minhas expectativas de ser perdoado. Olho para Azrael, que continua ao lado do Arcanjo Miguel e da Voz de Deus (Metatron), e percebo claramente seu desejo de me mandar de volta para o Inferno com um chute só.

É difícil explicar como a sala é sem exageros. Na verdade, a primeira coisa que tenho que dizer é que não é uma sala, mas um monte de Nada, com letra maiúscula. Uma superfície infinita sem paredes nem tetos, pintada de duas cores.

Na parte branca, os anjos permanecem de pé, com as mãos entrelaçadas na frente do corpo, exibindo sua paciência detestável. Metatron está com a mesma aparência de sempre: incrivelmente velho, com os óculos de armação de meia-lua na ponta do nariz bulboso, a barba chegando ao umbigo e com a túnica que muda de cor quando ele se mexe. Não estou surpreso ao ver que ele adormeceu. À sua direita, o Arcanjo Miguel bate na sua cintura. Tenta imitar a aparência de Lúcifer sempre que a encontra; então, dá a impressão de ser uma criança de uns dez anos, com a cabeça coberta por cachos loiros e olhos muito azuis. Sua famosa espada flamejante foi adaptada para o seu tamanho; assim, consegue carregá-la nas costas.

Na parte preta, há três demônios sentados em cadeiras de veludo enormes. São tão altas que os pés de Lúcifer, que está no meio, ficam balançando no ar. Ela me encara com uma malícia que não faz esforço algum para esconder.

Fico impressionado com Lúcifer. No começo, tratava de manter um aspecto assustador, que condizia com sua essência. Alguns anos atrás, decidiu pelo contrário. Não importa o que ela finja ser, por mais que pareça uma garotinha de vestido azul e uma mochila de urso de pelúcia, é impossível não perceber quem é. Você sente lá no fundo quando está perto dela.

Dos dois lados da Rainha do Inferno estão Asmodeus (com suas várias cabeças) e Astaroth. Imagino que o último, que é uma nuvem escura com dois olhos vermelhos, tenha vindo como testemunha do que me viu fazer. Em vão, porque o Céu já saberá. Claro que também podem ter convidado tanto ele quanto Asmodeus para manter o equilíbrio. Os lá de cima adoram esse tipo de coisa.

E, no meio do preto e do branco, em uma superfície retangular cinza, estamos Belzebu, Mammon e eu. As correntes nos mantêm de pé, apesar de não dar para se mexer muito. Belzebu e eu estamos presos pelo pescoço, pelos pulsos e pelos tornozelos. As argolas que prendem o outro demônio são muito maiores, por razões óbvias. Já disse que ele tinha três metros de altura e uma cabeça de touro; então, tudo o que tenho a acrescentar é que ele enfeita essa aparência horrorosa com uma cauda em forma de serpente, patas e chifres de cabra e umas asas enormes e escamosas.

Tiveram alguns problemas para conter Mammon, que é uma esfera gigante cheia de olhos e asas. No fim, resolveram o problema acorrentando-o pela base de várias asas; então, sempre que ele as mexe para permanecer no ar, o metal faz barulho. É ele que está entre Belzebu e eu.

Mesmo esperando por este momento, ele está nervoso. Eu entendo. Porém, o que está em jogo para nós dois é diferente. Ele se comportou bem e quer ser absolvido. Eu me comportei... de maneira questionável, e quero ficar na Terra. Mesmo que não tenha esperança alguma de conseguir isso, não tenho nada a perder tentando. Faria isso de qualquer forma, mas a forma como eu tive que me despedir de Milena, seu rosto quando ela entendeu que nosso tempo tinha acabado, me fez querer tentar ainda mais, e me faz sofrer antes mesmo de fracassar.

Nos restavam 51 dias, porra. Não era tempo o bastante para eu ficar satisfeito, mas era o suficiente para mostrar para ela o quão grato eu estava por ela ter me perdoado. Levaria milênios para eu aceitar que a perderia, talvez nem mesmo a eternidade bastasse. Não importa o que eu tenha dito ("A gente fez valer a pena"), tem uma voz dentro de mim, muito parecida com a dela, que continua gritando que tudo isso é injusto.

Tê-la comigo foi a experiência mais próxima da vida que já tive. Não estou falando do sexo, mas da certeza de que ela me aceitou ao seu lado. Foi melhor do que dirigir, do que a chuva, do que a música eletrônica. A Milena, a Milena comigo, está no mesmo nível do livre-arbítrio.

E eles a tiraram de mim.

— O que estamos esperando? Vai, anda!

Belzebu tem razão. Embora Metatron esteja dormindo, Miguel ou Azrael poderiam acordá-lo para acabar com isso de uma vez. No entanto, permanecem imóveis, como se estivessem esperando alguma coisa.

No instante em que Gabriel aparece na sala, Azrael evapora sem dizer nada. Ainda são três anjos, mas o equilíbrio do qual o Céu se orgulha tanto foi quebrado.

Milena veio com Gabriel e fica ao lado dele, olhando à sua volta com os olhos arregalados e o caderno que sempre carrega agarrado ao peito.

Nunca fiquei tão feliz em ver alguém, mesmo que essa pessoa não saiba quem eu sou. Ou sabe, porque quando seus olhos param em mim, ela consegue me reconhecer.

Minha aparência é a mesma da última vez em que estive no Inferno. Sou um pouco mais alto e mais pálido do que a minha forma humana, e tenho cabelo pretos e olhos cinza. Entendo que ela fique surpresa pelas asas, porque não para de olhar para elas. São feitas de uma substância oleosa e preta, que, como piche, fica pingando no chão. Os chifres quase passam batidos, imagino que por não serem muito grandes (ao contrário de Belzebu, não tenho nada para compensar). Ela para o olhar na minha calça de couro e nas minhas mãos e pés, sujos pela mesma substância que compõe as minhas asas.

Sorrio para ela como sempre, e os cantos de sua boca vacilam, mas ela não termina o gesto para combinar com o meu.

— Não conta pra Lina. — Indico com a cabeça todo o espaço que as correntes permitem. — Ela ficaria louca.

Aí sim seu sorriso aparece.

Até que Gabriel o apaga ao dizer:

— Pode presenciar o julgamento sem sofrer consequências. Se desejar, tem permissão para intervir. Todavia, a intervenção pode significar que sua alma acabará no Inferno. Depois que sua vida terminar, é claro.

— Como é?! — exclamo. Ao andar na direção deles, a argola em meu pescoço me sufoca. — Nem ferrando! Ela não fez nada!

Miguel acaricia o cabo da espada de maneira ameaçadora.

— Ainda — diz Gabriel. — Você deveria saber que há consequências para quem quer ser advogado do diabo, Belial.

— Como é que eu ia saber?! Que absurdo! Deixa ela ir embora!

Meu coração vai explodir de tão forte que bate nas minhas costelas, e nem a atitude impassível de Milena consegue acalmá-lo. Tenho certeza de que ela não entende as consequências das quais Gabriel está falando, tenho certeza de que...

— Vai embora agora — imploro, puxando as correntes. — Vai dar tudo certo. — Não sei se é verdade, mas vou tentar com todas as minhas forças. — Eu vou voltar.

De qualquer forma. O mais rápido possível. Custe o que custar.

— Belial. — Um silêncio, um esboço de sorriso. — Cala a boca.

— A humana já tomou uma decisão, que já foi aceita por Ele — intervém Gabriel. — Ela permanecerá aqui; não complique mais a situação.

Eu o ignoro.

— Milena, por favor. Eu não fazia ideia, te juro. Não fala, não...

— Nem pense em me dizer o que tenho que fazer. — Apesar das palavras, ela não está brava.

Depois de um estalar de dedos de Miguel, uma cadeira surge ao seu lado. Ele a arrasta até a minha esquerda, fazendo o máximo de barulho possível. Leva dois minutos inteiros alinhando-a com a parte cinza do chão, se certificando de que todas as suas pernas estejam na superfície branca.

— Sente-se aqui — ordena para Milena com a carranca de sempre.

Ela está a menos de um metro de mim. Apesar disso, fico frustrado por não poder tocar nela. Parece que nunca consigo fazer o que deveria e que tenho o azar de conseguir justamente o contrário.

Queria protegê-la, e, no fim das contas, eu a trouxe até aqui. Queria confortá-la, mas não consigo.

— Para de me olhar desse jeito — pede em um sussurro.

— Diz que você não vai me defender.

— Eu não estou fazendo nada.

Apesar de suas palavras, já testemunhei várias vezes a determinação que emana dela neste instante.

— Você é péssima em mentir. Então, não mente. E não fala.

— Fiquem quietos logo! — grita Miguel.

Então, Metatron abre os olhos e anuncia:

— Que o julgamento comece.

ARTIGO 51

QUANDO O ANTICRISTO DESEQUILIBRA A BALANÇA

10 de setembro, 11h11

Milena

Sempre acreditei na justiça. Não me refiro à maneira como os seres humanos a aplicam, porque sei que, infelizmente, falhamos infinitas vezes. Me refiro ao conceito em si.

Acredito que toda ação deve ser julgada, que merece uma consequência.

Até conhecer Belial, eu achava que sabia o que era maldade e bondade. Agia de acordo com essa certeza. Contudo, o demônio apareceu não só para virar de cabeça para baixo essa monotonia que tanto me relaxava, como também para manchar de cinza as minhas crenças. Menti por ele e acabei perdoando as mentiras que ele me contou. Percebi que era possível ser bom e também mau, ao mesmo tempo e alternadamente. Que é possível fazer algo represível com a melhor das intenções, e que a justiça às vezes vem disfarçada e é vista da maneira oposta.

Supostamente, isso é justo: o Céu analisar seu comportamento e decidir, com base nisso, para onde você vai. Talvez seja o caso, mas não posso deixar de pensar que não é o correto.

Que nenhum deles será capaz de entender a escala infinita de tons de cinza que há entre uma coisa e outra. Dentro do próprio Belial.

Não sou burra; entendo o aviso que o Arcanjo Gabriel me deu. Fico aterrorizada. Uma parte de mim, lá dentro da minha cabeça, quer ficar em silêncio. A que se esconde atrás das minhas costelas, por outro lado, grita para eu falar e explicar quem é o demônio acorrentado ao meu lado.

Não importa a aparência dele. Ela sempre foi irrelevante mesmo, por mais que ele se orgulhasse dela.

Coloco as mãos no caderno que está apoiado em meu colo e espero. Talvez não precise colocar a minha alma em risco. Se o tiverem observado, assim como eu, saberão o que devem fazer.

Belial não é o único que me encara, nem mesmo o único que parece estar com medo aqui. Ao seu lado, há uma… esfera cheia de asas e globos oculares. Acho que é Mammon, ou espero que seja, porque a alternativa é um ser monstruoso com cabeça de touro, com moscas que saem do nariz sempre que ele bufa.

Vi muitos julgamentos e presenciei alguns poucos. Em todos eles, o clima era tenso, mas nada em comparação a este. Também não havia tanta coisa em jogo. Depois das minhas conversas com Belial, aprendi a temer a ideia da eternidade. Passá-la, além de tudo, onde não é seu lugar? Parece o pior dos castigos. Provavelmente é.

— Para que viemos aqui…?

Belial sussurra para mim que o senhor que acabou de falar é Metatron ("lembra, a Voz de Deus"). O anjo parece não gostar particularmente de… Ia falar que era de fazer o julgamento, mas ouso dizer que não parece gostar de nada. Tem uma aparência apática, e acho que precisa de umas férias.

Ele adormece. Não é uma sensação; ele começa a roncar, e Gabriel, à sua direita, tosse na tentativa de acordá-lo. Quem consegue é o garotinho, depois de dar um chute em sua canela.

Parte da tensão que sinto desaparece, e abre espaço para a indignação. Acho horrível que esse senhor, por mais que seja a Voz de Deus, não leve isso com a seriedade necessária. O meio sorriso de Belial me dá a entender que ele acha a situação divertida. Contudo, o fato de ele não fazer nenhuma piadinha a respeito é sinal de que continua nervoso e de que sabe o que está em jogo.

Melhor assim. Duvido que fazer graça neste contexto vá ajudá-lo.

— Ah. Que inconveniente. Sim. O julgamento. — Metatron pigarreia uma dezena de vezes, ajusta os óculos e tira um pergaminho do bolso de sua túnica. Ao estendê-lo, a ponta roça o chão de tão grande. — Belzebu, nos quatro meses e dez dias que durou seu período de teste, cometeu perjúrio, furto simples e qualificado, agressão… Vamos ver, vamos ver… — Murmura baixinho outro monte de crimes até se cansar. — Resumindo, fez de tudo um pouco. De tudo o que não devia fazer. Só faltou assassinato… Ah, não, olha só. Está aqui. — Ele abaixa o pergaminho e franze as sobrancelhas grossas. — Péssimo, Belzebu. O Todo-Poderoso está decepcionado com você.

— Tanto faz! — diz o ser em questão, que acaba sendo o monstro com cabeça de touro. Ele dá o único passo que as correntes lhe permitem e continua gritando: — Algum dia, nós vamos destruir tudo o que Ele construiu e vamos festej…!

O garoto alcança o demônio em menos de um piscar de olhos, desembainha sua espada coberta de fogo e a crava em sua perna (ele não alcança mais em cima). Em vez de sangrar, Belzebu desaparece envolto em uma nuvem amarelada.

E é isso. Olho para Belial em pânico, e ele se limita a balançar a cabeça. "Não intervenha", articula com os lábios.

— Para o Inferno — declara a criança da espada. — Próximo.

— Miguel! — repreende Gabriel.

Surpresa, percebo que ele também é um Arcanjo.

— Protesto! — A outra criança da sala se levanta da cadeira. Miguel a fulmina com os olhos enquanto ela aponta um dedo para ele e diz: — Você não permitiu que ele se defendesse.

Concordo com ela. Considerando o que ele fez, duvido que fizesse alguma diferença. Contudo, apesar de ser uma mera formalidade, era a coisa certa a se fazer.

— Não há defesa para os crimes dele, Lúcifer — intervém Metatron.

Quase caio da cadeira de susto. Essa é Lúcifer?! Quando ela volta a atenção para mim, entendo. Tudo em sua aparência foi criado para fazer você confiar nela, para ajudá-la se ela pedir. Seus olhos, por outro lado... Não importa a cor, o que importa é o que há neles. Tenho a mesma sensação de quando conheci Belial, só que multiplicada por vários milhões. Ela é má. É o próprio Mal.

Ela abre um sorriso passageiro para mim, como se soubesse exatamente para onde meus pensamentos foram (talvez saiba), e então volta a atenção para os anjos.

— Vocês prometeram que o julgariam como se fosse humano. Dos humanos, vocês perdoam qualquer coisa.

Miguel bufa, discordando. É Gabriel quem responde:

— Quando se arrependem. Mesmo assim, alguns atos são imperdoáveis. Entre eles, conspirar para a destruição da humanidade.

Algo em seu tom faz meu coração disparar. Olho de soslaio para Belial, cuja boca forma uma linha reta. Será que vão considerar o que ele fez da mesma forma? Se sim...

— Muito bem, vamos para o próximo. — Metatron pega outro pergaminho. Ao remover o selo, percebo que não é tão grande quanto o de Belzebu, mas também não é exatamente curto. — Belial.

Todos os olhos de Mammon se dirigem ao amigo com preocupação. Endireito as costas e agarro o caderno com os dedos. Meu coração não desacelera quando Belial murmura:

— Vai dar tudo certo.

Não vai. Vão enfiar aquela espada flamejante nele, e ele desaparecerá para sempre.

Se for para o Céu, também desaparecerá, digo para mim mesma. Não quero ouvir meus próprios pensamentos, mas ainda assim os ouço.

Se Belial for absolvido, eu também não o verei mais. Uma das cabeças do demônio que está sentado ao lado de Lúcifer, a que está com o nariz sujo de pó amarelo, dá uma piscadinha para mim.

— Ele também conspirou para destruir a humanidade — diz Lúcifer, observando Belial com um olhar perverso. — Para criar um anticristo, simples assim. Na verdade, tinha como alvo a mulher que está bem aqui.

Mordo a língua para não responder.

— Ele inventou a história do Anticristo para salvar o mundo! — exclama Mammon, batendo as asas furiosamente.

Metatron aproveita o debate para tirar outro cochilo, até que Gabriel dá uma cotovelada nele.

— Orgias — diz o velho, sonolento. — Várias.

— Ah, qual é! Isso não é pecado! — reclama Belial.

Quero pedir para ele não abrir a boca, para esperar a exposição da denúncia completa. Contudo, não sei se isso seria considerado intervenção. Então, o encaro com a esperança de que ele entenda o que quero que ele faça. Parece que dá certo, seja pela bebida de ontem ou não, porque ele me dá um sorriso de lado. Como se dissesse: "Está tudo sob controle". Como se não tivesse ouvido: "Belial, você não consegue controlar nada. Cala a boca".

— Furto simples, destruição de propriedade privada… — continua a dizer Metatron.

— O que você destruiu? Além da minha paciência — pergunta Mammon, baixinho.

— Sei lá. Ah. O carro do...? — Ele permanece em silêncio depois de olhar para mim. — Tanto faz.

— Extorsão...

— Isso também foi por uma boa causa! — intervém o gato que não é mais um gato. — Aquele cara era horrível. Não era, Asmodeus?

O demônio que tem muitas cabeças concorda com uma delas.

— *Pacas*, mano. Esse cara é um dos meus. Não importa o que o Satanás diga, de mim esse não escapa. Achei que o Belial ia acabar com ele pra eu poder começar o que eu tinha preparado. Vai ser demais.

— Viu? — continua Mammon. — E ele nem o matou. Devia valer alguma coisa.

O desespero dele para ajudar Belial me lembra da lealdade de Lina por mim. Talvez ele não arrisque tanto intervindo, diferente de mim, mas faz eu me sentir covarde. Me remexo, incomodada, brincando com a parte de trás do caderno.

Quero fazer algo, mas não sei o quê.

— Ele o ameaçou com uma faca e revelou que era um demônio! — diz Miguel, explosivo. — E você teve a brilhante ideia de falar na frente do homem para terminar de aterrorizá-lo!

— Fiz isso pela amizade! Não é você quem a valoriza tanto?!

— As regras são mais importantes do que isso!

A situação sai de controle, e todos começam a falar ao mesmo tempo (menos Metatron, que começou a roncar outra vez). Lúcifer grita que Belial não pode ir para o Céu de forma alguma, e pede para a nuvem negra concordar com ela. A nuvem se desculpa, dizendo que o que Belial estava fazendo era uma chatice; então, não prestou muita atenção. Uma das cabeças de Asmodeus começa a cantar aos berros enquanto Miguel a ameaça com sua espada de fogo. Gabriel tenta pedir calma, mas sem sucesso.

Mammon bate no amigo com uma de suas asas e diz para ele se defender da maneira correta. Quando o resto dos presentes se acalma e Gabriel volta a despertar Metatron, Belial dá um passo à frente.

Antes de falar, coloca um dedo nos lábios para que eu fique em silêncio.

— Odeio me arrepender e odeio ainda mais a culpa que acompanha o arrependimento. Os que estão aqui acham que eu deveria me arrepender por milhares de motivos. Alguns, que se referem a mim como o Destruidor da Paz, acham que eu tenho que me lamentar por não ter sido suficientemente bom. Outros acreditam no contrário. Talvez vocês tenham razão. — Ele faz uma pausa, e sinto o clima entre os presentes ficar mais tranquilo. Mas eu, não. Conheço esse sorriso em seu rosto, que promete gritos. — Apesar disso, não dou a mínima para o que a maioria de vocês pensa.

Suas palavras têm o efeito desejado: eles franzem o cenho, resmungam, e seus corações aceleram.

— Belial — sussurra Mammon —, não é hora de improvisar.

— Não estou improvisando — responde.

Em seguida, volta a atenção para os anjos e demônios que o julgam.

— Só tem uma opinião que me importa além da minha, e meu arrependimento tem a ver com ela. Assumi a culpa, e, porra, foi difícil. Aceitei que ela não me concederia o perdão, e me senti… Senti tudo quando ela me perdoou.

Sua língua toca o canto da boca. Quero falar para ele que "Essa não é a hora" e que "Eu também senti tudo".

— Então, me arrependo de algumas coisas, mas não pelo motivo que vocês querem. Me arrependo de ter mentido para ela, não para vocês. De não ter sido o suficiente para ela, não para vocês. De ter colocado a vida dela em perigo, não o segredo de vocês. De não merecer um lugar ao lado dela, não junto com vocês. Mas eu nunca vou me arrepender de ter ameaçado a pessoa que a colocava em perigo, nem de ter dirigido sem carteira de motorista, nem de ter organizado orgias, nem de nenhuma dessas acusações que fizeram contra mim. Na verdade, a coisa da qual eu menos me arrependo é de ter dormido com a Milena, independentemente do perigo que isso pudesse representar. — Como sempre, ele guarda o golpe de misericórdia para o final: — Valeu a pena.

O silêncio que precede seu discurso está carregado da raiva dos demônios, da decepção dos anjos e do meu medo.

Talvez Mammon sinta a mesma coisa do que eu, porque murmura:

— Eu te odeio, juro que te odeio. Seis mil anos de mentiras e você decide que esta é a melhor hora pra começar a ser sincero.

Miguel se aproxima de Belial com a espada erguida, e nem Gabriel nem Metatron fazem menção de detê-lo.

Então, decido fazer o que ele me ensinou nos últimos meses. Decido deixar os dados de lado. Decido protegê-lo, me levantando da cadeira para ficar à sua frente. Decido improvisar e acreditar que há coisas, sentimentos e pessoas (ou criaturas) que merecem a pena, por mais arriscado que seja.

— Milena! — Ouço sua voz atrás de mim, seguida pelo som das correntes. — Senta, por favor.

— Você sabe que eu odeio repetir, mas, de novo, não gosto quando dizem o que eu tenho que fazer.

— Você não vai acabar no Inferno por minha causa!

Então, sim, eu o olho por cima do ombro. Sei que percebe meu medo e também que não entende meu sorriso. Explico:

— Do jeito que as coisas estão indo, é lá que você vai parar; então, não seria tão ruim assim. Agora, cala a boca e deixa eu fazer o meu trabalho.

O Arcanjo Miguel me analisa com seriedade. Por mais alta que eu seja em comparação a ele, consegue fazer com que eu me sinta minúscula. Apesar disso, tento não deixar transparecer e cruzo os braços.

— É a minha vez.

— Tira ela daqui, porra! Eu não quero nenhum advogado.

— Belial, fique quieto e aceite as consequências do caminho que você escolheu — ordena Gabriel.

— Eu aceito! Não importa, faz o que quiser, mas ela...!

— Ela também tem que assumir as consequências do que está prestes a fazer. Não é, humana? — pergunta Gabriel. Quando balanço a cabeça em afirmativa, prossegue: — Miguel, volte para cá.

Quando o garoto retorna à sua posição, resmungando baixinho e arrastando sua espada, o arcanjo com o rosto coberto de purpurina se dirige a Metatron:

— O que Ele acha?

— Vá em frente — indica o senhor para mim, mais desperto do que nunca.

É o meu primeiro julgamento, e, do jeito que as coisas andam, não tenho certeza de que posso chamá-lo assim. A quem devo me dirigir? Qual o papel de cada um? Quais são as leis? Tenho muito pouco conhecimento teológico; então, devo tomar cuidado se não quiser complicar ainda mais a situação.

Isso sem mencionar que o destino da minha alma e de Belial depende do que eu falar a partir daqui. Talvez eu nunca tenha sentido tanto medo, nem mesmo quando sofri o acidente de carro. Contudo, finalmente entendi o que ele me disse quando estávamos debaixo da chuva. Se fizer isso e minha vida acabar logo depois, não importa o que aconteça, ficarei satisfeita.

Respiro fundo e seguro o caderno com força.

— Meu cliente não colocou a humanidade em risco. Na verdade, assim como Mammon ressaltou, conseguiu justamente o contrário: protegê-la.

— O Céu conhece as motivações dele — interrompe Gabriel. — Todas elas.

— Neste caso, o Céu está consciente de que, apesar do egoísmo inicial do meu cliente, no fim ele decidiu se sacrificar.

— Ele não estava disposto a se sacrificar pela humanidade, nem estava pensando no que era certo ou errado — responde o arcanjo. — Se sacrificou por você. Estava pensando em você.

Sinto minhas bochechas queimarem, mas não hesito:

— O que prova que ele é capaz de se preocupar com alguém além de si mesmo. Além disso, acredito que nem o Céu nem o Inferno deveriam julgar algo que não lhes diz respeito.

— Perdão?! — fala Miguel, indignado.

— Nenhum anticristo foi produzido, e, como já foi dito, o plano paralisou todas as outras tentativas de destruição da Terra. É isso o que deveria pesar. Que o fato de ele ter me escolhido diz respeito apenas a mim. E eu já o perdoei por isso.

Lúcifer faz um alvoroço.

— Seu perdão não significa nada. Ele te seduziu! Vocês tiveram relações sabendo o que poderia acontecer!

Falar sobre a minha vida sexual é a última coisa que quero fazer, principalmente com um monte de anjos e demônios. Apesar disso, engulo o incômodo e decido usá-lo para provar o meu argumento.

— Essas relações não ocorreram até ele me informar o que poderia acontecer. Tomamos as precauções que consideramos adequadas, e aceitei as possíveis consequências do ato.

— Não cabe a você aceitar as consequências de um fim do mundo em potencial — repreende Gabriel.

Entendo por que ele diz isso, e o que estou prestes a argumentar pode colocar tudo a perder. Mesmo assim, prossigo:

— Ah, não? — Arqueio a sobrancelha e ergo o queixo. — Quem é o único ser presente que faz parte da humanidade?

Gabriel e Miguel ficam nervosos, vermelhos de raiva, e três das cabeças de Asmodeus caem no riso. Até a nuvem escura parece satisfeita, ou pelo menos é o que presumo pela maneira como se balança para a frente e para trás. Isso não é um bom sinal.

— É justo que a humanidade, ou parte dela, como é o caso, decida se perdoa ou não o fato de ter sido posta em perigo — explico.

Espero que consigam ter me ouvido por cima das batidas do meu coração.

— Ela está louca! — vocifera Miguel para Metatron, apontando para mim. — Isso é sacrilégio, para dizer o mínimo! Ela deve ser castigada!

— Se você se importa tanto assim com a humanidade, por que não intervém sempre que acontece um desastre? Tem muitos para escolher.

— Devemos deixar as coisas seguirem seu curso, deixar vocês se virarem por conta própria — argumenta Gabriel, mais calmo. — O esforço e o sacrifício, as decisões que tomam e as que queriam não ter tomado é o que molda as suas almas.

— Neste caso, julguem a minha quando chegar a hora, decidam se agi bem ou não, mas não intervenham em...

— Nada, ele voltou a dormir — resmunga Miguel, interrompendo o meu discurso. — METATRON!

— Ele não está dormindo, está falando com Ele — explica Gabriel.

— Como você sabe a diferença?

— Não está roncando.

Quando Metatron abre os olhos novamente, depois de pigarrear inúmeras vezes, se vira para mim:

— Belial não pode ir para o Céu.

— É claro que não — respondo. — Esse não é o objetivo da minha defesa.

Ouço as correntes tilintando atrás de mim e o som de sua respiração parando. Esboço um sorrisinho enquanto abro o caderno.

— Não estou entendendo nada — reclama Lúcifer.

— Na primeira vez em que vi Belial, antes mesmo de saber o que ele era, eu realmente o odiei. Não só porque a mera presença dele me provocava uma sensação estranha, como também por seu comportamento. Ele insistiu ao longo de vários dias para que eu dormisse com ele, muito antes de isso representar um perigo para a Terra. Depois, me provocou de outras formas e gostou disso. Me mandou fotos dele... — Pigarreio e dou uma olhada nas minhas anotações. — Fotos não solicitadas. Se gabou de suas conquistas sexuais, cometeu transações fraudulentas, mentiu para mim uma infinidade de vezes e mostrou que não respeita o espaço pessoal alheio.

Uma das cabeças de Asmodeus sibila, e Lúcifer sorri.

— Contudo, ele entendeu que tudo isso, ou pelo menos uma boa parte, era errado. Não porque disseram isso a ele, mas porque percebeu que poderia magoar outras pessoas desse jeito. Ao longo dos dois meses que passei com ele, analisei seu comportamento e continuo testemunhando as mudanças. Ele parou de enviar o que não devia, de tocar nos outros sem permissão e de divagar sobre assuntos que me incomodavam.

— Ainda tem a ver com você — insiste Gabriel.

— Não é verdade. Também o vi prestando atenção nos problemas de outras pessoas, aconselhando e ajudando-as. Além disso, encontrou sua vocação... na música. — Pela primeira vez, escolho usar esse termo em vez de "barulho". — De qualquer forma, o que realmente importa é que ele corrigiu seus erros. Que deixou de ser apenas um demônio e se tornou muito mais do que isso.

Ignoro os murmúrios e continuo a dizer:

— A humanidade é isso: uma sucessão de tentativas e erros. De tropeços dos quais temos que levantar e graças aos quais aprendemos onde não voltar a pisar. Não somos perfeitos, somos cinza em vez de pretos ou brancos. Mesmo assim, nos esforçamos, e foi justamente isso o que ele fez. Crescemos por meio dos nossos erros, e, como você disse, vocês nos permitem fazer isso porque é o que molda as nossas almas.

Eu poderia jurar que há um esboço de sorriso nos lábios de Gabriel. No entanto, é a Metatron que me dirijo, por fim:

— Sendo assim, concluo que o lugar dele também não é no Inferno. Belial deve permanecer na Terra.

A nuvem de olhos vermelhos cai na gargalhada, cinco das cabeças de Asmodeus concordam, e tanto Lúcifer quanto Miguel começam a gritar em protesto. Mammon se dirige a eles para deixar claro que acha que eu tenho razão.

Dou um passo para trás a fim de ficar ao lado de Belial, que está me encarando com os olhos arregalados. É a mesma cara que fez quando me viu sorrir pela primeira vez, uma mescla de surpresa, descrença e fascínio.

— Você disse que não queria que eu ficasse na Terra.

— Acho que também sou boa em mentir.

— Você não devia ter falado.

— Eu discordo.

Deixo o caderno na cadeira ao meu lado e estendo a mão para entrelaçar com a dele.

— Valeu — sussurra.

Depois de me observar pelo que pareceram anos, Metatron puxa o último pedaço de pergaminho da túnica. É minúsculo em comparação aos outros: um quadrado de papel de alguns centímetros que o velho desdobra com parcimônia.

Por que ele não dá a sentença de Belial? Pela forma como Miguel se vira para ele, percebo que também não entende. Gabriel gesticula com a mão para que espere.

— Mammon — anuncia Metatron. A esfera com olhos bate as asas, inquieta. — Você criou um anticristo.

— EU FIZ O QUÊ?!

Com exceção dos anjos, que já deviam saber, o resto de nós olha para o demônio sem acreditar. É impossível, quer dizer, o corpo dele... Quer dizer, como? Até Lúcifer fica em silêncio, sem demonstrar sinais de alegria ou de indignação. É claro que nada disso fazia parte dos planos deles.

VIZINHO INFERNAL 395

— É um dos gatos da ninhada que você teve — explica o velho, com calma. — O macho de pelo cinza.

— Mas eu pensei que...!

Lúcifer sai de seu estupor e grita:

— Que voltem para o Inferno! Os dois!

Outra comoção ganha força na área dos demônios, que debatem se a atitude de Mammon foi intencional ou não. O protagonista do caos para de bater as asas e pousa no chão, claramente tentando lidar com a reviravolta. Nem mesmo Belial sabe o que dizer.

Miguel perde a paciência e saca a espada para atacar alguém, acredito que nem ele saiba quem.

— Fiquem quietos — ordena Gabriel. Aponta para Metatron, que fechou os olhos outra vez. — Ele está deliberando.

Não sei quanto tempo a espera dura, mas a cada segundo sinto pontadas no coração. Mesmo que não me arrependa de ter intervindo, mesmo tendo a certeza de que foi a coisa certa a se fazer, estou apavorada. Acho que Belial percebe, porque aperta a minha mão, ou talvez seja por conta de seu próprio medo.

Metatron abre os olhos, solta um suspiro, e todos ficam tensos.

— O veredito é o seguinte. — Ele pigarreia, e estou prestes a gritar para ele falar logo. Se consigo me conter é porque não encontrei a minha voz. — Mammon, você recebeu ordens de retornar à Terra. Já que não foi marcado como tal, e desde que receba os valores corretos, o Anticristo que você criou não deverá representar um problema para a humanidade. Entendemos que você desconhecia a possibilidade de isso acontecer e, portanto, lhe daremos a oportunidade de corrigir seu erro. Quando sua vida acabar por causas naturais, voltará a ser julgado com base nos seus esforços para colocar sua prole no caminho certo.

— Não faço a menor ideia de como ser pai! — reclama o sentenciado. — E juro que não sabia que era possível criar um anticristo com aquele corpo! Até porque é um gato! O que ele vai fazer, arranhar as pessoas até se cansar? Me deixem voltar!

— Você aprenderá, Ele confia em você. De qualquer forma, não irá sozinho. — Então, Metatron volta o olhar cansado para o demônio ao meu lado. — Belial te acompanhará. Não há dúvidas de que sua essência não pertence ao Céu, e como não a consideramos merecedora do Inferno, a Terra será seu lugar até o fim de seus dias.

A primeira emoção que sinto é alegria. Era exatamente o que Belial queria: poder viver à parte de anjos e demônios. Ser o que quiser e finalmente conquistar o livre-arbítrio que incutiu na humanidade tantos anos atrás. Contudo, não demora para a incerteza me dominar. O que acontecerá quando acabar seu período na Terra? E mais, o que será de mim? Me castigarão mesmo estando de acordo comigo, só por tê-lo defendido? Embora eu não tenha mentido, embora continue defendendo cada uma de minhas palavras, não fui exatamente formal, e meus comentários os indignaram em diversas ocasiões.

Faria tudo de novo, concluo.

— E depois? — ouso perguntar.

— Depois, deliberaremos com base nas ações que ele realizar durante os anos que passar lá. — Meu alívio é interrompido quando acrescenta: — Quanto a você... Ficará encarregada de vigiar os dois.

— Como assim?

Da mesma forma que Gabriel, ele parece estar quase se divertindo com a minha perplexidade.

— Você decidiu representar a humanidade, e que assim seja. Receberá um salário de acordo com as suas responsabilidades, e, no último domingo de cada mês, nos apresentará um relatório do comportamento dos demônios sob seu encargo.

Isso... Isso não é... Devo ficar feliz? Estou fora de perigo?

— A quem devo enviar o relatório? Onde?

— Imagino que a mim. — Gabriel parece resignado quando ergue a mão. — Uma pomba de novo? — Metatron assente. — Por favor, que pelo menos essa seja branca.

— Negado.

— Em relação ao salário — intervenho novamente —, de que valor estamos falando? Como devo declarar? Não estou disposta a enganar a Receita Federal.

Metatron levanta as duas sobrancelhas, e Belial ri baixinho.

— Não haverá problema quanto a isso. E o valor estimado é de dez mil euros.

Franzo o cenho.

— Bruto? Anual? Considero meu trabalho…

— Mensal.

— Ah.

Acho que agora tenho um emprego.

ARTIGO 52

QUANDO VOCÊ FAZ O QUE QUER

11 de setembro, 00h00

Bel

Quando o julgamento chega ao fim, tudo o que quero fazer é me livrar dessas correntes e tirar Milena daqui. Talvez beijá-la antes. E durante. E depois.

Infelizmente, aquele chato do Gabriel a tira de meu lado com a desculpa de que o Metatron quer discutir alguns detalhes sobre o novo emprego dela. Embora insista algumas vezes que é importante, não solto a mão de Milena até que ela prometa que não vai demorar.

"A paciência é uma virtude", diz ela com o esboço de um sorriso no rosto.

No momento em que fico sozinho com Mammon, solto a gargalhada que estava segurando e recebo em troca seus melhores insultos.

— Você é tão hipócrita — acuso. — Era isso o que você fazia toda vez que saía de casa pela janela? Ia transar com todas as gatas do bairro? Fica enchendo o saco dizendo que eu não tomava cuidado, quando na verdade eu tomava sim, e aí vai lá e faz um… um…

— Não se atreva.

Meus olhos estão cheios de lágrimas de tanto rir.

— Um *miauticristo*.

— Você é insuportável.

Quando paro de gargalhar e recupero o fôlego, pergunto a ele:

— Falando sério, você não fazia ideia de que isso podia acontecer?

— Como é que eu ia saber? Não tinha precedentes. Além disso, faz tanta diferença assim? É um gato! Como um gato vai destruir a humanidade, cagando fora da caixa de areia?

— Não importa, foi bom pra gente. Quer dizer, você vai ter que passar mais um tempo na Terra — digo quando todos os olhos dele se estreitam de raiva —, mas não vai ser tanto assim. Quantos anos um gato vive?

— Alguns chegam aos vinte.

— Você tem mais de seis mil; vai passar voando.

Ele resmunga algo que soa como se duas décadas comigo fosse pior do que uma eternidade no Inferno. Então, acrescenta:

— Está feliz?

— Porra, mas é claro.

— E vai se comportar direito de agora em diante?

— Tá duvidando de mim?

— Belial.

— Sei lá. Às vezes.

Lúcifer é a primeira a ir embora, mas não sem antes mostrar o dedo do meio. Atrás dela está Astaroth, reclamando que o julgamento foi chatíssimo, e Asmodeus, que me manda um beijo com uma das cabeças ("Vê se me liga, mano!").

Depois disso, Miguel se aproxima de nós. Embora sua espada permaneça na bainha, percebo claramente o quanto ele quer enfiá-la no meio do meu olho. Eu já te disse que ele não vai com a minha cara.

— Um dia, vão perceber que tipo de criatura nefasta você é, e você vai receber seu castigo — cospe ele enquanto estala os dedos para fazer nossas correntes desaparecerem.

Esfrego os pulsos e o pescoço, sorrindo. Agora que estamos fora de perigo, posso relaxar. Menos mal, pois sou péssimo em manter aparências.

— Sabe de uma coisa, Miguel? Acho que você devia aprender uma coisa ou outra comigo. — O arcanjo ergue tanto as sobrancelhas, que somem sob os cachos. — Se tivesse mais noção dos seus defeitos e mudasse um pouco, era capaz de você ter sorte e a Lúcifer acabar te dando bola. Imagina o Anticristo que vocês seriam capazes de criar. Mas, antes disso, seria bom que você mudasse de forma.

Ainda bem que esperei as correntes sumirem para falar isso, assim consigo alçar voo e desviar da investida que ele faz contra mim.

Aproveito para me aproximar de Milena, que me observa de soslaio quando pouso ao seu lado, ainda falando com Metatron. Estou prestes a interrompê-los quando Gabriel diz:

— Você não se saiu bem; contudo, é um começo promissor.

— Ela é quem se saiu bem.

O arcanjo lança um olhar para Milena, que continua anotando no caderno questões relativas a impostos e porcentagens de ISS.

— Você não a merece — declara.

— Não mesmo.

— Faça um esforço para mudar isso.

Me limito a abrir um sorriso. Porque mudarei, não tenho dúvidas disso, mas não porque o Céu está pedindo.

— Você ia mesmo mandar a alma dela para o Inferno por me defender? — questiono, em um tom muito mais sério. — Você sabe que lá não é o lugar dela.

— Não.

— "Não" o quê? Não ia mandar ela para o Inferno mesmo que me defendesse ou o lugar dela não é lá?

Em vez de me responder, Gabriel se transforma novamente em uma pomba horrorosa e sai voando.

Agora, sim, vou até Milena e paro atrás dela. Está fechando o caderno quando me inclino para sussurrar em seu ouvido:

— Posso encostar em você?

Ela ainda não terminou de assentir, mas meus braços já envolvem os ombros dela. Eu a seguro perto de mim, sem me importar que Miguel esteja fingindo engasgar a alguns metros de distância ou que Metatron esteja nos observando com curiosidade.

— Vamos nessa?

— Quero fazer outra pergunta — diz Milena. Cada músculo do meu corpo fica tenso quando ela se dirige a Metatron:

— O que acontece se eu engravidar?

O anjo tira os óculos e solta um longo suspiro.

— Do Belial? O Céu não recomenda.

— Porque causaria o fim do mundo?

— Porque o resultado da união pode trazer à tona a imoralidade, a desordem e a irreverência do Belial. — Depois de pigarrear, enquanto continuo assimilando a conversa, ele continua: — Você não está mais marcada, não tem com o que se preocupar.

— Mas o Mammon…

— Assim como o Inferno pode escolher alguém, o Céu pode proteger essa mesma pessoa. Sua descendência, se tiver alguma, jamais resultará em um anticristo. A papelada já foi concluída; podem se reproduzir sem preocupações.

Dito isso, ele abaixa a cabeça em um gesto de despedida e desaparece.

No momento em que Milena se vira para mim, com meus braços ainda em volta dela, avisa:

— Tira essa expressão de pânico do rosto. Isso não quer dizer que quero ter filhos com você.

Engulo em seco.

— Tá bom.

— Só queria ter certeza.

— Entendi.

O choque não passa até ela ficar nas pontas dos pés para me beijar. Tento prolongar o contato, mas ela se afasta rápido demais e murmura:

— Melhor depois, pois o pequeno arcanjo está nos fuzilando com os olhos, e eu estou incomodada.

Me viro e encontro a expressão de nojo no rosto de Miguel.

— Não tá na hora de você ir pra cama, não? Já é tarde.

— Você deveria escolher suas palavras com cuidado. — Ele tenta sorrir com malícia. Mas, como é um anjo, por mais ressentido que esteja, o gesto não passa a impressão pretendida. Parece que ele está com dor de barriga. — Sou eu quem está encarregado de conceder a forma que você terá na Terra. Supostamente deveria ser o mesmo corpo, mas tenho certeza de que ninguém se importaria se você voltasse diferente, contanto que na mesma espécie.

Com um estalar de dedos, Mammon se transforma novamente em um gato persa branco. Miguel foi gentil o bastante para voltar com os pelos que eu raspei há alguns meses. Duvido que tenha o mesmo carinho comigo.

— Tenho um pedido — intervém Milena. — Por motivos óbvios, preciso que o Belial seja exatamente como era quando eu o conheci. Seria muito difícil explicar para minha colega de apartamento por que nosso vizinho mudou de aparência.

— Tem certeza de que é por causa da Lina, não por você? — brinco. — Ai, ai, parece que alguém acabou gostando dos meus...

— Cala a boca.

O arcanjo nos analisa por um instante, com a mão preparada para fazer sua magia. Mesmo que não pareça, acho que ele gosta da Milena. De mim, não, por isso dou uma olhada em mim mesmo assim que ele estala os dedos novamente. Coloco as mãos no cabelo, no rosto, levanto a camiseta e...

— Belial, não é hora pra isso — repreende a mulher ao meu lado.

Fecho o zíper da calça de novo e digo para Miguel:

— Acho que antes era maior.

— Não era. Está exatamente do mesmo...

— Chega! — ordena Milena. Com um dedo, afasta o cós da minha calça para dar uma olhada. — Está igual, muito obrigada. Não pelo tamanho do... Pela oportunidade.

O arcanjo aperta a mão dela quando a oferece e se retira logo depois. Mammon sobe em meus ombros com um pulo só; coloco um braço em volta da cintura de Milena e nos dirigimos em direção ao elevador que acabou de se materializar na sala.

As portas se abrem assim que nos aproximamos. Há três botões no painel: *Cima*, *Baixo* e *Centro*. Aperto o último.

— Que lugar era aquele? — pergunta Milena quando começamos a nos mover.

— O Purgatório. Uma parte dele, pelo menos.

— É lá que todas as almas do mundo são julgadas?

— Só as de quem eles têm dúvidas. Normalmente, quando as pessoas morrem, vão direto para o Céu ou para o Inferno.

— E São Pedro?

Dou risada ao me lembrar daquele santinho com o qual ela tentou me exorcizar.

— Ele é o responsável por colocar um colar de flores em você quando se comportou bem o bastante. Também te dá um mapa do Céu e uma pulseira *all-inclusive*. Pra poder se empanturrar de ponche de frutas e tal.

Milena levanta a cabeça para me olhar.

— Você está mentindo.

— Você vai ver.

Antes de chegarmos ao nosso destino, percebo uma coisa.

— Está sentindo esse cheiro? — pergunto.

— De quê?

— De chuva.

E é isso mesmo. Quando as portas de metal se abrem, somos recebidos por uma tempestade de verão. O elevador nos deixou em um beco escuro, a cerca de dez minutos a pé do nosso prédio. Assim que colocamos os pés para fora, ele desaparece.

Mammon salta dos meus ombros para se refugiar sob o telhado de um prédio. Milena faz menção de segui-lo, mas recua alguns passos depois. Ela se aproxima de mim novamente e estende a mão. Antes de segurar, tiro seus óculos com cuidado, porque estão começando a encher de gotas, e os penduro em uma das correntes que estão em meu pescoço.

Entrelaço meus dedos nos dela, invadindo seu espaço pessoal, e me curvo para sussurrar:

— Faz o que você quiser, agora mesmo, como se fosse a sua última chance.

E ela faz. Duas coisas.

A primeira é rir. Acho que nunca vou me acostumar com esse som, não importa quantas vezes eu o ouça. De qualquer forma, agora que tenho muitos anos pela frente, em vez de 51 dias, meu plano é gravá-lo na memória.

Espero que esse plano dê certo e não cause o fim do mundo.

A segunda coisa que Milena faz é colocar a mão livre na minha nuca, me puxar e me beijar.

— Será que vocês podem parar?! — reclama Mammon. — Está chovendo e eu tenho um filho pra encontrar! Fiquem aí, eu vou nessa. Espero vocês em casa.

O beijo é longo, mas não o suficiente. Não tinha como ser, independentemente de quantas horas durasse. Pela primeira vez, entendo o medo que os humanos têm de morrer. Continuo acreditando no que disse: os momentos que você vivencia valem mais por serem finitos. Então, quando você consegue algo que te satisfaz, é normal se apegar e temer a ideia de que um dia isso vai acabar.

Mas enfim, não tenho por que perder a Milena. Se ela me aceitar, quando o fim chegar, só preciso garantir que vou acabar no mesmo lugar do que a alma dela.

Se ela se comportar mal, eu me comportarei mal.

Se ela se comportar bem, como suspeito que acontecerá…

Porra, odeio ser bonzinho.

APELAÇÃO DA SENTENÇA

Because I'm the devil
who's searching for redemption,
and I'm a lawyer
who's searching for redemption,
and I'm a killer
who's searching for redemption.
I'm a motherfucking monster
who's searching for redemption.[*]

MÅNESKIN,
"I wanna be your slave"

---

[*]N. da T.: "Porque eu sou o diabo/atrás de redenção,/e eu sou um advogado/ atrás de redenção,/e eu sou um assassino/atrás de redenção./Eu sou a porra de um monstro/atrás de redenção" (tradução livre).

DISPOSIÇÃO ADICIONAL

QUANDO TODOS OS DIAS
SE TORNAM SEGUNDAS-FEIRAS

Um ano depois, 14h40

Mammon

A paternidade transforma todos os dias em segundas-feiras.

Já se passou um ano desde que voltei para a Terra, 365 dias nos quais dei tudo de mim para incutir valores nessa criatura.

Belial, em uma demonstração de idiotice típica dele, decidiu chamá-lo de Miauticristo. A vizinha, que não é mais nossa vizinha porque veio morar com a gente, se refere ao meu filho como José Luis Moreno Ortiz. Por motivos que qualquer pessoa em sã consciência entenderia, não uso nenhum desses nomes para falar com ele.

— Algodão! Você mijou nessa caixa de roupas? Pra que tem a caixa de areia, então?

Em vez de me responder (porque ele não consegue), o fruto do meu erro começa a subir pelas cortinas. Quando se cansa de destruí-la, pula para o balcão da cozinha e foca os olhos amarelos no copo de água que Belial deixou lá.

— Nem pense nisso — repreendo quando ele faz um movimento para bater no copo com a pata. — Algodão, não...! Então, tá.

VIZINHO INFERNAL 409

O vidro estilhaça, assim como as minhas esperanças de ter uma existência tranquila.

Você pode até pensar que *Algodão* é um nome que não faz jus a ele, talvez até ache que é um nome inadequado para um animal que tem pelo cinza em vez de branco. Não te falta razão. Contudo, achei que um substantivo agradável ajudaria a moldar o caráter dele. Eu estava muito errado.

Além de não falar, Algodão também não escuta, de modo que passo boa parte do dia correndo atrás dele, dizendo pela enésima vez que ele precisa se comportar.

Confesso que, em alguns momentos, a paternidade não é tão ruim assim, e a maioria deles é quando o Anticristo felino está dormindo. Então, sim, sinto certo orgulho e sonho que, um dia, quando ele sossegar o facho, olhe nos meus olhos e diga "Miau" (e traduzirei isso como "Obrigado por ter se esforçado tanto para fazer de mim um animal respeitável; você é o melhor").

Mas tenho certeza de que, se puder fazer isso, vai agradecer à Milena. Por algum motivo que não consigo entender, Algodão está obcecado por ela. Fica atrás dela o tempo todo, e se deita em seu colo assim que ela se senta. Até ronrona, o traidor. Não estou dizendo que a Milena não está ajudando com a sua educação (ao contrário do Belial), mas me irrita o fato de ela ser a única que consegue educá-lo com sucesso.

Milena está em processo de mudança, como eu tinha dito. Se dependesse do Belial, ela teria se mudado para a nossa casa quando voltamos do Purgatório. Ela recusou, com a desculpa de que seria muito apressado e que eles deviam ir com calma em todas as fases do relacionamento. Ou algo assim. Ela fala de um jeito bem confuso, você sabe. Com certeza, o que estava acontecendo de verdade era que ela estava com medo de deixar a colega de apartamento. Milena é um ser humano com hábitos fixos e que tem dificuldade de internalizar as mudanças. A mulher com quem ela morava teve que falar para ela (várias vezes) que estava tudo bem ela se mudar para o nosso apartamento e que, inclusive, ela ficaria até grata. Pelo visto, ela queria chamar a namorada para morar com ela.

Então, agora a vizinha não é mais "a vizinha", mas a vizinha da amiga dela. Todo mundo está feliz. Quer dizer, uns mais do que outros.

Sem dúvidas, Belial é quem mais saiu ganhando. Como a Milena tem um salário altíssimo e sabe administrar o dinheiro, eles não precisaram vender o carro. Apesar disso, ele foi obrigado a tirar a carteira antes de voltar a dirigir. Caso você esteja se perguntando, ele passou na nona tentativa. Afinal, ele nunca foi o mais inteligente, nem o mais prudente.

De qualquer forma, não está mais sendo sustentado pelo Céu, e Milena está de olho nele; então, ele agora precisa ganhar dinheiro legalmente. Belial é péssimo em tudo o que tem a ver com seriedade, mas entre o trabalho como DJ e o dinheiro que ganha pelos ensaios fotográficos... Tem isso, também. A mulher com que Milena morava tirou algumas fotos dele, e alguém gostou o bastante para cometer o erro de contratá-lo. Agora, além de fazer um barulho insuportável (em casa e na balada), ele é modelo.

Era só o que faltava. Agora, ele ficou insuportável.

E falando de coisas insuportáveis, não entendo o amor. Milena deveria concordar comigo que essa aberração que Belial chama de techno industrial é insuportável. Por isso, sempre que ele está mexendo na mesa de mixagem, ela coloca um fone de ouvido enorme e ouve concertos para piano e coisas do tipo. Mas acontece que, há algumas semanas, eu a peguei no pulo do gato. Ela não costuma mentir e, além disso, não é muito boa nisso. No entanto, fiquei muito surpreso pelo absurdo em questão. Isso porque, quando olhei para o celular dela, percebi que não estava tocando música nenhuma. Ela estava escutando de propósito (repito: *de propósito*) o horror que saía da mesa de mixagem do Belial. Por que ela simplesmente não falava para ele? E por que parecia feliz?

Quero deixar claro que atribuo esse comportamento ao amor, porque me recuso a acreditar que é algum critério musical.

A verdade é que esses dois acabaram se dando bem. De vez em quando, discutem sobre alguma coisa (isto é, ela o repreende e ele se desculpa depois de reconhecer que ela está certa, porque está. Sempre). Ontem, por exemplo, ela descobriu que ele havia trocado o nome do contato dela no celular. Em vez de *Milena (advogada)*, depois do julgamento ela trocou para *Milena (parceira fixa)*, mas Belial achou que deixar *Milena Botões* TRE-MENDA GOSTOSA fosse um gesto muito romântico.

E é mais ou menos assim que as coisas estão.

Me jogo no sofá com a intenção de tirar um cochilo merecido, mas acabo desistindo quando meu filho se aproxima de mim com a cauda eriçada e as orelhas para trás, pronto para... Isso aí, me morder. Consigo afastá-lo de mim sem dificuldades, porque, pelo menos por enquanto, sou duas vezes maior do que ele.

— Algodão, você precisa se comportar para que o papai possa voltar para o Céu.

Depois de desviar do golpe que ele me desfere, levanto a cabeça e olho para cima, de onde sei que estão me observando, e digo:

— Eu juro que estou tentando.

AGRADECIMENTOS

A parte mais difícil desta história foi tudo, principalmente fazer com que a Milena não caísse aos pés do Bel na primeira página. Felizmente para o enredo e infelizmente para o demônio, ela não tem o mesmo problema que eu com *bad boys* literários.

Outra coisa que foi difícil foi a voz da Milena. Neus (a melhor advogada do universo, um beijo para ela) me ajudou com tudo relacionado a direito, mas faltava transferir a personalidade da personagem para o texto. A ausência de palavrões, o vocabulário e o tipo de reflexões que ela fazia eram tão diferentes do que eu faria que era muito difícil me sentir confortável. Quando consegui, cheguei à conclusão de que era minha garota favorita de todas as que tinha criado até então.

Criar o Bel foi mais tranquilo: se tem uma coisa que consigo entender é o fato de você querer fazer o que te dá na telha. E escapar das consequências também.

Para mim, esta história não é sobre um demônio que se torna maravilhoso pelo poder do amor, mas sobre alguém que não é bom nem mau e que está de boa com isso. E sobre outro alguém que decide aceitar o que for possível e conversar sobre o que considera intolerável. É uma história sobre entendimento mútuo.

Tudo isso teria sido muito mais difícil sem a ajuda de um monte de gente incrível. Raquel e Iria, que me apontaram que o julgamento que eu tinha escrito em um primeiro momento era fraco. Orión e Arister, que aturaram meus áudios sem pé nem cabeça sobre a personagem de Lúcifer. Luis, que me mandava músicas ótimas (viva o techno industrial) e repetia sem parar que DJs não usam discos de vinil (não dei bola porque soava muito mais legal; perdoem a licença poética). Laia (também conhecida como Sapatilhas), que me apresentou o rapaz cujo visual combinava perfeitamente com o que eu estava procurando para o Bel. Maria, Patricia, Paloma, Tanit, Cherry, Joana e Alice, que leram esta história quando ela ainda estava cheia de erros. À Alice, além disso, agradeço infinitamente pelo *blurb* tão lindo que fez para o livro. Ainda fico boba só de pensar que alguém que admiro conseguiu desfrutar pelo menos um pouquinho das minhas histórias. Outra coisa legal é que ela suporta meus *podcasts* de vinte minutos sem me bloquear.

Por último, agradeço à toda a equipe da Molino (e principalmente à Marta, que teve que aturar as minhas perguntas). Muito obrigada por terem me dado a oportunidade de escrever sobre demônios e gatos falantes. Acima de tudo, sobre gatos falantes.

E a você, que chegou até aqui (ou não, porque às vezes ler agradecimentos é um saco), obrigada por ter dado uma chance para este romance. Espero que tenha sido o que você esperava (ou algo parecido).

Este livro, composto na fonte Fairfield,
foi impresso em papel Ivory Slim 65g/m² na gráfica Grafilar.
São Manuel, Brasil, maio de 2025.